W0362415

A E
& I

El dragón negro

Autores Españoles e Iberoamericanos

Fernando Benzo

El dragón negro

Planeta

La lectura abre horizontes, iguala oportunidades y construye una sociedad mejor. La propiedad intelectual es clave en la creación de contenidos culturales porque sostiene el ecosistema de quienes escriben y de nuestras librerías. Al comprar este libro estarás contribuyendo a mantener dicho ecosistema vivo y en crecimiento. En Grupo Planeta agradecemos que nos ayudes a apoyar así la autonomía creativa de autoras y autores para que puedan seguir desempeñando su labor.
Dirígete a CEDRO (Centro Español de Derechos Reprográficos) si necesitas fotocopiar o escanear algún fragmento de esta obra. Puedes contactar con CEDRO a través de la web www.conlicencia.com o por teléfono en el 91 702 19 70 / 93 272 04 47.
Queda expresamente prohibida la utilización o reproducción de este libro o de cualquiera de sus partes con el propósito de entrenar o alimentar sistemas o tecnologías de inteligencia artificial.

© Fernando Benzo (2025) en colaboración con Agencia Literaria Antonia Kerrigan

© Editorial Planeta, S. A., 2025
Diagonal, 662-664, 08034 Barcelona (España)
www.editorialplaneta.es
www.planetadelibros.com

Diseño de la colección: Compañía

Primera edición: mayo de 2025
Depósito legal: B. 7.169-2025
ISBN: 978-84-08-30249-0
Composición: Realización Planeta
Impresión y encuadernación: Unigraf
Printed in Spain - Impreso en España

PEFC Certificado
Este libro procede de bosques gestionados de forma sostenible
PEFC
PEFC/14-38-00305
www.pefc.es

I

Cinco cadáveres.

La habitación apenas llegaba a los treinta metros cuadrados. Estaba en la parte trasera de una nave industrial, en el polígono Polvoranca, a poco más de doce kilómetros de Madrid. Había una mesa con cuatro sillas en el centro, unos archivadores a un lado y un único ventanuco en lo más alto de la pared del fondo. Y cinco cadáveres.

Los mataron con unos segundos de diferencia. No supieron que iban a morir. No tuvieron tiempo ni para sorpresas, ni para lamentos, ni para hacer preguntas. Ninguno gimió o gritó o llegó a hacer ademán de defenderse.

Entraron dos hombres. Abrieron la puerta de una patada y dieron un paso al frente. Misma altura, mismos vaqueros y camiseta negros, mismos pasamontañas cubriéndoles la cara. Mismos fusiles AK-47 en las manos.

Comenzaron a disparar sin mediar palabra. Ráfagas que sonaban secas, ahogadas. Con una eficacia letal. Primero a los dos tipos que estaban de pie. Sus cuerpos convulsionaron al ritmo que marcaba el tableteo de las armas. Una extraña danza en pareja. Se derrumbaron a la vez. Su sangre salpicó la mesa y a los dos hombres que estaban sentados al otro lado.

Ellos fueron los siguientes. También fue una muerte a dúo, esta con otra coreografía. Los cuerpos botaron en las sillas. Ninguno llegó a caerse al suelo. Uno quedó con la cabeza echada hacia delante, como si estuviese contemplando su pecho agujereado. La cabeza del otro colgó con la barbilla apuntando al techo, los brazos caídos a ambos lados de la silla. Los fajos de billetes y las dos máquinas para contarlos quedaron bañados en sangre.

Por último mataron al quinto tipo, que estaba junto a los archivadores. Rebotó contra ellos cuando las balas lo atravesaron. Dejó en la chapa una espesa mancha de color granate a medida que se deslizaba hasta caer al suelo.

Los ojos de los cinco cadáveres se quedaron abiertos, con expresión de sorpresa.

Sus asesinos no esperaron a comprobar el resultado, no cabía duda de que habían cumplido su misión. No demostraron interés por el dinero recién contado o pendiente aún de pasar por las máquinas. Se volvieron, cruzaron de vuelta la nave vacía con paso rápido y salieron por la puerta principal.

En la habitación, dos cigarrillos siguieron consumiéndose en un cenicero lleno de colillas. La estancia se sumió en un denso olor a tabaco, polvo y sangre.

Fuera, frente a la entrada de la nave, a los asesinos los esperaba un modelo antiguo de Passat con matrículas falsas.

Era un día soleado. La luz los deslumbró al salir de la penumbra del almacén. Hacía calor. Uno de ellos sacó el mando del bolsillo, pulsó el botón, abrió la puerta del piloto y se sentó al volante. El otro rodeó el coche y tuvo un acto reflejo: se quitó el pasamontañas negro que llevaba. Cogió aire y miró a un lado.

Y vio a la mujer. Estaba quieta. A menos de tres metros.

Lo estaba mirando.

El conductor, que aún llevaba puesto el pasamontañas, instó al otro a que se subiese al coche de una vez. Arrancó y aceleró. Su compañero no le mencionó a la mujer.

Ella permaneció paralizada.

Regresaba de un bar cercano, de comprar unos botellines y el tabaco que le habían pedido los cinco hombres que estaban en la habitación trasera de la nave, los mismos que ahora eran cadáveres de los que goteaba sangre.

Había oído los disparos, pero siguió caminando hacia la nave. Por inercia. Porque no se le ocurrió otro sitio al que ir.

Luego no sería capaz de recordar qué modelo de coche era ni su matrícula. Cuando le preguntaron, tampoco aportó muchos datos sobre cómo eran los dos sujetos que se subieron al Passat. Lo único que acertó a decir fue que el hombre que había visto era chino o japonés, no sabía distinguirlos. Pero era asiático, eso seguro.

El amanecer despuntaba. Por la terminal vagaban los viajeros de tres vuelos transoceánicos recién aterrizados. Los pasajeros provenientes de Buenos Aires fueron los primeros en ver su equipaje en la cinta transportadora. Tras recoger sus bultos, desfilaron con paso mortecino, aturdidos aún por el largo vuelo y el desajuste horario, hacia la salida.

Virginia tiraba de su maleta con ruedecitas. Nada más abandonar el edificio, le asaltó un temor repentino. Agradeció el golpe de frío. Respiró con fuerza. Se arrepintió una vez más de estar allí y, también una vez más, siguió adelante a pesar de ello. Fue hasta la parada de taxis, se subió a uno, le dijo al conductor el nombre del hotel y mantuvo la mirada perdida al otro lado de la ventanilla mientras dejaban el aeropuerto en dirección al centro de Madrid.

Cuarenta y ocho horas, se dijo, repitiéndose un propósito transformado en promesa a sí misma. Cuarenta y ocho horas y me iré. El tiempo imprescindible. Ni un minuto más.

El taxi entró en la ciudad. La primera luz del día apenas cogía fuerza para cubrirlo todo —asfalto, fachadas, árboles y coches— con un mismo reflejo metálico. Virginia contempló edificios que le resultaban familiares, pero su visión no le inspiró nostalgia. Hacía mucho que había logrado borrar cualquier imagen de la memoria. Sus recuerdos se conformaban tan solo de sensaciones. Reproche, lamento, dolor, rabia. Sentimientos abstractos, sin rostro, voz, nombre o escenarios. Apenas restos desperdigados en un páramo emocional.

Hacía más de diez años que no estaba en Madrid. Su ciudad. El lugar del que había huido para sobrevivir.

Y he sobrevivido, pensó sin celebrarlo.

El taxi la dejó frente a la entrada del Intercontinental, en la Castellana, un hotel sin ninguna connotación personal para ella. Quería tener una sensación de viaje de negocios, no de vuelta al hogar. Le había llevado mucho tiempo construir una protectora amnesia sentimental. Se había tenido que ir a vivir al otro lado del océano. Había iniciado una vida con pocos elementos en común con la que había dejado atrás. Nuevos amantes, nuevas amistades, nuevos trabajos. Se había convertido en otra. Y no iba a arruinar todo ese esfuerzo ahora, justo cuando él ya no estaba.

La chica que se hallaba tras el mostrador de la recepción del hotel la observó con un destello de curiosidad mal contenido, tal vez porque había lágrimas en los ojos de Virginia.

Una vez en la habitación, tras quitarse los zapatos y antes de abrir y deshacer la maleta, encendió el móvil. El aparato tardó unos segundos en encontrar red y otro poco en que le entraran los mensajes. Solo llegaron dos. Uno escrito, del abogado: «Espero que haya llegado bien. La llamaré por la mañana». Y un audio de Alberto: «Pibita, llegaste viva, entiendo. Liquidá con los gallegos y volvé pronto acá, que ya te extraño». A Virginia la reconfortó escuchar aquella voz de tango, grave pero tierna. Le recordó que lo que había dejado atrás, en Buenos Aires, no era ni un sueño ni una fantasía, que era real, que tenía allí una vida a la que pronto podría regresar.

Cuarenta y ocho horas en Madrid, ni una más.

Y después, vuelta a Alberto. El hombre bueno. El hombre anticuado, como le gustaba decirle cuando lo quería chinchar. Fingía que lo de acusarle de estar pasado de moda era una crítica, pero le gustaba que fuese así. Galante, obsequioso, detallista. Su única relación larga desde que llegara a Argentina. Más de seis años juntos. A Virginia le habría gustado ser capaz de amarlo.

No contestó al mensaje. No quiso dejarle un audio. Temió que su voz sonase débil, que delatara sus miedos y sus dudas. Se acercó a la ventana. Contempló la quietud exterior, la ciudad detenida bajo los reflejos metálicos del primer amanecer. Se repitió una vez más, mil veces más, la promesa, que era también un mantra tranquilizador: dos días, ni uno más. Firmar lo que tuviese que firmar y marcharse. La asustaba la sensación de que había regresado para echarse en brazos de un fantasma.

Cerró los ojos. Lo vio. Al otro lado de la cama. De pie. Sonriendo. Esperándola. Se obligó a dejar de verlo. Estaba acostumbrada a espantar aquellas visiones.

Cogió el móvil y le dejó un mensaje a Alberto: «Todo bien. Te quiero», segura de que él se creería ambas cosas.

La estaba esperando en la acera, junto a la barrera de entrada al complejo policial de Canillas. Hizo sonar dos veces la bocina y acercó el coche. Estela observó el vehículo —un anticuado Ford Capri de un color a medio camino entre el butano y el marrón— con el mismo recelo que si fuese una nave alienígena lo que hubiese ido a recogerla.

Subió y el interior no mejoraba la deprimente impresión inicial. Un coche cochambroso por dentro y por fuera. Asientos de falsa piel descoloridos, alfombrillas rasgadas, un paquete de tabaco arrugado a sus pies, un radiocasete que hacía mucho que merecía descansar en un museo y un olor a tabaco que parecía reducir el espacio. Aquel automóvil no tenía siquiera el encanto de lo antiguo, solo era cutre.

Antes de arrancar, Roi Conde le echó un vistazo sin disimulo. La recorrió con la mirada de cabeza a rodillas y vuelta. Luego chascó la lengua y asintió.

—Eres más pequeña de lo que había imaginado.

Estela también lo miró. Observó su rostro. Era un tipo de edad indefinida, situada en algún lugar de una cincuentena mal llevada. Pelo canoso de corte descuidado, rasgos angulosos, una sombra de barba cerrada, un gesto de boca apenas torcido que podría interpretarse como una mueca de cinismo, displicencia o simple chulería. Un tipo cuyo aspecto era como su voz. Áspero. Como su coche. Áspero y desgastado. Probablemente, pensó Estela, eso servía para definir su cara, su voz, su coche y su vida.

—¿Me habías imaginado? —le dijo, con más sorpresa que curiosidad.

—He oído hablar de ti.

Conde metió primera con un movimiento brusco y arrancó.

—Yo también he oído hablar de ti —respondió ella sin la menor intención de contraatacar ni de confraternizar, tan solo de sonar como un muro en el que rebotasen las palabras de él.

Roi Conde sonrió. Una sonrisa áspera.

—Nada bueno, seguro.

La conversación no fluyó. A ambos pareció bastarles aquel saludo seco. Roi Conde condujo hasta el polígono Polvoranca sin volver a mirarla. Ni siquiera fue un silencio incómodo para ninguno de los dos.

A mitad de camino, él sacó un paquete de tabaco y un mechero de la bandeja de debajo del volante, encendió un cigarrillo, bajó apenas un par de dedos la ventanilla y fumó con caladas largas, lanzando el humo contra el parabrisas.

Estela ocupó su mente en otras cosas. En Inés, su hija de diez años. Le reventaba lo de no poder llevarla al colegio. El comisario la había llamado y le había dicho que aquel asunto era urgente. Conde pasaría a recogerla en la entrada de Canillas, le dijo. Un puñado de muertos, fue la única información que le dio. Se vistió a toda prisa y llamó a la vecina cuyo hijo iba al mismo cole que Inés. Lo de siempre: ¿te importa llevarla tú? La niña no se enfadaba por ello. Le daba igual que no pudiese llevarla. Pero Estela se sentía fatal. Odiaba el estúpido sentimiento de mala madre que le provocaban minucias como aquella. Joder, que a la niña no le va a quedar un trauma porque a veces no puedas llevarla al cole, se decía. Pero no podía evitarlo. La afectaban esas tonterías.

En eso se concentró, en aplacar la sensación de que desatendía a su hija, mientras iban de camino sumidos en aquel áspero silencio.

Había dos coches patrulla aparcados frente a la entrada del almacén y un vehículo sin identificación. También dos furgonetas con las ventanillas cubiertas: servicios funerarios. Por allí estaban ya los de la Científica, el forense, el juez. La rutina habitual.

Roi Conde detuvo el Ford junto a uno de los coches patrulla sin molestarse en acercarlo a la acera.

—Rumanos muertos —dijo con fastidio, como si necesitase recordarse para qué habían ido allí. Miró a Estela por vez primera desde que se habían callado y le soltó—: Para mí los muertos y para ti la droga. Serán traficantes de medio pelo a los que les han dado un vuelco. Les roban la mierda, les pegan unos tiros y asunto zanjado. Echemos un vistazo y acabemos rapidito. Tengo mejores cosas que hacer que presentarles mis respetos a cinco rumanos muertos.

Bajaron del coche a la vez. Estela trató de sonar conciliadora mientras caminaban hacia la entrada de la nave.

—¿Son frecuentes este tipo de matanzas? Cinco muertos no son poca cosa.

Conde puso una mueca de indiferencia.

—Son rumanos, joder. Cinco, cincuenta, ¿a quién le importa?

Un agente uniformado se acercó a recibirlos. Ambos se identificaron y el policía les pidió que lo siguieran al interior de la nave. Cruzaron la estancia principal, sus pasos resonando en el vacío. Fueron a la habitación del fondo, donde había un grupo de gente trabajando. Tomaban fotos, recogían muestras de sangre, preparaban los cuerpos para el traslado. Los cinco estaban alineados en el suelo, metidos en bolsas negras. Olía a cerrado, a polvo y a algo indefinido, dulzón. Estela, poco acostumbrada a visitar escenarios de un crimen, supuso que era el olor de la sangre. Había por todos lados. Mesa, sillas, paredes, archivadores. Contuvo el asco. No estaba dispuesta a mostrar la menor debilidad ante el inspector Conde.

El agente que los había guiado se despidió respetuosamente y su lugar lo ocupó un tipo joven vestido con chaqueta y corbata, peinado con raya a un lado y aspecto frágil. Saludó a Conde. Tardó unos segundos en reparar en Estela y en caer en la cuenta de que también debía saludarla. Se identificó ante ella como el subinspector Salas, de la UDEV. Informó a Conde sin volver a mirarla.

Cinco muertos, como era obvio. Confirmado: todos de nacionalidad rumana. Estaban contando dinero. La tajada de algún trapicheo, claro. Una testigo. Una mujer también rumana que estaba con ellos, pero había salido a comprar bebida. Se la habían llevado a la comisaría de Centro para tomarle declaración. Vio a dos tipos. Llevaban pasamontañas. Pero uno se lo quitó. Le vio la cara. Asiático.

—Mierda —gruñó Conde al oír lo último.

—¿Qué pasa? —preguntó Estela.

Conde le respondió sin abandonar la mueca de desagrado.

—Los rumanos no son difíciles de manejar. Si se hubiesen matado entre ellos, en un par de días trincaríamos a los culpables. Los chinos son más jodidos.

—¿Es normal que haya asiáticos asesinando a rumanos?

—¿Normal? —Conde rio e intercambió una mirada cómplice con el subinspector Salas antes de volverse hacia

Estela—. Bonita, ningún asesinato debería considerarse normal.

Ella levantó la barbilla y le mantuvo la mirada.

—Ni se te ocurra volver a llamarme *bonita*, ¿está claro?

Él se puso serio. Apenas unos segundos. Después se echó a reír. Miró al subinspector Salas y este le devolvió una mirada dubitativa, casi de disculpa, por no saber qué hacer.

—Usted perdone, señorita —le dijo Roi Conde a Estela—. Algo me dice que no soy tu tipo. Sin problema, inspectora. Me suele ocurrir.

Conde se volvió al subinspector Salas y le habló solo a él, dejando claro que aquello no iba con ella.

—Esto será una locura. A la prensa le encantará. A los jefes les pondrá de los nervios. Y a los políticos, ni te cuento.

Estela echó un vistazo al almacén, a la mesa con los fajos de billetes teñidos de rojo —los ya contados en orden, los pendientes desperdigados por la mesa—, a las máquinas contadoras, a los cuerpos alineados en el suelo, al ventanuco superior y al archivador cubierto de churretones de sangre seca.

—¿Había droga en la habitación? —le preguntó al subinspector Salas.

—No lo parece, inspectora. Pero ya hemos podido identificar a dos de los cadáveres. Fichados. Hombres de Cal Szabo.

—¿Quién es ese?

—¿Y tú eres una *estupa*? —se entrometió Conde—. ¿No sabes quién es Szabo?

A Estela la fastidió tener que admitir que no. Conde lo celebró con una mueca henchida de suficiencia.

—Un capo rumano —aclaró—. Está especializado en traer chicas para prostituirlas. Pero en los últimos tiempos ha empezado a introducirse en el tráfico de drogas. Me decepciona que ni siquiera te suene.

Conde volvió a buscar la mirada del subinspector. La chica dura era una ignorante, parecía decir su mueca triunfal. Estela optó por contenerse y dejar pasar aquel último comentario que tenía más de provocación que de desprecio.

Conde le pidió al subinspector que le pasase todos los informes cuando estuviesen listos. Después dijo que allí no había más que rascar, que con haberse personado en el escenario del crimen ya había cumplido y que se volvía a Madrid, que se pasaría por la comisaría donde estaba la testigo para ver si había declarado algo que fuese de utilidad, aunque lo dudaba mucho.

—¿Te interesa venir conmigo, inspectora?

Roi Conde se giró sin esperar respuesta. Estela caminó tras él. Volvieron a atravesar el almacén vacío.

Ella se mantuvo detrás. Contemplando al inspector, que caminaba con pasos largos y maneras bruscas, sin mover los hombros ni los brazos. Unos andares ásperos.

La mujer aportó poco. Roi Conde y Estela la interrogaron en una sala de la comisaría de Centro. Apenas hablaba español y no parecía entender las preguntas. Temblaba y, un par de veces, rompió a llorar con un llanto que resultaba sobreactuado, con aspavientos y lamentos de plañidera. Conocía poco a los cinco asesinados. Ninguno marido, ninguno hijo, nada, repetía. Trabajaba para ellos. Ella, cocinera. Ella, camarera. En realidad, chica de los recados. Y seguía viva de milagro, porque la mandaron a por cervezas y tabaco en el momento adecuado. Solo tenía una cosa clara: asesino chino, decía ayudada por mímica de tiroteo y ojos rasgados.

No estiraron de más el interrogatorio. Salieron de la sala y Conde se detuvo frente a una máquina de café. Metió unas monedas y pulsó el botón del expreso doble.

—Los rumanos suelen dedicarse más a la trata de blancas —dijo.

—Tráfico de personas.

Conde miró de reojo a Estela.

—Trata de blancas, tráfico de personas... Ponle el nombre que te dé la gana. Cogen chicas, las engañan, las traen aquí y las explotan en los puticlubs de carretera más costrosos.

No le preguntó si quería algo. Cogió el vasito de la máquina cuando el motor se detuvo, le dio un sorbo e hizo una mueca de asco.

—Ahora han empezado a darse cuenta de que trabajar la droga puede ser más cómodo y más rentable que las chicas —dijo—. Los más espabilados, como Cal Szabo, han empezado a diversificar. Se dedican, sobre todo, al transporte. Marihuana. La llevan a destinos por toda Europa. A toneladas. Pero no la producen.

—La producen los chinos.

Conde miró a Estela y asintió, como si por vez primera apreciase su inteligencia.

—Y en todo ese engranaje los rumanos son poco más que mulos de carga, mientras que los chinos son laboriosas hormiguitas. Y todos felices.

Roi dio un segundo trago al café. Chascó la lengua con desagrado y lanzó el vasito a una papelera cercana.

—Todos felices hasta que unos chinos ejecutan a cinco rumanos —dijo Estela.

Conde asintió.

—Los chinos son como son. Cerebrales. Eficaces. Si lo ven necesario, matan a cinco rumanos o a cien. Pero nunca actúan con precipitación ni a golpe de calentones. Si han decidido que había que matar a esos cinco tipos, tenían claro el motivo.

—¿Un vuelco? ¿El tal Szabo y sus chicos habrán intentado robar a los chinos?

—Muy probable. Y estos han querido darles un castigo. Es muy llamativo que ni siquiera se llevaran la pasta que había en el almacén. Querían dejar muy claro que solo buscaban ejecutar a esos tipos.

—¿Y ahora? ¿Szabo querrá vengar a sus muertos?

—No sería raro. Los rumanos son justo lo contrario a los chinos. Violentos, impulsivos...

—Funcionas un poco por clichés, ¿no te parece?

Estela no buscaba ofenderlo. La conversación le había hecho bajar la guardia. Pero a Roi se le cambió la cara. Regresó el desdén, volvió a establecer de inmediato la distancia inicial con la inspectora.

—Conozco bien a la escoria de esta ciudad, bonita. ¿Cómo los llamáis los del lenguaje correcto? ¿Minorías étnicas? Hijos de puta, sea cual sea su raza o color. Moros que se apuñalan, rumanos que se pegan tiros, latinos que se dan palizas... y, por supuesto, los españoles igual que los demás. Los conozco bien a todos. Soy el que los encierra cuando cometen un crimen. Los demás os dedicáis a buscar maneras cursis de definirlos.

Conde hizo un gesto de rechazo, como si fuese ella la que le hubiese dicho todo aquello y no él mismo.

—Lo único cierto es que lo de hoy es raro. Lo normal es que se maten entre ellos. Pero no esto. Matanza intercultural, lo llamaríais vosotros.

—¿Quiénes somos «nosotros», Conde?

Roi cogió el paquete de cigarrillos del bolsillo interior de la cazadora y sacó un cigarro que se colocó en la boca.

—La gente buena que os sentís mejores aún porque le ponéis a la mierda nombres que suenan muy finos, bonita —dijo, burlón—. Y ahora me salgo a echar un pitillo.

Iba a marcharse, pero Estela lo detuvo.

—Roi.

—Dime.

—No habrá otra vez.

—¿Perdona?

—Vuelve a llamarme *bonita* y te llevarás una hostia.

Roi Conde asintió, apreciativo. Luego le dio la espalda y se marchó a fumar.

Era un despacho con pretensiones de clasicismo. Tercera planta de una casa de elegante fachada en la calle Almirante. Muebles de falsa caoba con historiadas volutas en los remates, sillones con respaldo de lustrosa tapicería, alfombras con arabescos cubriendo un parqué ajado y cortinones de caída palaciega en las ventanas.

Una mujer que había superado de largo la edad de jubilación, con más maneras de doncella que de secretaria, condujo a Virginia hasta la sala de espera. Aunque había un par de sofás y sillones, eligió una silla para sentarse. Estaba sola. De fuera llegaban sonidos de pasos amortiguados por las alfombras, alguna tos, un teléfono. Esperó con el cuerpo rígido, las rodillas pegadas, tensa como si, en vez de a un abogado para hablar de legalismos, estuviese allí para ver a un médico y escuchar un mal diagnóstico.

La espera se hizo eterna, aunque no debió de durar más de diez minutos hasta que por fin Aquilino Sánchez, el abogado y dueño del bufete, apareció en la sala desplegando un exagerado encanto.

—Bienvenida —dijo con voz cavernosa—. Ha hecho usted un largo viaje para llegar hasta aquí.

—Ni se lo imagina —contestó ella, segura de que no captaría el doble sentido.

Aquilino Sánchez era un hombre aparatoso. Todo en

él era demasiado grande. La panza que apenas cubría la chaqueta de su traje de alpaca gris brillante, la anchura de los tirantes verdes que sujetaban un pantalón de gran pernera, el grosor de las rayas azules y verdes de la camisa y los cuellos blancos, los gemelos dorados que cerraban los puños también blancos, los mofletes, la papada y la cabeza cubierta por una fina película de pelo grisáceo peinado hacia atrás con histeria. Había desmesura en todo, también en su manera de extender los brazos abiertos pretendiendo resultar acogedor, en la mano de dedos grandes que ofrecía a Virginia y en el anillo de sello heráldico que llevaba en el meñique.

Ella lo siguió a su despacho, decorado con el mismo tipo de mobiliario repujado, fallido en su intento de resultar inglés o versallesco porque solo daba la sensación de nobleza de saldo. Un gran cuadro de un tipo vestido con levita y expresión adusta colgaba detrás del sillón de Aquilino Sánchez. Virginia pensó que seguro que no era un antepasado del abogado, sino un retrato comprado en alguna tienda de antigüedades.

Deseó que aquello terminase cuanto antes para poder largarse de allí.

El abogado, en cambio, no parecía tener prisa. Le ofreció un café, un té, un poleo, fumar si lo necesitaba, pedir lo que quisiera y, cuando ella lo rechazó todo, entró por fin en materia.

Tenía un carpetón frente a él, en el escritorio. Para alivio de Virginia, le dijo que no se lo leería todo. Le hizo un resumen.

Gabriel Melgar, su exmarido. Desaparecido hacía cuatro años. Por fin declarado judicialmente fallecido a instancias de él, Aquilino Sánchez. Su abogado desde hacía veinte años, le aclaró. Ella se sorprendió de no haber oído hablar jamás de él, pero no dijo nada.

La ley permitía abrir la sucesión del señor Melgar. Una herencia cuantiosa, puede imaginarse, le dijo el abogado buscando una complicidad a la que ella no correspondió. Propiedades inmobiliarias, participaciones en sociedades, acciones y bonos, cuentas corrientes. Aquilino Sánchez palmeó con el anillo sobre la carpeta: ahí estaba todo. Lo localizable, claro, puntualizó con el tono al que bajaba su voz cuando pretendía insinuar.

Concluyó su resumen: Gabriel Melgar designaba un único heredero en su testamento. Ella. La esposa que lo había abandonado hacía más de veinte años.

Una frase final: Gabriel Melgar era un hombre de negocios inmensamente rico.

Virginia lo escuchó sin interrumpirlo. Cuando al fin el abogado se calló y quedó a la espera de una reacción por su parte, tampoco dijo nada.

Lo pensó, pero no lo dijo.

Mire, abogado, pensó, no se ponga fino. Los dos sabemos quién era Gabriel Melgar y de dónde venía su fortuna. Los dos sabemos que, desde niño, lo llamaban Dardo porque en las pandillas de chorizos de barrio les gusta ponerse motes. Y Dardo había progresado como delincuente hasta convertirse en un poderoso traficante de armas y drogas. Y toda esa fortuna que me ha descrito es dinero sucio, mierda blanqueada. Y Dardo no desapareció, como usted ha dicho, tan enigmático. A Dardo lo mató alguien, alguno de sus muchos enemigos, e hizo desaparecer su cuerpo, que no es lo mismo.

Ah, sí, y otra cosita: yo soy la chica mona que se enamoró de él como una boba, la niña buena y guapa que lo apoyó, lo ayudó y lo siguió en su ascenso, la que permaneció a su lado durante años, incluso cuando él se dedicaba con escaso disimulo a follarse a medio planeta, la que al final tuvo que elegir entre alejarse de él o ahogarse en su soledad y su despecho, la que lo quiso como nadie lo hizo jamás.

La que, tantos años después, a pesar de haberse ido al otro lado del mundo y construirse una vida que no tuviese nada que ver con él, aún lo sigue queriendo, aunque ahora eso solo signifique querer a una sombra. Maldita sea.

Virginia no dijo nada de eso al abogado.

Lo único que dijo fue:

—No quiero nada.

A Aquilino Sánchez se le abrieron de más sus prominentes ojos. La observó con grandes pestañeos de asombro e incredulidad.

—¿Qué quiere decir?

Ella fue breve:

—Arréglelo de la manera más rápida, déselo a los pobres, a cualquier asociación de ayuda a drogadictos; me da igual. Haga lo que sea necesario y hágalo rápido.

Aquilino Sánchez entrelazó sobre la mesa sus gruesos dedos. Asintió, pensativo, mientras calibraba aquel imprevisto.

—Eso llevará tiempo —dijo con expresión de estar haciendo algún tipo de cálculos jurídicos.

—Cuarenta y ocho horas —replicó Virginia, en un impulso.

Él la miró sin entender.

—No estaré en Madrid más de cuarenta y ocho horas. Necesito volver cuanto antes a Buenos Aires por asuntos laborales —mintió ella.

El abogado negó con la cabeza. Empezaba a pensar que esa mujer tenía más de rival que de potencial cliente.

—Habrá que hacer gestiones. Registros, escrituras, liquidaciones, notarías...

—¿Cuánto tiempo?

Aquilino Sánchez se mostró esquivo ante la apremiante pregunta.

—Tendré que preparar documentos, deberá firmarlos, tal vez comparecer... No puedo concretarle.

Virginia fue a decir algo. Se contuvo. No quiso demostrar ansiedad ni impaciencia ante el abogado.

Cuarenta y ocho horas. En su cabeza resonó el mantra tantas veces repetido.

En aquel momento solo quería largarse de aquel despacho. Salir de allí y respirar un aire que no oliese a alfombras polvorientas y elegancia de saldo.

—De acuerdo —dijo, en contra de lo que su propia voz le repetía en la cabeza—. Estaré el tiempo necesario para dejar todo arreglado. Usted ocúpese de que sea lo más rápido posible.

Se despidió del abogado con compromisos poco concretos. Él le habló de la posibilidad de otorgarle poderes legales. Ella le dijo que fuese preparándolo todo, que lo llamaría pronto.

Virginia salió del despacho, se despidió de la vetusta secretaria, bajó en el ascensor y cruzó el portal sin respirar. Volvió a coger aire una vez llegó a la calle.

Contuvo el asalto de unas lágrimas que no supo si eran de rabia, de impotencia o de nostalgia.

Sacó el móvil del bolso y le escribió un mensaje a Alberto: «Olvida lo de las cuarenta y ocho horas».

Después lo borró.

Estela encontró una salita de reuniones vacía en la comisaría. Se coló y cerró la puerta. Sacó el móvil y llamó al comisario Eladio Ramos, su jefe. No se anduvo con rodeos.

—¿Es un castigo?

Al otro lado de la línea, él soltó una risita, como si esas palabras confirmasen algo que hubiese estado esperando. Era un buen tipo, un comisario experimentado que sabía mantener un hábil equilibrio entre el mando imperativo y un comedido paternalismo y que, ella lo sabía, sentía debilidad por Estela.

—Veo que ya has conocido a Roi Conde.

—Lo suficiente para entender por qué todo el mundo habla pestes de él.

—Créeme —dijo Ramos—, es bueno. De lo mejorcito. Pero lo suyo no son las relaciones públicas.

—Pues que se ocupe él solito de los rumanos muertos.

—Ni hablar. Es el asunto perfecto para que colaboremos la UDYCO y la UDEV. A nuestros gerifaltes les encantará.

—Yupi.

—Siempre se ha hecho. Pero ahora lo llaman *transversalidad.* Homicidios y Estupefacientes uniendo fuerzas. Os pondrán como ejemplo en los seminarios sobre gestión policial.

El comisario Ramos sonó más serio a continuación.

—Además, es una buena oportunidad para que vuelvas a pisar calle.

Estela se mantuvo callada. No quería entrar en un intercambio de argumentos que ambos conocían de sobra. Sabía cómo pensaba el comisario. Repetían desde hacía tiempo la misma discusión. Ella insistía en que era feliz con el trabajo de oficina, como mera analista de datos. Él respondía que dejase de esconderse detrás de los papeles. Lo mismo, desde hacía más de tres años. Desde el día en que ella apretó el gatillo. Desde los psicólogos y el alta y la vuelta al servicio. Sin traumas, le decía ella al comisario: no me gusta el trabajo de campo. Sin excusas, le replicaba él: te quiero de vuelta ahí fuera.

—Estela...

—Jefe...

—Cinco muertos es algo serio. Nos apretarán. Necesito que estés ahí.

—No me pongas vocecita tierna.

—Te pondrá en forma. Y eso te vendrá bien.

Ramos era su jefe, su amigo. La había cuidado y protegido. Había estado ahí, sin fallarle, en su peor etapa. Cuando no estaba segura de si podría seguir. Cuando quiso dejarlo todo porque no quería volver a verse en la tesitura de tener que disparar a un ser humano. Cuando se pusieron en duda esos conceptos de mierda que tanto les gustaban a los que nunca se habían visto en una situación así: uso proporcionado de la fuerza, respuesta ajustada a la situación, legítima defensa, estado de necesidad. Basura. Sí o no. A veces la vida se reduce a eso, a actuar por instinto. Elegir en un segundo quién vive y quién muere. Ella lo sabía bien.

—Vístelo como quieras, pero sigo pensando que es un castigo.

Estela cortó la llamada, salió de la salita y apenas había dado unos pasos cuando se topó con Roi Conde. Se habían separado porque él le había dicho que tenía que atender un asunto en la comisaría, que lo esperase unos minutos. Antes, él le había ofrecido que lo acompañase a hacer una visita que podía servir para tener un primer hilo del que tirar con lo de los rumanos. Ella se había sentido obligada, por responsabilidad profesional, a aceptar la oferta.

—Me ha llamado mi jefe —dijo Conde—. ¿A ti también te lo han dicho ya? Es oficial: seremos compañeros en este asunto. Como Starsky y Hutch.

—Estoy saltando de alegría.

—Me pregunto si, como pasa siempre en las pelis de polis, surgirá entre nosotros una tensión sexual no resuelta.

—Yo no apostaría por ello, Conde. Por ahora me caes de pena. Pero tiene pinta de que la cosa irá a peor.

Él asintió con gesto satisfecho: lo motivaba más el intercambio de golpes que pegar solo.

Caminaron hacia el aparcamiento. Estela advirtió que ningún compañero con el que se cruzaban intercambiaba un saludo con él. Desde luego, no era un tipo popular.

Conde parecía estar de buen humor. Antes de llegar al coche, le soltó:

—¿Por qué vistes así?

—¿Así cómo?

—Ya sabes. Pantalones muy rectos y un poco demasiado anchos. Camisas de tío. Cazadora oscura de piel. No llevas anillos ni pulseras, y cero maquillaje. ¿Eres lesbiana?

Estela tuvo que coger aire, mucho aire, y apretar los puños fuerte, muy fuerte, para no saltar.

—¿Por qué no me sorprende que, además de racista, seas también un machista?

Roi se echó a reír. Con una risa fuerte, un poco seca, que no le hacía ni más simpático ni más humano.

—¿Acaso lo dudabas?

Llegaron hasta el Ford Capri y, una vez dentro del coche, volvieron a optar por el silencio. Roi Conde conservó un amago de expresión retadora. Estela decidió mirar por la ventanilla para no tener que verle la cara.

Fueron hasta Usera, uno de los veintiún distritos de Madrid. En tiempos, antes de que el gran parque de Madrid Río iniciara la revitalización de la zona, un barrio sumido en el olvido y la desesperanza. Ahora, un barrio con futuro, sobre todo por el impulso de la comunidad china que se había instalado en él. De sus casi ciento cincuenta mil habitantes, ya eran más de diez mil chinos los que habían impregnado el barrio de su personalidad, hasta tal punto que los políticos planeaban sacar rentabilidad a aquel proceso natural convirtiendo Usera en una especie de remedo turístico del Chinatown neoyorquino.

Estela, que antes de su divorcio había vivido en el barrio de la Estrella y ahora en el del Pilar, no conocía aquella zona de la ciudad. Tras aparcar en una calleja cercana, siguió a Roi hasta la placita que unía las calles del Olvido y Dolores Barranco. Allí se levantaba la recién instalada estatua de un oso panda.

—Un homenaje de la ciudad a sus vecinos chinos —le dijo Roi Conde señalando la figura, quinientos kilos de estatua de un oso al estilo Disney—. Eso dicen los políticos. En mi opinión, el primer paso para convertir Usera en una horterada de parque temático.

A Estela le llamó la atención el contraste de los comercios de la zona. Restaurantes y bazares chinos se alternaban con un mesón gallego, un local de kebab, otro de empanadillas argentinas, un salón de apuestas y una peluquería latina. Todos ellos en los bajos de edificios con fachadas castizas de otra época. El conjunto daba una sensación de barrio vivo y desordenado.

—Aquí hay de todo. Ecuatorianos, colombianos... —dijo Roi al echar de nuevo a andar por la calle del Olvido—, pero mis favoritos son los chinos. Trabajadores, discretos, pacíficos. Prosperan más que nadie. Nada que ver con la dejadez de los hispanos y mucho menos con la incapacidad congénita de progresar de los moritos. Su único defecto es que les cuesta integrarse. O, mejor dicho, que no tienen ningún interés en integrarse. Ni falta que les hace. Viven sin complejos, sin envidias, sin sentirse rechazados. Por eso me gustan. Porque no aspiran a ser como nosotros. Saben que son mejores.

Conde caminaba a paso rápido, sin mirarla, dando por hecho que le mantenía el ritmo y que lo escuchaba.

Giró hacia calles más estrechas y acabó deteniéndose frente a la entrada lateral de un pequeño bar que hacía esquina, un local tristón en el que un soso cartel de fondo negro y letras blancas anunciaba BAR EL SORIANO. VINO Y TAPAS.

Estela lo siguió al interior. La puerta que cruzaron daba a un almacén. Apenas cabía un cuerpo por entre dos pilas de cajas de bebidas vacías que subían hasta el techo. Pasadas estas, se llegaba a una angosta cocina en la que, en ese momento, olía a una confusa mezcla de café, fritanga y chamusquina.

Una puerta entreabierta mostraba un aseo diminuto donde solo había un retrete, un lavabo y un cubo con una fregona dentro apoyada contra la pared. Otra puerta daba al local. Al fondo, sentado en un taburete, había un joven asiático que sujetaba una taza con una mano y, con la otra, pasaba las páginas del ejemplar del *Marca* que estaba leyendo, desplegado sobre la plancha de cocina.

Cuando levantó la mirada y vio ante él a Roi Conde, saltó del taburete de la sorpresa.

—Aquí lo tienes —le dijo Roi a Estela—: el encargado de un bar típico español. Kuang Li. Un castellano de pura cepa que hace el mejor pisto manchego de esta ciudad.

—Hola, inspector —lo saludó él, con tono inseguro.

Conde siguió hablándole a la inspectora.

—Nunca hay un solo cliente en el bar. Viéndolo, uno se pregunta cómo puede mantenerse abierto. Igual es que aquí ofrecen algo más que tapas a los clientes invisibles.

—¿De qué hablas? —protestó Kuang Li en un castellano perfecto.

Por fin, Conde mostró que reparaba en su presencia.

—Aquí mi acompañante es inspectora de Estupefacientes, amiguito. Puede que le interese saber lo que cocinas en este bar de mierda.

Kuang Li le echó un rápido vistazo a Estela.

—El inspector Conde es un bromista. Siempre es un gusto verlo —dijo—. Pero a los clientes no les gusta tener a polis por aquí, así que decidme rápido qué queréis.

Roi dio un par de pasos al frente. Estela se mantuvo tras él. Kuang Li se puso rígido.

—Cinco rumanos muertos. Esta misma mañana. Tiroteados por compatriotas tuyos. —Conde extendió los brazos en un gesto amistoso—. ¿Serás un chinito bueno y me contarás algo que me sirva?

Kuang Li respondió al instante:

—No sé nada.

Roi negó con la cabeza.

—Vamos, Kuang. Esto será un marrón. Cinco muertos de un tirón es algo nuevo. Algo grande.

Kuang Li también negaba con la cabeza, como si estuviese imitando al inspector.

—Hay muchos chinos, jefe. ¡Yo qué sé!

—¿Sabes una cosa, Kuang? Cuando me mientes, te sale de pronto el acento chino. No me mientas, Kuang.

Roi lanzó el brazo hacia él con inesperada agilidad. Lo agarró por la nuca. Lo obligó a doblar un poco el cuerpo. Lo golpeó con el puño libre en el esternón para doblarle más aún. Le aplastó la cara contra el ejemplar del *Marca* que había quedado sobre la plancha.

—¡Conde! —gritó Estela.

—Dame algo, Kuang —exigió el agente, acercando la cara al rostro del chino, que su mano aplastaba contra la plancha.

Kuang Li gimoteó.

—¡Conde, suéltalo! ¡No puedes hacer eso! —volvió a gritar Estela.

Conde le aplastó la cara con más fuerza y se volvió a mirar a la inspectora.

—¿Vas a impedírmelo?

Lo soltó. Kuang Li se enderezó. Se frotó la cara, dolorido. Volvió a negar con la cabeza, como antes.

Roi Conde dio un paso atrás. Resopló. En parte por el esfuerzo, en parte por enfado.

—Se ríen de nosotros —le dijo a Estela con una mueca de rabia—. Se creen que la ley no les afecta, que están al margen. Compartimos una misma ciudad con ellos, pero no nos conocemos, no nos respetamos los unos a los otros.

Cogió aire, se esforzó por recuperar la templanza con una mueca que era a la vez de desprecio y de comprensión.

—Kuang Li y yo somos amigos. Conocemos las reglas, ¿verdad, Kuang?

—Claro, inspector —respondió el chico, que aún se frotaba las enrojecidas mejillas.

—Dame un nombre, Kuang —le dijo Conde—. Dame algo por donde empezar y no te meteré una escoba por el culo.

Kuang titubeó. Pareció medir las posibilidades que había de que Roi cumpliese su amenaza. Y debió decidir que bastantes, porque al fin, de nuevo con tono inseguro, a media voz, dijo:

—Shewei.

—¿Cómo dices?

Lo repitió más alto.

—Shewei. Es el único capaz de hacer una salvajada así. Tiene a gente para eso. Chicos jóvenes. Los forma. Les enseña.

—¿A matar?

—A lo que haga falta.

—¿Para quién trabaja?

—David Wang, claro.

A Kuang Li le temblaron los labios. Ya no se frotaba la cara. Ya no sentía dolor. Ahora solo tenía miedo.

—Si saben que yo te he dicho esto, estoy muerto.

—No lo sabrán. Pero tú entérate de dónde puedo localizar a ese tal Shewei. Y deja de hablar español como si acabases de llegar de Pekín, joder, que has nacido aquí.

Roi Conde palmeó a Kuang Li en el hombro. Luego se volvió y salió de allí sin más. Estela miró al joven chino. Fue a decir algo, pero, como no supo qué, se dio la vuelta y se fue.

Una vez fuera, aceleró para mantenerle el paso a Roi.

—Lo que has hecho es ilegal.

—Lo sé.

—Podría demandarte por agresor.

—Hazlo.

—Eres un chulo de mierda.

Roi la miró con una expresión menos áspera, más divertida, que la que le había dedicado a Kuang Li.

—Es la primera cosa bonita que me dices, inspectora. Ya te he avisado de que entre nosotros acabará surgiendo tensión sexual.

Volvió la vista al frente y, antes de llegar a donde esperaba aparcado el Ford Capri, añadió:

—Ya tenemos algo. Y así es cómo se consigue. ¿Tú sabes quién es ese tal David Wang, inspectora? Porque yo sí.

La casa se levantaba frente a una rotonda donde se cruzaban tres de las calles que formaban el laberíntico trazado de La Moraleja. No era una de las casas más ostentosas de aquella zona, a pesar de que su padre había sido constructor y podría haberse dado cualquier capricho. Era una vivienda concebida por un castellano rico pero austero, sin alardes ni excesos. Su casa familiar.

Bajó del taxi y lo despidió. Se detuvo en la acera, contemplando la fachada que se elevaba tras el seto que rodeaba la parcela.

Allí estaba. Frente a uno de los escenarios a los que se había prometido no volver. Desde que fallecieron sus padres, era la propietaria. Pero hacía más de diez años que no entraba en ella. Pagaba a un matrimonio para que se encargara de mantenerla. Se había planteado mil veces ponerla a la venta. Había decidido las mil veces no hacerlo. No sabía la razón. Aquel había sido su único vínculo tangible con el pasado durante los últimos años. Una casa vacía. El hogar de su infancia, de su juventud, en el que sus padres habían imaginado para ella una vida muy diferente a la de ser la novia, la amante, la mujer y la exesposa de un narcotraficante. Aquella casa de la que huyó para irse con él. Ciega de amor, confiada y segura.

Solo llevaba un día en Madrid y ya había incumplido dos de sus propósitos: marcharse a las cuarenta y ocho horas y no visitar la casa familiar. Genial. Y, además, ahora tenía otro vínculo tangible con el pasado: la dichosa herencia del exmarido. Nunca habría imaginado que la nombraría heredera a ella, que una mañana, décadas atrás, cogió cuatro cosas y las metió apresuradamente en una maleta, y se plantó ante él cuando aún estaba tomándose el primer café y le dijo que se iba, que esta vez sí, que no había marcha atrás, que no quedaba nada por hablar. Y él se la quedó mirando por encima de la taza de café. Incrédulo, porque ya se conocía aquella amenaza. Pasmado, porque algo le dijo que esta vez era verdad. Él no reaccionó y ella se fue con la maleta, cerró esa casa, dejó el resto atrás y voló lo más lejos posible.

Conservaba un juego de llaves. Abrió la puerta exterior y entró en la parcela. Todo parecía bien cuidado. Fue al jardín trasero. La piscina estaba vacía. Sus paredes necesitaban una mano de pintura. Al templete de madera del fondo también le hacía falta una capa de barniz. Pero, en conjunto, la casa tenía una apariencia cuidada.

—Hola, no te había visto antes en este bar.

—He venido con unos amigos.

—¿Puedo invitarte a una copa?

—No estoy segura.

—Ahora que estás aquí, me encargaré de que no quieras irte nunca.

El diálogo resonó en su cabeza.

El chico macarra. Tan diferente de todos sus novietes anteriores. Vestido sin estilo ni gracia, con un corte de pelo espantoso y un deje de arrabal al hablar.

La niña pija. Los locos ochenta. Todas las tribus, las clases, las castas mezcladas en garitos a media luz, con música a todo volumen y olores que te hacían perder la cabeza.

Fue a elegir al más inesperado para enamorarse. Y desde el principio supo que sería para siempre. Sin lógica y para siempre. Aquel macarrilla tan seguro de sí mismo. Ella, que hasta entonces había sido una chica dura. Para siempre. Él la invitó a una copa, le ofreció un canuto, desplegó su pose de chuleta y le plantó un beso tras cuatro frases. Y ella se olvidó de todo aquello que papá y mamá habían deseado para su futuro. Y fue para siempre.

Y años después huyó. Dolorida, vacía, derrotada, rendida. Y aún enamorada.

Virginia contempló el fondo de la piscina vacía.

Luego recorrió con la mirada, de abajo arriba, los dos pinos que se alzaban junto al templete.

Se obligó a no llorar.

Se volvió hacia la puerta trasera de la casa que daba al jardín.

—Tus padres nunca me aceptarán.

—¿Y eso te importa?

—Voy a ser muy rico y cuidaré muy bien de ti.

—Prométemelo.

—¿Otra vez?

Siempre odió el romanticismo ñoño, la estampa de parejita feliz y los tópicos del melodrama. Pero acabó pasando por todo ello. Y, cuando logró acabar con todo, se negó a discutir, pedir o negociar. Solo se llevó un corazón pisoteado y una maleta a medio llenar.

Inició otra vida. Una vida de imposturas. Una vida en la que se suponía que había dejado de amar al hombre que aún amaba. Una vida sin pasado ni recuerdos. Solo mentiras. Una vida que tuvo que esforzarse cada día en mantener frente al deseo de salir corriendo, de volver, de llamar a su puerta, de abrazarse a él. Había huido de un sinfín de mentiras para vivir en otro sinfín de nuevas mentiras.

Ahora había superado el medio siglo. Era la pareja de un prestigioso galerista de arte argentino. Vivía en un amplio apartamento en el barrio de Puerto Madero. Iba a exposiciones, subastas, cócteles, estudios de artistas y museos. Con felicidad, con dulzura, con interés. Con una placidez que decoraba todas sus mentiras.

Había construido una vida a partir de su afán por olvidarlo. Todos los pasos que había dado a lo largo de los años compartían una única finalidad: que cada vez le fuese más inútil seguir amándolo, que cada vez fuese más absurdo el deseo de regresar.

Cuando la abogada que le había llevado el divorcio le comunicó que había desaparecido, que se sospechaba que había sido asesinado y que todo apuntaba a que habían hecho desaparecer el cuerpo, no lloró, no dijo nada. Lo primero que pensó fue que al fin todo era ya imposible.

Y luego, después de tantos años, llegó la llamada de Aquilino Sánchez. Heredera. Debía volver a Madrid. Ahora, Gabriel Melgar, alias Dardo, su exmarido, se había convertido en papeleo, en burocracia mortuoria. Pero a ella le seguía pareciendo que estaba a su lado, cogiéndole la mano y diciéndole que todo iría bien.

—Viviremos en una casa mucho más grande que esta de tus padres.

—Me da igual dónde vivamos.

—Nunca te faltará nada.

—¿Es que aún no lo has entendido? Yo solo te necesito a ti.

Virginia eligió una llave de entre las del manojo y fue a abrir la verja que protegía la puerta del jardín. Las bisagras apenas chirriaron.

Cerró los ojos y entró en la casa donde solo vivía ya, en su penumbra, el recuerdo de la niña que eligió lo inesperado.

Roi Conde la dejó en la acera de la Gran Vía de Hortaleza, en el mismo lugar en que la había recogido aquella mañana. Se despidieron sin efusiones. Hablamos, acordaron. Eso fue todo.

En cuanto el Ford Capri se alejó, antes de entrar en el recinto policial, Estela sacó el móvil del bolsillo de la cazadora. Pulsó un contacto de su agenda.

Guillermo le contestó al instante. Ella no se detuvo en saludos.

Le recordó una conversación reciente. Guillermo, fiscal de Anticorrupción en la Audiencia Nacional, le había hablado de una compleja operación que se estaba llevando a cabo con la máxima confidencialidad. La llamaban, con esa discutible creatividad que demostraba la policía para bautizar sus investigaciones, Operación Mulán. Apasionante, le había dicho él, con un entusiasmo infantil. Un grupo de crimen organizado chino, productores de marihuana, una red de producción a gran escala y de transporte a toda Europa, un entramado de crímenes que tenía tan enganchado al fiscal como si de una serie de televisión se tratase.

—¿Puedes pasarme algo sobre ese asunto?

—Estela...

No era la primera vez. Guillermo y ella se ayudaban

más allá de los cauces oficiales. A él —un hombre formal, estricto, cuadriculado— le daba reparo saltarse los requisitos procedimentales. Pero siempre acababa accediendo si ella se lo pedía.

Se acostaban. Desde hacía más de un año.

Él liquidó con rapidez lo de enviarle información.

—¿Cuándo nos vemos? —preguntó, cambiando del tono formal al mimoso.

—Ando un poco liada.

—Pero te echo de menos.

—¿Esta tarde? Pero no sé si podré mucho rato.

—Tengo ganas de...

—Te llamo, ¿vale? —le cortó ella—. Recopila lo que tengas de los chinos y vamos viendo.

Guillermo era un buen tipo. Recién cumplidos los cuarenta, tres años más joven que ella, siempre de traje y repeinado, demasiado encorsetado. No era su tipo, pero coincidieron en la Audiencia varias veces, él se decidió a invitarla a un café, la vez siguiente a una copa, luego ella pensó que qué demonios, que no tenía nada que perder y la abstinencia ya duraba demasiado, así que siguió el juego a sus cautos coqueteos y al final se acostó con él. Guillermo se empeñaba en introducir el romanticismo en la relación. Estela se ocupaba de mantenerla en un reconfortante intercambio sexual sin necesidad de euforias emocionales. Bajo tanta rigidez, descubrió que era un amante más satisfactorio de lo que cabría imaginar al verlo. No lo amaba, no era el hombre de su vida ni nada parecido. Estaba convencida de que no necesitaba más amor en su vida que el de su hija. Pero le gustaba la creciente compenetración sexual entre ellos y la divertía ver hasta dónde era capaz de llegar en la cama ese chico tan correcto, tan educado y tan contenido fuera de ella. No necesitaba más.

—Nos vemos luego y me lo pasas.

—Pero prométeme que no nos veremos solo para eso.

A Estela no le gustaba mezclar asuntos. Una cosa era el trabajo y otra su relación. En realidad, lo que no le gustaba era pensar que, más allá del desahogo sexual que el fiscal le proporcionaba, el principal motivo para continuar con aquella relación era lo que podía obtener de él. La incomodaba sospechar que ella pudiese ser de ese tipo de personas. Porque tal vez, aunque se negase a admitírselo, lo era.

—Una última cosa...

—Dime.

—El jefe de toda esa red, el cabecilla, el chino que me decías que está al frente... ¿Cómo se llama?

Guillermo no dudó en la respuesta:

—David Wang.

Estela sintió un pellizco de excitación en el estómago.

—Quedamos —dijo, ansiosa por liquidar la conversación y colgar.

Entró en el complejo policial para recoger su coche.

La excitación se mantenía. Y no tenía nada que ver con la idea de una posible cita con Guillermo.

Ahora, también ella, y no solo ese idiota de Roi Conde, tenía algo para empezar.

Estaban sentados el uno al lado del otro en sencillas sillas de madera. Ambos llevaban el mismo corte de pelo, largo por arriba y rasurado por los laterales y la nuca, e iban vestidos igual, con los mismos vaqueros y camiseta negros. Los dos tenían las manos y los pies atados a la silla. Ambos lloraban.

Había dos hombres detrás de ellos. Se mantenían vigilantes, aunque no parecía necesario. Era imposible soltarse de esas ataduras que les estaban desollando muñecas y tobillos. Nada podían hacer para escapar de aquel cuartucho, un cubículo en el que apenas entraba una luz moteada por partículas de polvo.

Un tercer hombre estaba frente a ellos. Poca estatura, cuerpo recio, brazos cortos y piernas gruesas. Iba embutido en un traje gris claro con rayas que le quedaba estrecho. Llevaba camisa y corbata negras. Debía rondar los cincuenta, pero tenía una tupida mata de pelo sin una sola cana peinada con esmero. La cara no se mantenía tan bien. Tenía un rostro abotargado, con abultados párpados que hacían casi invisibles sus pequeños ojos rasgados, y unos mofletes de piel picoteada por cicatrices tan carnosos que empezaban a cernirse sobre su boca. Era un rostro que apenas permitía la expresividad. De todas formas, no era un hombre de expresiones, ni siquiera de muchas palabras. No necesitaba nada de eso para infundir temor.

Hablaba en mandarín, con un tono que apenas superaba el susurro, con voz ronca y frases cortas. Y los dos chicos lloraban sin dar muestra de entender lo que les estaba diciendo. Algunos de los chicos que trabajaban para él hablaban un mandarín decente. Otros, nacidos en España, apenas lo chapurreaban o directamente no sabían más que palabras o expresiones sueltas. Lo único que sabían pronunciar sin errores era su nombre. Shewei. Y lo que significaba: 'cola de serpiente'.

Shewei había elegido su propio apodo. Era una especie de chiste y, a la vez, un deliberado acto de humildad. A los cabecillas de las redes de inmigración ilegal que repartían chinos por toda Europa se los conocía como *shetou*, cabeza de serpiente. A él le había parecido gracioso llamarse así: 'cola de serpiente'. Era, además, una forma de hacer comprender a aquellos tipos, poderosos y desconfiados, que nunca los traicionaría, que no buscaba convertirse en cabeza, que estaba bien como cola, como mero ejecutor, sin más ambición que cumplir con cualquier trabajo que se le encomendase si se le pagaba lo suficiente. Así llevaba siendo desde que llegó a España décadas atrás.

Shewei siguió lanzándoles a aquellos chicos frases que sonaban a afrenta y desprecio. Ellos no lo miraban a la cara. Bajaban la cabeza, hipaban y sollozaban.

Aquella escena se prolongó hasta que la puerta del cuarto se abrió y entró el jefe.

Shewei se calló en cuanto lo vio. Hizo una sumisa inclinación de cabeza y se echó a un lado.

El hombre se detuvo ante los jóvenes, que tampoco se atrevieron a mirarlo.

—Una desgracia —les dijo en un perfecto castellano—. Ahora nuestros problemas han aumentado. No solo tendremos que plantar cara a nuestros enemigos, sino también a las autoridades. Y todo por vuestra torpeza al permitir que os vieran la cara. Una desgracia así no puede quedar sin castigo, ¿no creéis?

Los chicos dejaron escapar un mismo sollozo, ahogado y más largo que los anteriores, pero ninguno dijo nada.

El hombre se volvió a mirar a Shewei. Le habló con más dureza que a los dos muchachos.

—Por supuesto, te hago responsable de los errores de los tuyos —dijo—. No aceptaré que algo así vuelva a ocurrir.

Shewei repitió la inclinación de cabeza. Era un hombre obediente y leal con quien le pagaba, jamás ponía en duda una orden ni se revolvía ante una crítica o reproche. Todo ello formaba parte de su disciplina, de su manera de entender el trabajo.

—Le aseguro que no.

El hombre pareció tener que pensárselo un segundo. Por fin asintió, dándose por satisfecho.

No volvió a mirar a los chicos. Se marchó sin decir nada más.

En cuanto la puerta del cuartucho se cerró a su espalda, Shewei volvió a plantarse delante de los jóvenes. Solo dijo una palabra más, que sonó como un seco latigazo. Luego hizo un gesto con la mano.

Los dos hombres que estaban detrás de las sillas actuaron en perfecta sintonía. Como si uno fuese el reflejo en un espejo del otro. Sacaron un cordón de acero del bolsillo interior de la chaqueta. Lo estiraron sujetando cada extremo con una mano. Rodearon el cuello del chico que tenían delante.

Shewei no esperó al final. En cuanto los jóvenes empezaron a convulsionar y sus caras se deformaron por la asfixia, se dio la vuelta y salió de la habitación.

Condado de Qingtian, provincia de Zhejiang
República Popular China, 1987

Xinyan Wu era tan menuda que sus padres vivían con la preocupación de que no estuviese creciendo lo suficiente para sus ocho años. Sus brazos y piernas apenas tenían el grosor del hueso, y sus pies eran tan pequeños que su padre bromeaba diciéndole que había nacido con pies de *geisha* japonesa.

Xinyan tenía un pelo muy negro y muy liso, que su madre le cepillaba cada noche. También se lo cortaba, con unas líneas rectas que enmarcaban una cara de mirada vivaracha, nariz pizpireta y boquita sonrosada. Su frágil apariencia contrastaba con su carácter, siempre activa y curiosa, siempre de buen humor y dispuesta a disfrutar del mundo que la rodeaba.

Xinyan vivía con sus padres y su hermano mayor en una pequeña casa con un dormitorio, un baño y una estrecha cocina, junto a los campos de arroz donde los padres trabajaban. Esa vivienda formaba parte de un grupo de doce. Apelotonadas entre los campos y las montañas, no eran número suficiente para que las considerasen aldea. Los habitantes del condado de Qingtian tenían un dicho para describir su tierra: «Donde, de diez partes, nueve son montañas». Su familia vivía en una de esas décimas partes, un valle con arrozales y alguna pequeña pradera con pasto para el ganado.

Xinyan soñaba con irse a vivir a Hangzhou, la capital de la provincia, cuando fuera mayor. Había estado allí un par de veces, una para ir al médico cuando padeció sarampión y otra para visitar a uno de los hermanos de su madre, que tenía una modesta tienda de lámparas y bombillas en un barrio alejado del centro. La ciudad no tenía nada que ver con el grupo de casitas donde vivían los Wu. Era un mundo lleno de ruidos, con calles abarrotadas de personas que iban y venían con unos andares más rápidos que los de sus vecinos de los arrozales, con coches y carretas entre los que había que abrirse paso, con voces que sonaban por todas partes ofreciendo alguna mercancía, con una mareante mezcla de olores desconocidos para una niña de campo de solo ocho años.

Lo que más le llamaba la atención a Xinyan eran los edificios que subían hasta el cielo, la mayoría en construcción y que, según le explicó su padre, contenían viviendas por las que solo podían pagar las familias que tenían a alguien en Europa mandándoles dinero. Ella no sabía lo que era Europa ni le interesaba, porque su plan no era, como el de tantos otros, ir a vivir allí. Ella quería ir a la ciudad y trabajar duro vendiendo en alguna de esas tiendas llenas de cosas que había por todas partes y, algún día, vivir en una de esas casas en las alturas, lo más arriba posible, un hogar en el cielo. Le daba vértigo solo de pensarlo.

Xinyan no iba a la nueva escuela que se acababa de construir a las afueras de Wenzhou, la ciudad más cercana a su hogar; al parecer, también gracias al dinero que mandaban los que se habían ido a Europa. Ella acudía a diario a un barracón que estaba a poco más de quinientos metros de los campos y de su casa. Allí, la señora Luan, una vieja que siempre olía a repollo, enseñaba a los hijos menores de los campesinos a contar, a leer y a pintar sinogramas sencillos. Los padres de Xinyan no podían permitirse dejar el trabajo para llevar a la niña a la escuela y recogerla más tarde. Estaba demasiado lejos y solo podía llegarse por una tortuosa carretera de tierra a través de las montañas cercanas, que además a menudo estaba bloqueada por las lluvias. Por el momento, Xinyan tenía que conformarse con acudir al barracón de la señora Luan y ya se vería más adelante.

A Xinyan le gustaba aprender. Se levantaba todas las mañanas sin pereza. Se ponía una camisa blanca, un jersey verde y una falda roja, prendas tejidas por su madre, desayunaba unas gachas y corría hasta el barracón con una bolsita en la que llevaba un lápiz, la cartilla para escribir y hacer las sumas y restas, y dos piezas de fruta, casi siempre manzanas, para el almuerzo. Lo pasaba bien allí, aunque la lentitud en resolver las cuentas de los más pequeños la impacientaba y había días en que el olor de la señora Luan la acababa mareando. Volvía a casa a media tarde, a la hora en que el sol rozaba las cumbres de las montañas.

Xinyan era feliz. Tenía una muñeca que le habían regalado sus padres por su octavo cumpleaños. Cuando regresaba por la tarde, hasta la hora de cenar, jugaba con ella, sentada a la puerta de la casa, vistiéndola con una falda y un jersey que eran copia de los suyos, tejidos también por su madre para la muñeca, y enseñándole lo mismo que ella había aprendido aquel día en el barracón.

Una tarde, Xinyan no regresó a casa. Sus padres se inquietaron cuando el sol se ocultó por completo tras las montañas y la niña seguía sin aparecer.

Salieron al camino a buscarla. Los vecinos los ayudaron en la búsqueda. Recorrieron la carretera que llevaba a la ciudad, miraron en establos y almacenes, preguntaron en otros grupos de casas de campesinos y rastrearon los campos gritando su nombre.

Su cuerpo apareció en una zona de los arrozales inundada por una crecida del río Ou, provocada por las últimas lluvias. La encontró uno de los vecinos pasada la medianoche, cuando los padres tenían ya la certeza, aunque ninguno se lo hubiese dicho al otro en voz alta, de que aquella búsqueda tendría un final fatal. Xinyan estaba boca abajo, con la cara y medio cuerpo hundidos en el agua cenagosa, donde varias carpas nadaban a su alrededor. Estaba desnuda.

Flotando en el agua, a apenas un par de metros de ella, también boca abajo, encontraron también a la muñeca con la falda roja y el jersey verde.

Era una conversación habitual. En los encuentros con amigos, en las charlas con los vecinos, en las pausas en el trabajo o durante las reuniones familiares. Todos hablaban de Europa, de cómo les iba a los que se habían ido o de los que planeaban irse pronto. Pocas eran las familias que no tenían a alguno de sus miembros en esos lugares de los que todos hablaban pero que pocos sabrían señalar en un mapa. Francia, Italia, Alemania. No tenían ni idea de su tamaño o de cómo eran las casas o las costumbres, lo que se comía o el idioma que se hablaba en cada país. Lo único que sabían era que aquellos lugares ofrecían un futuro más próspero que el que les esperaba viviendo a la sombra de las montañas de Qingtian.

Las historias de todos ellos eran parecidas. Un hijo de la familia Kai, el padre de la familia Liu, una hermana de diecinueve años de la familia Pang. Hacían el papeleo ante las autoridades locales o, si les podía la impaciencia, pagaban a las redes ilegales. Se marchaban y apenas se recibían noticias de ellos. Las llamadas o las cartas eran escasas. Pero el dinero empezaba a llegar.

Hangzhou, Wenzhou y el resto de las ciudades y los poblados de la provincia de Zhejiang se beneficiaban de los que se iban. Llegó dinero para construir torres de viviendas, puentes, escuelas, hospitales y para reparar los templos de la zona. Surgieron nuevos negocios y empresas de exportación que prosperaron con rapidez, todo un comercio de ida y vuelta que enriqueció la comarca. La vida mejoraba no solo para los que se iban, sino también, gracias a ellos, para los que decidían quedarse o estaban a la espera de reunirse con ellos al otro lado del mundo.

De entre los destinos en los que arraigaban los habitantes de Qingtian hubo uno que pronto se convirtió en el favorito. Un lugar de buen clima, gente amable y oportunidades. Xibanya, lo llamaban. Su capital: Madrid.

La familia Wu era de las pocas que aún no tenía a ninguno de sus miembros en Xibanya ni en ningún otro país europeo. Hablaban de ello constantemente. El padre opinaba que debía irse él. Tenía a un hermano y dos primos en diferentes lugares de Europa. Iría y, una vez asentado, se reunirían todos con él. Les fuese como les fuese, sería mejor que pasarse el resto de sus vidas deslomándose en los arrozales, le decía a su mujer. Ella dudaba: o todos o ninguno. Y Xinyan era aún demasiado pequeña para irse a lo desconocido, añadía. Lo discutían una y otra vez y siempre acababan postergando la decisión, mientras a su alrededor se iban marchando cada vez más vecinos.

Para cuando Xinyan apareció muerta, la decisión estaba tomada. Se iría la madre. Un primo suyo había abierto un restaurante en Madrid. Ella era buena cocinera. Tendría trabajo y cama nada más llegar. Era una gran oportunidad. Y la familia se reuniría cuanto antes. La decisión tenía sumido al matrimonio en una nerviosa mezcla de ilusión, esperanza y miedo. Un sentimiento que, con la muerte de la hija, fue reemplazado por otro, único y más intenso. Dolor. Un dolor que ahogó todos sus sueños en el mismo arrozal inundado en que encontraron el cuerpo de la niña.

El cuerpo de Xinyan yacía en su pequeño ataúd. Vestía un traje de hilo blanco que le había llevado a la madre una de sus cuñadas. El cuerpo lo cubría una tela celeste, y el rostro, otra amarilla, según marcaba una antigua tradición taoísta. Alrededor del ataúd había coronas de flores traídas por los vecinos y, aunque también era costumbre, faltaba la foto de Xinyan entre las flores, porque a la niña nunca le habían hecho una fotografía. En el lugar donde debía estar, a los pies del ataúd, había un plato con tres piezas de fruta escarchada, un sencillo altar con una vela blanca encendida y un cuenco en el que se quemaba incienso, llenando la vivienda de la familia Wu de su olor espeso.

La madre y el padre recibieron a las visitas que se acercaban a la casa a presentarles sus respetos. Algunos, los más cercanos, se quedaban con ellos, acompañándolos en el velatorio. Otros, apenas entraban, les transmitían sus condolencias y se marchaban. Hubo un gran trasiego de gente durante todo el día. Los campesinos de la zona conocían a los Wu y a la pequeña Xinyan y se sentían conmocionados. Los que dejaban la casa, al instante se ponían a hablar entre ellos, intercambiando especulaciones y comentando la necesidad de que se encontrase cuanto antes al culpable para volver a estar tranquilos. Todos sabían ya que la niña había sido violada antes de que la ahogaran en el arrozal.

Yuxuan, el hermano mayor de Xinyan, pasó la mayor

parte del día fuera de la casa. No soportaba ver a su hermana en el ataúd, ni a sus padres, encogidos, de pronto diminutos, compartiendo lágrimas y gemidos con toda aquella gente a la que, pensaba él, poco le importaba que su hermana hubiese muerto. Yuxuan apenas respondía de mala gana a las condolencias de los que se le acercaban. Solo soportaba la compañía de Zimo Wu, su primo y mejor amigo.

A sus dieciséis años, Yuxuan Wu ya era todo un hombre. A diferencia de su hermana, tenía una buena estatura. Era espigado de cuerpo y estirado de carácter. Demasiado serio y a menudo un tanto altivo, sus padres justificaban su escasa simpatía diciendo que en realidad era tímido, su primo afirmaba que vivía con rabia y su hermana, que lo adoraba, que era demasiado guapo para vivir en los arrozales. Yuxuan, siempre distante con todos, incluso con sus padres, solo se mostraba tierno con su hermana. A veces, hasta iba a buscarla al barracón de la señora Luan y le llevaba un palo de caña rebozado en azúcar que le compraba a un tendero al salir del trabajo. Nunca, durante el resto de su vida, se perdonaría que aquella fatídica tarde en que Xinyan desapareció no hubiese ido a buscarla.

Los primos Wu trabajaban en una fábrica de figuras de piedra. Aprendían a tallar el jade, que era lo más demandado por los europeos que compraban sus piezas a miles de kilómetros de allí. Yuxuan y Zimo iban cada amanecer en bicicleta a la fábrica, que estaba a cinco kilómetros de su casa, por la carretera que llevaba a la ciudad. Se pasaban el día puliendo y tallando piedras y haciendo planes.

Como todos, Yuxuan y Zimo habían decidido irse a Europa. Crearían su propia empresa. Venderían obras de artesanía a los europeos. Las mejores, las más bonitas, las más caras. Los dos primos no habían compartido aún esos planes con sus padres. Tenían pensado irse la siguiente primavera. Si les dejaban, tramitarían los papeles necesarios para salir del país. Si no, se escaparían y llegarían a Europa de manera ilegal y luego ya verían lo que hacían. Eso era idea de Yuxuan. Era el más lanzado, el más valiente. Zimo lo seguía, sin atreverse a confesarle sus recelos, por temor a que dejase de contar con él.

El día del velatorio de Xinyan, mientras compartían junto a su casa un cigarrillo que hacían con hebras de caña, Yuxuan le dijo a su primo que no iba a esperar a la primavera.

—Sin Xinyan, ya nada me retiene aquí.

—Entonces, ¿cuándo piensas irte? —le preguntó su primo.

Yuxuan contestó sin titubear:

—En cuanto haya vengado su muerte.

Zimo vivía con sus padres y dos hermanas en otro grupo de casas de campesinos cercano a la de los Wu. Su padre, hermano del padre de Yuxuan, era pastor de cabras. Su madre trabajaba en los campos, como sus tíos. Zimo no era ni tan esbelto ni tan guapo como Yuxuan. Más bajo, algo gordito y de carácter más apocado, era el contrapunto precavido y moderado de su impulsivo primo.

Un par de días después de que Xinyan fuese enterrada en un sencillo nicho en la ladera de la montaña que los campesinos de la zona habían elegido como cementerio, Yuxuan se presentó en casa de su primo cuando aún no había amanecido, más de una hora antes de lo que solía cuando iba a recogerlo para pedalear juntos hasta la fábrica.

Saludó a sus tíos con respeto y le pidió a su primo que saliese para hablar sin que los escuchasen. Zimo protestó. Hacía frío y aún no había desayunado y no quería tener que ir a la fábrica con el estómago vacío. Yuxuan no le hizo caso.

—Sé quién lo hizo —dijo sin preámbulos.

Zimo, aún adormilado, no lo entendió.

—¿Quién hizo el qué?

La expresión del rostro de Yuxuan se mantuvo pétrea.

—Coge la bici. Nos vamos.

—Pero ¿adónde? —protestó Zimo.

—A casa de Lao Feng.

Lao Feng era el hombre más odiado por todos los campesinos de los arrozales. Era una especie de capataz, aunque a él le gustaba presentarse como supervisor laboral. A las órdenes del prefecto de la provincia, supervisaba e informaba sobre los ritmos de la producción en los arrozales y, ante los campesinos, presumía de autoridad, de contactos con los prebostes políticos de la provincia y de sus buenas perspectivas para ascender con rapidez en el Partido. Pronto, decía, abandonaría aquellas tierras para ser nombrado comisario de barrio en la capital.

Feng era un tipo sin amigos, soltero, tirano y estúpido. Cuando la pequeña hija de los Wu apareció muerta, acudió a la casa de la familia para presentar sus respetos a los padres. No les dio palabras de consuelo, sino que los alentó a volcarse con más energía y mayor esfuerzo en el trabajo como forma de superar el dolor, un discurso absurdo que ni los padres ni el resto de los presentes entendieron. Se creía listo y respetado, pero en realidad todos lo despreciaban a sus espaldas.

Al salir de casa de los Wu, se cruzó con Yuxuan. Lo miró con displicencia. El muchacho y Feng sentían una mutua animadversión que venía de lejos. En una ocasión en que Yuxuan se enteró de que Feng había abroncado hasta la humillación a su madre porque consideraba que no rendía lo suficiente, el joven Wu fue a su encuentro en el arrozal y se encaró con él a la vista de varios testigos. Le dijo que, si volvía a hablar mal a su madre, le partiría unos cuantos huesos de una paliza. Feng le había contestado que le bastaría con decir una palabra y a sus padres los despedirían de su trabajo y a él, de la fábrica de figuras. Desde entonces, ambos mantenían una tensa hostilidad.

El día del velatorio, a la puerta de la casa, Feng se acercó a Yuxuan, le hizo un guiño y le dijo:

—Tu hermana era una niña muy guapa.

Yuxuan y Zimo fueron en bici hasta la casa de Feng. Era una edificación aislada, un poco más amplia que el resto, separada de los grupitos de viviendas de los campesinos. A Feng le gustaba marcar distancias, que quedase claro que no era como los demás.

El primo se quedó sujetando las bicis. Yuxuan le pidió que lo esperase allí, que solo sería un minuto.

Zimo temblaba. Una primera luz del día comenzaba a iluminar con un gris plomizo la húmeda neblina matinal que aún flotaba a ras del suelo. Hacía frío, pero el chico no temblaba por eso.

—¿Estás seguro de lo que vas a hacer? —le preguntó a su primo con voz insegura.

—Si tienes miedo, puedes irte.

—Sabes que yo estaré siempre donde tú estés.

Yuxuan estaba a punto de volverse cuando Zimo le preguntó:

—¿Y si no lo hizo él?

Yuxuan miró a su primo con esa ausencia de expresión en el rostro con la que a menudo lo decía todo sin necesidad de hablar. Zimo bajó los ojos, avergonzado por haberle hecho esa pregunta.

Yuxuan le dijo que su misión era tener las bicis preparadas para irse cuanto antes y darle la voz de alarma si aparecía algún posible testigo.

Luego fue hasta la puerta de la casa y la golpeó con los nudillos. Dos veces. Esperó. Dos veces más. Más fuerte. Por fin, la puerta se abrió.

Feng vestía un camisón de lana marrón, abultado por su prominente tripa, y unos calcetines negros que le subían hasta la mitad de las pantorrillas. Llevaba el pelo despeluchado y aún tenía los ojos hinchados por el sueño. Masticaba un bocado de una torta de maíz que sujetaba en la mano. Al ver a Yuxuan, dejó de masticar y torció el gesto un instante, pero lo recompuso con rapidez.

—¿Se puede saber qué haces aquí, Wu? —le espetó.

Yuxuan le habló con fría templanza.

—Sé que lo hiciste.

Feng no perdió el aire chulesco.

—¿De qué hablas, niño?

—Mi hermana.

—¿Eso? —Feng se encogió de hombros—. Vamos, Wu, es imposible saber quién lo hizo. A cualquiera de los hombres del valle le habría gustado disfrutar de una fruta tan tierna, ¿no crees?

Yuxuan echó una mano a su espalda. Se sacó del cinto uno de los ganchos de hierro que su madre usaba para colgar de la ventana bolsones de piel con comida o leche que deseaba mantener fresca. Tenía un extremo redondeado, por donde lo agarró Yuxuan, y otro terminado en pico. Lanzó el brazo con ímpetu. Clavó el gancho en el cuello de Feng. La piel y la yugular sonaron como globos que explotaran al ser atravesados. Yuxuan tiró con fuerza para sacar el gancho del cuello. Y se lo volvió a clavar varias veces. En el cuello, en la clavícula y de nuevo en el cuello.

—Por mi hermana.

Feng resistió de pie. Lo miró con sorpresa y pánico. La torta de maíz se le resbaló de entre los dedos. Abrió la boca como si fuese a decir algo, pero el único sonido que surgió de ella fue algo a medio camino entre una tos y una arcada. Se llevó la mano al cuello y la sangre la empapó con rapidez. Cayó al fin de rodillas, aún con expresión de asombro. Yuxuan levantó la pierna y lo empujó con la bota en el pecho para hacerlo caer hacia atrás.

—*Hún dàn* —susurró Yuxuan, contemplando el cuerpo caído.

Cuando se volvió y regresó junto a su primo, este temblaba más aún.

Yuxuan tenía la cara y el pecho manchados por la sangre de Lao Feng. Jadeaba y, con cada jadeo, de su boca brotaba una nube de vaho.

—¿Y ahora qué? —le preguntó Zimo.

Yuxuan despreció la pregunta con un gesto violento.

—Eso da igual.

La noticia de que el supervisor Feng había sido asesinado voló de boca en boca. Antes de que acabara la jornada, no había ya nadie en el valle que no lo supiera. Se lo contaban unos a otros a media voz, muertos de miedo, sabedores de que aquel crimen los ponía a todos en peligro, porque no aparecía asesinado un miembro del Partido, aunque no fuera tan importante como él pretendía, y la vida seguía sin más.

Zimo y Yuxuan regresaron a casa de este para que se lavara y se cambiara de ropa, y después pasaron el día en la fábrica, como si fuese otra jornada cualquiera. La noticia de la muerte de Feng también llegó hasta allí. Su jefe y los demás trabajadores mostraron el lógico asombro y hablaron de ello y ambos copiaron la sorpresa y los comentarios del resto.

Cuando, al final del día, Yuxuan entró en su casa, su padre lo esperaba sentado en una de las cuatro sillas que había en torno a la mesa en que comía la familia.

—Tienes que irte cuanto antes —le ordenó nada más verlo.

No estaba enfadado. No perdió un segundo en confirmaciones, reproches o titubeos.

—Hemos visto la ropa y el agua teñida de rojo en la palangana —fue lo único que dijo, y luego añadió—: Zimo estaba contigo, ¿verdad?

Yuxuan asintió.

—Os iréis los dos. Ya lo he hablado con su padre.

—¿Adónde?

La madre salió de detrás de la cortina que ocultaba el lugar en el que se cambiaban de ropa. Se retorcía las manos y los labios y los párpados le temblaban por el esfuerzo de contener el llanto.

—Estáis en un gran peligro —dijo el padre.

—Nadie me vio —replicó Yuxuan.

El padre negó con la cabeza, rechazando el argumento.

—Vendrán a deteneros.

—¿Y vosotros? ¿Qué os pasará?

La única respuesta del padre a eso fue otro movimiento de cabeza.

—Mi hermano y yo ya lo hemos arreglado.

La madre dio un paso al frente, hacia su hijo. Extendió los brazos para abrazarlo. El padre la detuvo.

—No hay tiempo. Tiene que irse ya.

Se encontraron en un recodo del camino de tierra que unía los campos de arroz con la carretera, algo más ancha, que llevaba a Wenzhou. La oscuridad era tan absoluta que solo cuando estaban a poco más de un par de metros pudieron ver al hombre que los esperaba junto a una pequeña camioneta, un carricoche de tres ruedas en realidad, con una diminuta cabina y la parte trasera cubierta por un paño raído tendido sobre unos arcos de alambre.

Zimo y Yuxuan llegaron con sus padres. Los primos apenas se miraron y no intercambiaron ni una palabra de saludo. El padre de Zimo, que se había encargado de todo, se acercó al hombre de la camioneta. Mantuvieron una breve conversación en susurros. Luego volvió junto a ellos y se limitó a decir: «Adelante».

No hubo más despedida. Zimo y Yuxuan inclinaron la cabeza ante su padre y tío respectivos. Después subieron a la parte trasera de la camioneta, donde apenas cabían los dos encogiéndose cuanto podían. Esta arrancó con un carraspeo del motor y se alejó a trompicones. No llevaron consigo ni equipaje ni documentación.

Así comenzó un viaje que ambos sabían sin retorno.

A las afueras de Wenzhou los esperaban dos hombres con un camión apenas más grande que el carricoche. En la parte trasera había otras tres personas cuyos rostros no acertaron a distinguir en la oscuridad.

Y así fue a partir de entonces. Cambiaban de un camión a otro y cada vez se sumaban más pasajeros. Nadie hablaba. Pronto perdieron la noción del tiempo. Cubiertos por lonas, en la parte trasera de aquellos camiones era difícil estar seguro de si amanecía o anochecía e incluso de cuándo era de día o de noche.

Pasaron hambre, frío, calor y sueño como nunca imaginaron posible. Se les acalambraban las piernas y el culo por permanecer en posturas encogidas, sentados sobre pisos de chapa o madera. Se alimentaban de un cuenco de pasta de arroz y bebían agua de un odre que debían pasarse de unos a otros. Se los entregaban un par de veces al día unos hombres que iban cambiando, aunque pareciesen siempre los mismos, tipos malencarados que apenas les dirigían la palabra salvo para reclamarles que les devolviesen los cuencos y el odre una vez vaciados.

Al finalizar los turnos de comida, los dejaban bajar del camión para hacer sus necesidades al borde de la carretera, siempre en parajes solitarios. Pero a menudo, entre medias de aquellas paradas, alguien perdía el control y el vehículo apestaba a orines, a heces, a sudor y a vómito.

Había momentos en que, en el interior de los camiones, hacía tanto calor que costaba respirar y, en otros, tanto frío que pegaban los cuerpos entre sí para evitar congelarse. A Zimo se le resecaron los labios hasta despellejarse y las yemas de los dedos se le arrugaron. Pasaba ratos en los que dormitaba con respiración agitada y emitía susurros indescifrables. Yuxuan comprendió que se estaba deshidratando y, durante un par de días, le cedió su ración de agua, lo que acabó provocándole retortijones y un dolor permanente en los riñones.

En algún momento del viaje, Zimo le dijo a Yuxuan, a media voz para que no pudiese oírle nadie:

—Vamos a morir, ¿verdad?

Yuxuan le contestó, sin alterarse:

—Creo que sí.

Una mujer que estaba sentada frente a ellos comenzó a llorar quedamente.

Viajaron hacia el norte y salieron de China. Entraron en Rusia por un puesto fronterizo donde los guardias recibían una considerable cantidad de dinero por mirar hacia otro lado. Tras atravesar territorio ruso y cruzar la frontera con la República Checa, pasaron de un camión a un microbús. Aquello fue todo un cambio. Los obligaban a mantener bajadas unas cortinillas, por lo que seguían viajando, si no ya en la más absoluta oscuridad, sí en una cansina penumbra. Pero iban en asientos individuales, incluso algo mullidos. La comida pasó del cuenco de arroz a dos rondas diarias de un trozo de pan y un par de lonchas de un jamón reseco.

Al subir al bus, un hombre le preguntó a uno de los malencarados si estaban ya en Europa. No recibió respuesta.

De vez en cuando subían a otro autobús, igual que antes los pasaban a un camión distinto. En cada cambio, algún viajero se quedaba y, a veces, subía uno nuevo que no sabían de dónde venía. Los malencarados decidían, señalándoles y sin dar explicaciones, quién se quedaba y quién seguía.

Tras una de las paradas, al otro lado del pasillo del bus se sentó un joven de tupida pelambrera negra, mirada torva y mejillas picoteadas por cicatrices de acné o viruela. Yuxuan le preguntó si sabía dónde estaban. El tipo contestó con una mueca burlona y siniestra:

—En el infierno.

Sobrevivieron. El autobús se detuvo un amanecer frente a un almacén que se alzaba en mitad de ninguna parte. Uno de los hombres malencarados, que iba en la primera fila, se puso en pie y le gritó a la veintena de pasajeros:

—¡Final del viaje!

Zimo y Yuxuan dormitaban. Abrieron los ojos, se miraron y, por vez primera después de no sabían cuántos días, había esperanza en sus miradas.

El compañero de las mejillas picadas le preguntó al malencarado dónde estaban y este, con expresión burlona, dijo en español:

—Bienvenidos.

Y luego añadió:

—Barcelona.

Una vez bajaron del autobús, antes de que les indicaran que caminasen hacia la entrada del almacén, Yuxuan le susurró a su primo:

—Recuerda esto. Aquí ya no seré Yuxuan Wu.

Zimo lo miró sin comprender. Él se lo aclaró con impaciencia:

—Yuxuan Wu es ahora el nombre de un asesino fugitivo.

Su primo hizo un gesto de entendimiento.

—Entonces, ¿cómo te llamarás?

Tras aquellos días, el rostro de Yuxuan recuperó la arrogancia que a tantos irritaba.

—He pensado en un nombre bonito —dijo—. Un nombre de ganador.

Y con orgullo, cuando cruzaban la puerta del almacén, dijo:

—David Wang.

II

A veces aún regresaba. Volvía a recorrer el pasillo de aquella casa y entraba en la habitación donde aquel hombre apuntaba con una pistola a su compañero, que estaba en el suelo, reducido y con la espalda contra la pared. El tipo, de pie, alzaba su pistola. Iba a disparar. Pero se volvía al oír movimiento a su espalda. Estela y él se miraban. Un segundo. Era un hombre sin cara, sin nombre, sin historia. En aquel instante, para ella, solo era eso: alguien que estaba a punto de matar a su compañero. Una mirada de un segundo. Después, una vez más, todo volvía a suceder. Estela disparaba de nuevo. Y dos balas volvían a alcanzar en el pecho a ese hombre, ese hijo de puta que, de no haber aparecido ella, habría asesinado a sangre fría a su compañero. A veces regresaba. Y despertaba con el corazón desbocado, con la frente empapada en sudor, buscando aire con desesperación. Solo es un sueño. Tenía que repetírselo para asimilarlo. Un sueño. Fue real una sola vez. Tres años antes. Pero aún regresaba. Cada vez menos a menudo, eso era cierto. Pero, a veces, lo hacía. Y seguía alterándola igual.

Mató a un hombre. Participaba en una operación conjunta a la caza de un antiguo terrorista reclutado por narcos colombianos. Lo mató para salvar a su compañero. Y creyó que podría vivir con ello sin problema. Al principio no sintió nada especial. Una distante frialdad ante lo ocurrido. Como si fuese algo que le hubiese pasado a otra persona y se lo hubiesen contado. No había ni culpa ni orgullo. Y creyó que se mantendría así. No sospechó que el bloqueo emocional pasaría y que la reacción vendría con retraso, como una ola que se forma muy lejos dentro del mar y tarda en llegar a la orilla. Un tsunami de mierda.

Primero fue la investigación. Y, claro, el cambio a su alrededor. Para sus compañeros de la UDYCO, ya no era la misma. Pasó a ser otra Estela: la que había matado a un hombre.

Para algunos, aquello era motivo de admiración. Ella, tan menuda, callada y seria. Hacía su trabajo en la calle con discreción, obediente a las órdenes, sin saltarse las normas, con una eficacia sin alardes. Una más, nada reseñable. Pero luego pasó a ser la otra: la policía con los huevos bien puestos. Si matas a uno de los malos, escalas a otra categoría de poli, una que alcanzan muy pocos, porque la mayoría no llega a disparar el arma en toda su carrera y mucho menos a matar a nadie. Ahora, Estela era una heroína, había entrado en la leyenda, era parte de la élite, objeto por igual de elogios, chistecitos y debates. Ya no era solo una poli de Estupefacientes de los que salen a la calle a detener a yonquis y camellos de medio pelo, a dedicar cientos de soporíferas horas a un seguimiento, una vigilancia o, en el mejor de los casos, a desmantelar un apestoso narcopiso y encerrar a sus inquilinos. Ahora se había convertido en una poli de las que salen a la calle dispuestas a matar si es necesario, nada menos.

Pero para otros se convirtió en un bicho raro. ¿Puede uno fiarse de alguien capaz de matar? Da igual que sea al malo, que salvase la vida del compañero, que cualquiera desease tener a alguien así a su lado en una situación de riesgo. Porque, caramba con la mosquita muerta, qué mal rollo, ¿cómo funciona el coco de alguien capaz de disparar a matar?, una chica de gatillo fácil, ¿a que no tienes huevos de invitarla a tomar una copa? A esos, Estela pasó a inspirarles una extraña desconfianza, un indefinido recelo que ni siquiera sabían disimular.

Pero lo peor no fue el cambio de actitud de sus compañeros. Lo peor fue la presunción de culpa. Las diligencias judiciales, Asuntos Internos y la investigación. Un mismo interrogatorio repetido una y otra vez. El reiterado repaso de cada detalle. El informe psicológico pericial. Las dudas, las sospechas, las puestas en entredicho. Disparas para salvarle la vida a un compañero y te conviertes en sospechosa de asesinato. Perdió los papeles después de una docena de interrogatorios. La próxima vez dejo que lo maten y que os vayan dando a todos, ¿vale?, les llegó a gritar a los instructores.

Se quebró. No había entrado en la policía para matar a nadie, ni siquiera a un cabronazo. Comenzaron las pesadillas, las dudas, el insomnio, la ansiedad. Su petición de baja coincidió en el tiempo con el final de la investigación que la exoneraba de toda culpa. Aceptó someterse a tratamiento psicológico. Lo aprendió todo sobre el *shock* postraumático. Se odió por no ser tan fuerte como siempre había creído. Decidió varias veces dejarlo definitivamente. El comisario Ramos la convenció de que no lo hiciera. Vuelve, le pidió. Durante un tiempo, solo trabajo de oficina, le ofreció. Poco a poco. Date tiempo.

Volvió. Se enfrentó a los que la admiraban y a los que desconfiaban de ella. Aprendió a ignorar a unos y otros. Se volvió aún más silenciosa y reservada. Dejó la terapia. Y, más de tres años después, recibió la orden del comisario Ramos de ir a ver de qué iba eso de una matanza de cinco rumanos en una nave del polígono Polvoranca.

Había convencido a todos de que ya estaba en plena forma. Se había convencido a sí misma.

Pero, a veces, regresaba.

Y, al despertarse, saltaba de la cama como si fuese peligroso permanecer en ella. Iba a la cocina. Bebía agua. Un vaso lleno hasta arriba. Dos. Trataba de regular la respiración. Se asomaba al dormitorio de Inés. La veía dormir. Ese era su mejor sedante.

Había pasado por mucho. Un matrimonio fallido. Un marido que había decidido vivir instalado en una infinita adolescencia. Un divorcio a cara de perro en el que ella luchó por conseguir todo lo posible para Inés. Una nueva vida: nueva casa y barrio y cole para su hija y un futuro para ella diferente al previsto. Había hecho aquel viaje sin desmoronarse. Sin lamentos, sin amargura, como mucho con rabia contra sí misma por haberse dejado engatusar demasiado tiempo por aquel imbécil follador.

Pero eso era diferente. Podía sobrevivir a un cambio de escenario tan radical en su vida, a la necesidad de recomenzar, a la responsabilidad de sacar adelante a Inés sola. En cambio, no le resultó tan fácil sobrevivir al hecho objetivo e irreversible de que había matado a un hombre, daba igual si se lo merecía o no, daba igual el motivo o la situación.

Por eso, a veces, regresaba. No se lo decía a nadie. Ni a Guillermo, el fiscal, al que utilizaba para otros desahogos, ni a su jefe, el comisario Ramos, ante el que no le gustaba mostrar debilidad. Esas noches en que todo regresaba eran suyas y solo suyas, su intimidad, su secreto.

Y, también a veces, Inés la descubría. Estela observaba a su hija mientras dormía desde la puerta de su dormitorio, y lo habitual era que se marchase sin que ella se enterase. Pero, en ocasiones, la niña percibía su presencia, como si una parte de su cerebro se mantuviese alerta, sin dormir, esperando la aparición de la madre en el quicio de la puerta.

Así ocurrió aquella noche, en la que regresaba a su cabeza la visión de las cinco bolsas funerarias negras en el suelo de la nave del polígono. Los fantasmas se desvanecieron mientras contemplaba a Inés, que dormía. El contraste entre aquellos cinco bultos negros y ese otro que era el cuerpo de su hija bajo las sábanas la inquietaba y la consolaba a la vez. Al menos, se decía, no todo es negro en este jodido mundo.

Estaba a punto de regresar a su dormitorio cuando la voz de la niña sonó a su espalda:

—¿Una noche larga, mamá?

Estela se volvió. Inés se había incorporado en la cama.

Durante el día, su hija era solo una niña de diez años. Pero, en aquellas madrugadas, a menudo le parecía una mujer serena y sabia. Mucho más madura que ella.

—¿Quieres que vaya?

—¿Quieres venir?

—Creo que te estoy malcriando, mamá.

Y así terminaban a veces aquellas noches sin sueño. Inés se iba con Estela a su cama y volvía a quedarse dormida con rapidez. Y su madre permanecía al lado, despierta, sintiendo el contacto de su cuerpo y escuchando su respiración. Y en esos momentos, antes de dormirse, se desvanecía el temor de no estar siendo la madre que Inés merecía. Se dormía convencida de que era ella, velando su sueño, la que cuidaba de su hija. Sin sospechar que pudiese ser al revés. Que tal vez, en ocasiones, era Inés la que cuidaba de ella.

—David Wang.

Estela dijo el nombre nada más entrar en el despacho de su jefe, el comisario Eladio Ramos. No le llevó ninguna copia impresa de los documentos que había estado estudiando en el ordenador desde primera hora de la mañana. No quería tener que explicarle de dónde provenían.

Había acudido al piso de Guillermo cuando ya anochecía. Fue con pereza, cansada tras la larga jornada que había comenzado con la visita a la nave de Polvoranca. Tenía ganas de recoger a Inés del piso de la vecina donde pasaba las tardes, irse a casa, quitarse los zapatos, cenar con ella y que le contara qué tal el día en el cole, tirarse en el sofá y ver un capítulo de alguna serie que en ningún caso sería policíaca. Pero en ese momento tenía que admitir que había merecido la pena pasarse por el piso de Guillermo. Una vez que se quitaba el traje y la corbata y abandonaba su habitual encorsetamiento, el fiscal se comportaba como un amante entregado y creativo. La cita había incluido un jugueteo de apretones y mordiscos, un intenso intercambio de sexo oral y la conclusión con la energía y los envites sin miramientos que a ambos les gustaban. También había habido otra de esas conversaciones recurrentes en la vida de Estela: Guillermo diciéndole que no tenía queja, pero que no estaría de más que probasen a hacer algo más que encamarse, algo como dar un paseo o ir al cine o a cenar o a tomar una copa, y ella dándole la misma respuesta de siempre: iremos viendo. En definitiva, todo bien: la sesión de cama y el *pendrive* que él le había entregado después. Se había ido con la información que necesitaba. Se sentía satisfecha.

Cuando Estela entró en el despacho del comisario, Ramos le dedicó una de sus sonrisas de padre orgulloso.

—Me gusta verte en acción.

Ella no respondió. No tocaba volver a lo de siempre. A veces tenía la sensación de que su vida consistía en una sucesión de conversaciones recurrentes.

Tras varias horas estudiando el contenido, su mente estaba centrada por completo en el *pendrive.* Era buena archivando y procesando datos en la cabeza. Al fin y al cabo, llevaba los tres últimos años dedicada a eso. Y esa información era bastante más interesante que lo que solía analizar, que no pasaban de ser, en la mayoría de los casos, listados de viajeros con procedencias o destinos sensibles, albaranes de importaciones revisadas en frontera, de huéspedes de hoteles, de detenidos por delitos menores o de los registros de llamadas de los móviles de esos detenidos. Su trabajo consistía en cruzar datos, en tratar de detectar, entre toneladas de información irrelevante, algo que llevase a algo que permitiese averiguar algo que de verdad tuviera interés para alguien. La aguja en el pajar. A veces, muy pocas, ocurría. Pero la mayor parte del tiempo era un trabajo rutinario y estéril.

El contenido del *pendrive* no tenía nada que ver con ese tipo de datos.

—En la Audiencia Nacional llevan varios años investigando a Wang —le dijo al comisario.

—La Operación Mulán —replicó este.

Estela puso una mueca de admirativa sorpresa.

—Soy un poli mejor informado de lo que crees —rio él, con orgullo.

—En apariencia —continuó Estela—, es un exitoso empresario dedicado a la importación y la venta al por mayor de mercancías que provienen del Extremo Oriente. Pero hay sobradas razones para sospechar que, detrás de sus negocios legales, se oculta una red de tráfico de droga y de personas y de blanqueo de capitales.

—La versión oscura de un rey mago llegado de Oriente —dijo el comisario—. ¿Y qué tiene que ver con la muerte de los rumanos?

—Por ahora no hay conexión, más allá del comentario de un confidente de Roi Conde.

—Poca cosa.

Estela se vio obligada a asentir.

—Wang parece estar detrás de todo lo que tenga que ver con criminalidad organizada china en España. El problema es que todo se basa en suposiciones. Y me temo que la sospecha del confidente también. No va a ser fácil establecer el vínculo, si es que realmente tiene algo que ver con la muerte de los rumanos.

—¿Cómo van las investigaciones sobre él que están llevando a cabo desde la Audiencia Nacional? ¿Alguna posibilidad de que lo procesen pronto?

—El tipo sabe moverse y ocultarse. No deja pruebas. Para la gente de la Audiencia, establecer su conexión con los delitos de los que parece ser responsable también está siendo una tarea compleja. Aún no tienen suficientes pruebas como para ir a por él. Por ahora, siguen investigando en secreto. Andan con bastante cuidado y sin querer dar ningún paso en falso. Wang no es un pobre inmigrante chino. Al parecer, vive protegido por tantos abogados como guardaespaldas. Y tiene contactos de alto nivel. Decir que es intocable puede que sea excesivo, pero desde luego podría montar un buen escándalo si se le acusase de algo sin fundamento. No irán a por él si no están muy seguros de que las imputaciones progresarán.

Eladio Ramos entrelazó las manos y apoyó la barbilla en ellas. Se mordió, pensativo, el nudillo del dedo índice, un gesto inconsciente que Estela conocía bien y que indicaba preocupación.

El comisario tardó poco menos de un minuto en preguntar:

—Por curiosidad: ¿cómo sabes tanto de lo que investiga la Audiencia bajo secreto de sumario?

Ella puso una falsa expresión de misterio.

—Eso forma parte de mi propio secreto de sumario, jefe.

Ramos asintió, dando a entender que aceptaba la respuesta sin insistir.

—¿Iréis entonces a por Wang?

—Mientras no haya nada mejor, es un comienzo.

El comisario volvió a morderse el nudillo.

—No interfiráis en las investigaciones de la Audiencia Nacional —dijo—. Recuerda que vuestro caso es el asesinato de cinco rumanos, no desenmascarar al tal David Wang por sus otros delitos. Si no encontráis un vínculo entre él y la matanza de Polvoranca, lo dejáis en paz y vais por otro camino, ¿entendido? No quiero que acabemos entrando en conflicto con otras investigaciones. Bastante ruido está haciendo este asunto como para, además, acabar cabreando innecesariamente a alguien poderoso.

—¿Ruido?

Ramos asintió con resignada pesadumbre.

—En la prensa ya se ha filtrado que a los rumanos los mataron unos chinos.

—En solo veinticuatro horas...

—Ya sabes, las comisarías son un caladero de filtraciones. Y los políticos ya se han puesto nerviosos, claro. Ha habido llamadas del Ministerio, de la Comunidad, del Ayuntamiento... Les preocupa que esto se presente como una guerra entre razas. Para los políticos, eso es peor que una guerra de bandas. Un auténtico campo de minas.

—¿Y cómo vamos a evitarlo?

—Pillando a quien lo haya hecho lo antes posible. Y contándolo luego al gusto del consumidor. O sea, de los políticos. Construir un bonito relato en el que no se hable de mafias internacionales operando en España ni de guerras entre comunidades de extranjeros. El público traga con la delincuencia, pero no tolera nada que suene a xenofobia o algo parecido. La periodista esa tan popular, Daniela Lozano, ya ha publicado un artículo esta mañana insinuando que el crimen podía ser obra de una tríada instalada en nuestro país. Y eso acojona. A la gente y a los políticos.

Ramos hizo una pausa. Se mordió el dedo una vez más y después dio por terminada la reunión con un suspiro.

—Investigad a Wang, a ver si de ahí sacáis algo. Pero con cuidado. Solo nos falta que salga un respetable empresario chino diciendo que las racistas autoridades españolas lo están acosando.

—No te preocupes. Roi Conde tiene toda la pinta de investigar con muchísimo cuidado —le dijo Estela con un guiño.

Salió del despacho del jefe y regresó a su mesa. Quitó del respaldo de la silla la cazadora de piel y se la puso para irse. Sin sentarse, se inclinó sobre el teclado y pulsó para extraer el *pendrive* del ordenador de forma segura. Después, navegó con el ratón para borrar el *mail* que había estado analizando esa mañana.

No le había hablado al comisario de la información adjunta al correo. No hacía falta, eso era para su consumo personal. Se lo habían mandado de Recursos Humanos; tenía allí a un compañero de promoción. Al menos, para conseguir el expediente personal de Roi Conde, no he tenido que acostarme con mi compañero, pensó Estela con una mezcla de sarcasmo y autoflagelo.

Rodrigo Conde Linares. Más conocido como Roi Conde. Un expediente para cogerlo con pinzas y tapándose la nariz. Un carrerón. En dos ocasiones, sancionado con tres meses y un día de suspensión por falta muy grave, una por desobediencia a un superior y otra por violencia contra un compañero. Otras tres instrucciones de expedientes por faltas semejantes que acabaron archivándose. Tres apercibimientos por falta grave: dos por trato degradante a ciudadanos y una por agresión a un sospechoso. Seguía en el Cuerpo de milagro. Pero el expediente también mostraba sus contrastes. Había varias menciones por operaciones exitosas. Locales de prostitución con inmigrantes ilegales localizados gracias a sus investigaciones, la identificación de los dos autores materiales de un apuñalamiento mortal durante una reyerta entre miembros de los Latin Kings y los Dominican Don't Play, un novio y un marido asesinos desenmascarados y detenidos, el hallazgo con vida de un niño desaparecido al que todos, menos él, daban por muerto. Se mencionaba una propuesta de condecoración desestimada a petición del propio interesado. Y, junto a aquellas luces y sombras, un informe de evaluación psicológica: hombre conflictivo, rechazo innato a la autoridad y una incapacidad congénita para respetar cualquier procedimiento o trabajar en equipo. Una joya.

El expediente se correspondía con la fama que tenía entre sus compañeros. Estela no iba de farol cuando le dijo que había oído hablar de él. En las charlas de café o copa entre polis, cuando se repasaban cotilleos y personajes, no era raro que apareciera el nombre de Roi Conde. Un tipo solitario, arisco y con tendencia a pelearse por igual con superiores, compañeros y subordinados. Se contaban anécdotas sobre él. Un buen número de ellas consistían en peleas en bares, en salas de interrogatorio y en vestuarios de comisarías. Nadie le tenía el menor aprecio, pero ningún jefe de los que le habían padecido se había decidido a impulsar su expulsión porque, al final, resultaba tan resolutivo como odioso. Lo utilizaban, se servían de su talento como policía, pero a la vez no querían ni verlo. Y, como pasaba con las reacciones respecto a Estela, entre los compañeros unos hablaban de él con desprecio y otros con una inconfesable envidia.

Pero todos coincidían en algo: cuanto más lejos, mejor.

Genial, se dijo Estela al llegar a esa conclusión, tras analizar su expediente. Porque en ese momento, semejante tipejo era su compañero en aquel apestoso asunto de los cinco rumanos muertos.

La galería estaba en el barrio de Carabanchel, en una zona antes deprimida que ahora se había puesto de moda entre el mundillo artístico. La exposición ocupaba las cuatro salas de la galería. Las paredes brillaban, pintadas todas de un mismo blanco nuclear. La iluminación, también de un blanco plano, buscaba aumentar una sensación de fondo refulgente y aséptico a la vez, en el que contrastaran con fuerza las obras, la mayoría de un colorido intenso y con un notorio afán de dramatismo.

Los invitados no debían superar el centenar. Un evento exclusivo, gente selecta, le había dicho Alberto. Virginia conocía bien ese ambiente. Era el mismo en todas las inauguraciones de exposiciones en todas partes del mundo. Jóvenes artistas buscando llamar la atención con estilos rocambolescos de ropa, calzado o cortes de pelo. Coleccionistas e inversores con aspecto de gente de mundo, ellos vestidos con *blazers* y pantalones informales que les hacían parecer capitanes de yate en dique seco, y ellas aspirando, sin saberlo, a convertirse en clones de Cruella de Vil, unos y otras acompañados de sus amantes en todas las combinaciones posibles: chicos o chicas demasiado jóvenes, vestidos con ropa de precio prohibitivo y con una misma mueca de indolente indiferencia. Famosos, ya fueran actores o actrices, *influencers*, cantantes, presentadores de televisión o estrellas del deporte que no sabían qué hacer con su dinero y buscaban adquirir prestigio o respeto o una decoración exótica para las paredes de sus casoplones recién comprados, invirtiendo en un arte del que lo ignoraban todo. Uno, dos o como mucho tres críticos especializados que se sentirían obligados a publicar reseñas positivas de la exposición porque, al fin y al cabo, había copas y canapés gratis y, de no hacerlo, la próxima vez serían reemplazados por otros más complacientes. Fauna habitual de galería de arte en noche de inauguración.

Alberto le había insistido en que fuera. Total, si aún no te volvés, por lo menos entretenete, le dijo. Ella se resistió. No quería decirle que un cóctel en una galería rodeada de gente esnob no era su idea de entretenimiento porque, al fin y al cabo, aquello formaba parte de la vida habitual de ambos. Le dijo, más buscando hacerle reír que quejarse, que no se veía con fuerzas para soportar a pelotudos pretenciosos. Pero Alberto no se rindió. El dueño de la galería era un buen amigo, le había comentado hacía unos días por *mail* que inauguraba aquella exposición y las grandes esperanzas comerciales que tenía puestas en ella y, sobre todo, era un buen socio profesional al que convenía tener contento. Ya que estás allá, no te cuesta nada pasarte un rato, que nos viene bien que el tipo nos quiera, pibita, le dijo Alberto, zalamero. Virginia se quedó sin argumentos. Lo haré por ti, claudicó. Y es por eso nomás que te quiero, se rio él.

Y allí estaba. Delante de un tríptico donde una figura de rasgos asiáticos saturada de color, con cuerpo de niño vestido con una camisola y un pañuelo tipo *boy scout* y cara de viejo, mostraba tres expresiones diferentes. Grito rabioso, un aire alicaído y mirada soñadora. *Máscaras 11*, se llamaba la obra. Un horror, para el gusto de Virginia, que llevaba años fingiendo un aprecio por el arte contemporáneo que solo en muy contadas ocasiones era real.

El dueño de la galería, un hombrecito menudo, vestido también con ropas llamativas —chaqueta de grandes cuadros burdeos y pantalones de rayas de diferentes azules—, la había recibido con un entusiasmo espídico. Le dio tres sonoros besos como saludo, le dijo varias veces que Alberto era el tipo que más sabía de arte moderno «de todo Latam», le aseguró otras tantas veces que era una mujer hermosa, muy hermosa, hermosísima, le prometió presentarle a gente muy interesante y luego la abandonó y no había vuelto a acercarse a ella.

Virginia, con una copa de cava en la mano, contemplaba las máscaras del niño viejo chino y se preguntaba qué demonios pintaba ella allí y cuándo sería razonable irse sin que el galerista lo considerase una descortesía y le dijese a Alberto que era una maleducada.

Pasó a la siguiente obra. Un gran cuadro vertical. Una multitud de rostros de rasgos exagerados, sin pretensiones de realismo. Todos reían con la boca muy abierta y los ojos cerrados. Eran risas carentes de cualquier alegría.

Contempló la pintura aparentando interés.

—Yue Minjun.

Oyó la voz a su lado. No le prestó atención. Creyó que no le hablaba a ella.

—En realidad, todas las caras son autorretratos. Todas las obras de este autor son caricaturas de sí mismo.

Virginia miró de reojo. Había un hombre que contemplaba el cuadro a su lado. También llevaba en la mano una copa de cava. No se fijó más, pero tampoco quiso ser antipática.

—No son caras muy agradables que digamos.

—No pretenden serlo —dijo el hombre—. Yue Minjun usa la risa como herramienta para la crítica social, casi se podría decir que como arma provocativa y de denuncia frente a las atrocidades del mundo.

Virginia observó con otros ojos aquellos rostros que, ahora se daba cuenta, en efecto eran todos el mismo, riendo con diferentes muecas sin felicidad.

—¿Le interesa el arte contemporáneo chino?

Se sintió obligada a prestar atención al hombre que le hablaba. Alto, delgado, en torno a los cincuenta, tal vez un poco menos, con rasgos asiáticos. Un hombre guapo, fue lo primero que pensó. Tenía unos ojos bonitos (más arqueados que rasgados), una sonrisa apenas esbozada (nada que ver con el histrionismo de los rostros de Yue Minjun), una piel sin arrugas y con un ligero bronceado (estaba claro que cuidaba su físico). Vestía un traje negro y un jersey de cuello alto del mismo color que, a pesar de su sencillez, se advertían de calidad. Vale, pensó Virginia en ese segundo eterno que le basta a una mujer para evaluar a un hombre, es atractivo, parece culto y tiene estilo. Suficiente para dejar de sentirse aislada entre toda aquella gente.

—En realidad, no sé absolutamente nada de arte chino.

La sonrisa contenida de él se estiró un poco.

—Pues está en el lugar perfecto para remediarlo. Aquí se han reunido los diez mejores artistas actuales de mi país —dijo él—. ¿Me permite que le haga de introductor?

A Virginia le divirtió su galantería. Le recordó, aunque no se pareciesen en nada, a Alberto. Un caballero porteño, un caballero chino. En fin, ella ya no era una niña, pensó. Su nicho de mercado no bajaba ya de los cincuentones. Tampoco era que aspirase a atraer a ninguno de esos jóvenes y estrafalarios artistas emergentes que iban de un lado a otro buscando conocer a posibles mecenas, promotores o galeristas y que no iban a perder el tiempo con una mujer de su edad sin estar seguros de si obtendrían un rendimiento práctico de ella.

El hombre la guio a través de varias obras, que le fue explicando con esa pedantería incontenible del experto que ella conocía tan bien. Un panel con fotografías de rostros tatuados con sinogramas de Zhang Huan. Muy radical, dijo él. Si no se hubiese instalado en Estados Unidos, estaría en serios problemas con el Gobierno de Beijing. Un retrato de familia de figuras estilizadas de Zhang Xiaogang. Padre, madre e hijo vestidos con el austero uniforme del Ejército Rojo miraban con inexpresividad al frente. Una obra característica del movimiento New Wave, le explicó. Una fotografía que ocupaba toda una pared de una de las explosiones creativas de Cai Guo-Qiang. Ya sabe, le dijo él, nuestro artista *superstar* que compone obras con explosiones de pólvora.

A Virginia no acabó de gustarle nada de todo aquello. Pero se dejó llevar. Era gracioso verlo esforzarse, con fallido disimulo, en impresionarla con su conocimiento. Además, tenía una voz agradable y estar con alguien la hacía sentir menos incómoda. Cuando él hizo una seña a una camarera y cambió sus copas vacías por otras llenas, bebió un poco y sintió el agradable despuntar de un ligero mareo.

—¿Le parece que veinte minutos juntos es tiempo suficiente como para que nos presentemos? —dijo él, exagerando su impostada caballerosidad para hacerla sonreír.

Virginia le dijo su nombre. Le explicó que estaba de paso por Madrid. Su pareja era amigo del dueño de la galería. Vivía en Buenos Aires. Y, para qué mentirle, no tenía el menor interés en el arte asiático, pero total, ¿qué otra cosa se podía hacer una noche en Madrid que fuera más apetecible que ir a contemplar los autorretratos sonrientes de Yue Minjun?

Él le dijo que se llamaba David Wang. Vivía en Madrid y no conocía Buenos Aires. Lamentaba que la exposición no le interesase, porque él la había patrocinado y, a decir verdad, se había dejado un dineral en traer todas esas obras a Madrid. A él sí le interesaba el arte chino. No solo eso: le encantaba dárselas de entendido, como había podido comprobar. Uno no se esfuerza en aprender sobre algo para luego no presumir de lo que sabe, dijo, y ella rio al oír aquello.

Pasaron un rato juntos. Él ya no intentó lucirse. Ella ya no se molestó en mostrar un falso interés por las obras. Cuando Virginia le dijo que tres copas de cava eran suficientes y que se iba, él le preguntó dónde se alojaba y se ofreció a llevarla.

Ella sonrió. La jovencita popular de La Moraleja, la que saltaba de un romance a otro hasta que Gabriel Melgar, alias Dardo, apareció en su vida y cesaron todas sus correrías amorosas para dedicarse solo a él, aún vivía en su interior: sabía cómo librarse de un hombre sin equívocos, pero sin hacer tampoco sangre.

—Es un buen punto para concluir por hoy mi primera inmersión en la cultura de su país —le dijo.

David Wang no insistió. Aceptó con buen ánimo el elegante rechazo.

Virginia regresó al Hotel Intercontinental en taxi, tras despedirse del dueño de la galería asegurándole, faltaría más, que la exposición le había parecido apasionante.

Regresó sintiéndose cómoda. Y cayó en la cuenta de que era la primera vez que se sentía así desde que había vuelto a Madrid.

Fueron en el Ford Capri de Roi Conde. La recogió en el mismo sitio que la mañana anterior. La había llamado para proponerle aquella visita. Como una excursión del colegio, dijo: aprendizaje y diversión a partes iguales. Tras haberse pasado todo el día estudiando el contenido del *pendrive* que le había dado Guillermo, Estela hasta agradeció salir de la oficina, aunque fuera en compañía de Conde. Necesitaba despejarse. Era curioso. No se había sentido tan tranquila como siempre pasando la jornada frente a la pantalla del ordenador. Ver a aquellos cinco cadáveres, la información que había estado estudiando sobre el tinglado criminal de David Wang o, a lo mejor, conocer a un poli callejero como Roi, le había activado algún tipo de resorte interno. Ganas repentinas de calle. Sorprendente. Y no se sentía inquieta ni asustada por ello. Más sorprendente aún.

Enfilaron la autovía de Toledo. Conde fumaba. Ella le puso un wasap a su vecina: «Hoy te recojo a Inés prontito. Gracias, amiga». Ante ellos, el cielo iba oscureciéndose por el atardecer y por la llegada por el oeste de oscuras nubes cargadas de lluvia.

—Dime, ¿qué se siente?

Roi se lo soltó de pronto, tras hacer todo el recorrido en silencio. No hizo falta que dijera nada más. Estela supo de lo que iba. No era, ni mucho menos, la primera vez. Y le apetecía contestarle tan poco como todas las anteriores veces en que algún imbécil —no fallaba: ¿por qué eran siempre hombres?— le había ido con lo mismo.

Formaba parte de su cruz. Como una penitencia.

—¿De verdad, Conde? —respondió con desgana.

—Oh, vamos —protestó él—. Es impresionante, admítelo. Así, tan chiquita y tan seria. Sacas tu arma y, pam, pam, te cargas a un tío. Me deslumbras, inspectora.

—No me jodas, ¿vale?

Él estaba de buen humor. No iba a dejarlo tan fácilmente. Ella contempló a través de la ventanilla los negros nubarrones que avanzaban hacia ellos.

—Toda una pistolera, sí, señor —dijo él con más tono de vacile que de admiración—. Se supone que aquí soy yo el tipo duro. Treinta años en la calle. Toda una vida repartiendo hostias, pero nunca he matado a nadie. Y ya ves: tú eres la verdadera tipa dura, la que se carga a los malos a tiros. Comparado con eso, lo mío es solo un postureo de medio pelo.

—Si no te importa, preferiría hablar de otra cosa —trató de frenarlo ella, consciente de que no serviría de nada.

Conde, por supuesto, siguió.

—Venga, inspectora, que uno no tiene a menudo la oportunidad de hablar con una poli famosa, toda una leyenda. Vamos, dime, ¿qué se siente?

—Tú también eres bastante legendario. —Estela puso una mueca de falsa simpatía—. Muchos compañeros te conocen. Y todos dicen lo mismo: que eres un pedazo de capullo. Dime, ¿qué se siente?

Él apartó la vista de la carretera para echarle un rápido vistazo. Se echó a reír.

—Ya me jode, inspectora, pero acabarás cayéndome bien y todo.

Llegaron a su destino. Cobo Calleja. A media hora de la ciudad. Otro polígono industrial, pero muy diferente al que habían visitado la mañana anterior en Polvoranca. Ese era casi un pueblo. Más de dos millones de metros cuadrados de naves industriales. Algunas abiertas al público para la venta al por mayor. La gran mayoría con carteles en la fachada en los que se podían ver más grafías en mandarín que en castellano.

—Aquí lo tienes. Este es el verdadero Chinatown de Madrid, no Usera —dijo Roi Conde mientras recorrían la calle central, más ancha que el resto.

A esas horas, la mayoría de las naves tenían bajadas las persianas, muchas de ellas pintadas de llamativos colores. Había coches y furgonetas dispersos aparcados delante.

—Este es el mayor centro del comercio chino de Europa —explicó Roi—. Desde los años sesenta, pero sobre todo a partir de los ochenta, el polígono creció a un ritmo imparable. Empresas de madera, de pintura, de recambios, de alimentación..., de todo. Ahora, las empresas españolas son poco más que testimoniales. Los chinos son los dueños de la mayoría de las naves. Esto es mucho más que el clásico polígono. Es el punto neurálgico de una gigantesca actividad comercial que abarca medio planeta.

El Ford Capri avanzaba, despacio, por la avenida central, vertebrada por calles más estrechas a ambos lados. Unas anticuadas farolas iluminaban las fachadas con escasa intensidad. El escenario tenía un extraño atractivo, con la mezcla de luz amarillenta de las farolas rodeada por la grisácea luz natural de aquel atardecer al borde del chaparrón, la abigarrada sucesión de carteles con sinogramas y la soledad apenas rota por las escasas personas que salían de las naves e iban hacia los coches para marcharse a casa. Era, pensó Estela, como si el desvío de la A-42 que habían tomado los hubiese introducido en un gran plató de rodaje, un escenario de luz y aspecto ficticios, un lugar que no tenía ninguna relación con las carreteras, las casas, las calles o la vida de las personas que estaban más allá.

—¿Para qué me has traído aquí?

—Ya te lo he dicho. Para aprender. Es bueno que veas este sitio para que comprendas la dimensión de la actividad económica de la comunidad china. Por supuesto, que quede claro, para que no me vengas con tus reproches de señorita políticamente correcta, que la mayoría de los empresarios chinos que tienen aquí sus empresas son gente honrada. De hecho, ellos odian aún más que nosotros a las ovejas negras de su comunidad. Al final, unos pocos generan un rechazo contra los chinos que los perjudica a todos en sus negocios.

—Ovejas negras como David Wang.

Roi asintió.

—Wang es la puta oveja negra más grande de todas. O, mejor dicho, es el puto dueño de todas las ovejas negras.

Conde hizo girar el Ford Capri a la derecha. Enfiló una calle más estrecha, también formada por una larga sucesión de naves con las mismas persianas de diferentes colores y los mismos cartelones verticales con textos en mandarín. Se echó a un lado y detuvo el coche. Apagó el motor, pero dejó las luces encendidas. No le preocupaba que los viesen. Al otro lado de la calle, cien metros más allá, unos mozos descargaban cajas de la parte trasera de un camión, apilándolas en el elevador de una carretilla con la que las llevaban al interior de un almacén.

—Todas las naves de esta calle son propiedad de Wang —le explicó Conde a Estela—. Ningún otro empresario chino es tan poderoso. Provee con sus importaciones a la inmensa mayoría de los bazares de España. Trae de todo, mercancías fabricadas en talleres de trabajadores tratados como esclavos por todo Oriente. Lo transporta en barcos hasta Valencia y Barcelona, lo centraliza aquí y lo distribuye por todo el país. Y utiliza esa misma red de transporte para hacer exportaciones. De todo. Entre otras cosas, toneladas de marihuana que viajan a medio mundo en sus camiones, aviones y barcos. Una fusión perfecta de negocio legal e ilegal que factura docenas de millones de euros al año. Un dinero que, por supuesto, debe blanquearse, por lo que, junto con la maría y las remesas de productos legales, esas flotas y fletes van también cargaditos de gruesos fajos de billetes a los que hay que lavar y peinar.

Estela lo escuchaba mientras su mirada se entretenía viendo a los hombres que estaban descargando. Roi Conde le hablaba como si ella no fuese policía de Estupefacientes y no tuviese ni idea de todo aquello. Pero Estela prefirió dejar que siguiera sin hacer ningún comentario. Tampoco le habló del *pendrive* que le había pasado Guillermo. No quería tener que explicarle o que él dedujese cómo había conseguido la información.

—¿Cómo es ese tipo, Wang? —preguntó—. Háblame de él.

Roi tardó en contestar.

—¿Qué puedo decir? Es diferente a todos esos chinos honrados y discretos que han montado aquí sus empresas y viven en sus pisos de Usera. A Wang le gusta disfrutar de la vida al estilo occidental. Es un tipo sofisticado. Tiene un chalé en La Florida. Con vallas altas y un montón de cámaras. Lo obsesionan la seguridad y la intimidad. No se le conocen pareja o hijos. Le interesa el arte y a menudo financia exposiciones o participa en subastas. Pero, en general, es un tipo al que no le gusta ni dejarse ver ni que se sepa nada de él.

—¿Y tan difícil es pillarlo?

A Conde le hizo gracia la pregunta.

—Estos tipos saben hacer las cosas. Tienen miles de

años de experiencia construyendo imperios. Y Wang no deja de ser un pequeño emperador.

Hizo una pausa para encenderse un cigarrillo. Bajó la ventanilla apenas un par de dedos y dio una larga calada. Estela tuvo la sensación de que estaba disfrutando. Le gustaba demostrar que sabía, pero, sobre todo, pensó, le gustaba aquello: vigilar, estar al acecho, fumar dentro de su Ford al caer la noche, observar a unos tíos como los que tenían enfrente, aunque no estuviesen haciendo nada malo. Poli callejero. Ella intuyó, mientras lo observaba de reojo, que Roi disfrutaba interpretando su propio personaje, y eso le pareció divertido, hasta un poco enternecedor.

—De acuerdo, ¿y ahora qué? —preguntó con curiosidad sincera, pero también con la generosidad de darle pie a que siguiese con su verborrea del poli experto de la pareja—. ¿Vamos a ver a Wang?

—¿Ver a Wang? —Roi soltó algo que podía ser risa o gruñido, pero, en cualquier caso, despectivo—. Wang es más inaccesible que el rey de Inglaterra, bonita.

—Conde, no empieces a joder con lo de *bonita* —le advirtió ella.

Él ignoró lo que aún era más advertencia que amenaza.

—Nadie habla con Wang sin superar un laberinto de secretarias, asesores, abogados y guardaespaldas. Y menos desde que sabe que lo investiga la Audiencia Nacional. Wang se ha vuelto aún más desconfiado e inaccesible. Acércate a un kilómetro de distancia y el muy hijoputa te pondrá una denuncia por acoso. Olvídate de hablar con él.

Estela no supo contener su sorpresa.

—¿Sabes lo de la investigación? Se supone que es secreta.

Roi Conde dejó escapar su risa breve y seca.

—Como buena investigación secreta, todo el mundo sabe que está en marcha. Operación Mulán. Un nombre precioso. Tú sabes que existe, yo sé que existe y no te quepa duda de que Wang sabe que existe.

Estela pensó que, a veces, pecaba de boba. Olvidaba cómo funcionaban las cosas. Estoy oxidada, se dijo.

—Me han dado instrucciones de que no interfiramos con la Operación Mulán.

Aquello también provocó que Conde volviese a soltar su hiriente risa.

—¿Qué no interfiramos? —gruñó—. ¿Llevan años detrás de ese puto chino sin conseguir cogerlo y nos dicen que no interfiramos? Anda y que les den... —Estuvo claro que Conde iba a rematar aquello con un *bonita*, pero lo contuvo en el último momento—. Si queremos progresar, tendremos que usar una técnica tan antigua como la vida misma. —Miró a Estela e hizo una pausa teatral antes de decir—: Agitar el avispero.

—¿Cómo? —preguntó ella, que se obligó a no sentirse ofendida por el regreso de la mueca despreciativa de él ante su comentario.

—Un clásico. Tocamos las pelotas a gente de su entorno para que se ponga nervioso y cometa algún error.

Roi Conde estiró la mano y agarró la llave del contacto.

—En realidad, ya lo estamos agitando. Además de tu aprendizaje, ese era otro de los motivos para venir aquí.

Señaló con la mirada a los tipos que descargaban el camión. La parte trasera de este estaba a punto de quedarse vacía. Estela los había estado mirando mientras trabajaban y en ningún momento había percibido que se interesasen por la presencia del Ford Capri con los faros encendidos a cien metros de ellos. Pero Conde le dijo:

—No te quepa duda de que Wang sabrá esta misma noche que un coche con polis dentro pasó por aquí.

Arrancó su anticuado y nada discreto Ford y bajó el freno de mano.

—Bueno —suspiró con satisfacción mientras giraba en redondo y regresaba a la calle principal de Cobo Calleja—, pues ya has situado al personaje, inspectora. La clase ha terminado. ¿Te apetece una cerveza?

—Prefiero irme a casa. Mi hija...

—¡Venga ya! —la interrumpió él—. Desde luego, has visto pocas pelis de polis. Los compañeros acaban la jornada compartiendo una cerveza. Y tú y yo la acompañaremos con un chorizo picante que está para caerse de espaldas.

—Quiero irme a casa, Conde.

Roi ni siquiera la miró.

—Olvídalo. Soy de esos tíos que odian comer chorizo picante a solas.

Tomó la calle principal y se incorporó a la autovía de Toledo en dirección a Madrid.

Estela no se resistió más. Sus agudas dotes detectivescas la llevaron a la rápida conclusión de que no habría servido de nada.

Conde la llevó a un bar en el Puente de Vallecas. Uno de esos locales que son todos iguales y que tienen nombre de pila, en este caso Bar Manolo. Un bareto de los de mesas y sillas de formica, mantel de papel, tele en una repisa en lo alto donde parecen emitir a todas horas el mismo telediario, un par de tragaperras, un par también de viejos aburridos arrumbados en la barra y el suelo salpicado de servilletas, huesos de aceituna, cortezas y otros restos del día aún sin barrer. Si Cobo Calleja era como un gran plató de cine, aquel garito era como un viaje al pasado. Roi Conde en estado puro, pensó Estela cuando se sentaron a una de las mesas y el policía y el dueño del bar se saludaron con un escueto intercambio de palabras masculladas. No podía evitar que, en algunos momentos —eso sí, breves—, le llegase a divertir aquel poli cuyo aspecto, coche y bar favorito parecían sacados de imágenes de archivo.

No le quedó más remedio que admitir algo: el chorizo que el tipo de la barra —Manolo, sin duda— les puso en la mesa en un cuenco de barro junto a las cervezas estaba delicioso. Y que, al poco de comerlo, te abrasaba tanto la boca que parecía imposible imaginar que alguna vez cesaría aquel picor.

—¿Qué te parece si nos quitamos tarea? —le preguntó Roi tras dar un primer sorbo a la cerveza que le dejó un resto de espuma en los labios.

—¿Sobre la investigación? —le dijo Estela, procurando que no se le notara de más que lo único que deseaba era irse a recoger a Inés, a la que no le importaba hacer los deberes en casa de la vecina junto al hijo de esta, pero que le reventaba tener que quedarse a cenar allí en vez de en su casa.

Conde negó a la vez que se llevaba un trozo de chorizo a la boca.

—No, mujer —dijo—. Me refiero a esos rituales obligados y aburridos entre dos compañeros que comparten por primera vez un caso. Ya sabes: contarnos por qué nos hicimos polis, qué aspiraciones tenemos, cómo esta profesión nos ha jodido nuestra vida privada... Los rollos habituales. En realidad, no me interesan nada, pero como suele ser algo de lo que no hay quien se libre, cuanto antes nos lo quitemos de en medio, mejor.

Estela miró la pantalla del móvil, que había dejado sobre la mesa. Más de las ocho y media. Al menos, aún no había wasaps de Inés o de la vecina. Aún no se impacientaban, así que podía darse el gusto de una réplica.

—Te gusta ir de llanero solitario, ¿eh, Conde? —le dijo, imitando la mueca de suficiencia de él—. El tipo duro que no necesita compañeros y *apatrulla* a solas la ciudad, como si te hubiesen sacado de una canción del Fary.

Roi se echó a reír.

—No fastidies...

—Siento decepcionarte, amigo. Por ahora, te veo más cerca de Torrente que de Harry el Sucio.

Él rio más aún. Se llevó otra rodaja de chorizo a la boca y lo acompañó de un largo trago con el que vació su vaso.

—Piensa que, si fuese más amable contigo, te acabarías aburriendo de mí. Considéralo una técnica de seducción.

Estela bebió, pero no por eso dejó de arderle el paladar.

—Te diré algo que ni imaginas, Conde: como técnica, es un absoluto fracaso.

Roi se volvió, atrajo la atención de Manolo levantando el brazo y le pidió otro par de cañas. Estela se temió que no lograría largarse de allí hasta demasiadas horas y demasiadas cañas después. Optó por tomárselo con calma.

—Adelante, Conde, empecemos —dijo con el primer sorbo de la nueva caña—. ¿Por qué te hiciste poli?

—¿De verdad te importa?

—La verdad es que no, pero no me gusta dejar tarea pendiente.

Roi se mostró satisfecho con la respuesta.

—Influencia paterna —dijo—. Desde niño, supe que lo que más me gustaba era patear las calles. Debió de ser el ejemplo de mi padre. Mi viejo era cartero. Un trabajo de mierda, pero a él le encantaba. Se pasó toda la vida recorriendo las calles de este mismo barrio. Hasta que un día cayó fulminado en el mismo sitio donde había pasado toda su vida: en una acera cualquiera. Yo quise vivir igual que él. En las calles. Pero sin tener que cargar con un bolsón lleno de cartas y paquetes. Para eso, tenía dos posibilidades. Echarme a la calle llevando en el bolsillo una navaja o una pistola. Y, simplemente, elegí lo segundo. Me hice poli en vez de quinqui.

Conde remató aquellas palabras con su risa seca.

—¿Y a qué aspiras? —le preguntó Estela.

Él le dirigió una mirada desconfiada. No sabía si ella se burlaba o si de verdad le interesaba saber. Cogió el vaso y miró en su interior, como si allí lo esperase la respuesta.

—A nada, por supuesto —dijo al fin, tras dar un sorbo a la caña—. Soy lo único que quiero ser. Nunca he buscado hacer carrera o convertirme en uno de esos polis pijos que van a los actos políticos con sus uniformes lustrosos y la pechera cargadita de medallas. Ya les pueden ir dando mucho a todos. Yo solo me esforcé en llegar a inspector para tener la libertad suficiente para hacer lo mío.

—¿Y qué es lo tuyo?

Roi Conde volvió a mirarla. Esa vez, con duda. Le llevó unos segundos decidir si le seguía aquel juego de preguntas y respuestas, si le contestaba en serio o si volvía a intentar reírse de ella. Estela advirtió aquella duda en su mirada y no estuvo segura de qué había elegido cuando al fin habló.

—Ayudar a los hipócritas a que sigan con sus vidas.

—Acepto explicación de eso —dijo ella, tras echar otro rápido vistazo al móvil y no ver notificaciones de wasap.

Conde se removió en el asiento. Estaba claro que entraban en un terreno que le gustaba.

—Llevo años lidiando con todos esos tipos que vienen a este país a joder. Me da igual el idioma que hablen o el color de su piel. Abrimos las puertas, miramos para otro lado y los dejamos entrar. Porque todos queremos pensar que así formamos parte de una sociedad buena y acogedora y blablablá. Y por esas puertas puede que entren muchas personas necesitadas y maravillosas y perfectas para satisfacer nuestro deseo de creernos unos seres humanos adorables. Pero también se cuelan muchos otros. Escoria. Y, entre esos, los más tirados te apuñalarán en un callejón para robarte cinco euros y otros, los más listos, se saltarán todas nuestras normas para forrarse, como Wang. Pero los poderosos solo querrán que los polis nos ocupemos de esos cabrones sin hacer demasiado ruido, no se vaya a joder esa fantasía de mundo feliz en el que viven los hipócritas.

Estela se concentró en beber para ganar tiempo y lograr que su voz sonara templada cuando dijo:

—Esa visión me suena de algo, Conde. Déjame pensar dónde la he oído antes... —Simuló, burlona, necesitar pensarlo—. Ah, sí, ya caigo. Es el discurso de ciertos partidos políticos...

Roi extendió los brazos, dando a entender que ya había oído aquello demasiadas veces.

—A mí la política me importa tres pares... —dijo, y Estela anotó mentalmente como una victoria que pareciese reprimir otro *bonita*—. Yo no voto. Ni siquiera le daría la mano a un político, pero, sobre todo, no se la soltaría sin comprobar antes que no se está llevando mi reloj.

—¿Ellos son los hipócritas? ¿Los políticos?

—No entiendes cómo es esto, inspectora. No solo los políticos. Los hipócritas son muchos más. Son miles. Millones. La inmensa mayoría. Incluso apostaría algo a que tú misma eres una de ellos. Son todos esos a los que les encanta pensar que un tipo como yo es un racista de mierda al que no se parecen en nada. Son todos esos que duermen tranquilos porque están convencidos de que son generosos, solidarios, la hostia. Pero los hipócritas solo son así mientras los moros, los panchitos, los negros, los amarillos o los jodidos albanokosovares se mantengan a distancia, en sus barrios, con sus trabajos de mierda, a ser posible invisibles. Pero que ni se les ocurra irse a vivir a la puerta de enfrente en su urbanización con piscina y pádel, que no le pongan a ninguno de ellos de jefe o ni siquiera en la mesa de al lado en la oficina, que no entren a comprar en los mismos centros comerciales ni se sienten al lado en un cine o en la sala de espera del médico. Así son los hipócritas, tan buenos ellos. Y yo soy el racista porque les meto en el trullo cuando cometen un delito. Pero, aunque a esos hipócritas les caigo fatal y me desprecian, es a mí a quien desearán ver aparecer cuando les roben, les peguen un navajazo o violen a sus hijas. Porque entonces les pareceré cojonudo porque soy yo el que se sabe manejar con esa gentuza, el que sabe dónde se esconden, el que les va a sacar de su madriguera y los mandará a que se pudran en la cárcel para que los hipócritas recuperen la tranquilidad.

Estela buscó refugio en un trozo de chorizo y al instante se arrepintió, porque le abrasó tanto la boca como las palabras de Roi le incendiaban el ánimo.

—¿Qué es lo que te ha jodido así el carácter, Conde?

Roi no ocultó su satisfacción. Siente que ha ganado algo, sea lo que sea, pensó ella. Quizá solo el reto de cabrearla.

—Cada día hay alguien que quiere joderme en las calles, así que a cambio yo elijo a quién quiero joder cada día.

Estela negó con la cabeza, se abanicó con la mano la boca entreabierta, como si eso fuese a aliviar el ardor, y dijo:

—A pesar de todo, me consta que eres bueno en tu trabajo.

—¿Te consta? No creo que nadie te haya hablado bien de mí. Y si alguien lo ha hecho, dime quién es, para ir a partirle la boca. He peleado duro para currarme mi mala fama.

Ella puso una expresión pícara.

—He visto tu expediente. Conseguí que me lo pasaran.

—¿Eso no es una irregularidad?

—Considérame una chica mala.

—Supongo que nadie te niega nada. La gente debe temer que les pegues un tiro, si lo hacen.

—No vuelvas a eso, Conde.

—No puedo evitarlo. Me muero de envidia.

Ambos bebieron hasta vaciar sus vasos a la vez, como si aquel largo trago sirviese como firma de un acuerdo de paz.

—Toca hablar de ti.

—Ni de coña, amigo.

En ese instante fue él quien puso expresión de malo.

—Te hiciste poli porque tenías la vocación de ayudar a los demás.

—Justo.

—Y, como si fueses Miss América, tu única aspiración es contribuir a hacer de este mundo un lugar mejor.

—Ya ves, Roi, soy una cursi.

—Déjame seguir, que estoy en racha.

Roi Conde pareció relajarse, como si de pronto se le pasase ese cabreo que parecía tener siempre borboteando en su interior contra nadie y contra todos.

Se echó hacia atrás en el asiento y se llevó la mano al bolsillo de la camisa, de donde sacó el paquete de Marlboro. La voz de Manolo le llegó desde la barra:

—Ni se te ocurra, inspector.

—No hay apenas nadie —protestó él—. ¿Ni un solo pitillito?

—¿Quiere que venga la poli a multarme?

—Putos polis...

Roi devolvió el paquete al bolsillo y pidió, a cambio, otro par de cañas. Estela le recordó que debía irse ya, que su hija la esperaba. Él le prometió que aquellas serían las últimas y retomó la conversación.

—Tu vida, inspectora. Veamos... Lo habitual, supongo. Un matrimonio roto. Una hija que te hace sentir culpable por no atenderla lo suficiente. Lo más apasionante que te pasa cada año son los veraneos en la playa con la cría y tu madre. Cada vez menos noches de copas con amigas. Algún polvo esporádico con tipos que no consiguen que superes tu desconfianza hacia los hombres, que hace tiempo que has decidido que son todos unos cabrones. Y la duda de si te merece más la pena Tinder o el Satisfyer.

—Está claro que te gusta encajonar a las personas en estereotipos.

—En realidad, ¿no lo somos todos?

Ella no respondió. Solo quería irse y, más allá de los fugaces instantes en que el inspector la podía divertir, ya había decidido que el resto del tiempo le caía fatal.

Él continuó. Le gustaba aquello.

—Estás harta de que te infravaloren en el curro por ser mujer, de las feministas furibundas y de los machirulos como yo, de esas amigas que no solo se conforman sino que son felices con no ser más que esposas y madres, de que tu propia madre te pregunte si no piensas volver a tener pareja nunca, de que te descubras mirándote en el espejo del baño para comprobar si te ha salido alguna arruga y luego digas que te da igual envejecer, de que nunca tengas tiempo de ir al gimnasio y de que, en realidad, no quieras ir tanto para estar en forma como para estar buena, y de que, al final, tu mejor momento del día sea cuando resuelves el Wordle. ¡Ah! Y lo que más te harta, por supuesto, es que te pregunten qué sentiste al matar a un tipo.

La pantalla del móvil se encendió. Estela abrió el wasap: «Mamá, ¿vienes ya?».

Se bebió la última caña de un trago. Cerró los ojos. Sintió el líquido bajando por el pecho. Y eso le quitó las ganas, aunque no del todo, de pegarle un tiro a Roi Conde en ese mismo momento.

—Solo has acertado en lo último —le dijo.

—Sabes que no.

Él también vació el vaso de un trago. No iba a ser menos.

—Ahora sí que me voy —anunció ella.

Le preguntó a Conde dónde vivía y él le dijo que a solo un par de calles de allí. Estela le dijo que iba a pedir un taxi. Él se negó.

—Los tipos rancios y casposos como yo somos también los últimos caballeros.

Ella no replicó. Había tenido suficiente cerveza, suficiente chorizo picante y suficiente Roi Conde por esa noche.

Cuando ya estaban fuera del bar y caminaban hacia el Ford Capri, él le dijo:

—Entonces, ¿no me vas a contar qué se siente?

Estela le contestó sin siquiera mirarlo:

—Es verdad lo que dicen de ti, Conde. Eres un auténtico capullo.

Yun y Ling aceleraron el paso. No era porque les generase inquietud estar allí, sino por acabar con aquello cuanto antes. Pasaron junto a un yonqui que vagaba a solas, tambaleándose, en busca de alguna caridad que le aliviase el mono. No se llegaba a distinguir a nadie más en aquella zona a oscuras del sector 6 de la Cañada Real. El yonqui fue a acercarse, pero, cuando distinguió sus caras, dio un paso atrás, trastabilló y se fue en otra dirección hasta acabar perdiendo el paso y cayendo al suelo. Conocía las reglas: los chinos son intocables. Si no quieres tener problemas, prohibido molestarlos.

Lo mejor de ir a la Cañada Real, solían bromear Yun y Ling, era cuando uno se marchaba. Aquel lugar era el infierno. Era difícil elegir si era peor de día o de noche. De día no podías esquivar la deprimente visión de los niños a medio vestir jugando en los charcos, el triste deambular de mujeres y hombres a medio vivir y el goteo en busca de dosis de yonquis a medio morir, cruzándose e ignorándose entre chabolas de paredes y techos de madera, cartón y uralita. Por la noche, debido a la falta de luz eléctrica, algo que a los políticos no parecía salirles de las pelotas solucionar, aquel lugar se convertía en un oscuro pozo de miseria y muerte, apenas iluminado por fogatas dispersas o por el débil resplandor de bombillas alimentadas por generadores en el interior de las chabolas de los más poderosos. Yun y Ling jamás habrían pisado aquel lugar de no ser porque aún eran dos niñatos de veinte años en el escalón más bajo de la organización.

Regresaban de la chabola de los Heredia, uno de los clanes que controlaban el mercado de la droga de la Cañada. Diego Heredia, el jefe del clan, era un socio muy respetado. La organización mantenía con él una alianza de doble dirección. A veces, cuando había algún pico de demanda o no se disponía de suficiente mercancía para un envío urgente, Yun y Ling iban a comprar maría a los Heredia, aunque la de los gitanos fuese de menor calidad que la que producían los chinos. Al menos, se cubría así la urgencia. Pero lo más frecuente era al revés. Eran ellos los que le vendían a los Heredia, dando así salida rápida a excedentes que no hubiesen podido colocar. A los gitanos les gustaban los chinos tan poco como a estos los gitanos. Pero no estaban allí para ser amigos. Ambas partes eran fiables, gente de ley, de tratos rápidos y pago a tocateja.

Yun y Ling solo eran correos. Esa noche habían dejado diez tabletas de maría en la chabola donde los Heredia llevaban sus asuntos. Les habían pagado con dos fajos de billetes. Como siempre, fue un encuentro con pocas palabras. Diego les hizo el mismo chiste de siempre: algún día deberíais pasaros al caballo, que tanta hierba solo es buena para las vacas. Ellos no pillaban la gracia. Los jefes mandan, le contestaban, y se guardaba cada uno un fajo en la cintura y se largaban de allí lo antes posible porque odiaban la peste a basura que rodeaba el lugar, el pegajoso calor de las fogatas y hasta la manera de hablar de aquella gente.

Jiahao los esperaba al final de la cuesta con las tres Honda 250. Jiahao se quedaba a vigilar las motos, a pesar de la orden de no tocarles ni un pelo a los chinos. Siempre podía haber algún despistado.

—¿Todo bien? —les preguntó cuando llegaron a su lado.

—Todo bien —contestó Yun.

Aparecieron desde detrás de una chabola abandonada de paredes agujereadas y techumbre hundida. Siete. Cuatro llevaban en la mano unas barras de acero algo más cortas que un bate de béisbol. Otros dos cubrían sus dedos con puños americanos. Uno se quedó un poco atrás, pistola en mano, por si aparecía alguien a interrumpir.

Los golpearon sin mediar palabra. A Yun le dieron con una barra en la cara. Le hundieron la nariz y le fracturaron ambos pómulos. A Ling le dieron primero en el estómago, quedó sin respiración, cayó de rodillas y acabó de tumbarle un puñetazo con puño americano que le reventó el globo ocular derecho. Jiahao intentó escapar, pero solo le dio tiempo a girarse. Una barra lo golpeó en la espalda. La siguiente, en el costado. Cayó al suelo con varias costillas rotas.

A partir de ahí, con los tres chicos caídos, para los siete hombres fue un trabajo fatigoso pero sencillo. Les pisaron brazos y piernas, les patearon cara y cuerpo, los golpearon con las barras y les levantaron la cabeza agarrándolos del pelo para darles con los puños. Les partieron huesos y dientes, les perforaron pulmones y les reventaron riñones. En silencio. Solo se oían los golpes, los bufidos por el esfuerzo de los agresores y los gemidos de dolor de los agredidos.

No les quitaron el dinero ni les robaron las motos.

Les dejaron tirados en el suelo. Yun y Jiahao sin conocimiento, Ling apenas consciente, lloriqueando con un llanto apenas audible.

Los encontraron más de dos horas después gracias a

uno de los yonquis que pasaban por allí y que estaba lo suficientemente lúcido como para distinguir los cuerpos y contar lo visto a su camello gitano.

Jiahao acabó recuperándose de las heridas, los hematomas, los huesos rotos y el bazo reventado tras una larga estancia en el hospital. Ling perdió un ojo, y la tibia y el peroné derechos quedaron tan pulverizados que nunca volvió a caminar sin cojear. Yun perdió masa encefálica y no volvería a hablar, a caminar o a comer nada sólido.

Cuando Shewei supo lo ocurrido, prometió a las familias de los tres chicos que aquello no quedaría sin venganza.

Cal Szabo se metió en la boca un trozo de filete demasiado grande incluso para alguien de su tamaño. Tuvo que masticarlo un rato, dejando que se viera dentro de su boca entreabierta, y ayudarse de un largo sorbo de un vaso de tinto para tragarlo. Por fin, el trozo de carne fue hacia dentro, sus labios quedaron brillando por el aceite que había dejado en ellos y pudo volver a hablar.

—A la hora de la comida, solo estoy con amigos —dijo señalando con el cuchillo el gran filete bañado en una aceitosa salsa que rebosaba por los bordes del plato—. Espero que vosotros amigos, ¿sí?

Szabo llevaba más de veinte años en España, pero seguía hablando un castellano plagado de errores, con un acento muy marcado.

Estela miró a Conde de reojo. Ambos estaban sentados en sendas sillas al otro lado de la mesa. Roi parecía relajado. Volvió a mirar a Szabo, pero este no cruzó en ningún momento su mirada con la de ella.

—Ayer fue un mal día, amigo —dijo Roi Conde—. Sobre todo para esos pobres chinos de la Cañada Real.

—Un sitio peligroso.

—Sí. No es bueno encontrarse, en mitad de la noche y en sitios así, con rumanos armados con bates.

Szabo frunció los labios.

—Creía que tú amigo, Roi Conde. Creía que tú venías para pésame por cinco rumanos asesinados.

Szabo se centró en sujetar el filete con el tenedor mientras intentaba cortar otro trozo, manteniendo una expresión de disgusto, los labios apretados como si fuese a dar un beso sonoro.

Estela eligió con urgencia un punto perdido en una esquina de la habitación en el que fijar la mirada. No se sentía capaz de volver a ver a aquel hombre masticando la carne.

Roi le había dicho que tenían que ir a verlo en cuanto supo lo de los chinos apaleados en la Cañada Real. Cerró la cita con el rumano, del que tenía el número de móvil, y fueron hasta Aluche. El despacho de Cal Szabo era un cuartucho al que se llegaba a través de una puerta que había junto a la barra principal de la discoteca Olympo, uno de sus negocios y su centro de operaciones. Dos de los hombres de Szabo los esperaban en la entrada y los guiaron hasta la oficina. Atravesaron la sala principal, que vacía y a oscuras podría haber pasado por un almacén de sillones y mesitas bajas. En el centro había una pista de baile que, sin bailarines, parecía demasiado pequeña, pero que todas las noches se llenaba a reventar de chicos y chicas que acudían a bailar una arbitraria sucesión de chunda-chunda, *heavy metal* y reguetón.

Una vez en la oficina, cuyo único mobiliario eran la mesa y las sillas, iluminada por una ventana sin cortinas con una persiana a medio bajar hasta alturas diferentes en cada extremo y sin decoración en las paredes, uno de los hombres que les habían acompañado hasta allí se marchó y el otro se quedó de pie junto a la puerta.

Szabo logró al fin separar otro trozo de carne y se lo llevó a la boca. Era un hombre corpulento, de voz, ademanes y rasgos toscos. Llevaba un grueso jersey marrón de lana sin camisa que daba ganas de rascarse con solo mirarlo. Pelo cortado al uno, nariz sin tabique y cuello tan ancho y corto que parecía que la cabeza estuviera incrustada en el cuerpo. Su nombre de pila había desaparecido hacía mucho, sustituido por el apodo de Cal —'caballo' en rumano— debido a su ancha y prominente mandíbula que recordaba a una quijada equina. Tenía ojillos de zorro desconfiado, manazas de ogro torpón y mandíbula de peso pesado fajador.

Conde solo le había dicho a Estela que se conocían desde hacía mucho. Ya sabes, dijo sin más explicación, una de esas amistades construidas a base de hacernos favores mutuos. Ahora, sentada frente a él, esquivando con la mirada aquella boca de nuevo cubierta de grasa por la que asomaba la carne que iba pasando de un lado a otro para masticarla, no pudo evitar pensar que era al último hombre en el mundo al que le apetecería hacer o que le hiciera ningún tipo de favor.

—Estoy seguro de que sufres mucho por tus compatriotas asesinados, Cal —dijo Roi.

El rumano asintió con gesto pesaroso.

—Sufro mucho.

Roi Conde esperó que engullera la carne, de nuevo con la ayuda de un trago de vino. Luego, solo dijo:

—¿Por qué?

Szabo lo miró sin comprender.

—¿Perdona?

—Dime el motivo por el que los han matado.

—¿El motivo? Mierda motivo. No hay motivo.

Aferró con rabia el vaso de vino. Estela vio que los dedos se emblanquecían por la presión. Llegó a creer que sería capaz de hacerlo estallar.

—Tú sabes quién hizo, ¿sí? —le preguntó a Roi.

—Todos lo sabemos.

—Roi Conde es un poli listo —se rio el rumano—. Un cabrón, pero listo.

—Tú también lo sabes.

—Un chino hijoputa.

Aflojó la mano en torno al vaso. Cogió la frasca aún medio llena que tenía en la mesa y se lo rellenó. Después de dar un largo trago pareció calmarse. Por supuesto, no había ofrecido bebida a sus dos visitantes.

—Szabo, si me dices el motivo del asesinato, será más fácil probar que lo ordenó David Wang y hacerle pagar por ello.

El rumano se frotó la cara con la mano, dejó escapar un pequeño eructo, cogió la servilleta del regazo y por fin se limpió de grasa los labios.

—No lo sabes tú, no lo sé yo.

—¿De verdad que no sabes por qué ha matado a cinco hombres en una nave de tu propiedad?

—Ese chino es malo. —Szabo señaló con un dedo a Roi para dar más énfasis a sus palabras—. Es la maldad, Conde. El diablo. Yo creo que diablo existe. ¿Tú crees en diablo?

—No me vengas con rollos, amigo.

—Es un diablo amarillo.

Szabo dijo aquello y al instante se echó a reír, divertido por sus propias palabras, feliz con su ingenioso hallazgo. Su ruidosa risa fue breve y pronto volvió a su rostro el gesto reconcentrado y el ceño fruncido.

—Juro que no sé motivo, Roi Conde.

—¿Le robasteis algo? ¿Un vuelco? ¿Le pudieron robar los chicos sin que lo sepas?

—No sé nada. El chino no pregunta. Primero mata, sin pregunta. Un diablo amarillo.

—Y tú le has respondido con lo de anoche en la Cañada Real.

Cal Szabo sonrió. Su boca no se estiraba al sonreír. Se abría en vertical. Dejaba ver unas paletas montadas y se le arrugaba la nariz. Era una sonrisa poco agraciada y menos aún contagiosa.

—¿Por qué crees que fui yo? Hay mucha gente ahí fuera, en la calle.

Conde se echó hacia adelante en la silla y su voz perdió cualquier rastro de la amistosa complicidad que había mostrado hasta ese momento.

—Escucha, caballo: no he venido a jugar.

La complicada sonrisa del rumano se desvaneció. Sus ojos pequeños parecieron brillar al cubrírsele la cara con una inmediata sombra de ira.

—Escucha tú, policía —dijo con una voz que también sonó distinta, menos gutural, más afilada, un cuchillo en vez de una sierra—. Ese chino Wang mata cinco rumanos. Yo solo doy caricias a tres de los suyos. ¿Y tú vienes aquí a ser chulo conmigo? Ve a casa de ese diablo. Ponte chulo con él. Y déjame comer tranquilo.

—He venido a decirte que no hagas la estupidez de comenzar una guerra.

Szabo contempló su filete a medio comer. Su boca volvió a fruncirse. Apartó al fin el plato de delante de él, arrastrándolo con la mano. Cogió el vaso, lo puso donde antes había estado el plato y lo rellenó hasta casi desbordarlo.

—Tú no vas a decirme lo que tengo que hacer, policía.

Bebió hasta dejarlo medio vacío. Luego dejó escapar un eructo mucho más sonoro que el anterior.

Aquello pareció hacer saltar a Roi Conde.

—Escúchame tú, Szabo —dijo, abandonada por completo la camaradería en el tono—. Te lo diré una sola vez y muy claro. Puedes comer filetones a diario y follarte a todas esas pobres chicas que explotas en tus repugnantes puticlubs. Pero solo eres un rumano de mierda. ¿Y sabes lo que eso significa? Significa que no le llegas ni a la punta del zapato a tipos como David Wang. Te crees muy listo y muy importante y muy poderoso, pero, si entras en una guerra con los putos chinos, te destrozarán a ti y a toda tu banda de gorilas, ¿lo entiendes?

Estela miró a Roi luchando por que no se le notase el pasmo. Cal Szabo también lo observaba, sujetando en alto el tenedor y el cuchillo, cada uno en una mano.

Tardó en contestar. Y, en contra de lo que ella esperaba, no fue con una explosión de furia.

—Dime, Conde —dijo con una inesperada calma—, ¿quieres que eche de aquí a hostias a ti y a tu amiguita?

—Los dos sabemos que te faltan huevos para hacerlo.

—¿A qué has venido, policía?, ¿a decirme que encontrarás asesinos de esos cinco hombres o a insultarme mientras como?

—Voy a encontrarlos, Szabo. Solo necesito que me ayudes un poco.

—No sé si me fío de ti. Policía española es blanda. Pocas pelotas.

Szabo se detuvo a medias en un arranque de carcajada. Estela respiró. No se había dado cuenta de que había dejado de hacerlo. A lo mejor, pensó, hasta logramos salir vivos de esta oficina.

—¿Robaste algo a los chinos? —le preguntó Roi Conde, recuperando el tono templado, en un intento de reconducir la conversación.

—Yo no robo a socios.

—¿Sois socios?

—Europa es grande. Para llegar a todas partes hacen falta muchos camiones, muchos conductores, y mejor que no tengan ojitos de chino.

Szabo volvió a mostrar sus paletas montadas y a arrugar

la nariz e hizo un ruidito gutural, como si las cuerdas vocales le crujiesen.

—¿Usted transporta la marihuana de Wang a destinos europeos?

La pregunta la hizo Estela. Le surgió de repente, casi como un acto reflejo.

Por vez primera desde que estaban allí, Szabo la miró. Sus ojos parecieron congelarse.

—¿Quién ha hablado de droga? —dijo, y luego volvió a mirar a Roi—. ¿Quién es ella? Policía, no me traigas a tus amiguitas cuando vengas a visitar.

Conde ignoró el comentario.

—¿Me das tu palabra de que no te meterás en una guerra?

—Habrá guerra si tiene que haberla —respondió Szabo con una serenidad en la que había más de desafío que de desprecio—. ¿Y sabes quién la perderá? Tú, Roi Conde. Porque no podrás pararnos ni a ellos ni a nosotros.

Roi se levantó, negando con la cabeza.

—Que te jodan, Szabo.

—Ya lo hacen, amigo —rio el rumano y, por segunda vez desde que estaban allí, sus ojos se detuvieron en Estela—. Eh, amiga, Conde ya aburrido de hablar conmigo. ¿Quieres tú quedarte a comer? ¿Quieres conocernos mejor?

—Cuidado —respondió ella.

Roi Conde se echó a reír.

—Mi compañera ha matado a un hombre —dijo—. Podría volver a hacerlo si te pasas con ella.

Se marcharon, esta vez caminando delante del matón que se había quedado en la oficina. Cruzaron de vuelta la discoteca y salieron a la luz del día. Estela cerró con un portazo rabioso la puerta del Ford Capri tras subirse.

—Vuestro pulsito de machos alfa da bastante grima —dijo en cuanto Conde arrancó.

—Hay que adaptarse al interlocutor, inspectora. Así se obtienen mejores resultados. ¿No os dicen eso en los cursillos de formación?

Estela miró a Roi. Este parecía divertirse.

—No hemos avanzado nada —dijo—. Pero al menos alternamos con gente con clase, ¿no te parece?

Ella no contestó. Como era habitual, hicieron la mayor parte del trayecto en silencio, que era la mejor forma que tenían de no discutir.

Le había pedido al matrimonio que cuidaba de la casa que hiciese una limpieza rápida y que llenase la nevera con lo imprescindible: café, leche, alguna de esas ensaladas preparadas, una botella de vino y poco más. Llegó a la mañana siguiente de encargarles todo aquello. Se fue del hotel al poco de amanecer, cogió un taxi y le pidió al conductor que la llevara a La Moraleja. Cuando entró en el chalé, dejó la maleta en el recibidor y fue subiendo las persianas de la planta baja. La casa pareció resucitar.

Quedarse en el hotel carecía de sentido teniendo una vivienda que había permanecido habitable durante años. Solo formaba parte de su inútil empeño por mantener aquel viaje en la asepsia de una visita de negocios. Pero las ventanas de su memoria se habían abierto, tras años cerradas a cal y canto, y pretender ignorarlo era una labor tan imposible como estéril.

Ahí estaba él. Esperándola.

—No te tengo miedo.

—No hay razón para que me lo tengas.

Le hizo a un lado. Lo borró de su cabeza. Recorrió las habitaciones de la segunda planta del chalé sin saber qué buscaba o comprobaba o esperaba encontrar. El dormitorio de sus padres, con una foto de ella a los ocho años sobre la cómoda. Su habitación, con un disco de los Backstreet Boys encima del tocadiscos. El despacho de su padre, con carpetas apiladas sobre el escritorio, tal vez las cuentas del ejercicio de algún año anterior a que comenzaran los apuros y, como tantas otras cosas que habían formado parte de su vida, la empresa paterna también acabase desmoronándose.

Volvió al salón. Echó un vistazo y le vinieron a la cabeza todos los lugares en los que había hecho el amor: los dos sofás, uno de los sillones, el recibidor, el jardín, la piscina... Madre mía, se rio, y eso solo en la planta de abajo.

Las voces del pasado regresaron con impertinencia. La suya y la de él. Ecos sueltos.

—Me voy.

—¿Adónde?

—Lo más lejos de ti que pueda.

—¿Tanto me odias?

Nunca entendió nada. Nunca se molestó en entender.

El móvil sonó y ella dio un brinco del susto.

Aquilino Sánchez.

Rechazó la llamada. No lo soportaba. Ese abogado grande, basto, de actitud lamiosa y servilismo cansino, le resultaba insufrible. Tal vez el tipo no tenía culpa de nada. Pero Virginia sentía el incongruente impulso de hacerle pagar por todo.

—¿Quién mató a Dardo?

Se lo había preguntado a Aquilino Sánchez durante la segunda visita a su despacho. Habían estado repasando las gestiones que debían hacer. El abogado insistía en que lo más rápido para que ella pudiese volver a Buenos Aires, como tanto deseaba, era que le otorgase un poder general a su favor. Él se ocuparía de todo y la mantendría informada. Virginia le respondió que no. Puede que me quede en Madrid un tiempo, le dijo, y se sorprendió al oír la determinación de su propia voz.

No voy a huir otra vez, pensó, ya no soy aquella chica tonta, ya no salgo corriendo. Me iré cuando esté segura de que marcharme no vuelve a ser una huida.

Pero eso no se lo dijo al abogado.

Al regresar al hotel tras aquella segunda reunión con Aquilino Sánchez, avisó en la recepción de que, a la mañana siguiente, se iría. Llamó al matrimonio encargado de la casa y le puso un breve mensaje a Alberto: «Aquí, un buen quilombo. Me ocuparé. ¿Sobrevivirás sin mí unos días?». Luego subió a la habitación y, nada más abrir la puerta, vio sobre la mesita el gigantesco ramo de peonías blancas y rosas.

—No me hables. No quiero escucharte más.

—No te hablo. Estas voces ni siquiera son reales. No son más que recuerdos del pasado.

En la isla central de la cocina estaba la botella de vino que le había pedido al matrimonio que comprara. Recordaba dónde encontrar el resto: un sacacorchos y un vaso.

Al ramo lo acompañaba una tarjeta. De color amarillo pálido. ¿Casualidad o un chiste sutil?, pensó. Le había encantado conocerla en la galería, decía. Le gustaría invitarla a cenar. Le prometía no hablar ni una sola palabra de arte contemporáneo chino. Había un número de móvil debajo de una firma de letra menuda y cuidada sin ninguna rúbrica ni arabesco.

Lo que faltaba, pensó al leer la tarjeta en el hotel y volvió a pensar mientras se servía una copa de vino en su casa.

—Bebes demasiado.

—¿De verdad me vas a venir con eso? Me paso media vida sola en esta casa mientras tú te vas a esos viajes tuyos tan importantes. Dime cómo prefieres que me entretenga: bebiendo o tirándome a cualquiera, como haces tú.

Discutían. Él ya no era el macarra de barriada. Era el gran hombre de negocios. El socio de colombianos, libaneses, armenios, napolitanos, de toda una red mundial de sinvergüenzas asociados. Y ella ya no era nadie. Ya no era la jovencita a la que adoraba. Ya solo era lo peor que se podía ser: la esposa. La borrachina que se aburría en la casa con piscina y jardín.

Nada había salido como esperaba y, a la vez, todo había salido como era de esperar.

Aquilino Sánchez había mantenido una compostura profesional cuando Virginia le soltó de improviso la inesperada pregunta. No se alteró un solo músculo de su cara fofa al contestar:

—Nunca lo he sabido. Un hombre como él tiene muchos enemigos.

—Es curioso. Yo creía que el mundo entero lo adoraba —dijo ella, y el abogado no pareció captar el amargo sarcasmo de sus palabras.

Se sentó en el sofá más largo del salón con la copa de vino en una mano y el móvil en la otra.

Pensó en ponerle un mensaje a Alberto. «Alberto, estoy jodida. Aquí me estaba esperando el pasado y no sé cómo escapar de él». No lo hizo. «Alberto, ha ocurrido lo que más temía al volver. Presa de los recuerdos. Ven. Rescátame». Tampoco. Alberto no lo sabía. O lo sabía a medias. Había conocido a una Virginia ya asentada en Buenos Aires, ya a medio recuperar de las heridas, que ya no sangraban a chorros, aunque aún no hubiesen cicatrizado. Se movían en los mismos círculos. Ella había roto hacía más de un año con su segunda pareja más o menos duradera de allí. Él le hizo algunas preguntas sobre su pasado en la primera cita. Ella le contestó que tenía una regla en las primeras citas: aparte de no irse a la cama, no hablar del pasado. Él, siempre caballero, no insistió. Ni en irse a la cama ni en saber de su pasado. Y aquella conversación quedó pendiente para siempre. Alberto nunca tuvo certezas, solo intuiciones.

No le puso ningún mensaje. Abrió la agenda de contactos del móvil.

¿De verdad, Virginia? ¿De verdad te vas a poner a coquetear con ese chino tan guapo?

Se rio como antes. Hacía varios siglos. Varias vidas. Cuando él aún no había aparecido. Cuando solo era la niña rica, alocada y feliz que vivía en aquella casa. La jovencita que hacía locuras tontas, antes de que hiciera la mayor de todas: enamorarse de él.

Ya no tienes edad para locuras.

Eso le habrían dicho sus padres, cuyos espíritus seguro que vagaban por aquella casa, observándola con ojos fantasmagóricos y reprobadores.

Tecleó DAVID WANG en el móvil. Había guardado el número de la tarjeta.

La voz de Dardo estuvo a punto de sonar una vez más en su cabeza. Pero la calló antes de que le hablase.

Ya no tenía edad para locuras.

Por eso lo hizo.

Las potentes luces del vestíbulo de entrada al señorial edificio del Casino de Madrid escapaban de su interior para iluminar, frente a su imponente fachada, la acera de la calle de Alcalá. Un portero con levita y un responsable de protocolo esperaban fuera a los invitados que iban llegando y los dirigían hasta una joven con una lista de nombres que comprobaba la identidad de cada uno ya dentro del edificio, sentada tras una mesa a un lado de la elegante escalera doble que llevaba a la recepción.

Roi Conde y Estela también esperaron fuera.

Ella había encontrado aquel nombre en varios de los informes que contenía el *pendrive* de Guillermo. Pariente y socio en antiguas empresas. Vínculo suficiente para que mereciese la pena probar suerte. Al fin y al cabo, no tenían nada mejor. Le propuso a Roi que fuesen a visitarlo a sus oficinas, en la elegante Torre Picasso. Conde dijo que no había tiempo que perder. Hizo algunas llamadas. No le costó ubicar dónde podía estar esa noche. Le dijo a Estela que probarían suerte en el Casino.

Ella le había dicho que aquello no le parecía una buena idea. Él le había recordado lo de que el plan consistía en agitar el avispero y le había dejado claro que lo haría de todos modos y que ella solo tenía dos opciones: quedarse o marcharse. Esperaron junto a la entrada del Casino, mirando con detenimiento a cada persona de rasgos asiáticos que llegaba para que no se escapara su objetivo.

—Maldita sea, son todos iguales —fue lo único que dijo Roi, enfurruñado por las protestas de ella, durante los veinte minutos que permanecieron allí de pie, procurando evitar que el portero y el encargado de protocolo, ante los que no se identificaron, les recriminaran su presencia.

Fue Conde quien lo vio. Llegó, como todos, caminando por la ancha acera, porque los coches no podían acceder a esa zona peatonal, abriéndose camino entre los numerosos turistas.

Se acercó a él, adelantándose al responsable de protocolo. Estela permaneció un paso por detrás.

—¿Zimo Wu?

Era un hombre menudo y rollizo, embutido en un abrigo azul con el cuello levantado. Tenía el pelo gris, llevaba unas gafas de un diseño anticuado y, con sus andares un poco encogidos, daba la impresión de tener más frío del que hacía aquella noche.

Conde le mostró su placa. Estela detuvo con un gesto al responsable de protocolo.

—¿En qué puedo ayudarlo, agente? —le preguntó Zimo Wu con tono amable.

—Inspector.

Zimo Wu asintió, respetuoso.

—Mis disculpas. Inspector.

—Me gustaría hablar con usted de cierto asuntillo.

Wu echó un vistazo a su alrededor, como si necesitase asegurarse de que seguían en medio de la calle.

—¿Y tiene que ser ahora? —dijo con voz pausada—. Como ve, hay una cena de la Asociación de Comercio España-China. Da la casualidad de que soy su presidente y debo decir las palabras de bienvenida. No me gustaría retrasarme.

Roi Conde no dio la menor señal de haber escuchado nada de eso.

—Cinco hombres. Rumanos. Todos muertos. Asesinados a tiros.

Estela tomó nota mental de que Zimo Wu no mostró la menor reacción al oír aquello.

—No sé por qué me menciona eso, inspector.

—Porque tal vez usted tenga algo que ver.

El rostro de expresión seria pero afable de Wu tampoco mostró que aquello lo afectase en absoluto. Miraba a Roi Conde sin expresión, con indiferencia, como si solo fuese un obstáculo molesto que se hubiese cruzado en su camino y al que fuese fácil sortear.

—¿Me está acusando de algo, inspector? —preguntó con lo que parecía inocente curiosidad—. Lo digo porque, si fuese así, tal vez sería mejor que se dirigiese a mis abogados.

Conde se inclinó un poco hacia delante, acercando un par de centímetros su cara a la de él.

—No me joda, ¿vale? —le dijo—. Por mucho que lleve un abrigo caro y que vaya a entrar en un edificio elegante, no deja de ser quien es.

A Estela le pareció que al inexpresivo rostro de Wu asomaba un aire desafiante.

—¿Y quién soy, inspector? Recuérdemelo usted.

Conde se contuvo. Quedó claro que la respuesta que le dio no era su primera opción.

—Usted es el único pariente conocido en España de David Wang.

—¿Y eso es un delito?

Roi alejó la cara de él. Tuvo que tomarse unos segundos para convencerse de que seguía llevando la iniciativa.

—¿Sabe? —dijo—. Lo veo ahí plantado, tan calmado, creyéndose todo un pez gordo, hablándome con tonito de superioridad, ¿y sabe lo que veo en realidad?

—Ilústreme, inspector, por favor.

—Veo a un tipo que sería muy capaz de estar involucrado en la matanza de cinco personas.

Zimo Wu se llevó una mano a las gafas. Pareció que iba a quitárselas, pero solo se las recolocó sobre la nariz, dejándolas en la misma posición en que estaban.

—Está arriesgando mucho, inspector. Empieza a acercarse a la calumnia.

—Juego con riesgo y me pierden las formas. Considérelo parte de mi encanto.

—No lo haga conmigo. Soy un hombre aburrido. No me gusta jugar. Dé un paso más y tal vez me querelle contra usted por esa acusación falsa.

Conde contuvo otra réplica. Suficiente, pareció pensar. Su tono al volver a hablar sonó a conclusión, pero también a amenaza:

—Quiero que le traslade un mensaje a David Wang. Es muy simple. Dígale que, si ha tenido algo que ver con esas muertes, pagará por ello. Dígale que esté nervioso, que tenga miedo y que no le quepa ninguna duda: lo perseguiré, lo investigaré, lo probaré y lo encerraré en una celda muy pequeñita durante el resto de su puta vida.

Zimo Wu lo escuchó con atención, como quien oye una oferta de negocios, sin que su cara delatase si le interesaba o no. Luego, dijo:

—No sé si está eligiendo al mensajero adecuado. Hace mucho tiempo que tengo escasa relación con el señor Wang.

—Figura como socio de algunas de sus empresas.

—Eso fue hace años. Nos hemos distanciado desde entonces.

—Me importa una mierda. Llámelo y dígaselo.

Zimo Wu meneó apenas la cabeza, en señal de hastío.

—No tengo por qué aceptar sus órdenes, inspector.

—Un chinito orgulloso, ¿eh?

Zimo Wu meneó la cabeza más aún.

—Su actitud es un grave error.

—Cuénteme, Wu, ¿cómo ha llegado a ser un rico empresario? ¿Vendiendo miles de esos gatitos horteras que suben y bajan el puño?

—Aquí termina la conversación.

Zimo Wu rodeó a Roi Conde y Estela, y estrechó la mano al responsable de protocolo que esperaba detrás y que lo saludó con una obsequiosa inclinación de cabeza.

Conde le habló ya a su espalda.

—Dígaselo a Wang. Dígale que le joderé. Y, ya de paso, si tiene algo que ver en ello, a usted también.

Una vez que Zimo Wu entró en el edificio acompañado por el responsable de protocolo, Estela le dijo a Roi:

—Hacer esto ha sido una completa estupidez que solo nos traerá problemas.

Conde le contestó, sin siquiera mirarla:

—Créeme, bonita, sé lo que hago. Ahora empezarán a pasar cosas.

Barcelona, 1989

Se reunían todos los domingos al caer la tarde en el mismo banco del parque de la Ciudadela. Solían rondar la decena, todos chicos asiáticos, empleados en los numerosos negocios chinos que empezaban a copar los locales de la cercana calle de Trafalgar. Se apiñaban en el banco y, al rato de su llegada, aparecía siempre el mismo marroquí, que, tras mirar a todos lados para asegurarse de que nadie los vigilaba, se sacaba las bolsitas de un bolsillo de la camisa y se las iba pasando a los chicos con una mano mientras con la otra iba recolectando su dinero. Para cuando caía la noche y empezaban a encenderse las farolas, estaban ya fumándose su contenido entre bromas y risas. Luego se iban al bingo o al karaoke y se dejaban en copas o cartones lo que les hubiese sobrado de sus pagas después de comprar la maría.

David se pasó varias semanas contemplando aquel proceso, que era más o menos idéntico cada domingo. No conocía a aquellos chicos. No eran muy diferentes de sus compañeros en la nave, pero prefería vigilar a desconocidos que no pudiesen reconocerlo. Por eso, varios domingos seguidos por la tarde, Zimo y él fueron hasta Barcelona a pasar en aquel parque las únicas horas en que libraban de toda la semana.

Se sentaban siempre en el mismo banco, desde el cual David podía observar al grupo. Zimo se enfrascaba de inmediato en lo suyo: el estudio de esos libros que lo tenían absorbido. Estudiaba castellano y catalán, contabilidad y matemáticas financieras. Dos noches a la semana asistía al Nocturno, como se conocía al instituto de Badalona con clases especiales para inmigrantes al que iba. Y no perdía ocasión para estudiar, incluso se había comprado una pequeña linterna para seguir con los libros en la litera, cuando apagaban las luces de la nave. Y también, en cuanto tenía un rato tranquilo, en el todo a cien donde trabajaba como dependiente.

Por fin, cuando tuvo claro lo que buscaba, David se decidió a actuar. Siguió al marroquí después de que vendiera sus bolsitas al grupo del banco. Lo alcanzó antes de que saliese del parque, cuando ya no podían verlos. Le dijo que quería conocer a su jefe, que tenía una propuesta que hacerle. El marroquí, en una mezcla de catalán y castellano a duras penas descifrable, le dijo que él no sabía, que él no jefe, que no más bolsas para vender ya. David sacó la navaja que siempre llevaba consigo, se la puso en el cuello y se lo dijo muy despacio: el domingo que viene me dices cuándo y dónde puedo verme con él o la próxima vez que te pille por el parque te rajaré la cara.

Un mes después, David se había convertido en el proveedor de maría para los chinos, más de un centenar que, como Zimo y él, vivían apiñados en varias naves industriales reconvertidas en dormitorios ilegales en el polígono del Granland, en Badalona. Había llegado a un acuerdo con Farid Alami, el jefe de la banda que controlaba una de las principales redes de venta de hachís y maría en las calles, los bares y las discotecas de Barcelona.

Un año después, David ya había decidido que quería ir más allá, que no le bastaba con la venta de la maría de otro, que quería ser también el que la produjese. Fue a ver a Chao Yang y le planteó la idea.

Chao Yang era taiwanés. Había llegado a Barcelona para una estancia temporal durante los primeros años de la década de los setenta gracias a un peculiar acuerdo de intercambio de jóvenes talentos entre Franco y el Gobierno de su país. Decidió quedarse para siempre y emprender negocios. Entre otras cosas, era el propietario de las naves dormitorio de Badalona. También era el proveedor de mercancías de la gran mayoría de las tiendas de todo a cien que, en los últimos tiempos, habían proliferado por las calles de las principales poblaciones de Cataluña. Y, además, era un *shetou*, una cabeza de serpiente: había montado la red de inmigración ilegal que trajo a David y Zimo, lo que lo convertía en el jefe, casi el amo, de aquellos inmigrantes a los que despreciaba porque llegaban procedentes de esa China comunista que odiaba con toda su alma.

David trabajaba como conductor de una furgoneta con la que recorría buena parte de Cataluña repartiendo las mercancías que llegaban al puerto de Barcelona para los todo a cien. Distribuía cualquier cosa: ropa, zapatos, bisutería, marroquinería. Cada vez se diversificaba más el producto. Le gustaba aquel empleo. Además, ir de tienda en tienda le permitía dejar en ellas algo más que esas mercancías. Muchos de los dependientes le compraban bolsitas de maría para su consumo o para revenderlas a su vez.

David era el novio secreto de Hong, la hija de Chao Yang. Ella era una «banana», que era como los chinos recién llegados llamaban a los emigrantes de segunda generación, los ya nacidos en Cataluña: amarillos por fuera, blancos por dentro. Tenía diecisiete años y era menuda, tímida y guapa. Su mayor osadía hasta conocer a David había sido teñirse el pelo de un pálido tono rosáceo. Estudiaba Filología Hispánica en la Universidad Autónoma. Así lo había decidido su padre. Chao Yang quería que Hong fuese profesora universitaria. Cada vez hay más chinos en este país, le decía, y cada vez irán prosperando más y las universidades se rifarán a los profesores capaces de entenderlos y enseñarles.

A David le había llevado tiempo y esfuerzo conquistarla. Hong solo se atrevía a aceptar como novio a quien decidiese su padre. Y Chao Yang nunca aceptaría a un vulgar conductor de furgoneta que, además, no era taiwanés. Pero David venció la resistencia de Hong y ahora, tras meses de cortejo, se encontraban en la trastienda del bazar en el que ella trabajaba al salir de clase. Cuando pasaba por allí durante el reparto, hacían el amor de pie, medio escondidos entre percheros con trajes de señora, él con los pantalones por los tobillos, ella con la falda arremangada y la blusa a medio desabrochar.

Chao Yang escuchó el plan que le planteó David. Buscarían un emplazamiento discreto. Montarían una nave para cultivar cannabis. No más de cinco trabajadores. Una inversión inicial moderada. Suficiente para proveer de maría a la comunidad china sin necesidad de depender de los marroquíes.

Yang le dijo a David que le gustaban los jóvenes con iniciativa y que estaba dispuesto a apostar por su propuesta. También le dijo una cosa más:

—Si me entero de que te sigues follando a mi hija, te mataré.

Dejó la furgoneta en el almacén del Granland que servía como garaje para la flotilla de vehículos de Chao Yang. Era de noche. Cerró las puertas correderas, echó el cerrojo y se marchó con paso tranquilo mientras se comía el kebab que acababa de comprarse como cena.

Se sentía satisfecho. Un buen día. Había acabado el reparto a las siete. Luego se había acercado a la nave de cultivo —que por fin habían puesto en marcha en Santa Coloma— para asegurarse de que todo iba bien. Habían pasado varios meses desde que plantaran en la nave los primeros cogollos y ya eran capaces de cubrir la creciente demanda. David empezaba a pensar que pronto merecería la pena montar una segunda nave de producción. También le había dado tiempo a pasarse por la tienda de Hong cuando estaba a punto de cerrar y, como siempre, lo habían hecho en la trastienda.

Dio un mordisco al kebab. Disfrutó del fuerte sabor de la carne llenándole la boca.

Los cuatro tipos surgieron de una esquina, cerrándole el paso.

Los miró uno a uno. Pelo negro, piel cetrina. Suspiró. No podía evitarlo, siempre le habían caído mal los marroquíes.

—¿Qué habéis venido a buscar aquí? —les preguntó, con desidia.

—El dinero de Farid Alami —respondió uno de ellos.

David se metió en la boca el último trozo de kebab.

—¿Qué dinero?

—Tú quitaste negocio. Tú traicionaste. Ahora vendes tu maría a chinos, no la nuestra.

David puso una mueca de indiferencia.

—El mundo de los negocios es cruel.

Quiso pillarlos desprevenidos. Echó a correr intentando sobrepasarlos.

No lo logró. Uno de ellos se interpuso en su camino. Chocó con él y lo tiró al suelo. David logró mantenerse en pie. Pero, antes de echar a correr de nuevo, otros dos se le abalanzaron y lo agarraron por los brazos.

El cuarto, que era el que había hablado, se plantó frente a él.

—Tú, chino cabrón.

El marroquí llevaba en la mano una navaja.

—Le daré una parte a Farid Alami —se apresuró a decir David—. Llegaremos a un acuerdo.

El marroquí lo contempló durante unos segundos.

—No te creo.

Le clavó la navaja en el vientre dos veces.

Los que lo estaban agarrando lo soltaron. El que estaba en el suelo se levantó, dijo algo y los cuatro se echaron a reír antes de marcharse.

Las piernas de David dejaron de sostenerlo. Cayó. Se llevó las manos al estómago y encogió el cuerpo en posición fetal.

Miró al cielo y tuvo la certeza de que, en solo unos segundos, estaría muerto.

La pensión estaba en el Raval. En la habitación apenas cabían dos camas cortas, una destartalada mesilla entre ellas y un armario estrecho a los pies, todo de una madera carcomida. El suelo apenas conservaba tablillas del piso original y las paredes estaban cubiertas por un papel con un estampado ya descolorido. El baño era compartido por todos los huéspedes del pasillo. Los suelos, las cañerías, las camas, las puertas y los cajones de los armarios de todas las habitaciones crujían con estrépito, por lo que en ningún momento se llegaba a estar en silencio. Además, algunos cuartos eran utilizados por las prostitutas que hacían la calle en los alrededores de la pensión y, ya fuera porque disfrutaban o porque protestaban, era frecuente oír los gemidos y gruñidos de sus indiscretos clientes.

A pesar de todo, a Zimo Wu la habitación le parecía un lujo. Tras dos años durmiendo en una de aquellas naves patera, como las llamaban, en la cama de abajo de una herrumbrosa litera, sin intimidad alguna, aquel cuartucho se le antojaba una estancia palaciega.

Así se lo dijo a David cuando lo llevó por vez primera a verla.

—Preferiría vivir en una cueva —gruñó este, con desdén.

Zimo se echó a reír.

—No he encontrado ninguna cerca.

Fueron al día siguiente de que a David le dieran el alta en el hospital. La habitación era el regalo sorpresa que Zimo le tenía preparado para celebrar su regreso a la vida.

—Esta habitación es solo el primer paso —le dijo Zimo, decidido a transmitirle su entusiasmo.

Le recordó lo bien que iba el negocio de la maría. David le había pedido que se ocupase de hacer llegar a sus padres, en Qingtian, la mayor parte de lo que ganaba. Pero al fin podían permitirse dejar la nave sin tener que reducir la cantidad de dinero que enviaban a sus familias.

—Además, aquí podrás venir con Hong siempre que quieras. Solo tienes que avisarme y yo desapareceré para que podáis estar solos.

Ni siquiera aquello pareció animar a David.

Estaba de un humor de perros. Había estado así las dos semanas que había pasado en el hospital. Herido en el vientre y en el orgullo. Tan rabioso por sus heridas como por la sensación de humillación.

Había sobrevivido de milagro a los dos navajazos. Una patrulla de la Guardia Urbana lo encontró tirado en el suelo, flotando en un gran charco de su propia sangre. Lo llevaron al hospital con escasas esperanzas. Había perdido un riñón, y sus intestinos quedaron tan malparados que, durante el resto de su vida, se mantendría delgado en extremo porque apenas necesitaría comer para saciarse. Pero había sobrevivido. Furioso, iracundo, intratable. Pero vivo.

—Vamos, hombre —le dijo, animoso, Zimo—, me gustaría verte más contento.

—Ojalá pudiese encontrar una sola razón para estarlo —contestó su primo sin dejar de mirar aquella pequeña habitación que a partir de entonces iba a ser su hogar.

David lo esperaba frente a la entrada del local, al otro lado de la calle. Estaba apoyado en un coche. Los neones con el nombre del bar, que alternaban entre el azul y el violeta, le cubrían la cara y la ropa de aquel colorido intermitente. El garito se llamaba Shangri-La. David lo conocía de sobra. Tenía a un par de tipos que vendían su maría en los baños. El negocio no paraba de crecer. Ya no solo proveía a los chavales chinos, sino que cubría barrios enteros de Barcelona y de Badalona y empezaba a situarse en algunos pueblos de la costa. La nave de Chao Yang apenas llevaba unos meses produciendo y ya no daban abasto.

Pero no estaba allí para sus asuntos con la maría.

Esperó con paciencia. Vio entrar y salir a pandillas, a parejitas y a lobos solitarios. Por fin, uno de esos fue a quien buscaba. Salió del bar a las tres. Llevaba una cazadora de cuero ajustada y vaqueros negros. Nada más salir, encendió un cigarrillo y David lo llamó.

—¿Me recuerdas?

Él lo observó desde detrás del humo del cigarrillo, pero no contestó.

—He venido a hablar contigo —insistió David.

—Es tarde para hablar.

—Me habían dicho que te encontraría aquí, que te gusta venir por este antro cuando estás de vuelta de tus viajes.

—Veo que te han dicho muchas cosas.

Reanudó el paso para marcharse, pero David volvió a hablar.

—Vengo de parte de Chao Yang. He venido para hacerte un encargo.

El tipo volvió a detenerse. Las luces alternas perfilaron su silueta y brillaron en sus mejillas picoteadas de marcas. Esperó, sin relajar la expresión de displicente desconfianza.

David se lo expuso con rapidez. Necesitaban jóvenes. Mano de obra. El señor Yang quería que se encargase de seleccionarlos entre las remesas de inmigrantes que seguían viniendo desde China y que él se ocupaba de recoger cuando llegaban al norte de Italia para traerlos hasta Barcelona. Por hacer esa selección, recibiría un ingreso extra. Cuando llegasen, David estaría esperando a los elegidos y, a partir de ese momento, se ocuparía de ellos.

Lo escuchó todo sin hacer preguntas. Al final, asintió y dijo:

—Puedes decirle al señor Yang que, por supuesto, le reservaré a los mejores.

David se mostró satisfecho y, con tono más amistoso, le preguntó:

—¿Es cierto que ahora todos te llaman Shewei?

El tipo tiró el cigarrillo al suelo y lo pisó.

—La cola de la serpiente —dijo David, con un deje burlón—. Supongo que la cabeza es el señor Yang.

—Y tú, ¿quién eres?

—Algún día puede que sea el dragón que vence a la serpiente.

Shewei hizo una mueca que podía pasar por el gesto más amistoso que era capaz de alcanzar.

—Cuando te conocí en aquel autobús, no habría apostado por ti.

David contestó:

—Hazlo ahora. Ganarás.

Farid Alami caminaba a solas por la acera de la calle del Progrés. Era mediodía y no había muchas personas por allí. La gente estaba en sus casas, comiendo o sesteando. Él también acababa de almorzar en un restaurante cercano. Esa tarde volvería al trabajo. Pero antes, como todos los días, pasaría un rato por casa. Nunca perdonaba la siesta.

La moto se detuvo junto a la acera, a veinte metros de su portal. Iban en ella dos personas. Ambas vestían cazadoras de cuero y vaqueros negros y llevaban cascos de visera opaca.

El que iba de paquete se bajó y caminó hacia Farid Alami. No se quitó el casco.

Alami iba pensando en sus cosas y ni siquiera lo vio venir.

Cuando lo tuvo ante él, ya era tarde para todo.

El hombre del casco se sacó una pistola de la cintura. El arma llevaba silenciador. Extendió el brazo, le apuntó a la frente y disparó dos veces. Se dio media vuelta y, sin prisa, regresó a la moto, se subió y el conductor dio un acelerón para alejarse de allí.

En la acera de enfrente, una mujer gritó histérica.

Media hora después, Shewei llamó a David desde una cabina.

—Hecho —fue lo único que dijo antes de colgar.

Chao Yang era un hombre templado. Rara vez se le veía enfadado o, en general, con el ánimo alterado. Sabía que la serenidad y la firmeza imponían más respeto que cualquier arrebato y exabrupto. Con esa filosofía, llevaba décadas dirigiendo sus negocios desde un sencillo despacho. Se dejaba ver poco fuera de allí. Era un hombre austero que detestaba los bares y restaurantes, al que no se le conocían aficiones o amigos o nadie cercano salvo su hija y su mujer. En el trato era frío, seco, distante y de opiniones pétreas. David admiraba todo eso de él.

En esa visita, como siempre, Chao Yang lo recibió sentado tras su escritorio sin ofrecerle la mano ni dirigirle ninguna palabra de saludo. David se mantuvo de pie hasta que, con un gesto, Chao Yang lo invitó a sentarse y se acarició después la fina perilla blanca que perfilaba su barbilla. Miraba a David y parecía estar buscando las palabras precisas.

—Eres un joven con talento —sentenció al fin. David suspiró con disimulo: como comienzo, era el mejor de los posibles. Yang continuó—: Has logrado que el negocio del cannabis se haya convertido en una de mis principales fuentes de ingresos. Supiste ver la oportunidad, supiste ponerlo en marcha y has sabido hacerlo crecer.

David agachó la cabeza en una señal de agradecimiento que implicaba algo poco natural en él: humildad.

—Pero también eres temerario en exceso.

Chao Yang dejó de acariciarse la perilla. Puso las manos sobre el escritorio y su semblante se ensombreció. En su frente se perfiló una ancha arruga, y sus ojos se entornaron, oscureciendo su mirada.

—Sobreviviste al apuñalamiento —dijo—. Pero ni siquiera sirvió para que aprendieses la lección.

David mantuvo la actitud humilde.

—¿Qué lección? —preguntó.

Yang se tomó un tiempo para formularla:

—Que no puedes hacer siempre lo que te da la gana sin que eso tenga consecuencias. Si traicionas a alguien, como hiciste con Farid Alami cuando confió en ti para que vendieras su marihuana, o si desobedeces una orden, como hiciste conmigo cuando te dije que no volvieses a ver a mi hija, tus actos tendrán consecuencias.

Chao Yang se echó hacia atrás en la silla y, sin que su tono variase, añadió:

—Por eso decidí matarte.

David tardó en asimilar aquellas palabras. Su expresión se torció, entreabrió la boca y su voz sonó temblorosa.

—¿Usted?

A pesar de su capacidad de control, Yang no pudo evitar que la satisfacción asomara a su rostro. Asintió despacio, saboreando el momento.

—Pero los hombres que me asaltaron eran marroquíes... —dijo, cercano al balbuceo, David.

—Farid Alami era un hombre sensato y práctico. Acabó comprendiendo que lo mejor era firmar la paz y aceptar mi oferta cuando le ofrecí convertirme en su proveedor de marihuana a un precio más que generoso para él. Como parte del acuerdo, le propuse que se ocupara de matar al joven que nos había traicionado a los dos, a él en sus negocios y a mí con mi hija.

David sintió que el estómago se le encogía, como si la navaja volviese a atravesarle la piel. El cuerpo se le revolvió en la silla. Se agarró a los reposabrazos, tratando de contener la ira y el miedo.

—Usted lo ha dicho. Me debe el negocio de la marihuana —dijo con voz aún insegura, sin saber si lo decía como advertencia, como reproche o como súplica.

Chao Yang hizo un ademán comprensivo con las manos.

—Por eso sigues vivo, muchacho —dijo—. Una vez que sobreviviste, pensé que tal vez habrías aprendido la lección y que merecía la pena darte otra oportunidad. Esperaba que hubieses adquirido prudencia y sensatez. Pero ya he visto que no.

—Hong y yo... —saltó David. Pero Yang le indicó que se callara con un gesto de mano.

—No hablo ahora de mi hija. Estoy hablando del asesinato de Farid Alami. Sé que ha sido cosa tuya. Tu venganza por el apuñalamiento. Una gran estupidez.

Chao Yang meneó la cabeza con una contenida mueca de decepción.

—Eres un joven con talento, sí. Pero te queda mucho por aprender. Las cosas no se hacen así. Ahora los marroquíes con los que había llegado a un acuerdo vuelven a estar furiosos y claman venganza. Esta vez, calmarlos me va a costar mucho más dinero. Y todo por tu culpa.

David buscó con rapidez una réplica en su cabeza. No la encontró. En su lugar, comprendió que más le valía callarse si no quería que Yang y los marroquíes probasen suerte otra vez con su vida.

Chao Yang siguió hablando.

—Te vas.

Su mano derecha regresó a la perilla. La acarició con lentitud, recorriendo su trazado con el dedo corazón.

—No puedes seguir en Barcelona. Los marroquíes no se calmarán mientras te sigan viendo por las calles. Y yo tampoco te quiero aquí.

Le expuso su inapelable decisión.

Su talento emprendedor le iba a salvar la vida, le dijo Yang. Había decidido que matarlo no fue una buena idea. La producción y venta de marihuana debían crecer. Había que abrir más naves. Había que contratar más mano de obra. Había que idear métodos seguros de transporte para llevar la maría más allá de Cataluña, de España, de Europa.

—Y tú te ocuparás de todo eso —le dijo Chao Yang—. Como ves, soy un hombre benevolente. Me he dado cuenta de mi error. He comprendido que me interesa más aprovechar tu talento que matarte. Es más, he decidido que, en vez de matarte, te voy a dar la oportunidad de hacerte inmensamente rico. Pero te irás. Y, por supuesto, nunca volverás a ver a Hong. Si lo incumples de nuevo, te mataré. Si vuelves a hacer alguna una locura como asesinar a alguien sin mi permiso, te mataré. En general, si me desobedeces, te mataré. Y te aseguro que la próxima vez no fallaré.

David no replicó. Solo preguntó:

—¿Adónde? ¿Cuándo?

Dejó Barcelona esa misma noche. Recogió sus escasas pertenencias en la pensión, le dio un abrazo a Zimo, le prometió que pronto tendría noticias suyas, que volverían a reunirse, y se marchó en un tren nocturno.

No se despidió de Hong. Nunca volvió a verla. Nunca la echó de menos.

Llegó a Madrid al amanecer. En la estación lo esperaba Shewei.

—El señor Yang me ha dicho que, a partir de ahora, trabajaré para ti, David Wang.

David le entregó su pequeña bolsa de viaje.

—Entonces, a partir de ahora, me tratarás con el debido respeto y me llamarás «señor Wang».

David caminó hasta el exterior de la estación. Salió a aquella ciudad de la que no sabía nada, salvo que el maldito Real Madrid era un quebradero de cabeza para un Barça al que se mantendría por siempre fiel.

Tenía veinte años, un objetivo y muchas decisiones tomadas.

III

Estela terminó con un bufido, exhalando una última bocanada de aire que pareció vaciarla por completo. Descabalgó del cuerpo de él, se echó atrás el pelo que unas gotas de sudor le habían pegado a la frente y se tumbó en la cama. Ambos permanecieron boca arriba y en silencio, tratando de recuperar el resuello. Hasta que Guillermo logró decir:

—¿Te importaría desatarme las manos del cabecero?

Los dos se echaron a reír.

Estaban aún desnudos, el uno junto al otro, aunque sin tocarse, cuando Estela le preguntó:

—¿Cómo consigue Wang que no se pueda relacionar su nombre con ninguno de sus negocios ilegales?

Guillermo cerró los ojos con incredulidad.

Antes de irse a la cama, habían estado en el salón de su apartamento repasando una y otra vez el contenido del *pendrive* que le había dado a Estela. Ella insistía en que necesitaba aprender, pisar terreno seguro, comprender cada detalle. La Operación Mulán y algunas apariciones, más especulativas que precisas, sobre Wang en la prensa habían arrancado cuando ella estuvo de baja, una época en la que no quería saber nada que no fuese cuidar de Inés y de su propia salud mental. Todo aquel novedoso entramado de narcos asiáticos le era desconocido, así que no paraba de preguntar y repreguntar, obcecada en procesar y absorber cada dato.

Nunca se lo habría admitido a sí misma, pero el deseo de no volver a parecer una ignorante ante Roi Conde influía en ese afán de aprendizaje urgente tanto como su pundonor profesional.

Guillermo procuró disimular su hartazgo. Acababan de hacerlo. Acababan de tener otro de esos encuentros sexuales en los que sobraban los remilgos y la ternura. Hacía tres minutos que habían terminado con una perfecta sincronización de intensos orgasmos. Tres minutos. Y ella ya estaba otra vez con el asunto del mafioso chino, enlazando con la conversación previa como si lo ocurrido entre medias no hubiese existido.

El fiscal se apoyó en un codo y se quedó mirando a Estela. Ella vio aquella mirada que ya le conocía, paciente y tierna, y confió en que no se lanzase con uno de sus «Tenemos que hablar». Se los sabía de memoria. Todo el dichoso asunto de la cena, la copa, el cine o el paseo. A veces, si estaba de buenas, ella se mostraba dubitativa. Como si las palabras de él la descolocasen. Pero solo fingía para darle gusto. En realidad, tenía muy claro lo que quería de él. En uno de esos «Tenemos que hablar», Guillermo había ido demasiado lejos: le dijo que le gustaría conocer a su hija. Estela estuvo tres semanas sin regresar a su cama. Pero lo más normal era que lograse zanjar el debate con su consabido «Iremos viendo».

Por suerte para ella, esa vez la expresión entre cansada y resignada de Guillermo no era el comienzo de un «Tenemos que hablar», sino la pereza de volver a darle vueltas a lo mismo.

—Wang no es un aficionado. No es un vulgar traficante de medio pelo, sino un hombre brillante y ambicioso. Su organización, lo que se conoce como la Red de Wang, es una sofisticada telaraña diseñada con dos objetivos: hacerle inmensamente rico y que no haya manera de probar su vinculación con las actividades de la red que dirige.

Guillermo ya había afirmado varias veces lo mismo un rato antes, cuando desmenuzaron en el salón, mientras vaciaban una botella de vino, todos los datos que tenían sobre la Operación Mulán que él le había pasado.

Estela había revisado una vez más el esquema de funcionamiento de la Red de Wang que había ido construyendo a partir del estudio del contenido del *pendrive.* Al menos, ya había logrado tener clara la estructura del negocio del cannabis.

El punto de partida eran las naves de cultivo. Wang había aplicado a su gestión el mismo sistema de cooperativas con que se organizaban muchas de las explotaciones agrícolas e industriales de su país de origen. En las naves había tres categorías de personas: los «jardineros», la mano de obra que trabajaba el cultivo; los «maestros», que eran aquellos trabajadores que habían adquirido la experiencia suficiente como para dirigir a los jardineros y asegurarse de que la nave producía al ritmo y la calidad esperados; y, en la cima, los «propietarios». Estos eran los que compraban a David Wang, por una cifra inicial en torno a los cien mil euros, el derecho a montar la nave y se convertían así en cooperativistas de su red. A partir de ahí, a cambio del pago de un considerable porcentaje de sus beneficios, Wang se ocupaba de aportarles a los inmigrantes ilegales que trabajarían por una mísera paga en las naves y de dar salida a la producción. De ese modo, el nombre de Wang no aparecía relacionado con nada que tuviese que ver con la gestión del negocio.

En una segunda fase, Wang dirigía la red de distribución de la maría producida por los cooperativistas. Contrataba flotas de camiones con cargamentos legales en los que la droga viajaba oculta a países de toda Europa y distribuía otra parte mediante empresas legales de paquetería, además de otras vías menores para ponerla en el mercado, como sus acuerdos con los clanes de la Cañada Real. En la distribución, el nombre de Wang tampoco aparecía por ningún lado. Los camioneros trabajaban para tipos como Cal Szabo, que habían entrado hacía poco en el negocio del transporte de la droga, tras años dedicados a la explotación de mujeres. Los envíos por paquetería legal se hacían con remite de empresas pantalla que en ningún caso conducían a Wang.

Y el dinero obtenido, millones de euros anuales, se sometía a la tercera fase de la organización: el blanqueo a través de empresas de apariencia legal dedicadas a la exportación e importación de todo tipo de mercancías para bazares, en las que David Wang sí figuraba como propietario.

—Entonces, ¿es imposible atraparlo? —preguntó, con frustración, Estela.

—Actualmente, la Operación Mulán se centra sobre todo en los aspectos fiscales de la Red de Wang —respondió el fiscal, con el tono de quien acepta recitar una vez más una lección que daba por aprendida—. La presión de blanquear cada vez más dinero ha llevado a que se puedan detectar agujeros fiscales en las cuentas de las empresas legales de Wang. Defrauda en el IVA, en el Impuesto de Sociedades, en la Seguridad Social... Ese es el mejor camino que se ha encontrado para atraparlo.

—Y ha ordenado el asesinato de cinco rumanos. Digo yo que también debería pagar por eso, ¿no?

Guillermo se pensó la respuesta. A Estela le seguía sorprendiendo la contradicción entre su reflexiva parsimonia al hablar y sus fogosas reacciones cuando no hacían falta las palabras. Por fin, dijo:

—A veces hay que ser pragmático. Recuerda a Capone. Hay que seguir la pista del dinero. Si logramos pillarlo por la vía fiscal, podremos encerrarlo durante muchos años. Antes de que se vaya.

Guillermo intentó que aquello sonase a cierre de la conversación, sin darse cuenta de la nueva puerta que abría con esa última frase. Tras decirlo, alargó la mano, la posó sobre el vientre de Estela, se inclinó y le dio un suave beso en un pezón. Ella levantó la cabeza, echó un vistazo y vio que él estaba de nuevo preparado. Esa era una de las cosas que le gustaban del fiscal. Que siempre estaba preparado. Eso y la buena información que manejaba. Pero aún no estaba dispuesta a concluir. No se le había pasado por alto aquel último comentario.

—¿Irse adónde?

Guillermo apartó la cara del cuerpo de Estela con fastidio.

—Algunos de los investigadores de la Operación Mulán sostienen la tesis de que David Wang podría estar planeando dejar el país. Se han detectado movimientos raros de capital en sus empresas. Sabe que está siendo investigado y es lógico que ya no se sienta seguro aquí. Eso nos mete aún más presión para cazarlo, pero también supone una ventaja porque las prisas podrían llevarlo a cometer algún error.

—Una matanza de rumanos parece más que un simple error.

Guillermo asintió y bajó la cara de nuevo. Esa vez fueron varios los besos que dio alrededor del pezón.

—Wang es un criminal sutil. Seguro que ha matado antes. Imagínate: rivales haciéndole la competencia, traidores o soplones o empleados que le hayan robado; lo que sea. Pero no hay pruebas. Los cadáveres de los chinos tienden a volatilizarse. Ya conoces la leyenda urbana: un chino nunca muere oficialmente porque el cuerpo desaparece y sus papeles pasan a otro chino. Por eso no consta siquiera la sospecha de que Wang haya cometido antes un asesinato tan aparatoso como la matanza de Polvoranca. Si él está detrás, sería algo nuevo en su forma de actuar y demostraría urgencia y nerviosismo.

Guillermo se calló para centrar la atención en el cuerpo de Estela. Abrió la boca y rodeó el pezón con los labios.

Ella sintió un breve calambre en la espalda. Dijo:

—Todo eso está muy bien. Pero si ordenó la muerte de esos cinco rumanos, no me voy a conformar con que pague solo por delitos fiscales.

Guillermo siguió lamiendo su pecho y bajó la mano por el vientre de ella. Sin ser consciente, Estela separó un poco las piernas.

—Me parece estupendo. Pero ¿podrías dejar por un ratito que sea el colega tuyo, el poli macarra ese, el que se ocupe, mientras yo me encargo de esto?

Los dedos de Guillermo se abrieron paso.

Ella se estremeció con un calambre más duradero y, tras pensárselo durante unos segundos, decidió hacer caso al fiscal.

El móvil le sonó cuando iba conduciendo su Nissan Qashqai por la M-30 en dirección al Puente de Vallecas. Era mediodía y el tráfico comenzaba a ponerse denso. Había quedado con Roi.

Estela vio en la pantalla del ordenador del coche el nombre de su jefe, el comisario Eladio Ramos. Pulsó en el volante la tecla de responder a la llamada. Podía imaginarse por dónde irían los tiros. No se equivocó.

La voz del comisario sonó por los altavoces del coche con una ligera distorsión metálica.

—Ya veo que estáis llevando a cabo una investigación de lo más discreta.

Ramos no era de regañar dando voces. Prefería el sarcasmo cuando quería mostrar contrariedad y, desde luego, aquello sonó cargado de ese sarcasmo.

—Son métodos de investigación modernos, jefe.

—No fastidies, Estela. Tú y tu compañero. Anoche. Intimidando a un honorable ciudadano como un par de matones.

—Veo que ya te han contado nuestro amigable encuentro con el señor Wu.

El comisario esperó antes de volver a hablar. Ella conocía a su jefe. Allá vamos, pensó. Intuyó que, a partir de ese momento, sonaría más iracundo que sarcástico.

—¿En qué cojones estabais pensando? Zimo Wu podrá ser pariente de David Wang, pero, aparte de eso, no es un don nadie. Es un empresario muy respetado, además de un filántropo muy generoso con su comunidad. No sé si sabes que financia becas para chicos necesitados, comedores sociales, equipos de fútbol y de baloncesto y hasta carreras populares. Te sorprendería si te dijese quién ha llamado al director general para trasladarle su malestar por el trato que el señor Wu recibió anoche a la entrada del Casino.

—Es un motivo perfecto para que me apartes del caso, jefe.

—Ni lo sueñes. Lo que quiero es que controles a ese cernícalo con el que te hemos emparejado, ¿entendido? A ser posible, no vayáis por ahí buscando pelea con ciudadanos eminentes.

Ramos hizo otra pausa. Estela la aprovechó para llevar a cabo una brusca maniobra de cambio de carril y adelantar a un pelmazo que estaba entorpeciendo el tráfico.

—¿Has visto la prensa o has escuchado las tertulias de la radio? —le preguntó el comisario con tono más calmado.

—Tenía cosas mejores que hacer.

—Siguen sacándole partido a la matanza. Lo están utilizando para calentar el ambiente. Y la cosa irá a peor. Las calles se van a convertir en un carnaval. Diferentes colectivos de inmigrantes saldrán a manifestarse. Unos protestarán por la matanza de Polvoranca y otros por los chinos apaleados en la Cañada Real. Unos pedirán más seguridad y otros reclamarán justicia igual para todos. Y, claro, también acabarán saliendo los que pidan un mayor control de la inmigración y que echemos de una vez a la delincuencia extranjera. No va a haber asociación, ONG ni movimiento social sin su manifestación. Y en lo que coincidirán todos será en considerarnos a nosotros, los polis, unos represores y unos inútiles.

Estela tocó el claxon para que el titubeante conductor que tenía delante decidiera de una vez si tomaba o no la misma incorporación que ella. Conducía así. Sentarse tras el volante la transformaba.

—Evita que tu encantador compañero nos meta en más líos. No quiero que me vuelva a llamar el director general.

—No soy la niñera de Roi Conde.

—Más te vale serlo.

—¿Alguien se plantea darnos más medios para esta investigación? Porque solo somos dos policías pululando por la calle sin saber muy bien qué hacer.

—¿Más medios? Pero ¿dónde te crees que trabajas? —Ramos regresó al sarcasmo—: Niña, que somos la pasma española, no el FBI.

—Por un momento se me había olvidado, jefe.

El comisario cortó la llamada.

Estela volvió a seguir el navegador del coche para llegar al restaurante donde había quedado con Roi. Cruzó del tirón tres carriles para salir de la M-30 e ignoró a todos los que le pitaron por ello.

Por supuesto, el restaurante lo había elegido Conde. Ni se planteaba darle a ella la opción de proponer. Un sitio cojonudo, le dijo. Hoy, cocido. No había más que hablar. Estela aceptó, no tenía ganas de discutir. Estaba de buen humor. La noche anterior, tras el incidente del Casino, el encuentro con Guillermo había sido satisfactorio en todos los sentidos. Lo llamó porque recordó que Inés dormía en casa de una amiga y porque deseaba olvidar la estúpida escena con Zimo Wu. Él, como siempre, había dicho que sí al instante.

No se había quedado a dormir en casa de Guillermo, nunca lo hacía. Se había levantado descansada y con buen ánimo. Había trabajado en casa redactando notas para que le fuese fácil revisar, cuando lo necesitase, lo más interesante del contenido del *pendrive* y de su conversación de la noche anterior con el fiscal. Ni tener que comer con Conde ni la llamada del comisario lograron alterarle ese ánimo.

Esta vez, el restaurante elegido por Roi Conde era una década más moderno que el Bar Manolo. El comedor, decorado con escudos y camisetas del Rayo enmarcados, era un amplio salón abarrotado de mesas por entre las que se deslizaban con habilidad los camareros sirviéndole el menú del día a una clientela formada, en su mayoría, por trabajadores de la zona, uno de esos locales a los que se va porque se come bien y a buen precio y no se demanda ni más lujo ni más ceremonias que unas raciones generosas y un servicio rápido para volver en hora al tajo.

Roi estaba en una mesa esquinada al fondo que apenas ofrecía un poco más de discreción que el resto. Estela se abrió paso hasta ella sabiéndose mirada, consciente de que, en aquel salón, una mujer era un espécimen exótico. Cuando se sentó, Conde le dijo al camarero que ya podía empezar con la sopa del cocido y que les trajese el vino y la casera, sin preguntarle a ella lo que quería beber. Estela le dijo que a veces tenía la imperdonable manía de decidir por sí misma lo que le apetecía tomar. Él se limitó a contestarle que allí había lo que había y nada más y no cambió la orden.

Se pusieron al día. Primero, Estela. Empezó por la llamada del comisario Ramos y las quejas que habían llegado de alguna indefinida altura al director general.

A Conde se le puso cara de triunfo.

—A mí también me ha llamado mi jefe con lo mismo. ¿Verdad que da gusto cabrearles?

—Yo también creo que lo de anoche fue un error innecesario —protestó ella.

—Es el camino.

—No sé si quiero seguir ese camino.

—¿Tienes otro mejor?

El camarero les llevó la frasca de vino y la botella de Casera. Conde se encargó de servir a los dos, tres cuartos de vino y uno de gaseosa, también sin preguntar. Ella ni se molestó en decir nada.

Con la sopa —Estela tuvo que reconocer que estaba deliciosa—, Roi le informó a ella.

Había estado esa mañana en un gimnasio de Tetuán. Su amigo Kuang Li, el camarero del bar castizo de Usera, le había dado el nombre. Dojo Khan. Sonaba exótico. Pero solo es un antro de quinta, le dijo Conde, un centro de artes marciales cutre.

—Se supone que los chavales van ahí a aprender judo, *kick-boxing*, *muay thai* y todas esas mierdas. Mentira. El gimnasio es en realidad el centro de captación, de reunión y de entrenamiento de los matones que trabajan para el tal Shewei, la manita derecha de David Wang.

—El tipo que se encargó del asesinato de los rumanos, según Kuang Li.

Roi asintió.

—Un tipo tan escurridizo como su jefe. Al parecer, pasa mucho tiempo fuera de España porque controla todo el recorrido de las rutas de inmigración ilegal de chinos.

—Irregular.

—¿Cómo?

—Que es más correcto decir migración irregular, Conde.

—¡No me jodas! El caso es que el tal Shewei tiene un ejército de chicos dispuestos a todo y utiliza ese Dojo Khan como cuartel general. Cuando está en España, se pasa allí metido todo el día. Como ves, no lo ha ubicado en Usera, sino en Tetuán, para llamar menos la atención entre los suyos.

Conde no había sacado nada de la visita al gimnasio. Hombres peleones, olor a tatami y a sudor, mucha mirada de odio y nadie dispuesto a dirigirle la palabra. Se había presentado a uno de los instructores. Elegido al azar. Se le acercó y solo le dijo: me llamo Roi Conde, soy policía, dale recuerdos a Shewei de mi parte. El tipo ni le había contestado. Avispero, le dijo ahora a Estela, de nuevo con expresión satisfecha. Eso era lo único que tenían por ahora. Seguir agitándolo.

Cuando estaban a punto de atacar los platos, rebosantes de garbanzos, morcilla, tocino, patata y repollo, se les aproximaron dos tipos. Estela no los vio hasta que estuvieron delante de ellos.

No podían ser más dispares entre sí. Uno era bajito y escuchimizado, con la cabeza mucho más larga que ancha, nariz aguileña, barbilla puntiaguda, ojillos de mirar nervioso, una sonrisita que iba y venía y un flequillo elevado y tieso. Una garza o algo semejante. El otro era alto y gordo, de brazos cortos, tripa desbordante, carota sonrosada, papada temblorosa y rasgos porcinos. Eso, un cerdo. O algo semejante. A pesar de sus apariencias opuestas, compartían algo que, de alguna manera, les asemejaba: a ambos les quedaban fatal las americanas que llevaban. A la garza le quedaba demasiado grande y al cerdo, demasiado pequeña, como si se las hubiesen intercambiado en algún momento por error y no hubiesen caído aún en la cuenta.

Se plantaron al borde de la mesa y el de tamaño enorme y chaqueta pequeña los saludó con tono jovial.

—Suponíamos que te encontraríamos aquí —le dijo a Conde—. Tu comedero favorito. Un sitio con tanta clase como tú. Y, mira por dónde, hemos tenido la suerte de pillar juntos a los dos polis de moda.

El de tamaño pequeño y chaqueta enorme rio con la

risa que uno le imaginaría a una garza si las garzas pudiesen reírse.

Roi levantó los ojos del plato. Tampoco él había reparado en la llegada de aquellos dos y solo les dedicó una breve mirada de contrariedad por la interrupción.

—Estamos comiendo —les dijo—. Y preferimos seguir haciéndolo solos.

—La paz de esta ciudad parece depender de vosotros —dijo el grande.

—Aunque yo creo que el revuelo no es para tanto. ¿A quién le importa un puñado de rumanos? —le siguió el pequeño.

—Traficantes de droga, además —apostilló el grande.

Roi Conde dejó el tenedor en la mesa. Miró a Estela, que observaba a los dos tipos con curiosidad. Se sintió obligado a aclarárselo.

—Te presento a Romero y el Bicho —le dijo con desgana—. La gente dice que son policías, pero ya ves que en realidad ejercen como pareja de cómicos.

Ambos le daban la espalda al resto del salón y el ruido indefinido de las múltiples conversaciones les permitía hablar sin ser oídos. Fue el pequeño de rasgos afilados, señalado por Conde como el Bicho, el que habló:

—Podéis quitaros este marrón de en medio con facilidad con el socorrido «ajuste de cuentas». Sí, vale, según la única testigo, que además podría pasar por poco fiable, parece que les mataron dos asiáticos, quizá chinos, ¿y qué? Es un relato sencillo. Se ha podido confirmar que los asesinos no residen en nuestro país. Vinieron, se cargaron a los rumanos y se largaron. Cosas de mafias internacionales, nada local. No hay más. Caso cerrado. En un par de días, asunto olvidado.

Conde puso una mueca de convencimiento.

—No os imagináis cuánto os agradezco que os hayáis

pasado por aquí a ayudarnos. Nunca habríamos sabido resolver esto tan rápido como vosotros.

Romero, el grande, dejó de sonreír.

—Roi, siempre has sido un tocapelotas.

Conde exageró la misma mueca.

—Eso es cierto.

—Y, además, mal compañero.

—Segunda gran verdad.

La cara de Romero pasó del rosa intenso al grana oscuro. Su papada tembló. Unos perdigones saltaron de su boca al hablar.

—No jodas con esta historia, ¿vale? Hay mucha gente que puede salir perjudicada. Déjalo estar. Sigue con tu perra vida callejera deteniendo a macarrillas de medio pelo. Si no armas lío, no te pasará nada. En realidad, lo mejor sería que fueses pensándote el pasar a la segunda actividad. Ya tienes una edad...

—Si no calculo mal, más o menos la misma que tú, Romero. Dime, ¿cómo te planteas la jubilación? Porque beber un whisky que no te perfore el duodeno e irte con putas que no te peguen algo malo, que si no recuerdo mal son tus aficiones principales, acaba saliendo caro. Y la pensión no es tan buena. ¿Tienes un plan de pensiones? ¿O estás ahorrando el sobresueldo que te sacas por ir amenazando a compañeros?

Estela llegó a creer que las regordetas mejillas de Romero estallarían. El intenso rubor le coloreó hasta el blanco de los ojos. Apretó sus puños de dedos cortos y rechonchos, echó un rápido vistazo atrás, como si necesitase medir cuánta gente le vería si se lanzaba a por Conde, y no lo hizo porque el Bicho le posó una mano en el brazo instándolo a contenerse.

Este le tomó el relevo. Y no le habló a Roi, sino a Estela. Con tono aún amistoso.

—Tienes una hija, ¿verdad?

Ella se enderezó en la silla. Con menos ostentación física que Romero, pareció de inmediato dispuesta a saltar.

—Ni se te ocurra... —fue todo lo que dijo antes de refrenarse.

—Solo preguntaba —se apresuró a decir, conciliador, el Bicho—. ¿Recibes el dinero de tu exmarido cuando toca? Una niña es mucho gasto y nuestros sueldos no son tan buenos...

Estela miró a Roi.

—¿De qué va esto? —le preguntó.

Conde se encogió de hombros con indiferencia. Sus ojos habían regresado al plato de cocido para mirarlo con nostalgia.

—No estoy muy seguro de si lo que quieren es amenazarnos o sobornarnos.

—Entonces ¿son polis corruptos?

—A mí solo me parecen un par de gilipollas.

—Sois muy graciosos los dos —les dijo Romero para interrumpir su diálogo.

El Bicho seguía manteniendo su tono de falsa camaradería.

—No os metáis en líos. Creedme: acabará mal. Y no merece la pena. Solo eran cinco putos rumanos. No le importan a nadie. Olvidadlos.

Roi Conde volvió a coger el tenedor. Lo dirigió hacia los garbanzos del plato. Pero, antes de alcanzarlos, pareció recordar algo y volvió a mirar a la pareja.

—Decidle a quien os haya mandado que se vaya a la mierda, ¿vale? Y que, si tiene algo que ver con la muerte de esos cinco tipos, que se vaya preparando para entrar en la cárcel, que es a donde lo vamos a mandar.

Por fin pinchó unos cuantos garbanzos con el tenedor y se los llevó a la boca. Tras tragarlos, frunció los labios y le dijo a Estela:

—Odio que el cocido se quede frío.

Romero y el Bicho se marcharon sin despedirse. Ella los observó hasta que salieron del comedor. Conde estaba ya centrado en la morcilla y el repollo.

—¿Qué acaba de pasar? —preguntó ella.

Roi no respondió hasta que tuvo la boca vacía.

—Ya te lo dije. El avispero. Lo hemos agitado y las avispas se han puesto nerviosas. Empiezan a pasar cosas.

Luego se concentró en el contenido del plato y no volvió a hablar hasta que lo hubo dejado vacío.

Una troncha. La idea fue de Roi, pero Estela la aceptó sin discutir. En parte porque no tenían otra opción para avanzar, en parte porque consideró que era una buena forma de tener controlado a su compañero y evitar que causara más problemas encarándose con quien no debía. Además, aquello tenía hasta gracia: la hacía rejuvenecer, le recordaba sus primeros operativos. Hacía años que no invertía horas en una troncha, una de esas vigilancias que nunca sabes si servirá para algo o solo será una desesperante pérdida de tiempo. Ahora que había vuelto a la calle, aquello era como regresar a sus primeros años, cuando podía pasarse días enteros vigilando la entrada y salida de clientes de un narcopiso o algún garito donde se sospechase que se llevaban a cabo trapicheos o un almacén donde se cargasen o descargasen alijos. Siempre era igual. Paciencia sin límite, aburrimiento mortal y la esperanza inquebrantable de tener un golpe de suerte.

Aquel día tuvieron un golpe de suerte.

Fueron en el Nissan de Estela a la urbanización La Florida, una colonia de chalés de postín a las afueras de Madrid por la carretera de La Coruña, donde se podía vivir con el mismo lujo, pero con mayor discreción que en esas otras urbanizaciones surgidas alrededor de la ciudad en los últimos años y que los futbolistas millonarios habían puesto de moda.

Estela se divirtió durante el trayecto. Condujo con mayor brusquedad aún de lo habitual, adelantando coches a golpe de volantazo. Cuando vio que Roi se aferraba con fuerza a la manilla de encima de la puerta, en el asiento de copiloto, acompañando con un resoplido o un taco mascullado cada maniobra inesperada, aumentó la temeridad en la conducción.

—¿Te asustan las mujeres al volante?

—No me vengas con esas. Me asustas tú.

Era la primera vez que veía a Conde vulnerable. Y lo disfrutó.

La parcela donde se alzaba la vivienda de David Wang estaba rodeada por un elevado muro de un blanco impecable. Tras él, apenas se podían adivinar copas de árboles y el remate superior de una vivienda de dos alturas. Sobre el muro, cada tres o cuatro metros, sujetas a mástiles de acero, se veían las cámaras de seguridad. Estaba claro que el dueño quería hacerlas notar.

Estela aparcó el coche al final de la calle, en la acera de enfrente, desde donde podían ver el portón de la entrada principal.

Nada más apagar el motor, Roi sacó del bolsillo de la camisa un paquete de tabaco y un mechero.

—Enciende un cigarro dentro de mi coche y le mando a Wang tus restos descuartizados en una caja de zapatos con lacito —dijo Estela.

Conde devolvió paquete y mechero al bolsillo refunfuñando.

Se acomodaron en los asientos. Ambos sabían de qué iba aquello de las tronchas. De esperar. De no mirar el reloj. A menudo, de no saber siquiera qué era lo que se esperaba.

—Háblame de ellos —le pidió Estela tras un rato inicial de silencio.

—¿De quiénes?

—De esos dos mierdas de hoy: Romero y el Bicho.

Conde pareció esforzarse por recordarlos. Como si los hubiesen visto hacía demasiado tiempo.

—¿Esos? —dijo con desinterés—. No hay mucho que contar. Son viejos conocidos. No somos un cuerpo policial formado solo por héroes intachables como tú y como yo. También hay tipejos como ellos. Antes los llamábamos Petardos Internos.

—Me gusta el nombre —rio Estela.

—La contraparte oscura de Asuntos Internos. Matones que trabajan para cualquiera que les pague. Si quieres amenazar a compañeros o descubrir trapos sucios de alguien para tenerlo agarrado por las pelotas o lo que sea, recurres a tíos como Romero y el Bicho para que se encarguen de ello por ti. Polis que viven en las cloacas, como ratas. Unos petardos internos.

—¿Y quién nos los ha enviado?

—Polis más importantes que ellos, claro. Tipos más poderosos que no quieren mojarse. Sean quienes sean, es buena señal. Ponemos nervioso a alguien, así que tan mal no habremos comenzado.

—Hablamos de polis corruptos —afirmó, más que preguntar, Estela.

—Sí, señorita correcta —se burló él—. Sorpresa: el mundo ideal en el que usted cree vivir no existe. En cambio, los polis corruptos sí. ¿O acaso crees que David Wang no tiene polis comprados? Pues esos son los que nos han mandado a la parejita feliz. No le des importancia. Solo ha sido un aviso, casi te diría que una petición amistosa.

—Admitimos sin más que existe la corrupción policial y no hacemos nada para perseguirla —dijo Estela, sin más afán que constatar una certeza.

—Romero y el Bicho no han hecho nada reprobable

—respondió Conde con indiferencia—. ¿Han cometido algún delito por venir a desearnos que nos aprovechase el cocido?

Estela prefirió adoptar un tono profesional antes que entrar en debates morales.

—¿A quién puede tener comprado Wang en la policía?

—Se me ocurren varias posibilidades. Pero no hay prisa. No te quepa duda de que lo sabremos pronto. En cuanto la investigación avance un poco más, mereceremos que nos contacten compañeros de mayor rango que el Bicho y Romero.

—Tengo una sensación que no me acaba de gustar.

Roi se volvió a mirar a Estela con curiosidad. Ella dijo:

—Con cada paso que hemos dado hasta ahora, como lo de ir a ver a Cal Szabo o a Zimo Wu o tu visita al gimnasio ese, siento que lo único que hacemos es ofrecernos como cebo. No obtenemos nada. Ningún dato, ninguna pista, ningún hilo del que tirar. Solo provocamos para hacernos notar con la esperanza de que alguien decida venir a mordernos.

—¿Tienes miedo, inspectora?

Estela se volvió en el asiento para mirar a Roi a la cara.

—No estamos enfrentándonos a un pringado cualquiera, Conde. Solo digo eso.

Roi fue a contestar algo, pero contuvo una réplica inmediata. Cuando al fin habló, su voz sonó desprovista de su altanería habitual:

—Empecé mi carrera deteniendo a carteristas en el metro. Desde entonces, han pasado muchos años y me han pasado muchas cosas, pero. en realidad, nada ha cambiado. He conocido a muchos tipos como David Wang. Todos son iguales. No importa su nacionalidad o su raza. Son un poco más espabilados que el resto. Prosperan. Y acaban creyéndose dioses. Infalibles, intocables... Pero, antes o después, todos caen. Solo son cabezas de una hidra. Se mantienen durante un tiempo y, al final, alguien les acaba cortando la cabeza. Y llegan otros que los reemplazan. Porque todos acaban cometiendo el mismo error. Olvidan que, por muy alto que lleguen, solo son unos vulgares chorizos. Nada más. Y cuando su cabeza está hundiéndose en un charco de lodo, aún se preguntan por qué, qué ha podido pasar, cómo es posible que estén ahí, ahogándose en el fango, si creían haberse convertido en dioses. Y para entonces ya hay otro que ha ocupado su lugar. Porque no son dioses, inspectora. Son basura. Eso es también David Wang. Basura. Nada más que basura. No hay nada que temer.

El golpe de suerte llegó cuando la tarde empezaba a caer. Durante las más de tres horas que permanecieron vigilando, en la casa no hubo movimiento. Desde donde estaban, ni siquiera podían estar seguros de si se encendía dentro alguna luz, aunque ya anochecía. Ninguno le dijo al otro lo que era más que probable que ambos hubiesen pensado a lo largo de la tarde: tal vez estaban vigilando una casa vacía.

A las nueve, el portón de metal comenzó a abrirse.

Roi estaba pendiente. Le dio un codazo a Estela, que en ese momento estaba escribiéndole un wasap a su hija para decirle que llegaría a casa pronto.

—Nos vamos —dijo Conde bajando la voz como si alguien pudiese oírle desde la casa.

Del interior de la parcela, salió un coche negro. Un Mercedes con cristales tintados.

—Dios nos ama —dijo Roi—. Es Wang. Seguro.

Estela no llegó a enviar el wasap. Llevó la mano hasta el botón de encendido del coche.

—Júrame que no lo asaltarás como a Zimo Wu.

Roi Conde se echó a reír.

—Tú ve tras él. No puedo prometerte nada.

Virginia se repasó los labios con el lápiz y se miró al espejo. Excesivo, decidió. No vas buscando seducir, ni ligar, ni siquiera coquetear. Se quitó el pintalabios pasándose una toallita desmaquillante. Eligió otra barra. Cambió el rojo intenso por un rosa cálido. ¿Y entonces para qué vas?, le preguntó sin decirlo a la imagen del espejo. Había aceptado la cita como un desafío a sí misma, para demostrarse que aún, como cuando vivía en aquella casa, era capaz de hacer cosas tontas e imprevisibles, para recordarse que no estaba dispuesta ni a esconderse ni a pudrirse en ese chalé que olía y sonaba a vacío, que contagiaba su soledad. Tras pensar todas esas tonterías y no quedar convencida con ninguna, concluía: solo es una cena, no necesitas un motivo trascendental para ir. ¿Hambre? Bastaba, sí. Eso la hacía reír. Tener hambre era un buen motivo para ir a cenar.

No aceptó la propuesta de David Wang de pasar por su casa a recogerla. Le pidió que le enviase la ubicación del restaurante y le dijo que se verían allí. Cuando llegó el taxi que iba a llevarla y dio la dirección, el conductor no pudo evitar echarle un rápido vistazo por el retrovisor. No le pidió que confirmase el destino. Pero, a lo largo del trayecto, repitió tres veces la misma mirada, como si esperase que en cualquier momento ella fuese a decirle que cambiaba de opinión y a darle otra dirección que cuadrase mejor con el lugar y el aspecto de la casa en que la había recogido y de ella misma.

La llevó a una estrecha bocacalle de la calle Antonio López, en Usera. Detuvo el taxi frente a una puerta de metal rojo la mitad baja y de cristal esmerilado la parte de arriba. Nada más bajar del taxi, la puerta se abrió y se le acercó, solícito, un hombre menudo de cuya cintura colgaba un delantal blanco y que, con su cara redonda y su camisa sin cuello, recordaba a Mao Zedong. La instó a que lo siguiera.

David Wang la esperaba en una pequeña habitación con una sola mesa que bien podría parecer, en su sencillez, un cuarto de cocina de una vivienda modesta. Se levantó al verla entrar. La ayudó con caballerosidad a quitarse la chaqueta y le apartó la silla para que se sentara. Le explicó que el hombre que la había recibido era el dueño y el cocinero del restaurante, que estaban en el lugar en que se podía degustar la mejor comida cantonesa de toda España o quién sabía si de Europa y bromeó asegurándole que debía guardar el secreto de su existencia para que cenar allí siguiese siendo privilegio de unos pocos.

Así se comportó durante toda la velada. Se esmeró en que disfrutase con unas maneras tan obsequiosas que acabaron inspirándole a Virginia más empalago que agrado.

Le pidió que confiase en la elección del menú hecha por el dueño. Verá que este no es un restaurante chino de pato laqueado y cerdo agridulce, le dijo. Le fue explicando cada plato y cazuela que les servían. Primero, *dim sums*, unas delicias cuyo nombre, le explicó, significa 'te toca el corazón'. Después, una cazuela de berenjenas rellenas de ternera. Por último, un *siu mei* de pollo. David Wang la observaba al dar cada bocado, deseoso de ver su reacción, y Virginia no tuvo que fingir para que se quedase contento porque todo lo que probaba le parecía exquisito.

—Intuyo que prefiere la comida al arte de mi país —dijo él, y ella rio.

En algún momento entre la segunda y la tercera copa de vino, Virginia le pidió que, por favor, la tutease. Lo hizo imitando la solemnidad de él, procurando que no se diese cuenta de que todo aquello le parecía solo un divertimento intrascendente.

Él le pidió que le hablase de ella. Lo primero de lo que le habló fue de Alberto. Fue algo inconsciente. Un mecanismo de protección. Si estás cenando a solas con un hombre atractivo, empezar hablando de tu pareja es todo un aviso, una forma de levantar un muro tranquilizador. Se dio cuenta de que lo estaba haciendo y eso la confundió, porque tampoco era consciente de sentir la menor atracción por David Wang. Le explicó que Alberto —mi pareja, el hombre con el que vivo, mi marido, no mi marido, no estamos casados, mi pareja, ya digo, se enredó ella al tratar de acotarlo— era un reputado galerista y que, sin duda, habría disfrutado mucho más que ella de los artistas de la otra noche. Entonces, dijo él, espero que nos pongas en contacto y que podamos llevar la exposición a su galería.

Por supuesto, Virginia no le habló del pasado más allá de Alberto ni de herencias inesperadas ni de las voces que resuenan en las casas deshabitadas. Redujo la explicación de su estancia en Madrid a la necesidad de hacer unas gestiones que no definió y él no hizo ninguna pregunta más.

Se sintió obligada a corresponderle. Háblame de ti, le pidió.

Él pareció azorado, como si no estuviese acostumbrado a recibir peticiones tan directas y no supiese reaccionar a ellas.

Le trazó un breve perfil de sí mismo. Negocios sin interés, ni hablar de aburrirla con eso. Pasión por el arte. Pero hoy no toca dar el rollo erudito, le advirtió con una sonrisa. Escultor aficionado. Virginia se aferró a aquello para mostrar un interés que en realidad no sentía. A él le gustó que le preguntara. Le explicó con modestia que tallaba jade. Con más entusiasmo que talento, aseguró.

—Si un día te apetece, me encantará invitarte a mi casa y enseñarte mis obras —le dijo.

Virginia no recogió el guante. Él cambió de tema, consciente de que aquel primer intento de dar un paso adelante había resultado fallido.

Ella no le preguntó si tenía pareja. No quiso que pensara que estaba midiendo, calibrando, aceptando una posibilidad.

La conversación no decayó durante toda la cena. Agradable, pausada y sin asomarse a lugares comprometidos. Al acabar, David Wang le agradeció al dueño la magnífica velada con la familiaridad de un cliente habitual. Ayudó a Virginia a ponerse la chaqueta y salieron juntos a la calle.

—¿Me prohibirás ahora que te lleve a casa? —le preguntó.

Ella aceptó que la llevase y ambos comprendieron que, al menos, eso sí era un pequeño paso adelante.

El conductor llegó para recogerlos en el Mercedes negro. Wang le abrió la puerta para que entrase y la cerró cuando se hubo acomodado.

Antes de arrancar, Virginia ya había decidido que la cita había merecido la pena.

No se dio cuenta de que había una pareja en la esquina de la calle. Él fumaba, ella estaba de lado y no se le veía la cara. Nunca habría imaginado que, cuando pasaron, él le dijo a ella lo mismo por segunda vez aquel día:

—Nos vamos.

Y se apresuraron a subir a un Nissan que estaba junto a ellos, sobre la acera, con el que los siguieron.

—¿Quién es?

—¿Y cómo quieres que lo sepa?

El Mercedes se detuvo frente a la entrada de la casa de La Moraleja. David Wang bajó primero. Rodeó el vehículo con rapidez y abrió la puerta del lado contrario, por el que bajó ella. Él la acompañó hasta la entrada al jardín. Virginia sacó la llave del bolso e intercambiaron unas breves palabras antes de que abriese la puerta y desapareciese tras ella. Fue una despedida sin intimidad. Wang permaneció unos instantes a solas en la acera, como si dudase de qué hacer o conservase una remota esperanza de que la noche tuviese un final diferente.

Estela y Roi Conde contemplaron aquella breve y aséptica escena de despedida desde el interior del Nissan. Habían adelantado al Mercedes al ver que se encendían las luces de frenado en cuanto llegaron a la casa de la mujer. Estaba claro que Wang no temía que lo siguieran porque, en ningún momento, el conductor había hecho nada imprevisto que hiciese sospechar que evitaba un posible seguimiento. Estela había continuado disfrutando con cada maniobra necesaria para no perderlo de vista, en especial si era tan brusca o arriesgada como para sobresaltar a Roi. Había detenido el coche cien metros más adelante. Apagó el motor y las luces y fueron testigos de la despedida, ella observando por el retrovisor, él volviéndose para mirar entre los asientos delanteros.

—Una cita fallida —dijo Roi —. Esta noche, el chinito no moja.

Estela ignoró el comentario, demasiado cansada a esas horas hasta para mostrar desagrado.

—Es una mujer con clase —dijo con la mirada aún fija en el retrovisor.

—Será fácil averiguar su identidad.

El Mercedes avanzó, con Wang de vuelta en su interior, y pasó al lado del Nissan.

—¿Qué opinas? —le preguntó Estela a Roi—. ¿Merece la pena que lo sigamos?

—Se irá a casa a meneársela solito —contestó este—, pero a estas alturas tampoco pasa nada si perdemos otro poco de tiempo en darle escolta.

Siguieron al Mercedes por la M-40. Estaba claro que ya no había más que rascar. Eran las once y el día había sido largo. Mientras David Wang cenaba con su cita en el restaurante de Usera de entrada casi clandestina, Roi Conde y Estela habían permanecido en los alrededores, atentos por si salían. Habían cenado de pie, en la acera de la calle de Antonio López, una solitaria empanada argentina y un botellín de Mahou. Ella había tenido que pedirle a su vecina que acogiese a Inés. La sensación de mala madre se había disparado hasta el infinito por hacer que su hija durmiese fuera de casa solo por la remota posibilidad de que la cena para dos de David Wang les aportase algo con lo que arrancar de una vez su estancada investigación.

Mientras seguían al Mercedes de vuelta a casa, regresó la sensación que se había apoderado de ella durante el plantón vigilando el restaurante: aquello no iba a ninguna parte. No tenían nada a lo que agarrarse. Las intuiciones de Kuang Li, el camarero del bar El Soriano, y de Szabo, el capo rumano, de que David Wang estaba detrás de la matanza de Polvoranca. Eso era todo. Ni una evidencia, ni siquiera un indicio fiable más allá de dos opiniones coincidentes. Tan decepcionante como la empanada argentina y la cerveza a medio enfriar que había cenado.

Estela mantuvo el Nissan a una distancia mayor del automóvil de Wang que en los trayectos anteriores. El tráfico era ya escaso y sería más fácil que el conductor pudiese caer en la cuenta de que había un coche que siempre iba tras ellos. Eso le permitió ver con tiempo suficiente para reaccionar el giro que dio el Mercedes para tomar un desvío inesperado en vez de dirigirse hacia la carretera de La Coruña, que debía ser la dirección de vuelta.

—¿Qué coño hace? —saltó, primero, Conde.

—Parece que aún no volvemos a casa —respondió Estela.

Ambos se enderezaron en sus asientos, de inmediato espabilados.

—Fumanchú ha decidido irse a tomar una última copa —dijo Roi, animado por el imprevisto—. Puede que tuviese un plan B, por si le fallaba la señora elegante.

No adivinaron cuál era el destino hasta que llegaron. Ni se les pasó por la cabeza. El Mercedes negro avanzaba ya por la calle Maqueda, en Aluche, y ni siquiera entonces cayeron en la cuenta. Tuvieron que pasar por delante del cartel luminoso que brillaba sobre la entrada de la discoteca Olympo.

El Mercedes rodeó el local. Se detuvo frente a una entrada trasera.

David Wang se bajó. La puerta apenas se entreabrió. Uno de los gorilas de Cal Szabo asomó la cabeza, comprobó su identidad y solo entonces abrió por completo para dejarlo pasar.

Desde el Nissan, Estela y Roi Conde vieron a Wang entrar en la discoteca Olympo.

Se miraron como si cada uno esperase que el otro le diese una explicación sobre aquello.

Ninguno de los dos supo qué decir.

Las once en punto. Ni un segundo más. No merecía la pena esperar. El bar estaba vacío. De hecho, no había entrado ni un cliente durante la última hora. Se habían ocupado dos mesas para cenar en toda la noche. Una pareja de veinteañeros que apenas había hecho gasto estirando un par de cañas y unas bravas y el viejo que vivía justo enfrente y que se pasaba cada noche a cenar sopa de cebolla, tortilla francesa y un chato de tinto. Poca caja, para variar. El dueño se empeñaba en que lo mantuviera abierto, como mínimo, hasta las once, como si confiase en que una noche fuera a desembarcar por sorpresa toda la corte celestial a ponerse ciega a raciones, y Kuang Li obedecía y dejaba pasar el tiempo, languideciendo detrás de la barra hasta que a las once en punto, ni un segundo más, echaba el cierre.

Aquella noche ni siquiera había habido movimiento de lo suyo. No había aparecido un solo comprador por el almacén. Raro. Era viernes por la noche, uno de los momentos de más venta de la semana, pero todos sus compradores habituales parecían haberse puesto de acuerdo para no pasarse esa noche. Ni uno. Sorprendente.

Kuang Li vendía pastillas en el almacén del bar El Soriano. La puerta del almacén permanecía abierta y los chicos del barrio sabían que allí siempre había algo que pillar antes de irse a las discotecas y los karaokes a ser felices con la mezcla de la música machacona que les daba por llamar *electropachanga*, el alcohol de garrafa y las pastillas que él les ofrecía.

El trapicheo le completaba el escaso sueldo que le pagaba el soriano que daba nombre al bar. Kuang Li necesitaba pasta. Tenía gustos caros. El día que libraba, se ponía de punta en blanco para ir a la discoteca. Chupa a la última, vaqueros de marca, botines de piel y pulseras, anillos y collares de oro y plata auténticos. La vida detrás de la barra del bar era para Kuang Li como una condena a vivir en un infierno sin fuego, tan aburrido como para que uno acabase añorando hasta las llamas eternas. Pero, un día a la semana, se sentía como un rey. Y eso requería pasta y la pasta se conseguía pasando. Anfetas, MDMA, *speed* y cristal, un surtido variado. Lo más demandado solía ser el *special K*, pero de un tiempo a esa parte los chavales se pirraban por pillar *kin*, una nueva ketamina que, según le había dicho su proveedor, se producía y llegaba directamente de China. Como con la ropa, a Kuang Li le gustaba estar a la última también en su oferta. Nada que ver con esas bandas de abuelos que seguían atascados en la venta de algo tan pasado de moda como la maría.

Los negocios de trastienda le habían dado dinero. Pero también algún que otro problema. El mayor de ellos era Roi Conde, ese poli viejuno y cabrón que lo tenía agarrado por las pelotas. Sus vidas se cruzaron por casualidad, cuando el poli investigaba la desaparición de una chica en una discoteca tras una noche de farra con exceso de pastillas. Conde le habría podido encerrar, pero, en lugar de eso, le ofreció un trato. Un asco de trato. Ser su soplón. Y así llevaba ya dos años. Contándole los cotilleos que corrían entre los proveedores y los camellos del barrio o en las charlas de baño de discoteca entre pirula y pirula o mientras se preparaban unas rayas en el reservado de algún karaoke. Algún día se libraría de él. Aún no tenía claro cómo. Pero, eso seguro, no estaba dispuesto a ser el esbirro de ese *jǐngchá* durante el resto de su vida.

Kuang Li cerró la puerta del bar, se quitó el delantal y entró en la trastienda que hacía de cocina y almacén. Allí lo esperaban dos tipos entre las cajas de bebidas apiladas. Lo alegró ver que al fin había alguien que venía a comprar.

Pero, al reconocer a los visitantes, su actitud de tendero servicial se desvaneció de inmediato.

—¿Qué queréis vosotros?

—Dicen que aquí se pueden comprar chuches muy ricas —dijo uno de ellos con un burlón tono amistoso.

Los dos visitantes se parecían. Es curioso cómo acaban siendo todos iguales, pensó Kuang al contemplarles, intentando con aquella reflexión boba ignorar el miedo que se le había comenzado a extender como un veneno por todo el cuerpo. Mismas mandíbulas cuadradas, mismo corte de pelo con rapado lateral y tupé, mismos vaqueros negros y mismas cazadoras ajustadas que marcaban los músculos trabajados a fondo en el Dojo Khan. Los conocía bien. Había estado con algunos de esos en cuartos oscuros, en asientos traseros de coches y en callejones discretos. Luego no eran para tanto.

—Vosotros no coméis lo que yo vendo —les dijo, hosco—. Mejor pasaos por algún gimnasio a pillar proteínas o anabolizantes o como se llamen esas porquerías que tanto os gustan.

—Qué gracioso eres, Kuang —dijo el que ya había hablado.

—Dicen que viene mucha gente por aquí —comentó el otro, menos sonriente que su compañero—. Mucho crío al que enganchas a esas porquerías que vendes. Y también algún que otro policía.

Kuang Li se esforzó para que no se notase el temblor de sus rodillas. Echó un rápido vistazo a un lado. Sobre la encimera, junto a los fuegos, vio el cuchillo que usaba para cortar el pan. ¿Sería capaz? Tenía un cuerpo menudo, mucho más pequeño que el de esos dos toros de gimnasio. Ni plantearse el pelear con ellos. Pero, tal vez, con un cuchillo en la mano...

Kuang sintió que el llanto le anegaba los ojos. Claro que no era capaz. Él no era de pelear. Ni de coger un cuchillo. Él preparaba sopa de cebolla y tortilla francesa para ancianos y vendía pastillas a adolescentes. Él era canijo y cobarde y poco más.

—Dejadme en paz, ¿vale? —dijo ya sin hostilidad, más cerca de la súplica.

—Debe de ser casualidad que ese mismo poli que viene a verte a veces se pasase ayer por el *dojo*, ¿no te parece?

—No sé de qué me habláis.

—Sabemos todo lo que pasa en este barrio, Kuang Li.

El cuchillo a la derecha. La puerta trasera bloqueada por el corpachón de los dos tipos. La que daba al bar, a su espalda. Una decisión. Kuang llenó de aire los pulmones. Tenía que hacerlo. Debía tomar una decisión cuanto antes.

Ni siquiera fue capaz de moverse.

—Has sido un bocazas, Kuang Li.

Quiso, al menos, decir algo. Rogar, prometer, ofrecer. Lo que fuese. Pero su voz tampoco le respondió.

—Creemos que nos debes una explicación.

Los dos matones se volvieron a la vez, como las hojas de una compuerta. Por detrás de ellos avanzó un hombre más bajo que vestía un traje gris de rayas y camisa y corbata negras y cuyas mejillas parecían haber sufrido un tiroteo.

Kuang vio a Shewei ante él y, al instante, el llanto se desbordó y las lágrimas rodaron por sus mejillas.

Virginia encendió una lamparita de mesa, se quitó la chaqueta, se descalzó, se desabrochó los dos botones superiores de la blusa, fue a la cocina, se sirvió una copa de vino y regresó al salón. Se puso cómoda en el sofá, apoyó el portátil sobre las piernas y le dio al botón de encendido.

No tenía sueño. La cena la había dejado con una peculiar inquietud. Una sensación agarrada a la boca del estómago que no sabía identificar. Daba igual. Ya estaba de vuelta. Lo había pasado bien, lo que no quitaba que no tuviese intención de volver a ver a David Wang. Además, se había demostrado que aún conservaba un poco de la antigua locura, al menos como para cenar con un desconocido. Algo era algo, suficiente para sentir que no toda la juventud estaba perdida.

Pensó en llamar a Alberto. En Buenos Aires serían las siete de la tarde. Buena hora para hacerlo. Pero cambió de opinión. Le escribió un mensaje: «Aquí estoy, cerrando exposiciones para ti. Trabajo, trabajo, trabajo». Lo revisó y le pareció un mensaje ridículo. Sonaba culpable. *Excusatio* y todo eso... Como tantas veces, lo borró sin enviar. Escribió otro: «Madrid es Buenos Aires con insomnio». No supo qué significaba. Por eso, este sí se lo mandó.

El portátil emitió la breve sintonía de encendido. Virginia paseó el dedo por el ratón táctil y le dio a abrir a la pestaña de Google.

Escribió el nombre en la casilla de búsqueda.

David Wang.

Le dio un sorbo al vino y vio abrirse la pantalla con los resultados.

La copa le tembló en la mano y el líquido se le atoró en la garganta.

Bajó por la pantalla. Fue leyendo una entrada tras otra sin llegar a abrir ninguna. Algunas menciones se repetían con frecuencia.

Sospechas. Tráfico de drogas. Contrabando.

Su boca se fue abriendo con lentitud.

Red de Wang.

Sus ojos dejaron de parpadear.

Criminalidad organizada china en España.

Virginia abrió algunas de las entradas al azar y leyó por encima.

Ninguna prueba. Rumores de investigaciones policiales en marcha.

Maledicencias racistas, para algunos. Indicios indiscutibles, para otros.

La voz que sonó en su cabeza no fue, como siempre, la del exmarido muerto. Fue la de David Wang.

—*Dim sum* significa 'te toca el corazón' —le volvía a decir con su suave galantería—. Espero que te guste.

Bajó la tapa del portátil de un manotazo.

Negó, incrédula, con la cabeza.

Y solo dijo:

—Maldita sea.

Madrid, 1994

Chao Yang odiaba Madrid. Se quejaba del frío seco, de los atascos, del pueblerino trazado de sus calles comparado con el impecable urbanismo de Barcelona, del castellano acelerado que, según él, hablaban todos allí, hasta del sabor del agua del grifo que tanto se empeñaban en elogiar los madrileños. Viajaba a la capital dos veces al año porque consideraba que algunas cosas no debían tratarse por teléfono. Permanecía un solo día con su noche, se alojaba siempre en la misma habitación del hotel Miguel Ángel y no salía ni para comer ni para cenar. Allí recibía, en un pequeño salón privado, a David Wang.

Durante toda la reunión, Chao Yang se mantenía de un humor de perros. En los últimos años, su personalidad había experimentado un cambio radical. Había dejado de ser el hombre sereno que parecía capaz de dirigir el universo sin gastar una palabra de más ni perder un segundo en demostrar emociones. A medida que envejecía, su carácter se había ido agriando, su templanza había sido reemplazada por un enfado crónico y una protesta constante, daba igual si de lo que hablaban era algo positivo o negativo.

Sentado muy estirado a la cabecera de una mesa de

reuniones, con un té y un vaso de agua y una libreta y un bolígrafo para ir tomando notas, repasaba asuntos pendientes con David, que prefería tomar café. Este lo informaba. Las naves funcionaban bien, tanto las de Cataluña como las del norte. En breve comenzaría a producir la última que estaban montando en unos terrenos cercanos a Mieres. Habían tenido un problema menor en una de las naves asturianas. Uno de los maestros había desviado dos kilos para colocarlos por su cuenta. Shewei se había ocupado del asunto. No hacía falta explicar nada más.

Así se inició el enfado de Chao Yang durante aquella reunión. Le reprochó que cada vez hubiese más pequeños robos en las naves. No tienes el control, le dijo. Y eso le hacía perder dinero. Su dinero. Le gustaba recordarle eso. Que todo el dinero invertido y ganado era suyo. David solo era su empleado, ni más ni menos que los trabajadores de las naves. No debes olvidarlo, le gustaba repetirle. Cuando uno de esos capataces o maestros o como se llamasen le robaba o se pudrían los cogollos antes de prender, porque algún estúpido jardinero no sabía cuidarlos, o si la Policía de cualquier país interceptaba uno de sus envíos, era su dinero el que se perdía. Y —le recordaba sin falta— también era su dinero el que estaba haciendo rico a David.

David Wang nunca replicaba a aquello último. Era lo que más lo irritaba de toda aquella injusta retahíla de gruñidos, pero se obligaba a contenerse. ¿Hacerle rico? Nunca había olvidado aquella promesa hecha cuando le perdonó la vida y lo envió a Madrid tres años atrás. Te haré inmensamente rico, le había dicho el viejo avaro. A David Wang le habría gustado enseñarle dónde vivía. Un piso en Lavapiés de dos habitaciones sin calefacción ni ascensor y con un agua caliente que iba y venía, en un edificio cochambroso donde tenía por vecinos a yonquis desahuciados, manteros senegaleses apiñados, un par de turbios kosovares y otro par de putas con más edad que clientela. Sí, Chao Yang le pagaba y la cantidad podía parecer alta. Pero, con el dinero que le daba, una vez separada la generosa cifra que seguía enviando a sus padres, a duras penas bastaba para que él pagara a su vez a Shewei y este al grupo de tipos que había reclutado para mantener la disciplina entre los trabajadores de las naves. Y a los transportistas, ya fueran a los que traían a los inmigrantes o a los que daban salida a la mercancía. Y a camellos desperdigados que menudeaban con su maría, siempre tentados de dar un vuelco, de distraer una parte de la producción para su beneficio particular. Además, Shewei se llevaba otro gran pellizco con el que cubría los gastos de sus viajes fuera del país para seguir las rutas de llegadas de inmigrantes. Y de ese mismo dinero David tenía que sacar también para pagarse sus viajes para supervisar las naves, que estaban todas a más de cuatrocientos kilómetros de Madrid, a donde iba en un viejo Seat León que fue su primer automóvil y que decidía por sí solo cuándo funcionaba o no el aire acondicionado. Solía dormir en el coche o, a lo sumo, en algún hostal barato de carretera y comía sándwiches envasados de gasolinera para ahorrar. ¿Hacerle rico? David Wang solo era un exiliado en Madrid, una ciudad que le desagradaba casi tanto como a Chao Yang, obligado a sentirse agradecido porque el viejo decidiese no intentar matarlo una segunda vez y siempre a la espera de que algún día llegase la riqueza prometida.

Tras repasar el estado de cada nave, tocaba hablar de los flujos de viajeros. Así los llamaba Yang, «viajeros»; hombres y mujeres de todas las edades que recorrían medio planeta amontonados en cajas de camiones, como en su día hizo el propio David, tras haber pagado por ello lo que solía ser la totalidad de los ahorros de la familia. Y todo para llegar a España y trabajar en bazares, restaurantes, almacenes o naves a cambio de sueldos penosos. Esos eran los viajeros de Chao Yang. La inmigración de China a Europa cada vez era más clasista. Los que tenían dinero llegaban con sus papeles en regla a través de las aduanas oficiales de puertos y aeropuertos y lograban trabajos decentes que les permitían salir adelante a ellos y a los parientes que habían dejado atrás. Los que no, llegaban en camiones clandestinos que cruzaban Europa con la apariencia de llevar en su interior cualquier cosa menos seres humanos. Eran viajeros hacia un destino que se parecía demasiado a la esclavitud.

El asunto de las rutas provocó que aumentase el mal humor de Chao Yang. La competencia no dejaba de crecer. Estaba llegando un momento en que había que captar viajeros con el mismo esfuerzo que si regentasen una agencia de viajes para turistas adinerados, decía. Shewei debe esmerarse, le exigía a David. No se trata de que ese animal vaya dando palizas por toda Europa. Debe ser un ejecutivo, no solo un matón. Tenéis que pensar en cómo quitarnos de en medio a los rivales, cómo expulsar a los intrusos del negocio para siempre, le reclamaba. Para eso les pagaba con su dinero.

Su dinero. Siempre volvían al mismo lugar obsesivo. Su dinero.

David Wang lo escuchaba con esforzada sumisión, soportaba las críticas, las regañinas y los reproches, fuesen justos o injustos, la amenaza con despedirle a él o a Shewei, y el constante recordatorio: le estaba haciendo rico con su dinero, su dinero, su dinero.

En aquella primera visita del año sí que hubo una novedad.

—Hay que poner orden —dijo Chao Yang—. Tú no sabes de números. Tú no sabes de finanzas. Tú solo eres un delincuente más, como ese Shewei. Si queremos que esto no se hunda, necesitamos a alguien que no solo sepa administrar, sino también recuperar para el mercado los beneficios que obtenemos, alguien con más cerebro que tú y que ese perrito faldero tuyo que solo es una cola de serpiente.

David Wang no preguntó. Confió en que fuese una de esas ocurrencias que a veces tenía el viejo y que luego solían quedar en nada.

Tampoco le dijo lo que pensaba: viejo hijo de puta, si no fuese por mí, todo este tinglado no habría salido adelante y todo tu puto dinero habría volado y ahora solo serías, como mucho, el dueño de un restaurantito apestoso o de un bazar polvoriento, porque soy yo el que te ha enriquecido a ti.

David calló y se despidió con una obligada actitud servil. A partir de ese momento, únicamente tendría que hablar con él por teléfono, hasta que volviese seis meses después, porque le seguía teniendo prohibido ir a Barcelona.

Al menos, Chao Yang se retiraba temprano. Cenaba a solas en su habitación y, antes del amanecer del día siguiente, se subía en el garaje del hotel al mismo coche en que lo había llevado su chófer y regresaba a Barcelona sin poner el pie en ninguna calle de Madrid.

David Wang lo esperó frente a la salida de viajeros de la estación de tren de Príncipe Pío. Le costó reconocerle. No lo recordaba tan bajito y, además, le habían aparecido algunos prematuros trazos grises en el pelo y llevaba unas gafas de cristales cuadrados y pequeños que le daban un aspecto demasiado serio. Los cuatro años transcurridos sin verse, desde aquella noche en que se despidió de él a toda prisa para venirse a Madrid, no le habían sentado bien a Zimo. El contraste entre ellos había aumentado. No era solo el aspecto físico, cada vez más diferente, también la actitud de cada uno, una distancia creciente entre el altivo aire de seguridad de Wang y la apocada timidez que transmitía su primo.

Cuando al fin lo identificó, David se apresuró a abrazarlo. Le quitó de la mano la maleta que portaba como si estuviese recogiendo a un anciano. No pudo evitar sentir un ramalazo de culpabilidad. Nunca le había pedido que se viniese a Madrid con él. Durante aquellos años, intercambiaban breves y esporádicas llamadas de teléfono, sobre todo para acordar las gestiones necesarias para que Zimo se siguiese ocupando del envío de dinero a sus padres. Siempre tenía en mente proponérselo, pero, al final, estaba demasiado ocupado y lo dejaba para más adelante. Pero al abrazarlo comprendió cuánto lo había echado de menos y cuánto lo alegraba que volviesen a estar juntos.

Zimo Wu era el hombre elegido por Chao Yang para ocuparse de vigilar su dinero en Madrid. Yang no había olvidado aquella idea y, un año después de planteársela a David, por fin le comunicó que había elegido a la persona que asumiría esa responsabilidad. Alguien que llevaba tiempo trabajando para él en Barcelona. El economista más brillante que había conocido. David se quedó sin habla cuando le dijo quién era.

Tras cogerle la maleta, David le dijo a Zimo que no tenía que preocuparse de nada, que ya lo tenía todo organizado, que le había alquilado un piso muy cerca del suyo, que le iba a montar una oficina con todo lo necesario en una de sus dos habitaciones y que, ahora que estaban de nuevo juntos, no volverían a separarse.

Zimo escuchó todo aquello asintiendo con agrado y cuando David al fin se calló, le dijo, con voz tímida, que traía una sorpresa.

Se volvió y Wang vio a una chica china de cuerpo menudo y expresión dulce. Y al bebé que llevaba en brazos.

—Pues sí que han pasado cosas durante estos años —dijo David.

Todos rieron.

Zimo le presentó a Min, su mujer, y esta le mostró la carita del bebé dormido. David cargó con el resto del equipaje y les pidió que lo siguiesen.

La familia Wu había llegado a Madrid, y David Wang recordaría siempre aquel reencuentro como uno de los momentos más felices de su vida.

Zimo Wu daría forma durante los años siguientes a todo aquel pequeño imperio que, hasta su llegada, había ido creciendo gracias al violento ordeno y mando de David Wang. Zimo aplicó el sistema de cooperativa para la gestión de las naves, estableció la distribución más eficaz de la producción entre el transporte por carretera y los envíos de paquetería, adaptó el flujo de inmigrantes ilegales que llegaban a través de las rutas controladas por Shewei a las necesidades reales de mano de obra y fijó los canales más seguros de blanqueo de las ganancias. Además, ideó un sistema de préstamos a aquellos compatriotas que le presentaban una iniciativa de negocio viable que acabó convirtiéndose en una sofisticada red de flujo del capital oculto con la que logró que el blanqueo no supusiese pérdidas en comisiones, sino ganancias en intereses.

Zimo hacía el trabajo de despacho. David Wang se ocupaba del trabajo de campo. Y Shewei obedecía órdenes. El equipo funcionaba. Chao Yang accedió a aumentar los ingresos personales de David. Así pudo dejar el cochambroso piso de Lavapiés, instalarse en un confortable ático en

Delicias y reemplazar el Seat León de tercera o cuarta mano por un BMW a estrenar. Zimo optó por mudarse a una casa con jardín en Aravaca donde cupiesen con desahogo Min y los cuatro hijos que fueron llegando, con rigurosa periodicidad, año a año.

En el 2000, los occidentales festejaron el cambio de milenio y, unas semanas después, David y la familia Wu al completo celebraron la víspera de la llegada del año del dragón con una comida en el jardín. Min preparó rollitos con diferentes contenidos al gusto de los niños y, por supuesto, repartió mandarinas de postre. Entregaron a cada uno de sus hijos el *hongbao*, un sobre rojo con un par de billetes dentro, y también le dieron uno a David, porque la tradición de repartir sobres con dinero incluía como destinatarios, junto a los niños, a los adultos sin pareja. Todos se burlaron de él y le desearon poder y prosperidad, que era lo que correspondía a un año del dragón, pero, además, que encontrase esposa pronto.

Después de una larga sobremesa en familia, David y Zimo se quedaron un rato a solas en el jardín, compartiendo un chupito de *baijiu*.

Fue entonces cuando Wang le dijo a su primo:

—Se acabó.

Zimo no tuvo que preguntar nada para saber a lo que se refería.

David continuó:

—Chao Yang es demasiado viejo. Hemos construido algo muy grande y es necesario que avancemos sin él. Ya no es capaz de seguirnos.

Zimo sabía a qué se refería su primo con aquello último. Y también que tenía razón. Llevaban tiempo discutiéndolo con Chao Yang. El mundo cambiaba. No tenía sentido seguir utilizando camiones renqueantes que tardaban semanas en recorrer miles de kilómetros para trasladar a los viajeros, con el riesgo que eso representaba de ser detectados por la Policía de los diferentes países. Debían adquirirse camiones más modernos, que no llamasen la atención. Además, las carreteras estaban llenándose de mafias sin experiencia que provocaban, con su torpeza, que cada vez hubiese más controles policiales. Había que desarrollar el transporte por mar como alternativa. Un solo barco podía traer cuatro veces más viajeros que los camiones. Y en un solo viaje se podían hacer paradas en cada puerto, en Róterdam, Amberes, Barcelona, Hamburgo o donde fuese más rentable. Ese era el futuro, tanto para el transporte de personas como para el de maría. Por supuesto, aquello requería una considerable inversión. Y Chao Yang no quería ni oír hablar de ello.

—Somos lo que somos gracias a Yang —le dijo Zimo Wu a su primo—. Él confió en ti y en mí. La lealtad debe ser siempre lo primero. No voy a abandonarlo.

David trató en vano de disimular su decepción.

—Tenemos que luchar —insistió—. Tenemos que ser mejores y derrotar a los rivales. Solo así sobreviviremos, Zimo. Es una guerra. Y Chao Yang es un viejo, no un guerrero.

—Yo tampoco lo soy.

David no insistió. Su primo no dijo nada más.

En algún sitio, lejos del jardín, se oyó el zumbido de un cohete que ascendía en solitario al cielo y, después, su explosión.

—Feliz año del dragón —le dijo Zimo.

—Feliz año del dragón —le contestó David.

Shewei hizo una última llamada a David Wang desde la cabina de una estación de servicio cercana a la ciudad austríaca de Graz. No lo llamó porque le entraran dudas o reparos o porque necesitara algún tipo de ratificación de última hora. Él no era así. Nunca dudaba de las órdenes. Ni siquiera de aquella. Llamó porque Wang le había pedido que lo hiciese cuando hubiesen alcanzado al camión. Y él hacía siempre lo que le pedían. Era cola de serpiente. Y le gustaba serlo. De ese modo había sobrevivido a todo. Obedeciendo sin dudar, sin hacer preguntas. A nadie, tampoco a sí mismo. Se sentía cómodo en aquella vida en que se limitaba a hacer lo que le ordenaban, cobraba por ello y no tenía que preocuparse por nada más.

David recibió la llamada en su casa. Breve. Localizado, dijo Shewei. Siempre parco en palabras. Llevaba trabajando para David desde que este le pagara una generosa suma por volarle la cabeza a Farid Alami y Chao Yang los castigara por ello a ambos con el exilio a Madrid. De eso hacía más de una década. Y, a pesar de los años, Wang no recordaba haber mantenido con Shewei una conversación de más de un par de minutos. No sabía dónde vivía o si tenía familia. Ni falta que hacía.

Shewei solo le dijo aquello. Localizado. Antes de colgar, David tuvo un segundo de duda. El último. Un segundo antes de dar un paso que, lo sabía, le convertiría para siempre en alguien diferente. Un segundo en que recordó, por primera vez en mucho tiempo, a Farid Alami y a Lao Feng y a algún que otro ladrón de las naves cuyos nombres ni siquiera retuvo.

—Adelante —dijo, y el segundo pasó.

El camión era un Scania de 350 caballos y motor de ocho válvulas, un titán de las carreteras, un deslumbrante buque sobre ruedas con una lujosa cabina y una gran cámara frigorífica detrás. Se suponía que iba cargado de tomates. Su propietario era Petko Vasilev, al que todos se referían por el facilón apodo del Búlgaro, el líder de la red ilegal que le estaba comiendo el terreno a Chao Yang, el cabrón que estaba llenando las carreteras de Europa con esos mastodontes, auténticos glaciares rodantes. Los tiempos habían cambiado desde el viaje de llegada de David y Shewei. Ya no se recorría China en vehículos que eran poco más que carromatos y luego se iban empalmando camiones y autobuses traqueteantes hasta el destino final que le tocase a cada uno. Ahora se llegaba con un permiso de salida que era válido hasta Belgrado o Budapest y, desde allí, donde los papeles perdían su valor legal, entraban en Europa ocultos en los tráileres de esos camiones modernos que iban soltando parte de su carga humana en diferentes ciudades y llegaban a puertos como Calais o Zeebrugge, donde la cámara se desmontaba y se transformaba en contenedor para cruzarla en ferri hasta Dover. Allí se volvían a ensamblar cabina y cámara y se distribuía el cargamento humano restante por un par de paradas más en Reino Unido.

Petko Vasilev, el Búlgaro, era el nuevo amo de las carreteras europeas. Los intermediarios de las redes de inmigración lo buscaban. Tenía los contactos necesarios para sortear controles y la flota más rápida de vehículos. Como en todo, también entre los *shetou* funcionaban las reglas de la oferta y la demanda, y Vasilev era el *shetou* que se estaba apropiando del mercado. David había tratado de llegar a acuerdos con él. Aliarse, sumar esfuerzos, compartir costes y beneficios. Y el Búlgaro, claro, se había reído de sus propuestas.

Shewei siguió al camión cuando este dejó la estación de servicio. Solo se había detenido para repostar. Los conductores de Vasilev tenían prohibido descansar en las gasolineras. Demasiado arriesgado. Shewei lo siguió en un discreto Rover negro, junto a dos de sus hombres, los mejores, los que le inspiraban más confianza.

Tal y como sabía que haría, el Scania se salió de la E60 para entrar en un área de descanso. Anochecía. En aquel momento no había allí ningún otro vehículo. El conductor se bajó. Cuando el Rover entró en el área, ya estaba entre los árboles, orinando.

No vio que llegaba el Rover ni que tres hombres se bajaban de él. Uno de ellos caminó hasta donde se encontraba. El conductor terminó lo suyo, se sacudió, bufó a gusto y se sorbió los mocos. Se volvió para ir en busca del tabaco, que se lo había dejado en la cabina. Echaría un cigarrito antes de seguir. Esa noche pretendía cruzar la frontera con Italia. El hombre que estaba a su espalda le apoyó el silenciador de su Walther PPK en la frente y disparó una sola vez.

Shewei y el otro hombre estaban ya dentro de la cabina. Apenas les llevó unos segundos. Bajaron la temperatura de la cámara frigorífica más allá de los veinticinco grados bajo cero y cerraron los conductos de ventilación para que el frío se condensase y el oxígeno se acabase lo antes posible.

Introdujeron el cuerpo del conductor en el maletero del Rover, envuelto con plásticos. Ya sabían en qué vertedero, a más de ciento cincuenta kilómetros de allí, en territorio italiano, lo harían desaparecer.

Solo estuvieron en el área de servicio cinco minutos. Dejaron atrás el camión con cuarenta y tres inmigrantes chinos en la cámara frigorífica. Nueve de ellos, mujeres; seis de ellos, niños. No sobrevivió ninguno.

Siete horas después, otro camionero se extrañó al ver el Scania en el área de descanso sin rastro del conductor. Llamó a la policía de tráfico austríaca desde el primer teléfono que encontró.

Los investigadores no lograrían ponerse de acuerdo en si la tragedia había sido provocada o si el conductor había cometido un error al manipular los controles de la cámara y, al ver las consecuencias, se había dado a la fuga.

Las autoridades chinas emitieron un comunicado expresando su profundo dolor. El Gobierno austríaco anunció que no concluiría la investigación hasta tener absoluta certeza de lo que había ocurrido, algo que nunca se logró. La Unión Europea informó de que endurecerían las medidas para controlar y combatir las rutas por carretera de la inmigración ilegal.

Petko Vasilev, alias el Búlgaro, fue identificado como el hombre que estaba al frente de la red de trata de seres humanos a la que pertenecía aquel Scania. La Interpol dictó una orden de busca y captura contra él. Nunca lo encontraron. Pero la organización criminal que dirigía dejó de actuar desde ese día.

Antes de todo eso, aquella noche, David Wang recibió una segunda llamada de teléfono en su ático de Delicias. Shewei solo dijo lo de siempre: «Hecho».

David colgó, salió a la terraza y contempló un cielo que era solo un manto negro desprovisto de estrellas.

Hacía frío. Sintió un retortijón. Cuando bajaba la temperatura, sus intestinos tenían la costumbre de recordarle que una vez habían sido apuñalados. Decidió regresar dentro.

Se acostó y se quedó dormido casi de inmediato.

A la mañana siguiente, Chao Yang, el empresario taiwanés conocido por ser el propietario de un buen número de tiendas de todo a un euro, antes todo a cien, a sus setenta y tres años, apareció muerto en su habitación del hotel Miguel Ángel.

La autopsia determinó que la causa fue un ataque al corazón. En el pastillero que llevaba siempre consigo, junto a su medicación habitual, se encontraron varias píldoras de Cialis, el estimulante sexual que por entonces era más popular que la viagra. Para un tipo con su maltrecha salud, consumir aquello era como si se hubiese tragado una granada de mano.

Hubo una breve investigación. La autopsia detectó cantidades sorprendentes de Cialis en la sangre del fallecido. La dirección del hotel declaró a la Policía que el señor Yang llevaba años siendo un huésped habitual y que conocían bien la costumbres y gustos de sus mejores clientes y nunca, en tanto tiempo, les había constado que recibiese visitas en su habitación. El señor Yang solía cenar a solas, siempre embutidos y una botella de agua de Vichy. Sí, claro, alguien podría haber llegado hasta su habitación sin ser visto, pero no había señal alguna de que allí se hubiese practicado sexo.

David Wang no acudió al hotel esa mañana para mantener la reunión semestral con Chao Yang. Sabía que no lo estaba esperando.

Zimo se encargó de cuidar de los intereses de la viuda y la hija de Chao Yang. Mientras, David se ocupó de hablar uno a uno con los cooperativistas de las naves y Shewei recorrió miles de kilómetros para visitar a los contactos principales de los diferentes puntos de sus rutas terrestres y marítimas. El mensaje que transmitieron fue el mismo: las cosas iban a mejorar a partir de ahora.

Zimo fijó la cantidad que les pagaría Wang y ni la viuda de Chao Yang ni su única hija, Hong, que permanecía soltera y que era una apocada y erudita profesora y traductora de mandarín en la Autónoma de Barcelona, discutieron la cifra. No tenían ni idea de negocios. La propuesta las haría ricas de por vida y, sobre todo, confiaban en Zimo. Siempre había sido respetuoso, leal y servicial. Y tuvo la delicadeza de no mencionarles en ningún momento la indigna causa de su muerte.

Zimo Wu fue a ver a David a su casa de Delicias. Solo habían pasado dos meses desde la muerte de Chao Yang. Le informó de los pasos que había seguido durante aquellas semanas para transferirle todas las propiedades del fallecido y convertirlo así en el nuevo líder de su red.

—Enhorabuena. Lo has conseguido —le dijo con cierta solemnidad, como conclusión de aquel proceso—. Ahora todo es tuyo.

Y, tras una larga pausa, añadió:

—Querido primo, a partir de ahora ya no seguiré a tu lado.

Zimo no le dio mayor explicación. Siempre había sido una persona reservada y de escaso aplomo en el cara a cara. No mencionó lo del Scania ni la extraña muerte de Chao Yang. No reprochó nada. No protestó ni se quejó de que David le hubiese mantenido al margen de sus planes y decisiones. Le habló de Min y los chicos. Le dijo que quería algo diferente para ellos, que deseaba darles una oportunidad.

A David no le sorprendió. O, al menos, no demostró sorpresa alguna. Era orgulloso, no solía mostrar sus emociones y, desde luego, nunca permitiría que nadie percibiese en él la menor debilidad. Zimo se esperaba aquella falta de reacción y sintió una mezcla de alivio y decepción.

David no dijo nada. No ofreció alternativas ni planteó formas o tiempos. Solo le tendió la mano a su primo, este se la estrechó y ambos inclinaron la cabeza en señal de respeto y despedida.

Aquella noche, David Wang también salió a la terraza y miró al cielo. Todo es tuyo. Las palabras de Zimo resonaban en sus oídos. Esa noche brillaban, dispersas, algunas estrellas en el cielo.

Todo no era suyo aún. Había avanzado. Había progresado. Recorría el camino que había ideado hacía años, cuando atravesaba parajes desconocidos de China en la parte trasera de un carricoche, cuando abrió los ojos en el hospital y se sorprendió de que las dos puñaladas no lo hubiesen matado, cuando salió en un autobús nocturno hacia Madrid renunciando a Hong y a sus primeros territorios conquistados. Recorría un camino, pero este no había terminado.

No, todo no era suyo aún. Pero lo sería. Acabaría haciendo suyo aquel cielo y todas esas estrellas que cada vez sentía más al alcance de la mano.

IV

Estela contemplaba a Inés mientras esta comía al otro lado de la mesa. La niña vaciaba a un ritmo constante la bandeja de *sushi* que habían pedido. Zampaba sin pausa los bocados de *maki*, *nigiri* y *sashimi*, ya fuera empapándolos en salsa de soja o solo con una pizca de *wasabi* y, entre uno y otro, ponía al día a su madre. Le contaba qué amiga le parecía la más lista o la más guay o la más frita, quién presumía de haber besado ya a un chico (aunque Inés daba por hecho que era mentira) y cuál aseguraba que había convencido a sus padres para que le compraran la última versión de iPhone. Estela se obligaba a atender e incluso a repreguntar, esmerándose en no perder el hilo de cada anécdota, cotilleo o severo juicio personal de su hija. Ella no comía. Se tomaba una cerveza mientras Inés daba cuenta de toda la bandeja. Se sentía incapaz de comer nada asiático, daba igual que fuese chino, japonés, coreano o de donde fuera. Y darse cuenta de ese rechazo le había desagradado, la había hecho temer que estuviese empezando a parecerse a Roi Conde.

Su pensamiento no estaba allí, en el complejo universo de las chicas preadolescentes que le describía su hija, por más que se esforzase. No solía estarlo. Era algo que le dolía admitirse: por más que se lo propusiera, le costaba mantener la atención en las minuciosas narraciones que solía hacerle Inés de los detalles de su día a día. La conexión que intentaba aparentar con las inquietudes de la niña era más forzada que real y lo cierto era que aquellos planes de madre e hija se le acababan haciendo largos.

Eso, como todo lo relacionado con Inés, aumentaba la asfixiante sensación permanente de mala madre.

Inés seguía hablando. Solo quedaban ya dos piezas en la bandeja. Era sorprendente que estuviese tan delgadita con semejante saque, pensó Estela viéndola comer. Intentó no impacientarse. Aquel era uno de sus planes de fin de semana más socorridos y repetidos, así que sabía que, una vez liquidada la bandeja, Inés pediría de postre una bola de helado de violeta, su favorito.

Sin darse cuenta, acabó por desconectar de lo que le contaba su hija. Se le fue la cabeza al trabajo. A David Wang, a la duda irresoluble de por qué el capo chino visitaba por la noche al capo rumano cuando se suponía que se habían convertido en enemigos mortales. Roi Conde no había sido capaz de elaborar una respuesta convincente, ella tampoco. Pensó también en la mujer de La Moraleja, en Zimo Wu y la indefinida relación con su primo y en todos los documentos del *pendrive* que le habían permitido aprender, pero no le habían servido para construir una pista a la que agarrarse, y entonces Inés le dijo:

—Mamá, ¿me estás escuchando?

El móvil vibró encima de la mesa del restaurante. Salvada. Eso evitó tener que decirle que sí y que la niña, como hacía siempre en esos casos, le pidiese que le repitiera lo último que había dicho y ella confesase y su hija le recriminase que no le hacía ni caso. Mala madre. Siempre mala madre.

El nombre que apareció en la pantalla fue el de Eladio Ramos. Que el jefe llamase en domingo no era habitual.

Cogió el aparato y contestó. Inés puso una mueca de hartura.

—Ha ocurrido algo —le dijo el comisario.

Estela fijó la mirada en el fondo. Sin ser consciente, sus ojos se detuvieron en los dos tipos que estaban en una mesa al otro lado del local.

—Un muerto —dijo Ramos.

—¿Quién?

A pesar del anuncio, su pensamiento se había marchado a otro sitio. Al paseo que Inés y ella habían dado desde su casa al restaurante. Al escaparate de la tienda ante el que se habían detenido porque la niña quería enseñarle unas deportivas de las que se había encaprichado. A la mesa del fondo.

Eran los mismos dos tipos. Los vio cuando salían del portal de su casa. Los vio reflejados, pasando de largo, en el escaparate. Los vio ahora.

No eran el Bicho y Romero. No tenían aspecto ni de garzas ni de cerdos. Tal vez, si se le echaba imaginación, de perro pachón y de oso despeluchado. Pero había en ellos un aire familiar que le hizo recordar a los otros.

—Puede estar relacionado con el asunto de los rumanos —le estaba diciendo el comisario Ramos.

Dos tipos así no salían a pasear juntos un domingo por la mañana ni comían en pareja en un restaurante de *sushi*. Dos tipos así eran petardos internos.

La vigilaban. Mientras estaba con su hija. O solo buscaban eso. Que supiese que estaban allí.

Estela se habría lanzado a por ellos de no tener a su jefe al otro lado del teléfono y a su hija al otro lado de la mesa.

—Es el encargado de un bar de Usera llamado El Soriano.

Los dos tipos comprendieron lo que decía la mirada

de ella. Los había visto, los querría matar. Con eso parecieron darse por satisfechos. Dejaron un par de billetes en la mesa y se levantaron.

—Me han informado de que Roi Conde va de camino. Deberías pasarte.

Inés le estaba pidiendo el helado a la camarera.

—Siento fastidiarte tu único día libre —concluyó el comisario.

Estela tuvo que decirle a Inés que no tenía tiempo para el helado. La niña se enfurruñó, aunque contuvo la queja. Ella se sintió mala madre una vez más: en el fondo, la alegraba tener un motivo de tanto peso para irse a trabajar.

Cuando miró de nuevo a la mesa del fondo, los dos tipos se habían ido.

Kuang Li estaba sentado sobre la tapa del retrete del pequeño aseo que había en la trastienda de El Soriano. Tenía la cabeza echada hacia atrás, los brazos colgando, los ojos abiertos y los iris a medio desaparecer bajo los párpados superiores, la mandíbula caída y rastros de un reguero espeso, blanquecino y ya reseco que le bajaba desde las comisuras de la boca. El pecho de la camisa estaba cubierto por una mancha oscura de vómito también seco.

Por la estrecha trastienda iba y venía, procurando no molestarse de más, la *troupe* habitual: los de la Científica, el forense, los de los servicios funerarios y el subinspector Salas, de la UDEV.

Fue este quien recibió a Estela. Parecía no haber dejado de trabajar desde el día que lo conoció en el polígono Polvoranca. Llevaba el mismo traje y la misma corbata, el pelo repeinado igual, con una raya a un lado que le daba aspecto de colegial empollón, y mostraba la misma actitud de disponibilidad rutinaria de funcionario de ventanilla. Al menos, quizá porque era la segunda vez que se veían en solo unos días o porque no interfería la presencia de Roi Conde, en esa ocasión no se comportó con Estela como si fuese invisible. Se ofreció a acompañarla a ver el cuerpo y le informó con su tonillo diligente de lo poco que sabían.

Kuang Li, el fallecido, trapicheaba. Vendía de todo,

pero las primeras pesquisas de urgencia por el barrio parecían coincidir en que no consumía. Extraño, porque por los restos en la boca y la ropa era evidente que la causa de la muerte era una sobredosis. El chico parecía haberse pegado un atracón que lo había matado.

—Kuang Li sabía de drogas —le dijo el subinspector a Estela—. Tenía que saber que un banquete como el que parece haberse dado le causaría la muerte. No cabe pensar en un accidente, así que las únicas explicaciones posibles son que decidiese suicidarse dándose un homenaje o que alguien lo haya obligado a tragar una cantidad letal de pastillas.

Estela contempló aquel cuerpo sentado sobre el retrete, rígido como un maniquí.

Salió de la trastienda del bar. Se despidió del subinspector Salas y buscó con la mirada. Roi estaba a unos metros. A solas, con la espalda apoyada en un coche y un cigarrillo entre los dedos.

Cuando ella se acercó, Conde le echó un vistazo sin demasiado interés. Lanzó el cigarrillo al suelo y se frotó la barbilla sombreada de barba.

—Lo siento —dijo Estela, porque fue lo primero que se le ocurrió, y le sonó estúpido.

Roi siguió pasándose la mano por la barbilla en lo que era, sin duda, un reflejo nervioso. Tardó en echarle un segundo vistazo y esta vez al menos pareció reconocerla.

—¿Te apetece una copa? —dijo él.

—Es pronto para eso.

—Entonces, vamos a hacer un recado y nos la tomamos después.

—Y no me vas a decir en qué consiste el recado, ¿verdad?

La vida regresó al rostro de Roi Conde en forma de una fugaz sonrisa.

—Empiezas a conocerme, compañera.

—Sé que me arrepentiré de acompañarte.

—Eso seguro. Pero, a cambio, luego pagaré yo la copa.

Conde señaló al otro lado de la acera, donde estaba aparcado su Ford Capri.

—Vamos en mi coche —le dijo a Estela—. Lo más femenino que tienes es que conduces de pena.

Roi Conde dejó el Ford Capri en una calle cercana a la plaza de la Remonta, en el barrio de Tetuán. Esa vez, Estela adivinó el destino antes de llegar.

Le preguntó a Conde qué se proponía. Él siguió conduciendo sin mirarla.

—Puedes bajarte del coche cuando quieras —dijo.

Evita que Roi Conde se meta en líos, le había pedido el comisario Ramos. Ven y evítalo tú, si eres capaz, le contestó mentalmente ella ahora.

Se quedó.

A solo unos metros de donde habían aparcado se encontraba la entrada del Dojo Khan. La puerta del local estaba enmarcada por unos vinilos negros con dibujos rojos. A la derecha, un animal con cabeza de dragón y cuerpo de serpiente de cuya boca surgía una llamarada. A la izquierda, unos puños cruzados rematados en unas muñequeras con pinchos. Encima, las letras con el nombre del *dojo* imitando una grafía asiática.

Conde se bajó del coche, fue hasta allí, abrió la puerta y entró sin comprobar siquiera si Estela lo seguía.

Dentro, el local era aún más grande de lo que cabía imaginar. Era un espacio amplio con las paredes cubiertas por espalderas, con un par de tatamis, un ring, aparatos de gimnasia agrupados en un par de zonas y *punching balls* y sacos colgando de barras fijadas al techo. Habría una veintena de jóvenes entrenando y sus respiraciones, sus jadeos y sus *kiai* servían de coro a una música machacona que salía de altavoces invisibles.

Al fondo había un par de máquinas de botellas de agua y bebidas isotónicas. Conde cruzó la sala a paso ligero. Junto a una barra, un hombre contemplaba la evolución de dos chicos que intercambiaban golpes con brazos y piernas en el ring. Tenía una botella de agua en la mano. Vestía un traje gris de rayas y camisa y corbata negras. Era menudo, rechoncho, con el pelo como un tizón y las mejillas picadas.

—¿Quién eres? —le preguntó Roi Conde.

Shewei le miró con una ligera expresión de fastidio.

—¿Y usted? —le replicó.

Conde lo identificó sin necesidad de más preguntas.

—No sabía que también matáis a los vuestros, no solo a rumanos —dijo.

Shewei le dio un breve trago a la botella.

—No creo haberle dicho que desee hablar con usted.

—Kuang Li era solo un crío.

Shewei contempló con ojos casi invisibles a los dos chicos que peleaban en el ring. Sin dejar de observarlos, chasqueó la lengua con expresión compasiva.

—Esos muchachos que acaban enganchados... —dijo—. Alguien debería avisarlos. La droga mata. Primero hace que se te suelte la lengua y hables de más. Luego, te hace explotar el corazón. Una desgracia.

Conde acercó la cara a la de Shewei, como si necesitase asegurarse de que lo oiría por encima de la música.

—Solo he venido para decirte que voy a aplastarte como la cucaracha que eres.

Shewei volvió a centrar su mirada en el policía.

—No es acertado que se presente aquí para insultarme

y amenazarme, señor. Soy una persona paciente, pero hasta cierto límite.

—Solo eres un asesino de mierda.

Shewei negó con la cabeza.

—Señor, pregúntese quién ha llevado a ese muchacho a la muerte: ¿usted o yo?

Roi se abalanzó sobre él. Lo agarró por las solapas de la chaqueta. Shewei perdió el equilibrio por el envite y su espalda golpeó contra la barra. La botella rodó hasta caer al suelo. Roi le gritó que era un hijo de puta.

No le dio tiempo a decir ni a hacer nada más.

Varios de los chicos que entrenaban cerca reaccionaron con agilidad. Shewei aún no se había enderezado cuando dos de ellos aferraron los brazos de Roi Conde y otro se encargó de tirarlo al suelo haciéndole una llave. Una vez derribado, un cuarto chico se dejó caer sobre él, le clavó una rodilla en el costado, lo agarró por el cuello y permaneció sobre su cuerpo inmovilizándolo.

Shewei recobró la compostura.

Se oyó gritar a Estela:

—¡Policía, joder!

Nadie parecía haber reparado antes en que ella estaba ahí, contemplando el encuentro entre Conde y Shewei desde unos pasos más atrás.

Todos la miraron. Había sacado su pistola. La mantenía en alto, apuntando al techo.

Sabía que cualquier palabra, cualquier movimiento en falso, haría que aquellos chicos se abalanzasen sobre ella como una jauría de fieras.

Su mirada recorrió a Shewei, al grupo de chicos que rodeaba a Conde y se detuvo en el que lo sujetaba.

—¡Suéltalo! —le gritó.

El chico miró a Shewei, esperando instrucciones.

Shewei miraba a Estela.

—Todo esto es innecesario —le dijo.

—Dejen que mi compañero se levante —le instó ella con voz apremiante.

Podía ver por el rabillo del ojo que otros chicos se desplegaban a su alrededor, listos para hacer lo que se les ordenase.

—No se meta en líos con la policía —le dijo Estela a Shewei.

—Ustedes son los que se han metido en líos entrando aquí así —respondió él.

Estela se llenó de aire los pulmones. El corazón le golpeaba con tal fuerza el pecho que cada latido dolía. Miró a Conde, a los chicos rodeándola, a Shewei. Y sintió que se le nublaba la vista.

Una decisión. Sí o no.

Recordó: mata o muere.

Sintió, como si le quemara, el tacto metálico de la pistola en la mano. No, rogó, no te desmayes.

Trató de recordar cómo se respiraba.

Esto no es como aquello, se dijo. Piensa, esto es diferente. Respira.

El aire brotó con brusquedad, como si hubiese tenido que derribar alguna barrera en su interior para salir.

Su corazón bajó el ritmo. Su visión dejó de ser turbia.

—Que lo suelten y nos vamos —le dijo a Shewei—. Dejadnos ir y olvidemos esto.

Bajo el peso de la rodilla y la mano que le aplastaban cuerpo y garganta, Conde trató de removerse, de protestar, pero bastante tenía con lograr respirar.

Shewei hizo una seña con la cabeza. El chico se quitó de encima de Conde.

—Que os jodan a todos —bufó este mientras se levantaba.

Estela le indicó con un gesto que caminase hacia la salida. Conde obedeció murmurando maldiciones.

Solo cuando Roi hubo salido del *dojo*, Estela bajó el brazo y devolvió el arma a la pistolera de la cintura.

—Roi Conde es un hombre imprudente —dijo Shewei con un tono de pretendida complicidad—. Ese carácter suyo puede traerle un disgusto.

—¿Sabe quién es?

Shewei meneó la cabeza en un gesto repleto de suficiencia.

—Por supuesto, inspectora Estela Domínguez.

Estela no supo qué decir. Recorrió con la mirada a los chicos que permanecían a su alrededor, quietos, como figuras de cera que pudiesen cobrar vida con una sola palabra de su creador.

Caminó despacio, consciente de que todos los ojos la seguían, preguntándose si, cuando se hubiese ido, los chicos comentarían y se reirían juntos por lo sucedido o si se limitarían a continuar con sus ejercicios.

Cuando estuvo en la calle, se sintió aliviada. Y también humillada. Y, sobre todo, indignada.

Roi Conde estaba junto al coche, con las manos apoyadas en el techo, el cuerpo echado hacia delante, la respiración aún agitada.

Estela fue hasta él y le dijo antes de alejarse:

—Esto de trabajar juntos se ha terminado.

Le desagradaba. Era algo visceral que no requería motivo ni explicación. Él se esforzaba por mostrarse obediente, resolutivo, discreto y amable. Pero daba igual. Desde el primer momento le había desagradado y, en cuanto estaba con él, lo único que Virginia deseaba era perder de vista cuanto antes al abogado Aquilino Sánchez.

Empezaron haciendo un repaso sentados en el despacho, bajo la mirada de reprobación permanente del falso antepasado del retrato. En aquel despacho, Virginia tenía la sensación de estar todo el tiempo inspirando y tragando polvo. Motas infinitas que ascendían desde la alfombra, se despegaban de las cortinas, surgían de entre las páginas de los tomos jurídicos de la librería o penetraban a través de las persianas de madera de las ventanas. Sabía que aquel polvo no era real y aun así no dejaba de sentirlo al respirar. Y eso aumentaba sus ganas de alejarse de todo lo que aquel despacho y aquel abogado representaban: pasado, recuerdos, los años en que lo que la ahogaba no era un polvo imaginado, sino la soledad y el desengaño.

Ajeno a la angustia que ella sentía, Aquilino Sánchez le enumeró gestiones realizadas o pendientes. Todo va bien, decía. Aún estaban en la fase de liquidación del patrimonio. Después llegaría el momento de tomar decisiones: donaciones, beneficiarios, mecanismos jurídicos para las ayudas y su control, mucha tarea todavía.

—¿Cuándo podré volver a Buenos Aires?

Aquilino Sánchez, entrelazando las manos de dedos morcillones, apretaba los húmedos labios, entornaba sus grandes ojos y le respondía con voz grave:

—Eso depende de usted. Si me otorgase los poderes, mañana mismo. Si quiere seguir firmándolo todo, aún tardará.

Aquella respuesta se repetía cada vez que hablaban. Y esa vez, como todas las anteriores, Virginia no dijo nada más. Siguieron repasando operaciones y firmas sin que ella le desvelara sus intenciones.

Ella sentía que el polvo se le seguía acumulando en la garganta y en las fosas nasales.

—Recuerda la cita de hoy, ¿verdad? —le preguntó Aquilino Sánchez mientras ella firmaba.

Virginia asintió.

Lo que faltaba. Tener que ir con ese tipo. Seguro que el polvo iba con ellos como una nube que los rodease.

Una vez concluyeron el repaso, el abogado cogió un portadocumentos de piel de aspecto anticuado y le dijo a Virginia que podían irse cuando quisiera. Ella le preguntó si era imprescindible que fuesen los dos. Aquilino Sánchez no pareció acusar la impertinencia de la pregunta. Sí, ya lo sabía, le caía fatal a aquella pija y ni se molestaba en disimularlo. Le daba igual. De todas formas, la antipatía comenzaba a ser mutua.

—Mejor que vaya por si surge alguna pega legal —dijo, manteniendo su tono servicial.

La empresa Intersec estaba en Tres Cantos. Sus oficinas ocupaban un edificio de dos alturas en el que no había ningún distintivo identificativo. Fueron en taxi. Durante el trayecto, los dos se mantuvieron en silencio.

Virginia se concentró en el móvil. Un mensaje de Alberto: «Bebo a tu salud, pibita. Volvé pronto para que brindemos juntos, mi amor». Dos mensajes de David Wang. El primero: «No logro que me contestes a las llamadas. Dime, ¿debo rendirme?». El segundo: «Fracasé con el arte, y sospecho que también con la comida. Me pregunto si serás tan generosa como para darme una tercera oportunidad». No contestó a ninguno.

En Intersec los recibió un hombre de no más de treinta y cinco años con un traje impecable, una lucida corbata de pequeños lunares granates sobre fondo azul, una mirada luminosa y un suave y agradable acento francés. Michel Rossini, director de Intersec en España, dijo. Italofrancés o viceversa, añadió en lo que estaba claro que era un comentario que utilizaba para romper el hielo.

Se reunieron en un despacho con mobiliario moderno en el que Virginia no sintió que flotase una sola mota de polvo. Michel Rossini les ofreció un café y ambos lo rechazaron. A partir de ahí, él y Aquilino Sánchez se dedicaron a seguir lo que parecía un medido protocolo. El abogado sacó una serie de papeles y se los fue dando a Rossini. Declaración judicial de ausencia y fallecimiento, declaración notarial de herederos, copia del pasaporte y del DNI de Virginia, todo lo requerido. Rossini, a cambio, presentó copias de una declaración de retirada y otra de confidencialidad, que pidió a Virginia que firmase, y explicó los detalles de funcionamiento del modelo de custodia a los que ni Virginia ni Aquilino Sánchez prestaron demasiada atención.

Intersec era una empresa privada de depósitos de seguridad con sede en Suiza y delegación en España. Las tradicionales cajas de seguridad de los bancos cada vez se estilaban menos. En los últimos años, estos habían ido perdiendo el interés en el negocio de las cajas y empresas como aquella habían ocupado el hueco, presumiendo de ofrecer seguridad y discreción personalizadas según las peticiones del cliente.

Una vez concluido el papeleo, Michel Rossini le pidió a Virginia, con esa mirada pletórica de confianza en sí mismo que haría que le confiases tu alma para su custodia, que lo acompañase. Aquilino Sánchez se quedó en el despacho.

Rossini y Virginia entraron en un ascensor y él lo accionó acercando una llave digital a un sensor. Ella calculó que bajaban el equivalente a cuatro plantas. Un sótano profundo. La puerta se abrió y ante ellos se extendía un largo pasillo con suelo, paredes y techo del mismo color gris acerado. Virginia caminó tras Rossini, sintiéndose como la protagonista de una de esas películas de robos sofisticados que estuviese a punto de alcanzar el botín.

Al final del pasillo, sin necesidad de que comunicasen su presencia, se abrió una puerta. Tras ella, un tipo fornido con uniforme negro y sin identificación se hizo a un lado para dejarlos pasar.

Rossini guio a Virginia hasta una habitación donde solo había una mesa y dos sillas y le dijo que él esperaría fuera. Tras cinco interminables minutos en soledad y en el más absoluto silencio, entró el guardia de seguridad. Portaba en una carretilla un contenedor de metal con el aspecto de un frigorífico mediano. Le entregó a Virginia una llave, le indicó que abriría la cerradura del contendor y salió de la habitación.

Lo abrió. Dentro había una maleta. La sacó. Pesaba, pero no tanto como para que no pudiese levantarla. La colocó sobre la mesa.

Virginia la contempló, inmóvil. Se sentía decepcionada. No tenía idea de lo que podía haber en su interior. Aquilino Sánchez le había dicho que tampoco lo sabía, pero que había encontrado el contrato de custodia de su exmarido con Intersec y que ella estaba autorizada legalmente como heredera para retirar lo custodiado, fuera lo que fuese. Su decepción se debía solo a que, después de tanto misterio, esperaba encontrar algo más aparente que una Samsonite desgastada que ni siquiera requería contraseña para abrirla.

La asaltó un inesperado ramalazo de nostalgia. De pronto, echó de menos Buenos Aires. Echó de menos su vida rutinaria, el trabajo de oficina repasando contratos en la galería de Alberto, los paseos dominicales por el rosedal de los bosques de Palermo, ir los dos solos al Osten de Puerto Madero a tomar un Rob Roy o un Manhattan y a compartir un tiradito de pulpo y una entraña, hacer después el amor con ópera a bajo volumen como le gustaba a él. Una vida deliciosamente simple y reiterativa en la que no había exóticas empresas de seguridad ni maletas enigmáticas, en la que no tenía que pensar en destinos filantrópicos para una herencia de la que no quería saber nada ni aparecían presuntos delincuentes que la invitaban a cenar.

Decidió abrir la maleta para acabar de una vez con aquello.

Descorrió los enganches y contempló el interior. Había varias carpetas de gomillas. Seis carpetas azules en total, todas iguales.

Fue abriéndolas de una en una. En todas había un montoncito de documentos de más o menos el mismo grosor. Un mismo tipo de documento, aunque en cada carpeta fuese de un diseño diferente. Todos estaban ilustrados con retorcidas florituras y filigranas, volutas, rúbricas, enmarcados caprichosos y marcas de agua que buscaban darles una apariencia de solemnidad y evitar falsificaciones. Pero, más allá de sus diferencias, tenían dos elementos en común. Uno era el nombre de un banco resaltado en letras grandes con una caligrafía muy historiada. Bancos de Nassau, de Panamá, de las Islas Caimán, de un lugar diferente cada carpeta. El otro era la cifra, mostrada con más discreción entre tanta decoración. Desde los cien mil a los doscientos cincuenta mil dólares.

Todos eran bonos al portador.

Virginia hizo un cálculo rápido.

Se tuvo que sentar. Se tapó la boca con la mano, pasmada. Trató de respirar y pensar.

Tuvo la sensación de que el oxígeno abandonaba sus pulmones. Volvió a sentir el árido regusto del polvo entrando en la nariz y la boca. A raudales. Como una avalancha. Y entonces comprendió. Aquel polvo no surgía de algo material. Era un polvo que se levantaba desde la basura del pasado. Era polvo de cadáveres, polvo de drogas y armas, cenizas de maldad, partículas de muerte, odio, traiciones y ambición. Y ese polvo envenenado la perseguía.

Aquello no era como las operaciones inmobiliarias, societarias y bursátiles que estaba haciendo Aquilino Suárez para liquidar el patrimonio de Dardo. Aquello era otra cosa. Dinero inmediato, ilocalizable, no rastreable.

Una fortuna.

Sesenta millones de dólares.

Esa fue la cifra que le dio un cálculo rápido al repasar el contenido de las seis carpetas.

Cerró la maleta despacio, casi con miedo, como si el contacto con ella pudiese infectarla de algún virus desconocido.

Permaneció aún un tiempo sentada en aquella pequeña sala. Pensando. O, más bien, intentando pensar. Incapaz de concretar ninguna idea útil.

Solo tenía dos cosas claras: no le diría a Aquilino Sánchez qué había dentro de la maleta y, como con todo lo demás, tampoco se quedaría con uno solo de esos dólares.

Apenas unas líneas y en un solo periódico. Le costó encontrarlo. Un texto rutinario, reciclable con poco más que un corta y pega: «Aparece un cadáver en (blanco), todo apunta a que la causa de la muerte fue (blanco), el fallecido era de nacionalidad (blanco)». Se rellenan los espacios en blanco y asunto liquidado. Kuang Li no atrajo mayor atención de los medios.

La muerte de los cinco rumanos aún coleaba, aunque el interés estaba en evidente decadencia. Muy lejos ya de portadas, de llamadas de atención, de *hashtags* o de *trending topics*. Todos los organizadores de manifestaciones con uno u otro lema provocadas por el crimen se habían mostrado encantados por el éxito de participación, y con eso se dieron por satisfechos. Algún columnista aún escribía sobre si la actual política de inmigración era un ejemplo de solidaridad o un coladero de delincuentes, pero empezaban con alguna referencia al quíntuple asesinato de Polvoranca y pronto pasaban a centrarse en Trump, en las tragedias de Lampedusa o en la labor de Open Arms. Los rumanos solo eran un pretexto, ni siquiera llegaban a la categoría de anécdota, y ni de lejos a la de historia principal. Pero en las redes aún persistían las críticas a la policía. Más mano dura, más eficacia, más medios, cada cual reclamaba o reprochaba una cosa, pero todos coincidían en criticarla, en achacar ya fuese a su falta de prevención o de reacción que se produjeran crímenes como aquel.

Estela pasó mucho rato frente al ordenador de la oficina repasándolo todo. Al final, se dedicó a confirmar que en ninguna noticia —ni en las de ese día ni en las de los anteriores, ni en la única referida a la muerte de Kuang Li ni en las que cubrían la matanza de Polvoranca— se mencionaban los nombres de los muertos.

Primero maldijo a los periodistas. Después cayó en la cuenta de que ella tampoco los sabía.

Eran muertos sin nombre, pretextos desprovistos de identidad.

En eso pensaba cuando Eladio Ramos la llamó para pedirle que se acercase a su despacho. El comisario estaba detrás de la mesa, con los codos apoyados en ella, las manos unidas y mordiéndose un nudillo.

—Tengo que comparecer ante los medios —le dijo a Estela, apenas menos apesadumbrado que si le estuviera comunicando que debía comparecer ante un pelotón de fusilamiento—. Orden de la superioridad. Una breve rueda de prensa. Para zanjar el asunto de Polvoranca.

—¿Zanjar?

—La presión baja, pero los de arriba no quieren que quede ningún cabo suelto.

—Jefe, te recuerdo que aún no hemos detenido a ningún sospechoso. Yo diría que eso es un gran cabo suelto...

Eladio Ramos mostró su sonrisa de poli viejo.

—Ajuste de cuentas —dijo—. Ese será el relato —y se volvió a llevar el nudillo a la boca.

—Sí, he oído a mucha gente últimamente proponiendo ese mismo relato.

—Al fin y al cabo, es lo que ha sido —protestó el comisario, a la defensiva, sin preguntarle a qué podía referirse—. Estoy seguro de que ese es el motivo de la matanza y, por tanto, no estaré mintiendo.

—Seguro que no —ratificó Estela—. Pero me hace gracia cómo son las cosas. Un final feliz. Una salida digna para nosotros. Las sutilezas de la manipulación, jefe. Dices que un crimen ha sido un ajuste de cuentas y de pronto ya nadie exige que se ponga cara y nombre a los asesinos.

—No seas cínica, inspectora.

—No me obligues a serlo, comisario.

Estela se contuvo de comentarle a su jefe que esa salida digna era la misma que les habían sugerido Romero y el Bicho, también conocidos como Petardos Internos, también conocidos como policías corruptos. Era bonito que todos coincidieran, los polis buenos y los polis malos.

Reprimió el sarcasmo.

—Entonces, ¿dejamos la investigación? —preguntó, en su lugar.

—No. Conde y tú seguiréis con lo vuestro. Una cosa es la política y otra la investigación policial.

—¿Seguro que son dos cosas distintas?

—Inspectora, no me fastidies.

—No quiero seguir trabajando con Roi Conde.

—La orden no ha cambiado. Seguirás con él.

—Entonces, cuando lo mate, espero que se cierre el caso diciendo que ha sido un ajuste de cuentas.

El comisario Ramos optó por no entrar al trapo. Le dijo que era evidente que tenía el día torcido y que mejor lo dejase a solas, que necesitaba centrarse en preparar su comparecencia pública.

Muertos sin nombre. Ejecutados por asesinos sin nombre.

Eso pensó Estela. No se lo dijo a su jefe.

Regresó a su mesa. Pero la asaltó la imperiosa necesidad de salir de la oficina. Necesitaba respirar un aire que no estuviese viciado por la presión mediática y la presión política y por la presión de los comisarios honestos y la de los petardos corruptos y, joder, ya puestos, por la de las buenas madres y la de los amantes que desean hacer de papás con tu hija y, por supuesto, tampoco por la de los compañeros cuyo concepto de una investigación es ir poniéndose chulo con medio mundo, en especial si son de otra raza.

Frena ya, Estela.

No era bueno cabrearse con la humanidad al completo. Respira y frena. Respira y cabréate con quien toque en cada momento, que tanta mala leche acumulada te sobrepasa, se ordenó.

Cogió el móvil y llamó a Roi Conde. Este tardó en contestar y, cuando lo hizo, su voz sonó con un fondo de música guitarrera.

—¿Volvemos a ser amigos? —le preguntó él, como saludo.

—Nunca lo hemos sido. Pero seguimos siendo compañeros.

—Te echaba de menos, Starsky.

—Vete al carajo, Conde.

Estela condujo hasta Vallecas. De camino estuvo a punto de chocar con otros coches tres veces, provocó cinco bocinazos y que la insultasen a gritos cuatro conductores y nada de ello fue por torpeza en la conducción, sino por hacer en todo momento lo que le venía en gana sin reparar en luces de freno, intermitentes o prioridades. El trayecto la ayudó a soltar adrenalina y rebajar el cabreo.

Salió de la M-30 y callejeó por el Puente de Vallecas en dirección al destino del wasap.

Roi Conde la había citado en un garito con afán de maldito. Luz tenue, para que allí dentro pareciese estar siempre recién anochecido fuera cual fuese la hora. Una música en que todas las canciones, siempre con guitarras de *blues* y voz de hombre que sonaba a aullido dolorido, podrían ser la misma. Una larga barra con un espejo y estantes repletos de botellas y los previsibles tipos solitarios de vaso siempre medio vacío, igual que sus miradas, sentados en taburetes dispersos. De única camarera, una mujer con el pelo demasiado cardado y la cara demasiado maquillada, entrada en años y en kilos, con aspecto de tener demasiadas historias que contar y pocas con final feliz. Una diana de dardos en una esquina del fondo, una *jukebox* olvidada y rota en otra. En las escasas mesas, parejas de diferentes edades entre los treinta y muchos y los sesenta y demasiados, todas con aspecto de estar muy cerca de la ruptura o de la muerte por aburrimiento. Alguna mujer que entraba sola y se marchaba pronto al verle poco futuro a la noche. Algún hombre que entraba solo y se marchaba pronto al verle poco futuro a su vida. Y Roi Conde, con un aspecto más áspero que nunca, esperando a Estela en una mesa con —como demandaba el ambiente y su actitud— un whisky recién servido.

Estela no desentonó en semejante escenario crepuscular. Su andar firme, su pelo recogido en una coleta descuidada, su cazadora de cuero y su pantalón recto dejando ver bajo las perneras unos botines de tacón corto y ancho la hacían parecer justo lo que a esa escenografía de bar de mala muerte le faltaba: una poli indecisa entre ahogar una pena o buscar un consuelo.

Se pidió una cerveza en la barra y fue a sentarse junto a Roi.

—Suéltalo y después disfrutarás más a gusto de la cerveza —dijo él.

—¿De qué me hablas?

—De eso que te tiene la mirada aún más encabronada de lo habitual, que ya es difícil.

—Te crees muy listo, ¿verdad, Conde?

—Hombre, lo estúpido sería creerme muy guapo.

Estela no pudo evitar reírse. Y eso la ayudó a arrancar.

—Lo que me encabrona es que empiezo a pensar que quizá todos tengan razón.

—¿Quiénes?

—Todos esos que dicen que a nadie le importa una mierda la muerte de los rumanos.

Bebió del botellín y eso pareció templarle el ánimo y ayudarla a seguir.

—Si lo piensas —dijo—, la única razón por la que su

muerte ha llamado la atención y se ha armado un poco de revuelo ha sido porque los mataron a los cinco a la vez. Lo llamativo no ha sido ni quiénes son ni por qué han muerto, sino que los han matado de una tacada, y eso impacta. Si lo hubiesen hecho uno a uno, en sitios y fechas diferentes, nadie habría hablado de sus muertes, como ha pasado con la de Kuang Li. Porque, ya sabes, al fin y al cabo, solo son inmigrantes. Sangre de segunda.

Conde contempló a Estela antes de decir:

—Estás jodida, ¿eh, inspectora?

Ella meneó, desalentada, la cabeza.

—No sé si tiene sentido que tú y yo sigamos adelante. Los dos solos, sin apoyo y sin fe, yendo de un lado a otro, cabreando a gente y sin conseguir nada. A nadie parece importarle la investigación de un caso que dan por resuelto: un ajuste de cuentas, un trabajo rutinario de sicarios anónimos; no nos pongamos pesados.

Roi dio un sorbo a su vaso.

—¿Para qué te hiciste policía?

Estela puso expresión de hastío.

—Ni hablar, Conde. No pienso volver a esa chorrada.

—Para hacer un mundo mejor, ¿recuerdas? —recitó él—. A David Wang y a su esbirro los vamos a colgar de las pelotas. Y eso hará que el mundo sea mejor.

Estela también bebió, se lo quedó mirando y, copiándole su tono sardónico, le dijo:

—En realidad, me hice poli porque la paga era buena y ser funcionaria me parecía un seguro de vida.

—Oye, inspectora, aquí el descreído soy yo. No me robes el papel.

Conde se levantó y se acercó a la barra y Estela oyó que le pedía a la camarera otro whisky y un beso y esta le dijo que el whisky sí, pero que para que le besase debería tener veinte años menos y haberse afeitado.

Regresó con la bebida a la mesa y continuó por donde lo había dejado.

—Tu problema es que piensas demasiado —dijo—. Esa es una mala costumbre. No nos pagan por pensar. Aparece un muerto. O cinco. Nos encargan que busquemos a los asesinos. Salimos a la calle y los buscamos y, si hay suerte, los acabamos atrapando. Y ahí termina todo. No pienses tanto en a quién le importan o le dejan de importar los que mueren o nuestro trabajo o tú o yo. Porque nada de eso le importa a nadie. Limítate a cumplir con lo que te piden, recibe por ello la paga y vete a casa sin darle más vueltas a las cosas.

—¿Así eres tú? ¿No piensas?

—Si pensase, haría mucho que habría dejado este trabajo.

—¿Y por qué sigues, entonces?

—Tengo una estúpida manía: cuando matan a alguien, me empeño en saber quién lo ha hecho y, si es posible, encerrarlo.

Conde regresó a su mueca de suficiencia, tras la que a veces parecía esconderse como una forma de protección y otras de desafío.

—Además de una manía, ahora tengo un deseo. Y es el deseo más fuerte que existe.

—¿Hacer justicia?

—No. Eso os lo dejo a los cursis como tú.

Roi Conde alzó el vaso, miró a través del whisky y del hielo, dio un sorbo y dejó que el aire saliese en un sonoro suspiro.

—El deseo de venganza.

Estela ignoró la sobreactuación.

—¿Quieres vengar la muerte de Kuang Li?

—¡No, por Dios! —exclamó él, sorprendido o simulando estarlo—. Kuang Li ha muerto, fin de la historia. Shewei, ese chino hijo de puta, tenía razón: yo he sido quien lo ha matado. Así que, ya ves, inspectora, ahora tú y yo somos iguales. Yo también he matado a alguien, aunque con menos estilo que tú. Pero, si te soy sincero, no soy de los que cargan con el peso de las culpas durante demasiado tiempo.

Conde dio un largo trago al vaso, como si su imagen bebiendo fuese a despertar en Estela la misma intriga que un largo redoble de tambor.

—De lo que voy a vengarme es de la humillación por la que me hizo pasar ese pedazo de mierda en el gimnasio.

Roi subrayó aquello con una seca carcajada.

—¿De verdad te duele más tu humillación que la muerte de Kuang Li?

Él le guiñó un ojo.

—Ni te imaginas cuánto me gusta desconcertarte, bonita.

Estela optó por saltarse lo de *bonita* esa vez. Lo consideró una recaída puntual por su parte.

Se está divirtiendo, pensó. Se lo pasa en grande con esa forma suya de hablar en la que todo lo que dice parece a la vez una confesión íntima y un sarcasmo sin gracia. Aquel hombre seguía haciéndola dudar: había momentos en que le desagradaba y había momentos en que le desagradaba muchísimo.

Hubo una tercera copa para Conde y una segunda cerveza para ella. Esta vez, fue Estela quien se encargó de ir a la barra a pedir la ronda. La camarera le sirvió la bebida y, de acompañamiento, le regaló un consejo:

—No te fíes de ese bribón, guapa —le dijo, guiñándole un ojo—. Tiene esa labia canalla que te acaba engatusando.

Estela llevó las bebidas a la mesa.

—Espero que tus planes de venganza no incluyan incumplir la ley, inspector Conde —dijo.

Roi se lo pensó un poco antes de contestar, de vuelta a esa pose de maldito en la que tan a gusto se sentía:

—¿No te parece que el respeto a la ley está sobrevalorado, inspectora Domínguez?

Aquilino Sánchez entró en el despacho y cerró la puerta con brusquedad a su espalda. Lanzó el portadocumentos sobre la mesa, se quitó la chaqueta, la tiró de cualquier manera sobre una de las sillas de las visitas, se aflojó el nudo de la corbata y dejó caer su corpachón sobre su sillón con un resoplido.

Tenía sentimientos contrapuestos.

Maldita estirada. ¿Quién se creía que era? Eso fue lo primero que pensó.

Virginia no le había dirigido la palabra durante todo el trayecto de ida. A la vuelta, había aparecido con la maleta y le había dicho que ya podían irse y eso había sido todo. Subieron al taxi, la dejó en su casa de La Moraleja y tampoco cruzaron palabra alguna hasta que tocó intercambiar una escueta despedida. Ella ni siquiera hizo referencia alguna a la maleta, que dentro del taxi fue creciendo de tamaño hasta convertirse en el elefante en la habitación.

Conocía a ese tipo de tías. Guapas, populares, crecen sabiéndose deseadas, se comportan como putas pero se sienten princesas. Llevaba padeciéndolas toda la vida. En el instituto, en la facultad, en los tribunales, en los congresos de abogados, hasta en bares y restaurantes. Los tipos como él —grandes, demasiado, de panza y calva y culo y pies grandes— eran invisibles para ese tipo de tías. Y esta era una de ellas.

Puta princesa, se repitió mentalmente Aquilino Sánchez, más tumbado que sentado en el sillón, mientras se terminaba de quitar a tirones la corbata. ¿Acaso creía que él no conocía su pasado? Aparecía por el despacho con esos aires de chica fina, despreciaba una herencia de millones con la misma displicencia con que uno se quita una pelusa que le ha caído en la chaqueta, se negaba a confiar en él ni a otorgarle poderes y lo ignoraba en el taxi como si no fuese a su lado. Pero a él no lo engañaba. Solo era la niña pija que se encoñó de un traficante de barrio. Y tuvo la suerte de que el macarrilla que la había puesto tan cachonda como para dejarlo todo por él progresó. Se convirtió en todo un pez gordo. El mayor traficante de armas y droga de Europa. Y ella era su capricho: la hija de papá de La Moraleja, el trofeo que aquel chorizo venido a más nunca había imaginado que lograría. Pero eso no te convierte en miembro de la familia real británica, guapa, le dijo en su pensamiento Aquilino Sánchez. Solo eres la mujercita con clase de un criminal exitoso. Hasta que la niña se hartó. Se aburrió de jugar a ser la esposa de Scarface. Se largó a Buenos Aires. Y ahora volvía creyéndose alguien para renunciar a la herencia que le había caído del cielo.

Aquilino Sánchez pensó en la Lola, su mujer. Nada que ver con la pija delgaducha esa. Una mujer robusta, grande como él, la sufrida matrona que había dedicado su vida a cuidar de sus tres hijos, que avanzaban ya hacia los treinta y seguían en casa: el nini de veintiocho obsesionado con la Play, la guarrilla de la niña que solo sabía salir de discotecas y el pequeño, que se había empeñado en que podía ganarse la vida de pinchadiscos o DJ o como se dijese de bar en bar, a pesar de que ni siquiera tenía buen oído. Ya pensaría cómo ir largándolos de casa. Le iba a comprar a su santa esposa el chalé con el que siempre había soñado. Y la Lola sería al fin feliz. Se acabarían los veraneos en el apartamentito de Gandía que habían comprado hacía treinta años, que ni siquiera tenía vistas al mar y que se les había quedado pequeño a medida que los zánganos crecían. Un chalé en Jávea. Uno de esos en lo alto de una colina, encarando el mar, desafiándolo. Veranearían como se merecían, como lo que eran, un gran abogado y su señora. Se aficionaría al golf y frecuentarían a gente de alcurnia. La Lola tendría que renovar su vestuario, tal vez cambiar de peinado y aprender a pintarse. Sería generoso con ella. Que gastase cuanto quisiese. La mujer de un abogado con chalé en Jávea no puede ir con pintas de ama de casa descuidada.

Pero había otra posibilidad. Vane. Estaba harto de que le impusiese ir hasta el hotelito ese de Navalcarnero, donde lo recibía a él y quién sabe a cuántos más cada vez que le entraban ganas de echar un polvo. Estaba tan lejos que, para cuando llegaba, se le habían pasado hasta las ganas, y Vane, porque era de natural complaciente pero también porque él se dejaba una buena pasta en cada encuentro, tenía que emplearse a fondo para reanimarlo. Un pisito. En la calle Doctor Fleming, como se hacía con las queridas en los años setenta. Le pondría un piso a la Vane y no la compartiría más con nadie, siempre a su disposición y cerca del despacho. Un pisito con mueble-bar y los cajones llenos de lencería de colores y de esos juguetes que ayudaban a suplir carencias y a descubrir placeres. Será como tener un puticlub solo para mí, pensó, y le entró la risa.

Tendría que elegir. Gastarlo en la Lola o en Vane. La Lola dejaría de quejarse de los hijos y de su perra vida y de los veraneos en el apartamento sin vistas. La Vane le haría cosas que no era capaz ni de imaginar.

Y, quién sabe, hasta podría quedarle un pellizco para

comprarse un coche nuevo, que le había echado el ojo a un Lexus de caerse de espaldas.

Para eso se había metido en ese asunto, ¿no? Oportunidades así no se presentan a menudo. Unos días más de aguantar a esa boba malcriada y su máxima preocupación sería elegir si mimar a la Lola o a Vane y buscar un concesionario de Lexus.

Su misión era encontrar la dichosa maleta. Y la había cumplido.

Sacó el móvil del bolsillo del pantalón. Buscó el contacto. Llamó, y la respuesta no tardó ni tres señales. Solo dijo:

—He encontrado la maleta. Ahora la tiene ella.

Luego colgó y se quedó otro rato en el sillón, con las grandes manos unidas sobre la gran tripa, oscilando entre elegir a la Lola o a Vane para gastar la pasta que le darían por aquello. Aunque, con el pastón que me han prometido, si hago las inversiones con cabeza, quizá no sea necesario elegir, pensó. Un chalé y un piso un poco más modestos y podría dejarlas contentas a las dos. Y, tal vez, hasta comprarse el Lexus.

A la mañana siguiente, el comisario llegó a la oficina apenas tres minutos más tarde que ella. Estela estaba encendiendo el ordenador cuando lo vio pasar. Lo conocía tanto como para que le bastase echar un vistazo a su cara para saber que llegaba con un cabreo de los grandes. Y también se sabía con la suficiente confianza como para ir a su despacho y preguntarle qué le pasaba.

Ramos se asomaba por la ventana sin mirar, con los brazos en jarras, resoplando, con la gabardina aún puesta, cuando ella entró y se lo preguntó.

—Que me jode quedar como un idiota —contestó—. Ayer comparezco ante la prensa, doy todas esas vagas explicaciones sobre el ajuste de cuentas y el crimen organizado internacional y niego con rotundidad cualquier tipo de guerra entre las comunidades china y rumana y blablablá. Y ahora esto.

—¿El qué?

Ramos miró a Estela como si fuese una alienígena recién llegada al planeta.

—¿No te has enterado?

—De lo único que me he enterado esta mañana ha sido de que Inés tenía que entregar una redacción sobre el último libro que le habían mandado leer en el cole y que a las siete de la mañana no había ni empezado.

—Ha sido una noche movida.

Ramos caminó hasta detrás de su mesa, levantó la tapa del portátil sin ni siquiera sentarse, le dio al encendido y, cuando estuvo operativo, buscó la noticia en internet y le dijo a Estela que todos los medios decían más o menos lo mismo. Le dio la vuelta al ordenador para que pudiese leerla.

Un incendio. Cinco naves habían ardido esa noche en el polígono de Cobo Calleja. Los bomberos habían tardado más de cuatro horas en sofocarlo. Las naves eran propiedad del controvertido empresario chino David Wang. Se calculaban varios cientos de miles de euros de pérdidas en productos textiles y mercancías variadas destinadas a la venta al por menor en bazares. Y no había duda: el incendio había sido provocado. Aunque era pronto para un informe oficial, según fuentes policiales consultadas por el periodista, las primeras cámaras de seguridad que se habían empezado a revisar mostraban a un solitario hombre con una mochila a la espalda caminando por las calles del polígono a la hora en que debió de comenzar el incendio. El tipo sabía moverse: en las imágenes no podía detectarse el vehículo en que había ido al polígono, las dos patrullas de seguridad privada que hacían rondas por sus calles no lo habían visto y ninguna de las cámaras había captado un plano nítido de su rostro. En la nave central de las cinco siniestradas, los bomberos habían encontrado los restos de lo que parecían ser unos rudimentarios cócteles molotov que habrían sido lanzados al interior tras romper el cristal de una ventana.

A partir de ahí, el periodista que había redactado la noticia se dedicaba a hacer una serie de elucubraciones que le servían para dar épica al suceso y titular aquel artículo de urgencia de manera llamativa: ARDE EL POLÍGONO CHINO. ¿VENGANZA RUMANA?

Estela lo leyó en silencio y tampoco dijo nada al terminar. El comisario soltó unas cuantas maldiciones más, incapaz de recurrir al sarcasmo para apaciguar su ira. Maldijo a los jefes policiales que se lo hacían encima cada vez que los llamaba un político. Maldijo a los periodistas que, con tal de conseguir clics en sus artículos, calentaban con supuestas guerras de raza. Maldijo a los chinos, a los rumanos y a san Pedro y a Dios es Cristo y luego pidió perdón a nadie en concreto porque, con el calentón, acababa sonando como un racista y un blasfemo.

Estela se marchó del despacho del comisario sin detenerse a opinar. Necesitaba irse antes de que Ramos se percatase de que, al leer la noticia, se le había disparado un cabreo aún mayor que el suyo, que le habían comenzado a temblar manos y rodillas, y que una fina capa de sudor frío le había surgido en el nacimiento del pelo, en la frente. Necesitaba irse antes de comenzar a maldecir más que él y, en su caso, le iba a dar igual sonar racista, blasfema o lo que hiciese falta para desahogarse.

Fue a su mesa, cogió el móvil y, esforzándose por controlar la velocidad de sus pasos, salió al pasillo. Un par de compañeros se cruzaron con ella y la saludaron. Ella fingió una actitud tranquila y amistosa y se obligó a no acelerar hasta llegar a una esquina discreta.

Llamó a Roi Conde. Y le pidió a Dios que le contestase, porque también le aseguró a Dios que, si no, iría a su casa y lo mataría con sus propias manos. Y Dios debió darse cuenta de que lo decía en serio y debió apiadarse de Conde, porque contestó cuando la llamada estaba a punto de cortarse.

—No me gusta hablar por teléfono mientras desayuno —gruñó.

—¿Dónde estás?

—¿Tú nunca empiezas las llamadas con un saludo?

Estela le gritó sin gritar, tratando de que no se le disparase el tono de voz.

—Conde, dime dónde estás.

—En el bar con los mejores churros de mi barrio. ¿Quieres acercarte?

—He visto las noticias.

—Mala idea. Eso le amarga el desayuno a cualquiera.

—El incendio.

Roi Conde tardó apenas unos segundos en soltar una breve risita.

—Ya suponía que no ibas a comentarme que ha subido la inflación.

Estela cogió aire.

Respira. Inspira y espira.

Le vinieron a la cabeza las estúpidas técnicas para controlar la ansiedad. La terapeuta que la atendió durante los meses de baja era una firme creyente en que no había situación, por estresante que fuera, que no pudiese afrontarse mejor tras hacer lo que uno hace todo el tiempo: respirar. Estela le seguía la corriente, más que nada porque algún día tendría que lograr que le firmase un informe favorable para que le diesen el alta.

Menuda estupidez. Estela ni inspiró ni espiró. Bufó y apretó los dientes.

—Joder, Conde, se suponía que esto solo consistía en hacer el trabajo, recibir la paga e irse a casa. ¿Cómo se te ha ocurrido hacer semejante locura?

—No sé qué te lleva a pensar que he podido ser yo.

—El deseo más grande, ¿recuerdas?

Roi habló sin que su voz mostrase la menor alteración.

—¿Qué hemos conseguido hasta ahora en nuestra investigación? Ni un solo avance. Cero. ¿Y sabes por qué? No solo porque tal vez seamos un par de policías ineptos. También porque nadie quiere que lo consigamos. ¿Recuerdas lo que me decías el otro día? Esa sensación de que a nadie le importan los muertos de Polvoranca. No ibas descaminada. Nadie quiere que resolvamos el crimen de los rumanos. Y, ya puestos, probablemente nadie quiere tampoco que David Wang y su red caigan.

—¿Qué dices?

—Que esa es la puta verdad, inspectora. Nos tienen dando vueltas como idiotas porque no pueden arriesgarse a no abrir una investigación. Hay que cubrir el expediente. Ponen a dos policías que ni siquiera trabajan en la misma unidad sin apoyo ninguno. En realidad, ni esperan ni quieren que resolvamos nada. Nos dejan que enredemos un poco, sin posibilidad de éxito, vigilando con los puñeteros Petardos Internos que no nos pasemos de la raya. Eso es todo.

—¿Quiénes?

Conde no dudó al responder:

—Ellos. Todos. No entiendes nada, inspectora.

—¿Incluidos nuestros jefes?

Roi soltó de nuevo esa risita breve y áspera que a veces sonaba a tos arrastrada.

—Contéstame a una pregunta, inspectora: ¿no te jode que siempre ganen los mismos? ¿No te apetecería que alguna vez las cosas fuesen diferentes?

Estela cerró con fuerza los ojos y dijo:

—¿Por eso has decidido que, en vez de agitar el avispero, era mejor quemarlo?

Conde cortó la llamada.

Antes de regresar a su mesa, Estela trató de calmarse, de enfriar el cabreo, de decidir algo, lo que fuese que la hiciese sentir que volvía a haber suelo bajo los pies. No lo logró.

Pensó en ir a ver al comisario y contárselo. Pensó en llamar a Asuntos Internos y denunciarlo. Pensó que no había sido Conde y volvió a pensar que sí había sido. Pensó que en ningún momento debía haber aceptado dejar de ser una poli de oficina que dedicaba la jornada a repasar informes soporíferos y listados interminables. Pensó en Inés y confió en que su profe no se diese cuenta de que la niña no se había leído el libro sobre el que ella le había escrito la redacción esa mañana.

No le gustaba hacer trampas. Siempre había sido demasiado cuadriculada, demasiado estricta consigo misma. Nada de buscar atajos. Nada de saltarse las normas. No todo valía para lograr un objetivo.

Pero eso había hecho ella esa mañana. Y tal vez eso había hecho Roi Conde la noche anterior.

Ella escribía redacciones fraudulentas, él hacía arder cinco naves industriales.

Beijing
República Popular China, 2012

David Wang se detuvo en lo que calculó que debía ser el centro de la extensa explanada de la plaza de Tiananmén. Aún era temprano, no más de las nueve, pero había ya un gentío yendo y viniendo. Se dio la vuelta para recorrer con un solo vistazo panorámico aquel espacio inabarcable. Había grupos de turistas franceses, italianos y españoles cuyos miembros se turnaban para hacerse fotos con los diferentes monumentos y edificios al fondo. Hombres y mujeres chinos pasaban solos y con andares rápidos y algunos escupían al suelo sin detenerse, demostrando que las campañas del Gobierno para tratar de erradicar esa costumbre no lograban su objetivo. Otros caminaban despacio, se acercaban a los turistas y les mostraban con discreción en la palma de las manos los *souvenirs* —llaveros, mecheros, falsas monedas antiguas y copias de chapa de medallas militares— que vendían sin licencia a un precio más bajo que las tiendas oficiales.

A pesar de la multitud, David Wang nunca se había sentido tan solo.

Todos le eran ajenos. Llevaba más de veinte años fuera de China, era la primera vez que regresaba y no sentía ningún vínculo con ese país. Los símbolos de su historia que lo rodeaban le eran indiferentes. No le despertaba ninguna emoción la figura revolucionaria de Mao Zedong ni la de Pu-Yi ni tampoco la evocación de la fotografía del héroe anónimo que detuvo él solo a los tanques plantándose de pie frente a ellos en ese mismo lugar durante las protestas del 89.

Pero también le resultaban extraños los europeos que lo rodeaban. Para él, Madrid o España o Europa no tenían ningún significado emocional. No eran nada más que los escenarios físicos donde desarrollaba sus negocios.

Nunca antes, hasta ese preciso instante, había sabido lo que era el desarraigo. Era un hombre sin tierra, sin familia y sin hogar.

La vida es extraña, pensó. Durante tres años había esperado ese momento. Había habido infinidad de contactos discretos, de mensajes recorriendo enrevesados caminos hasta llegar a los oídos adecuados, de muros que parecieron insuperables. Había tenido que hacer favores y regalos, pagar sobornos, financiar operaciones menores o poco rentables que le abriesen alguna nueva puerta. Hasta que al fin lo había logrado. Y ahora, si todo iba bien, cuando regresase a Madrid nada sería igual. Si conseguía lo que llevaba tres años persiguiendo, todo lo logrado hasta entonces se quedaría pequeño. Su futuro y el de la Red de Wang no volverían a ser el mismo.

Pero la vida, ciertamente, es extraña, se decía. Tras todos aquellos años trabajando para hacer realidad aquel objetivo que había llegado a creer imposible, de pronto, cuando estaba a un paso de alcanzarlo, parecía haberse convertido en algo secundario. Porque aquella mañana, detenido en el centro de la plaza de Tiananmén, en lo único que era capaz de pensar era en Meilin.

Meilin tenía veintiocho años. Era licenciada en Historia del Arte por la Universidad Tsinghua. Tenía una formación y unas maneras exquisitas. Era alta y de aspecto frágil. Vestía todos los días con el mismo traje de chaqueta gris oscuro y camisa blanca, calzaba unos zapatos de salón negros sin apenas tacón y nunca soltaba un pequeño bolso también negro que David no le vio abrir jamás. Era la acompañante perfecta. Inteligente, erudita, de educación impecable. Mantenía una distancia que le hacía parecer vulnerable y misteriosa a la vez. Era imposible sacarla de su actitud discreta, siempre un paso por detrás, hablando solo cuando se le hablaba y solo elocuente cuando se trataba de dar alguna explicación académica.

David Wang no había querido incomodarla diciéndole cuánto le gustaba su nombre. «Meilin» significaba 'jade hermoso'.

Se la había asignado como acompañante el Ministerio de Seguridad del Estado. En el primer encuentro que mantuvieron, nada más llegar David a Beijing, el señor Chen le dijo que tendría tiempo libre durante esos días y le preguntó cómo deseaba ocuparlo. Él no lo dudó: quería aprender todo lo posible sobre el jade. A la mañana siguiente, Meilin lo estaba esperando en la recepción del hotel. Durante los tres días siguientes, se dejó guiar por ella para conocer las salas que fue eligiendo en el Museo Nacional de Arte, los espacios interiores del jardín de Qianlong, en el museo del Palacio Imperial o los talleres artesanales de Bai Gong Fang. Meilin le daba explicaciones y David disfrutaba escuchándola, mientras ella situaba cada obra y recorría con soltura la infinita distancia temporal que separaba la artesanía de la dinastía Yuan de la de la dinastía Qing o del auge del trabajo en jade que resurgió tras la creación de la República Popular en el 49.

También se encargaba de sus comidas y cenas. Reservaba mesas en los restaurantes más reputados de la ciudad. Lo llevó a disfrutar de la mejor comida asiática, pero también francesa e italiana. Meilin era de una extrema frugalidad. Siempre pedía un té y una ensalada. David comía solo y bebía también a solas los mejores vinos de cada bodega y, a pesar de que su estómago recosido tras las puñaladas no toleraba los grandes banquetes, aquellos días superó sus límites, en parte por lo delicioso de las comidas, pero sobre todo porque así estiraba aquellos ratos en los que podía disfrutar sin distracciones de la compañía de Meilin.

La conversación entre ambos fluía al ritmo que marcase David. Si él hablaba, ella lo seguía. Si él callaba, ella se mantenía en silencio. Intentó saber de su vida, llevar la charla más allá de las conversaciones sobre historia y arte. Él le hacía preguntas personales. Ella contestaba con pocas palabras, bajando el tono y con las mejillas sonrojadas. Hija única, soltera, funcionaria del Gobierno desde que se licenció, padre conservador de museo, madre costurera. No le dio mucha más información.

Después de tres días de visitas, David le dijo que ya no le interesaba aquella vida de turista de lujo. No más museos, no más restaurantes selectos. Quiero aprender de verdad sobre el jade, no solo contemplarlo, le explicó. No quiero ser turista, quiero ser artista, le dijo, con cierta pomposidad enaltecida por el deseo de impresionarla.

Meilin solo escuchó y asintió.

Esa noche, tras separarse de ella, Wang comprendió que sentía algo que no tenía nada que ver con lo que había sentido con aquellos apresurados encuentros con Hong en la parte trasera del todo a cien ni con las compañías esporádicas de mero alivio físico que había tenido en los años siguientes.

El señor Chen estaba esperando a David Wang en su hotel cuando este regresó del paseo matinal por la plaza de Tiananmén. Le anunció que el día de la reunión había llegado. David echó de menos a Meilin esa mañana.

El señor Chen pertenecía al Ministerio de Seguridad del Estado, el llamado MMS. En él convivían la policía política del Partido y el servicio secreto del Gobierno, y él formaba parte de lo uno o de lo otro o tal vez de ambos a la vez. El día que David llegó a Beijing, el señor Chen acudió a saludarlo al hotel y se presentó como director de departamento, sin especificar a qué se dedicaba ese departamento que decía dirigir. Era un hombre de edad incalculable, bajito y de rostro anodino, vestido con un abrigo oscuro que impedía ver la ropa que llevaba debajo y con maneras afables, voz aflautada y ganas de agradar. A Wang le había causado una tonta decepción. Esperaba a otro tipo de personaje, alguien con una presencia acorde con su misterio. Más que un hombre imponente, que exudase poder, parecía un funcionario obediente, preocupado por ofrecerle una cordial bienvenida.

La única certeza que tenía David era que le había costado tres años cerrar ese encuentro en Beijing. Durante ese tiempo, desde que Shewei le habló por vez primera de rumores que había recabado en sus viajes sobre ciertos planes del Gobierno chino, el objetivo de David Wang había sido entrar en contacto con este hombrecito que le estaba preguntando, como lo haría un solícito turoperador, cómo quería disfrutar de su tiempo libre en Beijing.

En el primer encuentro, acordaron que Meilin atendería a David a la espera de una reunión de trabajo cuya fecha no se concretó. No volvió a verlo hasta el cuarto día, tras salir a despejarse a Tiananmén.

Le dio pocas instrucciones para la reunión. Un coche se ocuparía de llevarlo al lugar de encuentro. El señor

Chen no podía acompañarlo. Es una reunión privada en la que no cabe la presencia de ningún miembro del Gobierno, dijo, casi disculpándose. No mienta, no dé ningún dato falso, no haga promesas que no pueda cumplir, no pida ni pregunte, y todo irá bien, le recomendó.

Un Hongqi negro lo esperaba frente a la entrada del hotel, un coche de tamaño considerable y sobria elegancia. Delante iban un conductor y un acompañante que ni siquiera lo saludaron. Salieron de la ciudad y, después de varios kilómetros por una autopista, cogieron un desvío que los llevó a una carretera secundaria. Tras algo más de una hora de trayecto, atravesaron una valla y llegaron a una casa aislada en mitad de un frondoso bosque de hayas.

Dentro de la casa, el mobiliario era escaso, sin ningún detalle que hiciera pensar que allí pudiese vivir alguien. A través de los ventanales de la planta baja podía ver a varios guardaespaldas deambulando por un jardín.

David se reunió con un hombre que solo se identificó como M. Un hombre muy diferente al señor Chen. Alto, apuesto, de rasgos asiáticos, pero con un indiscutible aire occidental. Nada de inclinaciones de cabeza ni sonrisas obsequiosas. Nada de abrigos rectos, cortes de pelo rectos y miradas rectas. M. debía de rondar los sesenta años, vestía un pantalón y una americana de color crudo, calzaba mocasines blancos, llevaba el pelo cano peinado hacia atrás con garbo y rematado con unas patillas largas que lo rejuvenecían. En su muñeca destacaba el modelo más aparatoso que David había visto nunca de Rolex, que hacía juego con el grueso anillo de oro que lucía en el meñique.

M. no se presentó más allá de darle aquella letra como nombre. Y Wang, cumpliendo las instrucciones recibidas del señor Chen, no hizo preguntas. No estaba seguro de quién era el hombre que tenía delante. Solo sabía que era un pez gordo de los que serían sus futuros socios: la tríada

Xin Tàiyáng, Nuevo Sol, una de las más jóvenes pero también más pujantes organizaciones criminales chinas. Nuevo Sol pretendía ser algo más que un grupo de pandilleros dedicado al crimen local, como muchas otras tríadas. Aspiraba desde hacía años a convertirse en la rama más moderna, orientada a las operaciones internacionales de mayor envergadura, de la gran tríada 14K, la omnipresente organización mafiosa considerada una de las redes criminales más poderosas del mundo. La tríada 14K tenía una estructura endiablada, diversificada en una cantidad infinita de subtríadas y ramas menores y también de tríadas filiales como Nuevo Sol, que hacía imposible intuir siquiera el rango jerárquico de M. en todo ese indescifrable organigrama. El único dato sobre sí mismo que le dio fue que había llegado esa misma mañana desde Macao en un avión privado para mantener aquella reunión y que esperaba regresar lo antes posible.

David permaneció en aquella casa cuatro días. Le asignaron un dormitorio en la planta superior, tan minimalista en su mobiliario como el resto de la casa, y nadie pareció reparar en que no llevaba consigo una muda de ropa. Al menos, en el baño del dormitorio había útiles de aseo y un albornoz.

Durante aquellos días se sucedieron interminables reuniones. David Wang nunca salió al jardín por el que deambulaban los guardaespaldas. Nunca conoció de la casa nada más que el salón y su dormitorio. M. asistía a todas las reuniones y desaparecía en cuanto terminaban y, según el asunto que se iba a tratar, otros tipos se unían a las sesiones de trabajo sin identificarse, algunos intervenían planteándole cuestiones y los más se limitaban a escuchar y desaparecían después sin decirle ni adiós. Solo hacían un par de pausas para comer unos sándwiches. Repasaban datos, le hacían preguntas, repasaban los mismos datos otra vez, le planteaban las mismas preguntas de nuevo. A veces hablaban de leyes, otras de inversiones o bancos o mercados financieros, de ciudades y puertos, de barcos, de armas o de gobiernos más o menos controlables. David Wang respondía y cumplía las instrucciones que le había dado el señor Chen: no preguntas, no peticiones, no dudas, no mentiras. Soportaba con estoicismo aquella especie de interminable interrogatorio policial. Echaba de menos a Meilin.

Al final del cuarto día, M. pareció relajarse un poco. Por vez primera, encendió un purito —un Toscano, italiano, dijo; una delicia— y pidió a la criada que le sirviera un coñac Courvoisier. Ofreció bebida y tabaco a Wang y este rechazó ambas cosas.

Nuevo Sol ha llegado a algunos acuerdos de colaboración con ciertas autoridades de la República, le explicó M. Había un plan, todo ello con el beneplácito superior del 14K, porque allí las cosas eran así de enrevesadas. M. lo compartió por vez primera con David. Determinados servicios del Gobierno querían aplicar una política demográfica planificada a la caótica inmigración ilegal de ciudadanos que huían a Europa desde hacía décadas. Usarían las redes ilegales para aliviar zonas con sobrepoblación, para sacar del país bolsas de delincuentes, de mendigos y de disidentes, o para crear núcleos de población en destinos occidentales de interés estratégico. Todo ello sin constancia oficial, claro. Y para eso necesitaban servirse de organizaciones como la Red de Wang, que ya tenía la experiencia, las rutas, los destinos, los medios y los contactos para llevar a cabo las migraciones clandestinas. Por parte de ellos, sería Nuevo Sol la que asumiría la responsabilidad de ejecutar el plan. Los contactos de esta tríada servirían para facilitar las operaciones: evitar el cobro de aranceles y los controles de aduanas, asegurarse de que no habría problemas con la vigilancia costera o de carreteras, garantizar pagos con capital blanqueado; de todo. Y, a cambio, Nuevo Sol se serviría de las rutas para sus propias operaciones de entrada y salida de China de drogas y contrabando. Negocios a gran escala, dinero a gran escala. Y David Wang convertido en socio del Gobierno y del 14K a través de Nuevo Sol. Si lo aceptaban.

David sabía lo que eso significaba.

Alcanzar las estrellas.

Llegar mucho más arriba de lo que nunca imaginó.

Si lo aceptaban. Esas palabras eran la clave. Durante cuatro días, lo habían sometido a un puntilloso examen. Ahora debían decidir si lo había superado o no. M. no le dio ninguna pista. Las reuniones habían terminado. Tendría una respuesta. No le dijo ni cuándo ni cómo.

Esa noche, cuando M. se hubo fumado dos puritos y vaciado su copa de coñac, el coche que lo había llevado, con los mismos piloto y copiloto mudos, esperaba a David a la entrada de la casa.

M. lo despidió con un apretón de manos, nada de manos unidas en posición de rezo ni cabezazos ceremoniosos.

Wang regresó a Beijing. Se sentía feliz porque a la mañana siguiente volvería a ver a Meilin.

Cuando David llegó al hotel de regreso de la casa del bosque, el señor Chen estaba esperándolo. No le hizo preguntas. Solo le dijo que no podía marcharse de Beijing. Se consideraría una muestra de desinterés si se iba. David fingió contrariedad. Al día siguiente, cumpliendo la petición que le hizo antes de irse a la casa del bosque, Meilin lo llevó a conocer a Zhiang.

Zhiang era un maestro artesano del jade. El mejor, según le dijo Meilin. Tenía setenta y nueve años. Vestía siempre con el mismo pantalón corto y la misma camiseta de tirantes, tan cubiertos ambos de polvo que apenas se apreciaba ya su color caqui original. Nunca iba calzado. Como buen maestro, hablaba poco. Subrayaba sus escuetas explicaciones con una risita sin motivo. Enjuto, ajado e incansable, podía pasarse horas en esa postura imposible de mantener como es sostenerse en cuclillas con las plantas de los pies apoyadas por completo en el suelo. En todo el día, solo comía un par de naranjas a media mañana y se preparaba un té templado a media tarde.

Su casa, poco más que una choza de paredes de madera vieja y techado de tejas más viejas aún, solo tenía un pequeño dormitorio, un aseo del tamaño de un armario, en el que solo había un agujero en el suelo y un grifo en la pared sin lavabo que desaguaba en él, y una habitación más amplia que usaba como taller. Estaba en el Gulou Hutong, uno de los laberínticos barrios antiguos de la ciudad, en uno de sus múltiples callejones, a donde no había llegado aún la progresiva transformación de aquellas calles antes devoradas por la pobreza y ahora reconvertidas en zonas turísticas en ese momento, con restaurantes y casas de huéspedes.

David pasó los siguientes diecisiete días en el taller del *hutong*, como aprendiz del maestro Zhiang. Y hubo momentos en que llegó a desear quedarse allí para siempre.

David y Meilin acudían al taller cada día antes de que amaneciera, cuando las callejas del *hutong* aún estaban vacías y en silencio y las luces de las casas apagadas. David se ponía las prendas de trabajo que había adquirido, una copia de las del maestro, y se quedaba con él hasta la noche, trabajando la piedra según las instrucciones que él iba dándole. Se alimentaba de naranjas y té, como él. Lo único que no lograba era mantenerse en cuclillas.

Le ofreció a Meilin la posibilidad de marcharse, si lo deseaba, tras el paseo matinal hasta el taller. Pero ella se negó. Le dijo que prefería quedarse por si necesitaba algo. Meilin se sentaba en una silla de madera, a veces dentro del taller, a veces fuera, junto a la entrada, si el día era soleado. A él le gustaba apartar la mirada de la piedra y verla sentada con expresión pensativa, con los ojos entornados y las manos unidas sobre el bolso y los pies cruzados bajo la silla.

Zhiang le enseñó con infinita paciencia todos los pasos del trabajo del jade. La limpieza, el corte, el diseño, el tallado y el pulido final. Lo instruyó en el correcto uso de brocas, pinceles, lija, agujas, cepillos y cabezales de molienda. Le aseguró que cada pieza era diferente y que por eso requería un trato distinto y le distinguió las técnicas específicas que debían usarse con el jade blanco, el jaspe o el gris, dejándole claro que, eso sí, por más que uno se esmerase, ninguno alcanzaba una belleza tan pura como la del jade imperial birmano. Empezó guiándolo en el tallado de una vasija y, al percibir su habilidad, le permitió practicar con figuras sencillas de dragones, pájaros, flores y árboles. David Wang fue un alumno aplicado, obediente, curioso y un poco obsesivo. Zhiang, con su contagiosa risita, le dijo que no podía intentar aprender en un par de semanas lo que a los chinos les había llevado miles de años.

David había planeado viajar a Qingtian durante su estancia en China. Quería visitar a sus padres. En todos aquellos años, su contacto con ellos no había ido más allá de algunas aisladas y breves cartas. Sabía que su padre se moría de cáncer y que su madre estaba perdiendo la vista. Les había prometido ir a verlos.

El día en que había previsto subir a un tren para recorrer los mil seiscientos kilómetros que lo separaban de sus padres, David se reunió con Meilin en la recepción del hotel antes de que amaneciese, pasearon hasta el Gulou Hutong y pasó una vez más la jornada trabajando con Zhiang. No volvió a pensar en ellos.

Al terminar la jornada en el taller, David y Meilin caminaban sin prisa de regreso al hotel, a menudo en silencio, a veces manteniendo una charla intrascendente; como siempre, según decidiese él. Llegaban hasta la entrada y, una vez allí, ella le deseaba un buen descanso y se separaban. Hasta que una noche dejó de ser así.

David solo le dijo «Ven conmigo». Y ella bajó barbilla y mirada y caminó junto a él. Subieron a la habitación sin que ninguno rompiera el silencio. Él encendió una única lamparita y ella no pasó al interior hasta que él se lo pidió. En el centro de la habitación, de pie, callados de nuevo, David Wang abrazó y besó a Meilin.

La desnudó sin prisa. Le bajó la chaqueta por los hombros, le desabrochó uno a uno los botones de la camisa, le soltó la falda para que cayera hasta sus pies y le quitó los zapatos, y solo cuando estuvo desnuda, aún en el centro de la habitación, aún de pie, Meilin alzó los brazos y lo abrazó.

Hicieron el amor y en la cama ya no fue solo él. Ella también pidió y decidió y fueron por vez primera dos iguales, con mando y obediencia mutuos. Después, salieron juntos a la terraza de la habitación. David cogió la colcha de la cama, se cubrieron con ella y contemplaron las estrellas que él estaba a punto de alcanzar.

Así fueron las noches a partir de entonces.

Ella solo puso una norma: no se quedaría a dormir. Cuando empezaban a adormecerse, se levantaba, se vestía sin prisa y se marchaba tras darle un dulce beso de despedida.

Una noche, cuando ella estaba a punto de irse, David se lo preguntó: ¿se iría con él? Meilin, con las mejillas cubiertas de rubor y la mirada velada por la emoción, le pidió que no la obligase a contestar en ese momento.

Wang siguió esperando las respuestas —la del señor Chen y M. y la de Meilin— que definirían su futuro. Y, mientras, cada noche se dormía feliz al pensar que a la mañana siguiente Meilin lo estaría esperando en la recepción y Zhiang, en el taller.

El señor Chen fue a su encuentro en cuanto salió del ascensor. A David lo contrarió. Era la hora de irse al taller y a quien esperaba ver, como todas las mañanas, era a Meilin. Ni siquiera cayó en la cuenta de inmediato de que la reaparición de aquel hombre significaba que había un veredicto sobre él.

El señor Chen le pidió que lo acompañase. Subieron a la primera planta y entraron en un salón privado, en el que había sofá, sillones y una mesa de reuniones.

Nada más entrar y cerrar la puerta a sus espaldas, el señor Chen inclinó la cabeza y, como novedad, le tendió la mano.

—Tenemos un trato.

David seguía aturdido. Pensaba en Meilin y en Zhiang. Tenía que esforzarse para recordar qué era lo más importante en su vida: esa alianza que había ido a cerrar tras años persiguiéndola, no las figuras que tallaba con habilidad de aficionado en el taller o el cuerpo cálido que abrazaba por las noches.

El señor Chen lo invitó a sentarse en los sillones. Se le veía más jovial que en los encuentros anteriores. Tenemos un acuerdo y será bueno para todos, dijo. Se apresuró a aclarar que, a partir de ese momento, no volvería a constar la participación del MMS en los encuentros ni en las futuras operaciones y David Wang no volvería a tener contacto con ninguno de sus miembros.

El señor Chen puso una mueca triste, como si estuviese a punto de despedirse para siempre de un querido amigo.

—Usted y yo no nos volveremos a ver.

Le pidió disculpas a David por todos los días que le habían tenido a la espera. Tiempos orientales, dijo, pretendiendo que sonase a broma cómplice. Debía comprenderlo. Tenían que asegurarse de que Wang era un socio fiable en todos los sentidos, sin taras de ningún tipo que pudiesen poner en riesgo su relación. Para asegurarse de esto último, había sido preciso elaborar un minucioso análisis de su perfil psicológico.

Tras aquellas explicaciones, el señor Chen se levantó y anunció, con afectuosa solemnidad, que había llegado el momento del adiós.

—Hay alguien que quiere despedirse de usted —le dijo—. No es habitual permitírselo a nuestros agentes de campo, pero considéreme un sentimental.

Fue hasta la puerta del salón y la abrió. Meilin esperaba tras ella.

—Nuestra analista de perfiles —la presentó el señor Chen—. Me ha pedido permiso para despedirse y, aunque eso significa saltarse los procedimientos reglados, creo que se lo ha ganado con su excelente trabajo.

David Wang caminó hasta detenerse frente a ella.

—¿Trabajo? —le preguntó.

Fue el señor Chen quien contestó:

—Más allá de sus amplios conocimientos de Historia, puedo decirle que ha estado usted acompañado por la analista psicológica más brillante del departamento. De hecho, debo decir que su informe ha sido fundamental para que hayamos decidido cerrar el acuerdo —dijo y, retomando el tono de disculpa, continuó—: Comprenderá que era necesario conocerlo a fondo antes de aceptarlo como socio, señor Wang. Y debo decir que nos ha impresionado su interés por nuestras tradiciones artísticas y el excelente trato que ha tenido en todo momento con nuestra agente.

El señor Chen hablaba, pero David miraba a Meilin. Ella bajó los ojos en ese gesto que era tan suyo, que hasta ese instante a David le había parecido que expresaba todo el encanto de su fragilidad, pero que ahora solo le pareció una impostura.

La observó. En silencio, como habían pasado tanto del tiempo compartido. Pero esa vez no fue un silencio acogedor ni confortable. Fue solo un silencio vacío.

Ella levantó la mirada y, cuando sus ojos se encontraron, él le dijo:

—Ni siquiera te llamas Meilin, ¿verdad?

Salió del salón sin esperar su respuesta y sin decir adiós.

El avión se posó con suavidad en la pista del aeropuerto de Barajas.

David Wang miró por la ventanilla.

Volvía a casa. El regreso no le despertaba ninguna emoción. Había aprendido muchas cosas durante su estancia en Beijing. Una de ellas era que el desarraigo formaba parte de él, y que, aunque al principio le había confundido descubrirlo, a partir de ese momento lo apreciaría como una virtud. Era lo mejor. Ser un hombre solo, sin apegos ni dependencias, sin las debilidades que implican los afectos.

El viaje había sido un éxito. Poder y riqueza. De eso se trataba. Había alcanzado las estrellas.

Apoyó la cabeza en el respaldo del asiento y cerró los ojos.

Todo lo demás carecía de importancia.

V

Roi la llamó cuando acababa de dejar a Inés en el colegio. Estaba sentada tras el volante, con el coche aparcado. Le gustaba verla entrar junto a los demás niños.

—Tenemos tarea —dijo él, cuando contestó la llamada.

—Roi...

Inés desapareció de su vista al entrar en el edificio. A Estela le dio pereza dejar de lado el rol de madre para volver a ser poli.

—¿Cómo te parece que quedemos? —la apremió Conde—. Ya sabes que prefiero que vayamos en mi coche.

—Roi, no voy a ir contigo.

Durante unos segundos, el teléfono permaneció en silencio. Hasta que él volvió a hablar como si Estela no hubiese dicho nada:

—Le haremos una visita a Szabo. Tenemos que saber para qué fue a verlo Wang. Es lo mejor que tenemos.

—No voy a ir contigo.

Otro silencio. Este, un poco más largo.

—¿A qué viene eso?

—Digamos que necesito descansar de ti.

—¿Qué estupidez es esa?

Estela cogió aire.

—He dejado de confiar en ti.

—Eso es aún más estúpido.

—Roi, después de lo de Cobo Calleja, no estoy segura de querer que sigamos trabajando juntos.

Un tercer silencio. El más largo de todos. Luego, Roi, gruñón, dijo:

—Yo voy a ver a Cal Szabo, tú haz lo que consideres oportuno.

Y colgó.

Estela fue desde el colegio de Inés a La Moraleja. Detuvo el coche en la acera de enfrente de la casa de Virginia y esperó.

Ocupó el tiempo en repasar mentalmente la situación. Estaba decidida a tomar las riendas y no dejarse arrastrar más por los temerarios impulsos de Roi Conde. Solo vería a quien ella considerase que había que ver. Repasaría otra vez el contenido del *pendrive* que le había pasado Guillermo. Se haría con cualquier información que pudiese obtener de la Operación Mulán. Estudiaría. Haría lo que sabía hacer: bucear en documentos hasta encontrar algún tesoro oculto. Nada de ir de un lado a otro buscando bronca. Ella no quemaba naves industriales. No era su estilo.

Había estado vigilando aquella casa la tarde anterior. Había visto luces en el interior, pero no hubo ningún movimiento. Esa mañana, temprano aún, cambió la cosa.

Virginia salió de su casa. Llevaba una sudadera, mallas y zapatillas de deporte, una mochila a la espalda y el pelo recogido en una coleta. A Estela le pareció que había una elegancia natural en aquella mujer que ni siquiera desaparecía con ese aspecto tan informal.

Dejó que se alejase caminando para no llamar su atención. Arrancó unos minutos después de haberla perdido de vista y la reencontró cuando ya llegaba a la zona comercial que había a la entrada de la urbanización. Aparcó el coche y la observó.

Virginia entró en una floristería, salió al poco con un ramo de margaritas, cruzó la plaza, se sentó en la terraza de una cafetería, esperó a que le sirvieran un café y sacó un libro de la mochila.

Estela le dio unos minutos y se acercó a su mesa. Cuando Virginia percibió su presencia, le enseñó la placa y se identificó como inspectora de policía.

—¿Podemos hablar?

Virginia tardó unos segundos en encajar la sorpresa y asentir.

Estela se sentó e hizo una seña a la camarera. Le pidió un cortado. Señaló el libro.

—¿Es bueno?

—Peor de lo que me esperaba.

Virginia cerró el libro y la contempló con curiosidad.

—Sería demasiado tonta si pensase que me ha elegido al azar como compañera de mesa, ¿verdad?

Estela no apreció el cauteloso sentido del humor con que lo dijo. Replicó con frialdad profesional:

—Sé quién es usted.

Virginia asintió, como si realmente hubiese necesitado esa confirmación.

—Entonces entenderá que su aparición me inquiete. Nunca me he sentido cómoda con la Policía. Como sabe, durante años jugué el partido en el equipo contrario al suyo.

—Conozco su historia y la de su exmarido. Y me consta que usted acabó abandonando ese equipo.

—Claro. Pero no vaya a creer que lo hice por un repentino acceso de conciencia moral ni nada parecido. Soy más egoísta que todo eso, inspectora. Lo que me llevó a dejar aquello no fueron sus delitos, sino algo tan vulgar como descubrir que mi matrimonio era una inmensa mentira.

—Créame, en eso la entiendo mejor de lo que se pueda imaginar.

Las dos mujeres se calibraron con miradas de falsa despreocupación, sin decidirse aún por el grado de amabilidad o rechazo que deseaban mostrar a la otra.

La camarera le trajo el cortado a Estela.

—En todo caso —dijo Virginia—, no creo que haya venido a hablar del pasado. Hace demasiado tiempo de todo aquello...

La inspectora creyó detectar un lejano latido de nostalgia en esas palabras. Pero, de existir, Virginia se apresuró a ocultarlo con un acto reflejo, dándose un tirón de la coleta para confirmar que seguía tensa, y retomó el tono animoso al decir:

—Al menos, espero que no venga a detenerme.

La seriedad de Estela se mantuvo.

—He venido a pedirle ayuda.

—Eso es casi más sorprendente aún.

—David Wang.

Virginia no disimuló su alivio al saber que el motivo de la aparición de la inspectora era el que menos podía perturbarla de todos los posibles.

—¿De verdad? No creo que pueda serle muy útil.

—No tengo nada mejor.

—Si soy su mejor recurso para averiguar lo que sea sobre ese hombre, desde luego que tiene un problema, inspectora.

—¿Mantienen ustedes una relación?

—¿A partir de qué momento se considera que dos personas mantienen una relación? ¿Una caña? ¿Una cena? ¿Un polvo? ¿Un anillo de pedida?

Por fin, Estela se permitió relajar el gesto.

—Si le digo la verdad, no es un tema que domine. Las relaciones no parecen ser lo mío.

—Entonces ninguna de los dos podemos presumir demasiado.

Ambas tuvieron la misma sensación: podían seguir hablando sin necesidad de ajustarse al personaje que le correspondía a cada una. El aire que las separaba fue perdiendo densidad.

—Puede que Wang esté detrás de una serie de asesinatos recientes.

—Si es así, espero que pague por ello. Pero no creo que me lo vaya a confesar a mí por muchas veces que cene con él.

—Cualquier cosa que pudiese averiguar nos ayudaría.

—Le reconozco que lo último que esperaba que me ocurriese hoy era que una policía me propusiese colaborar con ella.

—Considérelo un plan más original que pasar la mañana leyendo una novela decepcionante.

Virginia se quedó pensativa. Levantó la mirada al luminoso cielo de aquella mañana y, al bajar los ojos, negó con la cabeza, como si estuviese contestando a una pregunta no hecha.

—La verdad es que no tengo alma ni de confidente ni de heroína...

—Entre chicas, deberíamos apoyarnos.

La intuición de que podían caerse bien se convirtió en certeza para las dos.

—Usted podría ayudar a averiguar quién ha matado a cinco personas —concluyó Estela, sin dar a su voz un tono de orden ni de ruego.

Le dio un sorbo final al cortado y le entregó a Virginia una tarjeta con su número de teléfono. Ella la observó sin leerla y le dijo, sonando a lo que casi parecía una confesión:

—Si le soy sincera, lo que más me tienta en este momento es no complicarme la vida, seguir aquí disfrutando de mi libro, de las flores y de esta soleada mañana, y olvidarme de que esta conversación ha existido.

Estela se levantó para marcharse.

—Piénselo.

Virginia asintió.

—Buena suerte con su investigación, inspectora.

—Tal vez podamos volver a tomarnos un café.

—Claro. Y nos dedicaremos a poner a parir a los cabrones de nuestros ex. No hay nada que relaje más.

Virginia regresó a casa con la sensación de tener miles de destellos en la cabeza, luces de alarma de todos los colores. Trató de concentrarse en lo que se había convertido en su rutina diaria: se sentaba frente al portátil y pasaba horas navegando por internet, haciendo llamadas y escribiendo correos electrónicos. Buscaba y contactaba con las ONG, colectivos de personas necesitadas, proyectos humanitarios, cualquier tipo de organización cuyos objetivos le hiciesen pensar que pudieran ser destinatarios de una parte de la cantidad final que obtuviese Aquilino Sánchez con la venta de los bienes de Dardo. Escribía listas, seleccionaba, desechaba y recuperaba, hacía borradores de elegidos, les asignaba cantidades, lo borraba todo, lo rehacía todo, rompía sus notas y empezaba otra vez de cero y acababa la jornada con dolor de cabeza y sin decisiones definitivas.

Buscó un jarrón en el que colocar las margaritas que había comprado. Trató de vaciar la mente mientras las contemplaba. No lo consiguió. La avalancha de voces acalladas en su cabeza se abrió al fin camino.

—Todo esto lo hago por ti. Por ti y por mí. Por nosotros.

—Hace mucho que dejó de existir un «nosotros».

—¿Por qué te empeñas en no ser feliz?

Cogió el teléfono. Escribió a Alberto. «Una semana, mi amor. Siete días y vuelvo. Es una promesa». Lo envió. Le sorprendió lo rápido que entró en el móvil la respuesta de Alberto, porque allí aún no habría ni amanecido: «Sabes que hace siete días que me dices que estás a siete días de volver, ¿verdad?».

—Si alguna vez me pasase algo...

—No digas eso.

—Es importante hablar de ello. Si me pasase algo...

—No, no, no. Ven, abrázame, dame un beso. Mientras estemos juntos, no nos pasará nada.

—Virginia...

—Cállate de una vez y abrázame, idiota.

La maleta estaba arriba. En su habitación. Había un altillo sobre el armario. La había metido allí y había decidido que no haría nada con ella hasta que concluyera con todas las gestiones pendientes de la herencia.

En cuanto pensaba en la maleta, le asaltaba una mareante sensación de vértigo.

—¿Has matado a alguien alguna vez?

—¿A qué viene eso?

—Nunca me cuentas todo. Quiero conocer tus secretos.

—Yo no tengo secretos para ti, Virginia.

—Pero ¿lo has hecho, sí o no?

—No hablemos de eso.

Los retazos de antiguas conversaciones que atravesaban a ráfagas su pensamiento se sucedían con la misma impertinencia que el zumbido de un moscón que intentas alejar a manotazos y se empeña en regresar una y otra vez.

¿Qué hacía aún en Madrid? En esa ciudad que ya no era la suya. En esa casa vacía. Escuchando voces del pasado. Esperando.

Las preguntas la asaltaron, la cogieron con la guardia baja y se cebaron con ella.

¿Qué esperaba? El timbre no iba a sonar. La puerta no se iba a abrir. Él no iba a aparecer como entonces, en la casa que compartieron, de regreso de uno de sus viajes, para darle un beso y entregarle un regalo siempre mal elegido y decirle que todo había ido bien, sin más detalles, y que la había echado de menos, algo que ella había dejado de creerse.

Ese regreso a Madrid había sido como caer en una trampa. Atrapada por la memoria, por los recuerdos revividos, por esa casa familiar, por la voz de él y por una herencia de mierda que, para cualquier persona, habría sido como un regalo divino, una lotería milagrosa, pero para ella solo era el último lastre de un pasado que se empeñaba en no dejarla ir.

No tiene sentido, se dijo. Debía irse. Cuanto antes. Regresar a Buenos Aires. A Alberto. A lo que ahora era su hogar. Otorgarle los poderes al abogado. Liquidar. Subirse a un avión y marcar distancia física y emocional con todo aquello. No, no tenía sentido seguir allí, varada, sin tomar decisiones, sin dar ningún paso adelante y resistiéndose a dar pasos atrás. Con una maleta llena de pecados y de millones en un altillo. No entendía su comportamiento, no encontraba un motivo que lo justificase. No quiero volver a sentir que estoy huyendo, se dijo una vez más, porque esa era la justificación que se daba para seguir estancada. No se iría hasta encontrar respuestas. Pero para eso necesitaba saber antes cuáles eran las preguntas.

Trató de no pensar. O, al menos, de dejar de pensar en él, de enfadarse con él y con ella misma porque, incluso después de muerto, hubiese sido capaz de retenerla allí, en ese luto de viuda sin serlo, en ese duelo a destiempo y sin sentido, en ese velatorio sin cuerpo que duraba ya demasiados días.

Se obligó a desviar su mente de todo ello. Regresó a su

encuentro matutino con la inspectora. Y eso la llevó a pensar en David Wang.

Wang le había enviado un mensaje la noche anterior. La foto de un gran dragón de colorines. Y, después, una frase: «¿Vendrías conmigo mañana a conocerlo?».

Recordó el encuentro con él en la galería. Recordó la cena en aquella pequeña habitación del restaurante cantonés.

En su cabeza sonó una voz diferente a la de Dardo. Fue la de Estela.

—Usted podría ayudar.

David Wang le sonrió. Qué demonios, no pasaba nada por admitirlo: tenía una sonrisa interesante. Amable y llena de suficiencia al mismo tiempo. Una sonrisa que podía servir por igual para rubricar la inocencia y la culpa.

No es lo mismo la rendición y la redención.

Virginia no supo por qué pensó semejante cosa.

Respondió al mensaje de Wang. Era el primero que ella le enviaba desde la noche de la cena. «Preparada para ir al encuentro de los dragones», le escribió. Él contestó de inmediato: «Te recojo en una hora».

Quedaron en una coqueta cafetería, no muy lejos de la sede de la Audiencia Nacional. Estela lo llamó para preguntarle si podían verse y Guillermo eligió el sitio. Era un local estrecho, poco más que un pasillo en la zona delantera donde estaba la barra que, tras subir un par de escalones, se ampliaba a un discreto saloncito con cinco mesas. A aquella hora de la media tarde, pasado el momento del café, pero pronto aún para la primera copa, estaban solos.

Él la esperaba sentado tras una de las mesas. Ella se había retrasado. Tras hablar con Virginia en La Moraleja, había pasado el resto del día repasando una vez más los documentos del *pendrive,* navegando por internet y repitiéndose lo hablado con unos u otros durante los últimos días. Seguía sin dar con nada que le abriese alguna puerta. Unas palabras dichas de pasada por Roi con su aspereza habitual resonaban en su cabeza: «policías ineptos». Eso eran. Incapaces de avanzar, de encontrar un camino que no llevase a la nada. Con esa idea se martirizaba cuando, cercana ya la hora de su cita con Guillermo, recibió un mensaje de Conde en el móvil. No habían tenido contacto en todo el día desde su conversación matinal.

Era un mensaje críptico: «Hablé con Szabo. Nada es lo que parece. Completamente equivocados. Hablo contigo cuando quieras, si dejas de hacerte la digna, Starsky».

La hora de la cita con Guillermo se acercaba, pero Estela no se movió de la oficina. Le envió a Conde cinco wasaps preguntándole a qué se refería y rogándole que la llamase. Le hizo tres llamadas perdidas. La irritaba esa afición suya a dosificar la información. Casi tanto como la sospecha de que también era aficionado a prender fuego a naves industriales.

Al final salió para verse con Guillermo sin haber conseguido contactar con él. Durante todo el camino, el texto del mensaje se reproducía en su cabeza. Equivocados. Tenía un sentimiento contradictorio: saberse equivocados la alegraba. Si uno sabe que está equivocado puede que sea porque ha descubierto qué es lo acertado. Por vez primera en todo el día, deseaba hablar con Roi Conde. Y supuso que él la ignoraba por orgullo, para dejarla con la miel en los labios tras ese mensaje como castigo por su maltrato de aquella mañana.

Cuando se sentó en la mesa de la cafetería, dejó encima el móvil y un sobre que había traído. Por una vez, no dejaba el teléfono a la vista para estar pendiente de Inés, sino para vigilar si llegaban noticias de Conde.

Guillermo no protestó por el retraso cercano a la media hora. La recibió con su amabilidad habitual, le preguntó qué deseaba tomar y se ocupó de pedirle al camarero un par de *gin-tonics.*

—¿Sabes cuándo fue la última vez que estuvimos en un bar juntos? —le dijo a Estela. Cuando ella negó con la cabeza, él asintió y añadió—: Difícil acordarse, ¿verdad?

Ella echó un primer vistazo al móvil sobre la mesa y se esforzó por no sonar brusca al decir:

—Ahora no, Guillermo, por favor.

—Claro que no —dijo él, sin mostrarse ofendido—. Sé que esto es solo una cita de trabajo. Nunca me habrías propuesto vernos fuera de la cama para otra cosa.

La camarera llegó con las bebidas. Su interrupción fue un alivio para Estela y le permitió a Guillermo recomponer su expresión borrando de ella cualquier indicio de amargura.

—¿Cómo va la investigación de los asesinatos de Polvoranca? —le preguntó él, adoptando su tono de fiscal serio y correcto y resignado a ser solo un fiscal serio y correcto para ella.

—Un desastre. Vamos dando palos de ciego y no conseguimos nada.

—Los cinco rumanos, esos chinos que apalearon en la Cañada Real, ese otro que apareció muerto en Usera y el incendio de anoche en Cobo Calleja... —enumeró él—. Yo diría que algo está pasando, y muy deprisa.

—Ni siquiera puedo demostrar que haya una relación entre todos esos sucesos.

En la cabeza de Estela resonaron de nuevo, como una letanía, dos palabras con la áspera voz de Roi Conde. Ineptos. Equivocados.

Llevaba toda la tarde, desde antes de recibir el wasap de Conde, dando vueltas a lo mismo: la necesidad de buscar un nuevo enfoque, una nueva perspectiva desde la que encarar todo aquello.

Le tendió el sobre a Guillermo.

—Creo que he acabado por aprenderme de memoria todo lo que había en ese *pendrive* —rio.

Le explicó el contenido del sobre: un listado de peticiones de aclaración y otro de posibles líneas de investigación, a partir de lo que había logrado desentrañar tras horas de repasar documentos. Empresas cuyo capital sufría repentinas y llamativas variaciones o que resucitaban de pronto tras años sin actividad aparente. Dudas sobre la identidad de los socios de algunas de ellas. Comparación de extraños movimientos de capital de unas a otras o hacia terceros.

Cuentas de bancos cuyos titulares no estaban identificados. Contratos de fletes, recibos de compras de vehículos, inventarios de bienes de los que emanaba un tufo que Estela no lograba concretar, pero que era sin duda a algo sucio. Había un poco de todo. Buscaba la aguja en el pajar a partir de lo que a ella, que no dominaba el lenguaje fiscal y financiero, le habían parecido sombras, contradicciones o coincidencias que merecían que alguien que supiese les echase un vistazo más concreto y detallado.

—Ni siquiera sé lo que busco —le confesó a Guillermo—. Solo lanzo la caña.

El fiscal sostuvo el sobre en la palma de la mano como si, sopesándolo, le bastase para saber si su contenido llevaría o no a algo que mereciese la pena.

—Cuenta con que te ayudaré.

Estela se echó hacia delante en la silla.

—Nada deseo tanto como atrapar a ese hijo de puta de David Wang —dijo.

Él se echó hacia atrás en la suya.

—Sé lo apasionada que puedes llegar a ser cuando deseas algo —replicó, y ella rio ante el deliberado doble sentido.

Apartó la mirada de Guillermo para volver a observar el móvil, que se mantenía sin mensajes ni llamadas entrantes. Él se dio cuenta de que perdía su atención. El fugaz momento de complicidad pasó. Y eso trajo de vuelta al rostro del fiscal la misma sombra anterior de cortesía enturbiada.

—Tienes mi palabra de que te ayudaré —le dijo—. La copa te ha merecido la pena.

Estela ladeó la cabeza y reblandeció la mirada.

—¿Te gustaría que nos viésemos en tu casa esta noche?

—¿Sabes qué día fue ayer?

—Dímelo tú.

—Fue mi cumpleaños.

—¡Vaya! Y olvidé felicitarte...

—No, no lo olvidaste. No podías olvidarlo porque no sabías que lo era. Nunca me has preguntado qué día es mi cumpleaños. ¿No te parece extraño eso?

Estela bajó la mirada. El móvil se mantenía en su campo de visión, pero se obligó a no dirigirla hacia él en ese instante.

—Aún podemos celebrarlo, aunque sea con retraso —dijo, con voz culpable.

—Ya soy mayorcito. Me da igual celebrar o no mi cumpleaños. No se trata de soplar velas, Estela, ¿no crees?

—Lo sé.

—Hace tiempo que lo vengo pensando y acabo de darme cuenta de que este momento es tan bueno como cualquier otro para decirte algo.

Ella no pudo evitar una expresión de sorpresa.

—Vas a romper conmigo —le dijo.

Guillermo aún sonreía.

—No tienes que preocuparte. Podrás seguir pidiéndome lo que necesites en tus investigaciones.

—No solo me importas por eso, Guillermo.

—¿Seguro?

Policía inepta. Madre inepta. Amante inepta. Las cosas van cada vez mejor, pensó Estela, que a punto estuvo de reírse ante esa idea.

—Yo creo que funcionamos.

—Funcionamos en la cama. Pero en la vida hay más cosas.

—La última vez que pensé que en la vida había más cosas acabé casada, cornuda y con un bebé al que criar yo sola.

Aquel tipo de conversaciones la incomodaban, la aburrían, le sobraban. Nunca le habían gustado ni las declaraciones de amor, ni las promesas de felicidad eterna, ni la palabrería romántica, ni tampoco los inútiles debates previos a una ruptura. Siempre que se dejaba llevar a cualquiera de esas cosas era solo por agradar al otro, porque se suponía que era necesario, imprescindible en cualquier relación, rituales obligatorios. Y la experiencia le decía que casi siempre acababan en mentiras o en decepciones para uno o para los dos. Por eso trató de dar un giro, de escapar de aquella inesperada situación.

—Atrapemos a David Wang, Guillermo —le dijo, tratando de empujarlo con entusiasmo hacia otro lugar—. Por sus asesinatos y por sus delitos fiscales. Por lo que sea, por todo. Pero acabemos con él.

Él no la siguió.

—En este preciso momento, David Wang me importa una mierda.

—Si se marcha del país antes de que lo tengamos, se irá de rositas.

—¿Te importa más perder a David Wang que perderme a mí?

—¿En serio, Guillermo? ¿De verdad te vas a poner así de melodramático?

Era un buen tipo. Estela lo pensó. Buen tipo, buen amante, seguro que sería un padre perfecto y un marido fiel y atento. Impecable, como su traje y su corbata y su pelo. Divertido, como cuando todo lo anterior desaparecía y avanzaba hacia ella en la cama y sabía lo que tocaba, lo que ella esperaba de él. Era el puto hombre perfecto, maldita sea, pensó.

—Te arrepentirás de romper conmigo —dijo ella—. Me echarás de menos. Volverás.

Él la observó sin responder. Con mirada dolorida. Con contención de caballero.

—Lo que más me apena, Estela, es que, si no vuelvo, estoy seguro de que no vendrás a buscarme.

Ella deseó decir otra cosa. Cualquiera de las cosas que Guillermo se merecía escuchar. Pero solo fue capaz de decir:

—Iremos viendo.

Él asintió y ambos callaron, porque aquellas palabras funcionaban siempre así en sus conversaciones, como un cerrojo, como un final sin derecho a epílogo.

A la salida de la cafetería, Guillermo le dijo:

—Ten cuidado, ¿vale? Estás pisando un terreno desconocido y peligroso.

Ella asintió. Se separaron sin decir nada más. Cuando se quedó sola, volvió a mirar el móvil. Conde seguía sin responder a sus mensajes y llamadas. Guillermo se alejó caminando y en lo único que pensó ella fue en que la devoraban las ganas de saber lo que Roi pudiese contarle.

Se hicieron un hueco entre la multitud que abarrotaba la acera. David Wang fue abriéndose paso y ella lo siguió hasta que lograron una buena posición desde la que presenciar el desfile.

A Virginia le sorprendía el ambiente. Nunca había visto el desfile del Año Nuevo Chino de Usera. A decir verdad, ni siquiera sabía que existía y la asombraba el gentío que se agolpaba a ambos lados de la calle, con una ilusión semejante a la que despertaban las cabalgatas de los Reyes Magos que recordaba de su infancia.

David había ido a recogerla a su casa. Se había comportado con su habitual cortesía, siempre excesiva, y en ningún momento durante el camino mencionó los mensajes de los días anteriores que no le había respondido. Se mostraba encantado de que hubiese aceptado acompañarlo. Le hablaba de dragones con entusiasmo, deseoso de meterla en ambiente.

—El dragón siempre trae consigo motivos para la felicidad —le explicó—. El dragón oriental no tiene nada que ver con el dragón occidental. El dragón chino es un ser positivo: cuida de las cosechas, trae agua, aporta fortaleza al guerrero, riqueza al comerciante y poder al que gobierna. No se parece en nada a ese dragón de las historias occidentales, siempre enemigo de los hombres y con ansia destructora. Vuestro dragón es pecado, guerra y muerte. El *lóng* chino, nuestro dragón, es vida y prosperidad.

Tal y como él esperaba, a Virginia la atrapó el espectáculo. Ante sus ojos fueron pasando comparsas de hombres y mujeres que vestían todos de rojo, porque ese era el color que correspondía al año del dragón. Portaban máscaras y sombrillas y farolillos, y repartían sombreritos entre el público al tiempo que bailaban con delicados movimientos al son de melodías orientales. Había también carrozas de decoración sobrecargada con figuras de leones, elefantes, aves y animales fantásticos y, entre ellas, desfilaban acróbatas y zancudos y luchadores de artes marciales y, por supuesto, la atracción principal: los largos y coloridos dragones de papel que avanzaban con sus porteadores deslizando el cuerpo con elegancia y acercando el enorme rostro de fauces abiertas y ojos saltones a los espectadores que los contemplaban a uno y otro lado de la calle.

David Wang se empeñaba en hablarle. Trataba de hacerse oír por encima de la música y los aplausos del público para contarle la historia del Rey Dragón y sus nueve hijos, a cada uno de los cuales se le podía atribuir una virtud de la que los humanos debían tomar ejemplo. Ella apenas lo escuchaba. Prefería dejarse envolver por el derroche de colores y sonidos y la vitalidad que transmitía el pasacalles. Al final, él se rindió.

—Será mejor que deje de ser tan pedante y me calle o acabarás odiando a los dragones tanto como a nuestros artistas contemporáneos.

Virginia se echó a reír.

Tras el desfile, pasearon por el Mercado de la Primavera. Recorrieron los tenderetes de artesanía y comida. David quiso regalarle un pañuelo bordado con hilo dorado que llevaba cosida una pedrería roja imitando grandes rubíes, pero ella se negó. Solo aceptó que la invitase a compartir un cucurucho con pequeños rollitos y *gyozas* rellenos de una carne con un sabroso regusto agridulce.

—¿Has probado el *hot pot*? —le preguntó él.

Virginia le contestó que no. Él le explicó que lo más divertido del *hot pot* era que el comensal tenía que encargarse de condimentarlo a su gusto y le aseguró que estaban cerca del mejor sitio para probarlo.

Caminaron hasta un restaurante que no tenía nada que ver con el pequeño local donde habían cenado juntos. Aquel tenía un comedor amplio y moderno, con sillas de diferentes colores, mesas con tablas de madera y patas de aluminio diseñadas con formas caprichosas y cada pared pintada con un tono y textura diferentes.

David se encargó de guiarla en la preparación. Bebieron *mijiu*, un vino cuyo sabor dulzón le recordó a Virginia al sake japonés. Probaron suerte con una olla de *suan cai yu* y otra de *málà*. La primera contenía un caldo blanco en el que flotaban el pescado y las verduras y en la segunda había tiras de ternera, todo bien sazonado con pimienta de Sichuan, un potente picante. David la ayudó a elaborar una salsa adaptada a cada olla. Usaron cilantro y vinagre negro de arroz, sésamo tostado y aceite de chile. Virginia, que no tenía ni idea de cocina, renunció a seguir pidiéndole que identificara cada ingrediente. Disfrutaron tanto del proceso de preparación como del sabor obtenido.

Virginia se lo dijo de improviso, al final de la comida:

—Y ahora, ¿me dirás quién eres?

David Wang no mostró sorpresa ante la inesperada pregunta.

—Soy un dragón, por supuesto.

—Un dragón rico y poderoso —dijo ella—. He oído cosas sobre ti. Corren historias...

Él la miró. Virginia no esquivó su mirada.

—¿Y tú te las crees?

—¿No debo creerlas?

—Supongo que todos somos una mezcla inseparable de verdades y mentiras.

—Por favor, no me hables como si fueses Confucio, ¿vale?

Aquello hizo reír a David.

—Los dragones están presentes en la mitología china desde hace millones de años —dijo— y, aunque te parezca increíble, hasta hace solo tres o cuatro siglos la gente creía que existían de verdad, a pesar de que nadie hubiese visto uno jamás. A veces las leyendas acaban siendo más aceptadas que la realidad. Sobre mí también han construido una leyenda que algunos prefieren creer en lugar de la verdad.

David vació su copa.

—Ocurre algo extraño con nosotros, los asiáticos. El rechazo a otras razas se manifiesta como desprecio. En nuestro caso, se traduce en temor. Y a veces la mentira es una forma de protegerse ante el temor a lo desconocido.

—¿Debo temerte?

Wang respondió sin dudarlo:

—Preferiría gustarte, Virginia.

Esa vez, ella bajó la mirada. Tardó en volver a levantarla. Cuando lo hizo, él tenía una expresión divertida.

Le dijo que no podían terminar la comida sin probar el *baijiu*. Cuando se llevó el pequeño vaso a los labios, David pareció alejarse de la mesa por un momento. Virginia lo advirtió y le preguntó en qué pensaba, y él solo dijo:

—He recordado otro año del dragón y un brindis con este mismo licor.

La sorprendió esa repentina nostalgia. Él escapó del momento con un airoso cambio de tema.

—Pronto estarás de regreso en Buenos Aires. Te habrás ido muy lejos de aquí —dijo. Y añadió—: Te confieso que me das envidia. No descarto hacer lo mismo pronto.

—¿Estás pensando en irte?

—¿Puedo volver a hablarte de dragones?

—Lo harás de todos modos.

David puso expresión de culpa.

—Hay otra curiosidad en los dragones orientales. Su imagen está formada por elementos de muchos animales: caballo, serpiente, toro, tigre, tortuga, garras de águila, escamas de pez, hasta bigotes de gato. Hay de todo. Pero casi nunca se les representa con alas. Y, a pesar de ello, a los dragones les gusta volar.

—¿Adónde te gustaría volar a ti?

Wang desdeñó con un gesto de mano cualquier respuesta concreta.

—A algún sitio donde ser feliz —dijo.

—¿Acaso existe algún sitio en el que serías capaz de ser feliz?

Él se quedó pensativo al oír aquello.

—Eres una mujer inteligente, Virginia.

Ella puso una mueca de desdén.

—Una mujer inteligente que se ha comportado toda la vida como una completa idiota.

Acabaron la bebida y ella le pidió que la llevase a casa. Respetuoso con la petición, David Wang llamó por teléfono a su chófer. No intentó alargar el encuentro. Durante el camino de vuelta, hablaron poco. Ambos miraban por la ventanilla, más atentos a lo que ocupaba sus respectivos pensamientos que a lo que pudiesen ver tras los cristales.

Como en su anterior encuentro, Wang bajó del coche para despedirla frente a la entrada de la casa. La besó en la mejilla y le dio las gracias por el día. Virginia le dio las gracias a él por su paciencia al aconsejarle cómo elaborar unas salsas deliciosas para los *hot pot*.

Cuando entró en casa, fue directa a la cocina. Cogió una botella de vino y una copa, se descalzó, se acomodó en el salón con las piernas bajo el cuerpo y se quedó pensativa, disfrutando de la bebida en la penumbra.

Había vaciado la copa cuando fue a buscar la tarjeta que le había dado la inspectora y le envió un mensaje: «¿Podemos vernos?».

El coche, un BMW negro, estaba aparcado junto al Ford Capri en una estrecha explanada frente a la salida trasera de la discoteca Olympo. Roi Conde salió del local, se detuvo a enviarle el mensaje a Estela y no se fijó en él hasta que vio bajarse la ventanilla trasera cuando metía la llave para abrir el suyo. El rostro de Shewei apareció tras el cristal tintado.

—Un placer volver a verlo, inspector —lo saludó.

Conde no respondió. Se limitó a esperar.

—Usted y yo hemos empezado con mal pie —dijo Shewei sin que sonase ni a cortesía ni a disculpa—. Tal vez podríamos arreglarlo.

Roi echó un vistazo a la parte delantera del BMW. A pesar de los cristales tintados, la cercanía le permitió intuir la silueta de alguien sentado en el asiento del copiloto.

Shewei le hizo una propuesta. Había estado indagando mientras lo esperaba, dijo. Había un bonito lugar cerca de allí. La Dehesa de Cobeña. Seguro que merece la pena conocerlo, dijo. Y, de paso, podremos hablar con tranquilidad y discreción.

Roi Conde se tomó aquello como una victoria. Algo debía ir mejor de lo que suponía cuando el matarife de David Wang se había molestado en seguirlo hasta allí. Aquello y la conversación que acababa de tener con Szabo lo metían al fin en el partido, se dijo. Por supuesto, aceptó.

Shewei le pidió que lo siguiese en su coche.

Apenas tardaron cinco minutos en llegar. Salieron de la M-103 por un desvío y abandonaron un par de kilómetros después el tramo secundario para tomar una pista de arena. Detuvieron los coches en un recodo. Shewei bajó del BMW; el conductor y el copiloto permanecieron dentro. Roi Conde caminó tras él por entre unos matojos bajos, alejándose unos metros del camino. Frente a ellos, al otro lado de una laguna, había media docena de patos deslizándose con parsimonia sobre el agua verdosa. Eran la única señal de vida a la vista.

Shewei llevaba un abrigo marrón y las manos metidas en los bolsillos. Hacía un fresco soportable, pero sus mofletes picados y la punta de su rechoncha nariz se enrojecieron con rapidez. Conde encendió un cigarrillo y respetó sus tiempos. Llegó a dar tres caladas antes de que Shewei arrancase al fin a hablarle.

—Hay gente molesta con usted, inspector.

—Nunca me ha resultado fácil hacer amigos.

—Por lo que sé, tiene fama de ser un hombre difícil pero un policía eficaz. Debo decirle que el incendio de Cobo Calleja no le hace justicia. Digamos que no ha sido un comportamiento demasiado profesional.

—Es curioso. Debo de tener cara de pirómano, porque no es el primero que me acusa de ser su autor.

—Créame, inspector. No es difícil deducirlo.

Roi miró a Shewei, que tenía la vista fija en los lejanos patos.

—Juguemos a algo —le dijo—. Yo le confieso mis crímenes si usted me confiesa los suyos. Empieza usted. Dígame: ¿por qué mató a los cinco rumanos de Polvoranca?

Shewei volvió la cara hacia él. Conde leyó en su expresión que aquello no le había parecido especialmente gracioso.

—Tengo una propuesta para usted —dijo con una voz que sonaba siempre igual, sin tono, sin inflexiones que delatasen un ánimo o una intención.

—Lo veía venir.

—Mi jefe está dispuesto a ser generoso.

—Estoy seguro de que su jefe es una bellísima persona.

Shewei ignoró las palabras de Roi y regresó a la contemplación de los patos.

—No más buscar entre la basura. No más insensateces como el incendio. No más investigación. Cierre el asunto, quite a la policía de en medio y deje que nosotros arreglemos nuestros asuntos con los rumanos.

—¿Y por qué debería hacer eso?

—La cuantía del motivo es algo que podemos acordar.

Conde tiró el cigarrillo al suelo, lo aplastó retorciéndolo con el zapato, se agachó, recogió la colilla y se la metió en el bolsillo de la cazadora.

—No todos los policías estamos en venta.

—También me consta que usted ha llegado a acuerdos antes.

—Parece que sabe mucho sobre mí.

—Hago bien mi trabajo, inspector.

—Creía que su especialidad era el asesinato, no ir curioseando por ahí sobre la vida de un humilde policía.

Shewei apretó sus estrechos labios.

—Tienen razón los que dicen que es usted un hombre difícil.

Conde se frotó las manos. Refrescaba. Se las acercó a la boca y sopló en ellas.

—Creo que, si no tiene nada más que decirme, voy a marcharme.

—Lamento que se comporte de una manera tan poco razonable.

Conde rio con sorna.

—Mira, amiguito —le dijo a Shewei, dándole una amistosa palmada en la espalda que este encajó sin inmutarse—, si quieres que lleguemos a un acuerdo, dile a tus judocas del coche que se larguen y lo solucionamos tú y yo. A solas. ¿Cómo lo ves?

Shewei se volvió a mirarlo. De nuevo, Roi dudó sobre qué expresaba su cara. Tal vez, con mucha imaginación, podía llegar a intuir algo que situó entre la contrariedad y el desprecio.

—Todo esto le viene grande, inspector —le dijo Shewei—. Esto no es una pelea de barrio. Esto no consiste en... ¿cómo les gusta decir? No consiste en ver quién la tiene más larga. Hay en juego intereses que están muy por encima de usted y de mí y de esos pobres rumanos muertos.

Conde asintió con gesto de comprensión y le dijo, tratando de imitar su tono neutro:

—Que te jodan.

Los labios de Shewei se apretaron más aún. Negó con la cabeza, desalentado.

—Esperaba que fuese así de poco razonable —dijo. Y, sin introducir ningún cambio en la voz, con la misma atonía, añadió—: Pero tenía que intentarlo.

Roi llegó a ver el cuchillo que aferraba Shewei cuando este sacó la mano del bolsillo. No tuvo tiempo de más.

Era un estilete de puño corto y hoja larga y estrecha. Shewei lanzó el brazo. Describió con velocidad un arco. La hoja recorrió de izquierda a derecha el cuello de Conde, abriendo en él a su paso una fina línea roja.

Roi Conde observó a Shewei sin comprender.

Quiso decir algo, pero de entre sus labios solo surgió una burbuja de sangre que, al explotar, le cayó por la barbilla.

Seguía mirando a Shewei, con expresión de no entender aún lo que ocurría, cuando ya estaba muerto.

Provincia de Katanga
República Democrática del Congo, 2016

David Wang culminó la subida por la ladera y pudo al fin contemplar lo que le esperaba al otro lado. Nunca había visto nada igual.

Era un valle que se extendía como una larga lengua entre montículos desnudos de vegetación y de una tierra de color marrón claro. En él se apelotonaban miles de trabajadores, tan pegados entre sí que Wang ni siquiera podía ver el suelo. Un hormiguero humano en el que, desde la distancia a la que estaba, llegaba a ser difícil individualizar a sus miembros, que quedaban diluidos en una masa densa e informe. La mayoría de ellos trabajaban en cuclillas, incrustando clavos en la piedra para hacerla saltar o golpeándola directamente con martillos. Podía distinguir entre la multitud algunas charcas dispersas de color terroso, donde había tanto fango como agua, y en las que, hundidos hasta las rodillas, algunos hombres se ocupaban de extraer rocas del lecho. Grupos de niños filtraban tierra y piedras con una especie de grandes bateas, pero, en general, le costaba diferenciar quiénes eran hombres o mujeres y niños o adultos. Un número considerable de trabajadores se dedicaba a ir introduciendo las rocas seleccionadas en sacos y, abriéndose camino entre los que picaban, los portaban hasta la boca del valle, en el lado opuesto a donde estaba David Wang observándolos desde las alturas. Los sacos, docenas de ellos, se iban apilando hasta que, cada poco, aparecía un camión que se sobrecargaba con cuantos cupieran y se los llevaba. Con semejante congestión de cuerpos, costaba encontrar con la mirada la entrada a los pozos de los que se extraía la mayor cantidad de rocas. De aquella colmena de laboriosos obreros se elevaba un sonido monótono, un sordo zumbido, formado por voces y gruñidos. A aquel runrún lo acompañaba el ritmo desigual de los miles de martillos que golpeaban la piedra. Esa música sin melodía solo se alteraba muy de cuando en cuando por el aullido triunfal de alguien que hacía saltar una roca más azul que negra o que encontraba una veta prometedora y lo celebraba como si el hallazgo fuese a cambiar en algo su destino.

A David Wang lo que más le llamó la atención fue que muchos trabajadores llevaban camisetas de equipos de fútbol europeos. Costaba identificarlas bajo la capa de barro y polvo que las cubría. Acertó a ver algunas del Barça —más que del Real Madrid, calculó con orgullo de hincha—, tan desteñidas que apenas conservaban sus originales bandas blaugrana. En una de ellas llegó a vislumbrar en su espalda una M, una S y media I, que sin duda fueron parte en su día del nombre del astro argentino al que él tanto admiraba.

Aquella era una de las minas de cobalto más productivas y rentables de la provincia de Katanga. Más de cinco mil personas trabajaban en ella en condiciones infrahumanas durante jornadas interminables en las que los martillos desollaban las manos, el calor cocía la piel, el polvo se hacía costra en los pulmones, el hambre y la sed eran lujos que uno no se podía permitir y el agotamiento era el estado natural del cuerpo y del alma. Y los que trabajaban en el exterior, picando las rocas o cargándolas en sacos, podían considerarse afortunados. Era aún peor para los que estaban en el interior de los pozos. Se pasaban la jornada bajo tierra y a todo lo anterior se añadía el riesgo de los frecuentes derrumbamientos de los pasillos subterráneos cavados en el subsuelo, que causaban decenas de muertes con regularidad.

David Wang permaneció un rato contemplando el pozo. Los dos guardaespaldas que lo acompañaban esperaron, sin interrumpirlo, un paso atrás.

Lo alegró haber hecho el esfuerzo de viajar hasta allí para ver con sus propios ojos cómo eran aquellas minas.

La visión lo impresionó. Lo emocionó.

Comprendió que estaba viendo el futuro y decidió que quería formar parte de él.

En 2016, la última guerra del Congo, que bien podía considerarse una etapa más de la misma guerra que se había ido reproduciendo con escasas variaciones y de manera intermitente durante décadas, había entrado de nuevo en uno de sus paréntesis de hibernación. Partidarios de uno u otro gobernante, fuerzas armadas y milicias, tutsis y hutus, ruandeses y ugandeses, se habían dedicado a aniquilarse en aquel país a lo largo de los años. Presidentes y primeros ministros como Patrice Lumumba, Mobutu Sese Seko, Laurent-Désiré Kabila o su hijo Joseph habían ido sucediéndose desde los años sesenta con una cadencia de fases similares —fulgurante ascenso, periodo de poder absoluto y final trágico—, y ninguno había logrado estructurar con cierto orden un Estado sumido en un desastre endémico. Ahora, grupos paramilitares y señores de la guerra —que más allá de ese pomposo nombre solo eran matones locales al frente de bandas de antiguos soldados que no sabían hacer nada en la vida que no fuese guerrear— controlaban y se disputaban franjas más o menos amplias de territorio en un país despedazado. Pero ya no peleaban entre ellos por el poder político o por pugnas tribales o territoriales sino por sacar la mayor tajada posible del milagro que había bendecido a aquel país siempre maltratado por la Historia y el destino, un maná surgido de sus entrañas en lugar de caído del cielo y que al final solo estaba enriqueciendo a grandes empresas extranjeras y no a los necesitados nativos. El mineral más codiciado en el mundo moderno. El oro azul.

El cobalto, el mineral que brotaba de la tierra congoleña entremetido en las rocas, era indispensable para fabricar las baterías de teléfonos móviles y aparatos informáticos y en el futuro inmediato se demandaría más aún para utilizarlo en las baterías aún mayores en tamaño y potencia de los coches eléctricos. En apenas los tres últimos años, el precio de la tonelada había aumentado un doscientos treinta y cinco por ciento y ya se pagaba a más de ochenta y cinco mil dólares. Si se tenía en cuenta que solo el Gobierno chino había anunciado un plan de inversión industrial para el que llevaría a cabo una adquisición inicial de cinco mil toneladas, no era difícil imaginar la envergadura del negocio minero del Congo, donde toneladas de cobalto esperaban ser extraídas por millares de esclavos obligados a hacer aquel trabajo a cambio de lo mínimo para la supervivencia.

Las empresas chinas se habían abalanzado con voracidad sobre el Congo. Llegar a acuerdos extraoficiales con las autoridades del país, hacerse con las minas más productivas y controlar las rutas de transporte del cobalto desde estas hasta las fábricas de procesamiento en China formaba parte de una frenética competición entre empresas poseídas por aquella fiebre del oro azul.

David Wang no tenía ni idea de dónde estaba el Congo, qué era el cobalto y qué dinero movía todo aquello hasta que M. le pidió que acudiese a Singapur para verse con él.

David y M. no habían vuelto a verse en persona desde su primer encuentro en Beijing. Durante los cuatro años transcurridos desde entonces, habían hablado numerosas veces por teléfono, siempre sin salirse ni una palabra de los asuntos de negocios, y su colaboración había fluido sin contratiempos y con alta rentabilidad para ambas partes.

A Wang le sorprendió que M. quisiera verlo en persona y aceptó sin dudarlo. Se encontraron en un salón privado en lo más alto del Republic Plaza de Singapur. M. no había cambiado. Ahí estaban el traje crudo, los mocasines blancos, el pelo cano con sus gruesas patillas, el anillo y el Rolex aparatosos, el purito italiano y el coñac francés. Como si su encuentro en Beijing hubiese tenido lugar la tarde anterior.

Le expuso con concisión su proyecto. Desde su nacimiento, Nuevo Sol había querido diferenciarse del resto de las tríadas satélites del universo que giraba en torno a la madre de todas ellas, la todopoderosa 14K. No eran matones, no eran asesinos a sueldo, no eran bandas de barrio, no eran pequeños delincuentes dispuestos a todo por un trapicheo o una extorsión menor. Eran hombres de negocios. Y el mayor negocio del planeta estaba en el Congo y su cobalto. Y, tras la excelente colaboración de los últimos años, confiaban en David Wang para que pilotara su entrada en él.

El negocio de la maría y en especial el de la emigración, que había servido para establecer una alianza tácita entre Nuevo Sol y el Gobierno chino, debían mantenerse, le dijo M. Sería absurdo despreciar el beneficio que daban. Pero esto era otra dimensión. Esto sería un salto de gigante respecto a todo lo que Nuevo Sol y el propio Wang habían hecho hasta entonces.

David Wang lo escuchó sin hacer preguntas. M. le dijo que él era el hombre que necesitaban para sus planes. Al final, todo se reducía a lo mismo: producción, transporte y blanqueo. Y Wang era un experto en todo ello. Además, en caso de problemas, vivía demasiado lejos de Beijing para despertar el interés de las autoridades chinas y, a la vez, las autoridades españolas no serían capaces de detectar su participación en las operaciones de la tríada en el Congo. Era —y, por una vez, el hierático M. se permitió lo más cercano a un toque de humor— el fantasma perfecto.

Wang contempló, a través de las cristaleras que abarcaban toda una pared del salón, el cielo de Singapur que se extendía por encima de los rascacielos que les rodeaban. En aquel tapiz, en apenas un rato, en cuanto hubiese anochecido, aparecerían las pocas estrellas que aún le quedaban por alcanzar, pensó.

No cerró ningún acuerdo con M. en aquel encuentro. Había aprendido. Nunca había que apresurarse ni mostrar ansiedad.

Viajó al Congo. Visitó las minas de Katanga que adquiriría para la tríada Nuevo Sol y, la noche antes de regresar a Madrid, desde la *suite* del hotel Pullman de Lubumbashi en que se alojaba, llamó al único número de teléfono que se sabía de memoria porque nunca lo registraba en las agendas de los móviles y que le servía para contactar con M. Lo único que le dijo al hombre que contestó fue que le transmitiese a su jefe que podía contar con él.

Fue en un Toyota Land Cruiser negro desde Lubumbashi a la ciudad minera de Kipushi. Eran poco más de treinta kilómetros de distancia, pero se tardaba más de una hora en recorrerlos por una carretera estrecha y de tráfico denso y caótico.

David Wang iba solo en el asiento de atrás. Delante viajaban los dos guardaespaldas que lo acompañaban siempre que visitaba Katanga. Uno de ellos conducía, el otro permanecía atento a que no ocurriese nada extraño alrededor del vehículo, con un subfusil Uzi israelí en el regazo.

Aquella era la cuarta vez que David Wang viajaba al Congo en un año. Y cada vez odiaba más ese país. Lo desesperaba el calor asfixiante, la comida especiada sin gusto, el absoluto desprecio del tiempo y la impuntualidad generalizada, la complejidad para hacerse entender más allá de la lengua utilizada, la falta de concreción para cerrar citas y acuerdos y, en especial, la necesidad de acudir en persona si quería que determinadas cuestiones se desatascasen y no se enquistaran. Aquellos viajes habían servido para constituir una sociedad minera que legalmente figuraría como una empresa local a pesar de tener capital de David Wang y de testaferros extranjeros de Nuevo Sol, para obtener de las autoridades a golpe de sobornos las exenciones fiscales y las concesiones administrativas necesarias para la libre explotación de los yacimientos que habían adquirido, para cerrar la contratación de capataces que a su vez se hicieran cargo de la ingente mano de obra requerida, para comprar a precios razonables material de obra, chozas prefabricadas, flotas de camiones y un sinfín más de necesidades, para cerrar infinitas negociaciones con proveedores variados y para establecer el cauce financiero necesario que sostendría todo aquello con dinero que debía blanquearse proveniente, sobre todo, de los otros negocios compartidos por la Red de Wang y Nuevo Sol.

En ese viaje, David Wang esperaba cerrar un acuerdo

sobre algo tan esencial para todo aquel entramado como era la seguridad de los transportes.

Joseph Mbongo lo esperaba en una casa, poco más que una choza, de paredes de adobe y techo de madera que formaba parte de una discreta granja en las afueras de Kipushi, un solitario grupo de media docena de almacenes y viviendas similares rodeadas por una maltrecha valla. Al verlo, a Wang le recordó a los grupos de casas que rodeaban los arrozales de Qingtian.

Mbongo y su banda controlaban las rutas que atravesaban el sudeste de Katanga, los caminos que los camiones de Wang debían recorrer antes de llegar a Zambia. Como todos los líderes de aquellas bandas que rivalizaban entre ellas a lo largo del país, Mbongo era un veterano militar. En su caso, la gente de Wang no había logrado averiguar en qué bando había luchado durante la última guerra. Unos decían que había llegado al Congo como miembro de un grupo de rebeldes de Sudán que habían penetrado durante el último periodo del enfrentamiento en el territorio congoleño, a la caza de ugandeses. Otros decían que ocultaba su verdadero origen, que era ruandés y que había participado en el genocidio de Ruanda antes de llegar al Congo para seguir masacrando a los hutus. En lo que todos coincidían era en que se trataba de un hombre sin escrúpulos y que, tras demasiados años de lucha, la única causa que le interesaba defender era su buen vivir, sacando el mayor dinero posible ya fuera de asaltar o de proteger, según le pagasen o no, los transportes de las empresas chinas cuyos camiones atravesaban su territorio.

Wang se bajó del Toyota y contempló aquel solitario y poco estimulante escenario. Cinco hombres de Mbongo, fusil en mano, rondaban los edificios. Wang le indicó a uno de sus guardaespaldas que se quedase fuera con ellos. El otro lo acompañó dentro. En el interior estaba Mbongo, vestido con camisa y pantalón de color caqui y corte militar, acompañado de otros dos hombres. En la estancia solo había una mesa, sillas de madera y un ventilador que colgaba del techo y giraba con languidez, sin apenas mover el aire. Sobre la mesa había dos jarras con limonada y dos vasos.

Mbongo era un hombre caluroso. Su cabeza, por completo calva, estaba cubierta por gruesos goterones de sudor, gotas más pequeñas recubrían también la zona del bigote y había manchas que le empapaban la camisa más allá de las axilas. Durante la conversación, bebió de un trago varios vasos de limonada, pero no le refrescaron lo suficiente como para que dejara de sudar.

David Wang hablaba en un inglés básico. Mbongo hablaba en francés y uno de sus acompañantes le traducía con un inglés que parecía un idioma diferente al que hablaba Wang. Pero daba igual que les costase entenderse. El objetivo de la reunión estaba claro. Se trataba de acordar una cifra. David Wang tenía hombres que trabajaban para él en Katanga y que habían cerrado de antemano los detalles: número de soldados que custodiarían cada camión, gastos de los viajes, aprovisionamiento de armas y munición, todo. Pero Mbongo había exigido que el cierre final del trato lo hiciese Wang en persona. Era su forma de remarcar su propia importancia. Solo para satisfacer su ego, David había tenido que viajar una vez más hasta el Congo.

Habían sufrido desagradables incidentes durante aquel año, le dijo a Mbongo. Robos de material, violentos asaltos a los capataces, desguace de camiones. Aún no estaban a pleno funcionamiento las minas de la empresa y la seguridad era ya un grave problema.

—Me dicen que han sido sus hombres y espero que eso termine a partir de hoy —dijo Wang.

Mbongo puso una cómica expresión de inocencia.

—*Argent* —dijo—. *Et nous serons amis...*

David nunca llegó a decirle la cifra que había ido a ofrecerle.

Los interrumpieron unas voces que llegaron del exterior de la choza. Varias personas se gritaban unas a otras. A Wang le pareció que hablaban en francés, pero no se llegaba a oír con claridad. Las voces callaron de pronto. Las sustituyó el sonido de unas ráfagas de disparos. Cuando cesaron, las voces volvieron. Pero ahora eran solo aullidos de moribundos.

Wang miró a Mbongo para tratar de entender qué ocurría. Mbongo miraba con estupor a la puerta de la cabaña. Alguien la abrió de una patada.

Entraron dos hombres. Ambos eran negros, vestían las mismas ropas militares de color caqui que todos los demás y portaban fusiles AK-74. Tras ellos, entró un tercero. De piel muy blanca y pelo y perilla muy rojos. Llevaba un puro negruzco apagado en una esquina de la boca y un imponente pistolón Smith & Wesson en la mano.

Los dos que entraron primero dispararon al guardaespaldas de Wang y a los acompañantes de Mbongo. Una de las ráfagas hizo saltar por los aires las jarras de limonada y el líquido se esparció sobre la mesa. Las demás hicieron saltar los cuerpos de los hombres.

Mbongo permaneció sentado. Las manos posadas sobre la mesa. Los ojos muy abiertos. El sudor acumulándose en calva, bigote y axilas.

El pelirrojo se acercó a la mesa. Levantó la pistola, que en ese momento parecía aún más grande de lo que era. No dijo nada. Mbongo tampoco.

Disparó a Mbongo una sola vez en la cabeza. El cráneo crujió cuando la bala lo hizo estallar. Sangre y sesos saltaron y salpicaron a David Wang.

El cuerpo de Mbongo rebotó contra el respaldo de la silla y la cabeza abierta cayó sobre la mesa, mezclando con sangre la limonada derramada. El hombre pelirrojo se volvió hacia David y le apuntó a la cabeza.

Por segunda vez en su vida, como ya le ocurriera años atrás después de ser apuñalado por los hombres de Farid Alami, David tuvo la certeza de que en unos segundos estaría muerto.

El hombre pelirrojo le dedicó una jovial risotada.

—Esta gente lo estaba engañando, amarillo —dijo en un inglés de calidad, aunque con un acento extraño—. Mbongo trabajaba para mí. Al menos hasta hoy, que acabo de despedirlo. —Rio su propio comentario—. Mbongo no estaba autorizado por mí para negociar con usted. Menos mal que me han informado del encuentro, porque lo único que el tipo estaba haciendo era timarlo.

Se metió la pistola en una cartuchera que le colgaba de la cintura y se sacó el puro apagado de la boca. Habló como si aquel fuese un cordial encuentro que no hubiese estado precedido de una matanza.

—Si quiere seguridad, amarillo, tendrá que acordarlo conmigo. Y no soy barato. —Volvió a reír—. Además, soy un hombre lleno de manías. Una de ellas es que no os soporto a vosotros, los nuevos invasores de este pobre país maltratado, los jodidos amarillos. Solo trataré con blancos, ¿entendido?

David Wang asintió sin decir nada.

—Conmigo podéis estar seguros de que vuestras piedras azules llegarán sin contratiempo hasta la mismísima China. Pero yo diré cuánto os costará y cómo me lo pagaréis.

El hombre pelirrojo devolvió el puro a la esquina de la boca y volvió a sacar la pistola y a apuntar con ella a Wang a la cara.

—Este es un país condenado, amarillo. Aquí la vida no vale una mierda. Un paso en falso y estás jodido. Mira al bueno de Joseph. Al final le ha perdido la avaricia.

David miró a Mbongo.

Unas moscas de color cobalto rondaban ya el agujero de su cabeza.

—Te he librado de que te engañaran —dijo el pelirrojo—. Desde este momento, puedes considerarme tu mejor inversión, amarillo.

David Wang no supo qué decir. Con las salpicaduras de la sangre de Joseph Mbongo en el rostro y en la ropa, se limitó a asentir, incapaz aún de reaccionar ante lo que acababa de ocurrir.

El cobalto que se extraía en las minas de Katanga se transportaba hasta el puerto de Durban, en la costa este de Sudáfrica. Los pequeños camiones en que se cargaban los sacos a diario los llevaban a almacenes cercanos y, desde allí, una vez por semana, salían vehículos de mayor envergadura que recorrían los más de tres mil trescientos kilómetros que separaban el Congo del puerto sudafricano a través de Zambia y Zimbabue. Desde Durban, viajaban en contenedores por mar hasta China y, allí, una parte menor de los cargamentos se vendía a las fábricas procesadoras y el resto se subastaba en el mercado negro, donde lo adquirían libre de impuestos las grandes compañías tecnológicas que llevaban años haciendo acopio de cobalto y coltán en previsión de una posible escasez futura.

La parte más arriesgada de todo aquel recorrido era su inicio, aún en territorio congoleño. Había que evitar que los almacenes y las caravanas de camiones cargadas con el oro azul fuesen asaltados por las bandas paramilitares que controlaban las carreteras. Y, para eso, la mejor solución era contratar para que los escoltaran a los mismos que pretendían robarlos.

Jürgen Krogg, el hombre pelirrojo, al que todos conocían como Káiser, tenía bajo su mando a la mayoría de esas bandas. Había llegado a convertirse en algo cercano a una leyenda entre los soldados de media África. Era un afrikáner que había iniciado su carrera como policía en Soweto. Firme defensor del *apartheid*, el fin de este en el 93 lo había llevado a renegar de su propio país. Decepcionado y descreído, participó como mercenario en las principales guerras del continente durante los siguientes años: Angola, Sierra Leona, Liberia, Níger. Guerras civiles, golpes de Estado, magnicidios. Siempre al servicio del mejor postor. Káiser consideraba la vida de cualquiera, salvo la suya, un bien efímero y de escaso valor. Le daba igual si tocaba estar a las órdenes de negros o de blancos, porque había llegado a despreciar por igual a unos y otros. Le gustaba repetir que ni la maldad ni la cobardía humanas tenían color, así que obedecía a quien le pagase sin preguntar motivos ni exigir justicia u honor en las causas.

Después de luchar en la última versión de la interminable guerra del Congo, la llamada «guerra del coltán», había comprendido que le sería más rentable quedarse allí a hacer dinero con el oro azul que seguir saltando de un campo de batalla a otro por todo el continente. Formaba, proveía de armas y ejercía algo parecido a un mando supremo sobre las milicias que se peleaban por los minerales, sin importarle si estas eran a su vez enemigas unas de otras. Él estaba por encima del bien y del mal y nadie se atrevía a cuestionar su poder ni a intentar hacerle sombra. Se decía que Káiser mandaba sobre más territorio y sobre más soldados que muchos dirigentes del continente.

Tras su encuentro en Kipushi, Wang decidió tres cosas.

Una fue que no volvería a aquel maldito país, que seguiría al frente del negocio, pero desde una distancia confortable y segura. La segunda, que contrataría a Káiser aceptando sus condiciones, incluida la de tratar solo con hombres blancos, porque los beneficios le compensaban tragarse el orgullo maltrecho que le había dejado el encuentro en la choza. Y la tercera fue que, algún día, lo mataría.

David Wang esperó a M. en una de las cuatro salas de la terminal ejecutiva del aeropuerto de Barajas. M. llegó solo. Apareció fresco, con todos los elementos de su impecable e invariable aspecto, a pesar del largo vuelo en *jet* privado. Wang se alegró de verlo. Le gustaba ese tipo de hombres: profesional, eficaz y sin el menor interés en perder un segundo en generar una intimidad innecesaria.

A la entrada de la terminal los esperaba el Mercedes de Wang y su chófer. Nada más subir al coche, M. le dijo:

—Me alegro de que el desagradable incidente de Kipushi no tuviese mayores consecuencias para usted.

Lo dijo con la misma fría cordialidad que si hablase de una reunión que no hubiese ido según lo esperado por culpa de algún contratiempo menor.

—Por supuesto, las personas que nos informaron de que Joseph Mbongo era un interlocutor fiable ya han sido apartadas —añadió, y David no preguntó sobre el alcance de aquel eufemismo.

Lo ocurrido en Kipushi apenas un mes antes no era lo que ahora le importaba a Wang. Lo inquietaba más aquel momento. M. le había comunicado que mantendrían ese encuentro personal en Madrid. La necesidad de tomar importantes decisiones sobre el Congo lo justificaba. Wang sabía que se refería al asunto de la seguridad. Él le había dicho que la mejor opción sería llegar a un acuerdo con

Káiser. M. solo contestó que lo consultaría, como siempre sin especificar con quién. Wang nunca había sabido quién estaba por encima de M. en la escala de mando de la tríada Nuevo Sol, pero, fiel a los primeros consejos que le diera el señor Chen en Beijing, nunca hacía preguntas. La única respuesta de M., días después, fue comunicarle que mantendrían una reunión en Madrid.

El Mercedes ya se había incorporado al tráfico de entrada a la ciudad cuando M. le informó de la dirección a la que debían dirigirse para que se la trasladara al conductor. Después, le dijo:

—Seguiremos su criterio. Cerraremos un acuerdo con Káiser. Da igual si sus condiciones nos gustan o no, las aceptaremos. Necesitamos seguridad y, sin duda, él es quien mejor puede garantizárnosla.

—¿Vamos a vernos ahora con Káiser?

M. no contestó.

David Wang cayó en la cuenta de su error casi al mismo tiempo que lo cometía: no se hacen preguntas. Se había despistado. Imperdonable, se dijo, solo en serio a medias.

Cuando M. respondió al fin, no percibió señal alguna de contrariedad en su voz, aunque con él era difícil saberlo.

—Káiser ha pedido un hombre blanco —dijo—. Y lo tendrá.

Su destino era el restaurante Horcher, frente al parque del Retiro.

El *maître* fue a su encuentro al verlos entrar y, sin necesidad de preguntarles quiénes eran, les pidió que lo siguieran por las escaleras. Bajaron, les abrió la puerta de un reservado y se apartó para dejarlos pasar a la vez que les deseaba que disfrutasen de la visita. M. entró primero. David lo siguió.

Había un hombre esperándolos en el salón.

M. se adelantó. Le estrechó la mano y, después, se hizo

a un lado para que pudiese saludar a David Wang, y le dijo a este:

—Le presento a Gabriel Melgar. Aunque está acostumbrado a que lo llamen Dardo.

Ya tenían a su hombre blanco.

VI

Estela no lloró.

Nunca lo hacía. Podía recordar unas cuantas veces en su vida que le habría gustado hacerlo y que tampoco lloró. Cuando a los once años su madre la sentó en una silla del salón y le dijo aquella memez que ya entonces le sonó ridícula de que papá no iba a volver del hospital porque Dios le había pedido que subiese a echarle una mano con sus líos. Cuando aquel chico del instituto, gilipollas pero guapo a rabiar, la convenció con sus súplicas y promesas de amor eterno para que le bajase los pantalones y le hiciese la primera mamada de la vida de ambos y, un par de días después, la dejó con el argumento de que la consideraba un poco puta para ser su novia. Cuando a ese otro gilipollas, su marido, no le quedó más remedio que confesar, ante la avalancha de evidencias, que sí, que era cierto, que se estaba tirando a una becaria de su despacho de abogados y antes a una secretaria y antes a una colega de otro bufete y antes a un par de clientas y, aunque solo una vez, a una jueza de lo Mercantil de los juzgados de la Gran Vía. Cuando comprendió que eso de apretar el gatillo y matar a alguien, por mucho que fuese para salvar a un compañero, no era algo con lo que uno se levantaba al día siguiente y seguía con su vida sin más. Y en ese momento.

Pero no sabía, no podía. Tal vez no tenía lacrimales. O tal vez no tenía corazón. Una inepta emocional, se dijo. El dichoso adjetivo empezaba a servirle para todo.

Había acudido al Instituto Anatómico Forense en cuanto el comisario la llamó para comunicarle que Roi Conde había fallecido en un accidente de tráfico. Había anochecido y Estela estaba en casa, esperando aún que Conde contactara con ella para contarle su conversación con Cal Szabo. Cuando llegó al anatómico, el propio Eladio Ramos le dio los detalles. Al parecer, se había salido de la carretera en una curva de la comarcal que une Algete y Cobeña. Imposible saber por qué, dado que ni siquiera era una curva peligrosa y no hubo testigos. El coche estaba boca abajo y todo apuntaba a que había dado un par de vueltas de campana. Sin motivo aparente, aquella antigualla de Ford Capri había salido ardiendo. El cuerpo de Roi Conde había quedado calcinado por completo, igual que el vehículo. Uno de esos accidentes estúpidos que provocan una tragedia desproporcionada, concluyó el comisario.

No lloró. Pasó la noche en el Anatómico. Esperando sin saber qué esperaba. Ocupándose de las escasas gestiones que podían hacerse de madrugada. Ramos se quedó con ella. Pero hablaron poco. No había mucho que decir. A ninguno de los dos le habrían servido de consuelo las frases habituales con que se evita el silencio en momentos así.

Con el frío de la primera hora, se fue sola a desayunar un café y una tostada a un bar de Moncloa.

Llamó a Inés. Había dormido en casa de la abuela. Salía para el cole. La vida continuaba.

Se preguntó si Roi Conde seguiría vivo si ella hubiese ido con él a ver a Szabo. Dejó de preguntárselo, porque no servía de nada.

Eres una inepta, bonita, se dijo.

Una vez más, deseó ser capaz de llorar. Pero a los pocos segundos también dejó de desearlo porque eso tampoco servía de nada.

Estela fue la primera en salir del templete del crematorio, en el cementerio de la Almudena. La siguieron el resto de las personas que habían acudido a despedir a Roi Conde, algo que hicieron en apenas unos minutos y sin ceremonia alguna. Eran pocos. Un par de mujeres mayores que Estela dedujo, por un lejano aire, que podían ser hermanas o parientes de él, el comisario Eladio Ramos, tres mandos policiales más y otros tres tipos, cada uno por su cuenta, que no hablaron entre ellos ni con nadie y que la enternecieron porque los tres tenían un mismo aspecto áspero semejante al del propio Roi.

Una vez al aire libre, Ramos se le acercó y le preguntó si podía hacer algo por ella. Le dijo que no, que había ido en su coche y que solo quería estar un momento a solas.

Se quedó parada, como si no supiese adónde ir, mientras todos se marchaban.

Caminó sin prisa hacia el coche. Lo vio desde la distancia apoyado en él. Un cuerpo de hechuras infantiles, con piernas de alambre y tan bajo que la cabeza apenas superaba el techo del Nissan, con una chaqueta que en él se convertía en chaquetón porque no llegaba a llenarla. Estaba fumando de un artilugio de vapeo que, en su menuda mano, resultaba aparatoso, y su mirada huidiza saltaba de un punto a otro, lo que aumentaba su parecido con una garza.

—¿Qué haces tú aquí? —le preguntó Estela al Bicho cuando llegó hasta él—. Si has venido para amenazarme, te advierto que no estoy de humor.

La sonrisa del Bicho mostró una fila de dientes diminutos, todos de la misma longitud.

—He venido a despedirme de Roi.

—Me puedo imaginar lo mucho que te habrá afectado su muerte.

—¿Podemos hablar?

—¿Tú y yo?

El Bicho chupó de la boquilla de su vapeador, aspiró con ansia y dejó que el humo le saliese por la nariz. A Estela le llegó un desagradable olor que no se parecía en nada al del tabaco.

—Entiendo que no me tengas demasiado cariño, inspectora. Pero tal vez por un momento podríamos dejar nuestras diferencias a un lado.

—Dame una buena razón para ello.

—Los dos sabemos que la muerte de Roi Conde no ha sido un accidente.

Estela tardó en contestar:

—Cinco minutos.

Se fueron del aparcamiento y caminaron hacia el interior del cementerio. Avanzaron con velocidad de paseantes por una calle con cruces, tumbas, panteones y nichos a los lados. La mañana era soleada, más agradable que el entorno.

—Ojalá pudieses superar algunos prejuicios —dijo el Bicho con su vocecilla aflautada.

—¿Has venido para contarme las bondades de los Petardos Internos?

—Solo diré que, a veces, cumplimos una misión necesaria.

—¿Cuando vais por ahí amenazando o chantajeando?

¿Cuando vigiláis un sábado a una compañera que ha salido a comer con su hija de diez años?

El Bicho asintió, aceptando la hostilidad de Estela. Cada dos o tres pasos daba una chupada al vapeador y dejaba que el aire fuese saliendo sin prisa de su nariz estrecha y afilada.

—Solo sois unos vulgares matones a cambio de dinero.

—Yo prefiero definirnos como guardianes del sistema.

Estela soltó una risa despectiva. El Bicho la ignoró.

—Hacemos lo que los de Asuntos Internos no pueden permitirse. Y sí, lo admito, no me siento orgulloso de todo. Pero, como te digo, deberías mirarnos con menos prejuicios. A veces se nos requiere para echar una mano a compañeros. Te aseguro que, aunque sea con métodos poco ortodoxos, hemos ayudado a muchos. Polis que se han torcido, que andan metiéndose alguna porquería o bebiendo o jugando demasiado o recibiendo pagos que no deben o tirándose a la mujer de otro y necesitan que alguien les recuerde cuál es el buen camino sin demasiadas formalidades.

—Unas almas bondadosas... —se burló ella.

—El bien y el mal son parientes cercanos, inspectora —sentenció él.

—¿Quién es vuestro jefe? —le preguntó Estela.

—No funciona así. No hay un jefe. Algunos de nosotros, policías veteranos, estamos ahí, y hay quien lo sabe y nos pide cosas y está dispuesto a pagar por ello.

—¿Y quién os ha pagado para que nos tocaseis las narices a Roi Conde y a mí?

—Por favor, inspectora... —El Bicho soltó su risita, que sonaba a algo cercano a un chirrido—. La confidencialidad forma parte de nuestro prestigio.

Volvió a aspirar por la boquilla y habló a la vez que el humo le salía también por la boca.

—De todas formas, en vuestro caso, solo se trataba de

poco más que de haceros una sugerencia. Como puedes suponer, nadie esperaba que a Roi Conde lo impresionase nuestra presencia.

—Está claro que alguien tiene interés en que no averigüemos demasiado sobre las actividades de David Wang.

—Ya sabes lo que suele decirse: a veces no es bueno remover la mierda.

El Bicho lo dijo con afabilidad. Estela estuvo a punto de responderle que bastaba ver dónde estaban en ese momento para comprender cuánta razón tenía. El cuerpo de Roi Conde ardía por segunda vez, ahora en un horno crematorio, por haber removido la mierda.

Calló. Recordó la idea que le rondaba antes de recibir el último wasap de Conde. Otro enfoque, una aproximación nueva a todo ello. La necesidad de disparar a ciegas confiando en que alguna bala diese en el blanco. Aquello era mucho más importante que divagar con el Bicho sobre la ética o la indecencia.

Así que decidió probar suerte.

—Todos tenemos claro que David Wang lleva años sacando y metiendo en nuestro país personas, droga y dinero. Y lo hace con impunidad. Ni una sola vez se ha logrado probar su relación con alijos o entradas ilegales de inmigrantes. Si repasas internet, verás que arrastra una pésima reputación. Pero no hay nada más que especulaciones y sospechas. Lo único cierto es que, oficialmente, está limpio. Y, después de tantos años, eso es imposible sin tener ayuda de dentro.

El Bicho chupó con ansia el vapeador.

—Una deducción lógica, inspectora.

Estela se detuvo. Se volvió y pareció medir el trecho recorrido y decidir que era suficiente.

Observó después al Bicho. Y este, cuya cabeza apenas le llegaba al pecho, le mantuvo la mirada.

—Dime a qué has venido.

La repentina seriedad del rostro del Bicho borró por completo cualquier reminiscencia de su habitual expresión de garza burlona.

—Han matado a un poli. Un hijo de puta, pero un buen poli. Y hay códigos.

—¿Códigos?

—Si matas a un poli, las reglas cambian. Si matas a un poli, ya no hay reglas.

No tengo nada que perder, pensó Estela.

—Dame un nombre.

La irritante sonrisita del Bicho regresó.

—¿Puedes pagarme?

—No pienso pagarte.

—Lo suponía. Tienes fama de ser muy estirada, de no saltarte nunca las normas, de no apartarte del manual. Incluso cuando disparas a alguien a matar.

—Dame un nombre.

—Me estás pidiendo que haga algo muy peligroso y por lo que debería cobrarte una fortuna.

—Exacto.

—¿Y por qué tendría que hacerlo y además sin ganar un euro?

Estela se inclinó un poco hacia delante para acercar su rostro al de él.

—Porque hay códigos.

Se separaron en el aparcamiento. Sin promesas ni tratos. El Bicho se marchó primero en su coche.

Ella volvió a quedarse parada. Contempló el edificio en cuyo interior estaba lo que quedase de Roi Conde. Inspiró y espiró.

Aquella terapeuta era también una inepta. No tiene ni idea de cómo afrontar las crisis, se dijo una vez más. Lo de inspirar y espirar tampoco servía de nada cuando te sientes como una completa mierda.

Contestó al mensaje que había recibido de Virginia. Le preguntó si era un buen momento para reunirse. No quería ir a la oficina y mucho menos a su piso. No quería detenerse ni pensar. Estaba cansada, aturdida, demasiado noqueada para empezar a procesar lo ocurrido.

Virginia le respondió que podían verse en su casa, así que condujo desde el cementerio hasta La Moraleja. De camino, logró que varios coches le pitaran y que otros tuvieran que esquivarla. Pero esta vez no fue provocado por su estilo habitual de conducción. Su cabeza vagaba por un lugar muy alejado del coche y del tráfico. Sus reflejos habían caído agotados, pero su pensamiento seguía funcionando con exceso de velocidad.

Para no pensar en Roi Conde, se puso a repasar lo que acababa de hablar con el Bicho y el contenido del sobre que le había dado a Guillermo.

El fiscal la había llamado esa mañana, antes de ir al crematorio. Se había enterado del accidente. Le dijo que lo sentía, le preguntó si podía hacer algo, si estaba bien. Estela le contestó:

—¿Cómo vas con mi lista de peticiones?

Guillermo se contuvo ante la sequedad de la respuesta. Ella ni siquiera fue consciente de lo fría que sonaba.

—Llámame en cuanto tengas algo, por favor —le dijo como despedida.

Ante Virginia, Estela trató también de controlar su mente desbocada y concentrarse en el objetivo de la visita.

Virginia le propuso hablar en el jardín. Salieron a un porche cubierto por un toldo, frente a la piscina. Le ofreció sentarse en unas sillas de mimbre de gran respaldo redondo, al más puro estilo Emmanuelle. Estela le dijo que prefería quedarse de pie. Se notaba demasiado eléctrica.

A Virginia le bastó echarle un vistazo para advertir que algo ocurría.

—¿Quiere hablar de ello? —le preguntó.

Estela puso un gesto de no entender.

—Le pasa algo, inspectora. Solo hay que ver su expresión descompuesta.

Comprendió que sería absurdo negarlo.

Se lo dijo sin rodeos: habían asesinado a su compañero.

Trató, al menos, de ocultar sus emociones. Sabía que no lloraría. Pero quería discutir, maldecir, reír, abrazarse a Virginia, mandarla a la mierda, pegar a alguien, culpar a alguien, consolar a alguien, que alguien le pegase, la culpase y la consolase y, a ser posible, todo a la vez. Había aguantado. En el Anatómico. En el crematorio. Durante la conversación con el Bicho. Se había mantenido templada; una mujer dura, la inspectora serena; sin lágrimas, por supuesto; siempre entera. Pero aquel aguante se le estaba resquebrajando.

Una idea le machacaba la cabeza.

No hay quien se trague lo del accidente, joder.

Se lo repetía con todos los tonos posibles. Rabia, sarcasmo, queja, incredulidad, derrota.

Roi Conde había sido asesinado.

Una de esas frases que uno no se cree que puedan corresponder a un suceso real, a una irreversible verdad.

—Hagamos las cosas bien —dijo Virginia.

Le pidió que esperase un momento. Regresó al interior de la casa y, cuando volvió, traía consigo una botella de vino y dos copas que dejó en la mesa que había entre los sillones.

Las llenó y le tendió una a Estela.

La vació de un trago.

—¡Caramba, inspectora! —exclamó Virginia.

Ella se dio cuenta de lo que acababa de hacer.

—Considérelo un brindis vikingo en homenaje a los muertos.

Estela no entró en detalles. Solo repitió aquella frase que le seguía sonando a mentira. Habían matado a su compañero. Y lo habían camuflado como un accidente de coche.

No, no había quien se tragase lo del accidente, joder.

Por primera vez no solo lo pensó. Lo dijo en voz alta. Con la misma mezcla de sentimientos que tenía cada vez que se lo repetía en la cabeza.

Virginia escuchó aquello y no hizo preguntas. Habló también sin rodeos:

—Voy a ayudarla.

Estela sintió que la corriente eléctrica que le recorría el cuerpo de pies a cabeza bajaba algunos amperios.

—¿Ha cambiado de idea de un día para otro?

—Digamos que he comprendido que es el único modo que tengo de dejar de huir.

Contemplaron el jardín. Ninguna quería ir con prisas.

Estela dijo que no sabía por qué, pero que las piscinas vacías siempre le inspiraban una tristeza extraña, una sensación de final. Virginia le respondió que aquella piscina llevaba demasiados años sin usarse, que también aquel final, como tantas otras cosas de aquella casa, estaba muy lejos ya.

La vida continúa, pensó Estela. La vida nos quita de en medio de un manotazo y luego continúa.

—Estaba convencida de que David Wang la había seducido.

Aquello hizo reír a Virginia.

—Él también lo está.

—Me alegra que no sea así.

—Hace falta mucho más que una cena y mucha palabrería para seducirme. Admito que empezó divirtiéndome su manera anticuada de cortejarme. Pero ya no quiero jugar más. David Wang es un hombre malvado.

—¿Ha averiguado algo que le haga pensar eso?

—No necesito averiguar nada para estar segura. Créame, inspectora, soy una experta en maldad.

Virginia rellenó las copas y le propuso a Estela que se dejasen de formalidades, que no le cuadraba lo de emborracharse con alguien a quien tenía que tratar de usted. No se sentaron en las sillas. Lo hicieron en el césped, con la botella de vino entre las dos.

Fue el vino o el sol templado o el contacto de las manos con el césped o, quizá, que el cuerpo ya no aguantaba más, que hasta el dolor y la rabia necesitan darse un respiro, pero lo cierto es que Estela sintió que la electricidad dejaba de correrle por las venas, que la sustituía una extraña calma, casi un sopor que acudía sin haber sido invitado y que se hacía fuerte en su ánimo.

—¿Sabes lo que es el yin y el yang?

—¿El orden de la creación o algo parecido?

—Deberías navegar más por Wikipedia, como yo —se burló Virginia—. El yin es el elemento masculino del universo. Su animal es el dragón. David Wang está convencido de que es un dragón. Un dragón rojo, por supuesto, que es el que simboliza la fortuna y el éxito. Pero se equivoca.

Bajó un poco la voz, como si fuese a revelar un gran secreto al decir:

—Wang es el dragón negro, el que trae consigo el mal.

Bebió de su copa y continuó:

—Además, tiene el defecto de todos los dragones. ¿Adivinas cuál es?

—Prefiero que me lo digas tú, que parece que te estás convirtiendo en una experta en dragones.

Virginia asintió.

—Por supuesto: la vanidad. He pasado muchos años conviviendo entre dragones y puedo asegurarte que son todos iguales. Su punto débil es la vanidad. A un dragón le pierden más las ganas de deslumbrarte que las de follarte.

—Entonces, creo que yo también he conocido a algún que otro dragón.

Volvieron a reír. Pero Virginia siguió hablando con total seriedad, convencida de sus palabras:

—Al yin se opone el yang —dijo—. El lado femenino. Y el animal que representa el yang es el tigre. El tigre es el único animal capaz de derrotar a un dragón.

Alzó la copa con una solemnidad teatral.

—En eso nos vamos a convertir tú y yo, inspectora. En tigres. Mejor aún, en tigresas. Y vamos a acabar juntas con este dragón.

Estela alzó también la suya.

—Y ahora, dime, ¿cómo puedo ayudarte? —le preguntó Virginia.

Se acabaron la botella y, aun así, fueron capaces de debatir planes coherentes a lo largo de la tarde. Cuando Estela dijo que se marchaba, empezaba a anochecer. Para entonces, las dos tenían claro que serían amigas, que no se rendirían y que vencerían a David Wang.

Cuando estaba en la puerta de la casa para irse, Estela le dio las gracias por aquella tarde.

—Necesitaba algo así —dijo.

—Ha sido un placer ser útil a la Policía española —bromeó Virginia. Luego, seria, le preguntó—: ¿Tienes miedo?

Estela recordó, con una nostalgia breve e intensa como una bofetada, que Roi Conde le había hecho esa misma pregunta una vez.

Contestó la verdad.

—Es raro, pero no.

Fue hasta el Nissan. Se tomó unos segundos antes de arrancar. Midió hasta qué punto estaba mareada y decidió que podía conducir. La idea obsesiva, que había estado agazapada, reponiendo fuerzas durante una tarde en la que —por extraño que le resultara, así era— lo había pasado bien, regresó envalentonada.

No hay quien se trague lo del accidente, joder.

Arrancó y se marchó de allí.

Tenía demasiadas cosas en la cabeza para darse cuenta de que no muy lejos de la casa, detenido al otro lado de la acera, había un antiguo modelo de Passat gris y, dentro, dos hombres que la habían estado observando.

Si el infierno existe, debe ser algo parecido a esto.

Estela entró en la discoteca Olympo y tuvo que detenerse nada más pasar al interior para esperar a que sus ojos, sus oídos y su cerebro se adaptasen. Y eso fue lo que pensó.

En su primera visita, aquel espacio parecía un sombrío almacén de muebles. Ahora se había transformado en lo que se le antojó como una sofisticada cámara de tortura. Luces estroboscópicas de diferentes colores surgían de cañones que giraban en un aparente descontrol, iluminando con ráfagas vertiginosas y entrecruzadas a una masa de gente que botaba adelante y atrás o golpeaba al aire con los puños convencida de estar siguiendo el ritmo de una acumulación aleatoria de sonidos electrónicos que a duras penas podía pasar por música. Las luces impedían fijar la visión en cualquier punto concreto y la música impedía fijar en un cerebro aturdido cualquier pensamiento coherente.

Los dos gorilas que estaban en la puerta la habían dejado pasar sin hacerle preguntas. Una mujer en torno a los cuarenta, con una vulgar media melena, sin pendientes ni rastro de maquillaje, una aséptica cazadora negra, pantalones rectos y zapatos sosos solo podía ser una poli, así que optaron por hacerse a un lado y, en cuanto entró, uno de ellos dio aviso, a través de un micro disimulado bajo la manga de la chaqueta, de que iba para dentro. Una vez hecha al descontrol visual y auditivo, según se abría paso entre la clientela que abarrotaba la discoteca, algunas de las ráfagas le permitieron advertir miradas masculinas y femeninas que le echaban un vistazo con una breve curiosidad y un rápido rechazo. Supuso que, para aquellos jóvenes, alguien de su edad y su aspecto era un personaje que quedaba a medio camino entre una madre entrometida y una estricta gobernanta.

Fue avanzando con dificultad, sin rumbo, hasta que dio con él. Al fondo del local, más allá de la pista de baile, un escalón elevaba una zona de mesas. Allí, en el centro de un sofá de media circunferencia que compartía con una chica a cada lado y otro par de tipos, vio a Cal Szabo.

Él la estaba observando. Ya lo habían avisado de que estaba allí.

Estela se deslizó entre los cuerpos, en línea recta hacia él.

Szabo se levantó y se plantó con las piernas algo separadas y los brazos en jarras. Tenía un aspecto intimidante. Calzaba botas negras y vestía unos pantalones abombados de estilo militar que combinaban mal con una camisa de franjas de tonos negros, dorados y verdes tan espantosa que costaba creer que alguien acudiese a una tienda y la eligiese de entre todas las posibles. La esperó hasta que ella pudo alcanzar la zona alta en la que estaba.

Ella le gritó que necesitaba hablar. Él le gritó que estaba con amigos. Ella le gritó que fuesen a algún sitio donde pudiesen oírse. Él se lo pensó durante unos segundos. Finalmente, su cuerpo y su expresión parecieron relajarse y le indicó que lo siguiese.

Salieron de la sala de baile por una puerta distinta de la que Estela había cruzado el día que fue a su despacho.

Pasaron a un angosto pasillo en el que tuvieron que esquivar a parejas de diferentes combinaciones de géneros que hablaban, compartían sustancias o se comían a besos. Una puerta al fondo los llevó a un segundo pasillo, este ya vacío, con más puertas a los lados. Szabo abrió una y le indicó a Estela que pasara.

Entró en una pequeña habitación con las paredes pintadas de negro y sin ventanas. Szabo le dio a un interruptor y se encendió una única bombilla que iluminó la estancia con un tono rojizo. Allí solo había una silla y un camastro. Szabo entró tras ella y cerró la puerta y el sonido de la música se redujo. Las paredes seguían vibrando al ritmo de sintetizadores y percusión, pero, al menos, allí era posible hablar a un volumen de voz normal.

Estela miró a su alrededor con desagrado.

—¿No hay otro sitio mejor?

—Es zona vip. Servicios de emergencia. Habitaciones se alquilan para calentones urgentes —dijo él, mostrándole su fea dentadura al sonreír—. Intimidad. Aquí nadie molestará.

Estela trató de aislarse del entorno, lo cual no era fácil encerrada en un cuartucho sin ventilación con un mafioso rumano con pinta de antiguo campeón de lucha libre, una cama con una sábana gris y una almohada sin funda y el eco reverberante de la música de la sala haciendo temblar piso, paredes y puerta.

A Szabo, en cambio, parecía agradarle el lugar, porque su expresión acabó de suavizarse y su voz no sonó, como solía, a ladrido de perro viejo.

—Siento muerte de Roi Conde —fue lo primero que dijo con su abrupto español—. De verdad. Roi Conde y yo tuvimos un buen acuerdo durante años. Él me sacaba de líos, yo lo ayudaba con sus líos. Buen socio.

—Esta vez no lo ayudaste.

Szabo extendió los brazos en un gesto de impotencia.

—A Roi Conde le gustaba jugar fuerte. Ganó muchas apuestas. Pero esta vez perdió.

—Roi no ha muerto en un accidente —dijo Estela, y Szabo no mostró la menor sorpresa al oírlo—. Creo que lo mató David Wang.

—Conozco a Wang y su gente. He ganado buen dinero con ellos. Transportes legales, por supuesto. —Szabo le guiñó un ojo—. Pero es gente peligrosa. Ya os dije: todos diablos amarillos.

—Entonces, ¿sabes que han sido ellos?

Cal Szabo recorrió con la mirada la cama y la silla y a Estela y entornó, pensativo, los ojos.

—Yo no sé. Es solo opinión. Shewei me llamó. Quería saber cosas de Roi. Quién era, qué sabía, cosas así... Me pidió que le dijera a Conde que dejase en paz a chinos.

—David Wang ordenó a ese tipejo que matara a Roi —se anticipó Estela.

Szabo repitió su gesto de inocencia abriendo los brazos.

—Es posible, no seguro. Roi era peligro para ellos. Un policía valiente. Nadie iba a pararlo. Imagino que Wang lo temía.

El castellano del rumano fue aumentando de acento y perdiendo calidad según se adentraba en un terreno en el que ella intuyó que quería filtrar con cautela lo que le decía.

—Wang tiene problemas. Muchos. Sabe que lo investigan. Sus socios desconfían. Sabe que ninguno nos sentimos seguros con él como antes. Ahora es débil. Y David Wang no sabe ser débil. Eso lo vuelve aún más peligroso.

Szabo calló. Dio un paso atrás, como si su cuerpo reculase. La vibración de las paredes se redujo un poco. Cambio de canción. Szabo miró a la puerta. Estaba claro que tenía ganas de irse y regresar a los placeres del infierno. Estela se mantuvo en su sitio, de pie en el centro de la habitación.

—Roi Conde me envió un mensaje. Poco antes de morir. Después de verse contigo.

Él volvió a protegerse con el mismo gesto de brazos, que usaba por igual para recalcar inocencia e ignorancia.

—No sé nada, policía.

—Me dijo que estábamos equivocados.

—Policía, estoy hablando contigo por respeto a Roi Conde —la cortó, con una dureza repentina—. Solo te hablo porque él ha muerto y tú eras compañera. Pero no soy tu amigo, ¿sí?

—Me dijo que las cosas no eran como pensábamos.

Szabo volvió a separar las piernas y sus manos regresaron a la cintura. Estela lo interpretó como una posición defensiva. Pero su voz sonó desafiante.

—Roi Conde y yo nos dábamos cosas. Ya te dije: un buen acuerdo. Por eso a él le conté.

Estela dudó. Por su cabeza pasó, a la velocidad de una ráfaga similar a los destellos de los cañones de luz de la sala, lo que tantas veces había oído decir de ella: policía estricta, incapaz de cruzar líneas, aunque fuese necesario, legalista, prudente, siempre lo mismo. Todo era cierto. Le repetían como críticas lo que ella consideraba virtudes.

Decidió renunciar a todo lo que era y lo que le gustaba ser.

—Tú y yo podríamos tener también un acuerdo —le dijo a aquel hombre que le repugnaba más allá de manuales y legalismos—. Yo podría ayudarte si tú me ayudas.

Szabo le echó un vistazo valorativo. Y soltó una rápida carcajada.

—Tú, ¿qué puedes tú ayudarme?

Echó un vistazo a la cama que tenían al lado y puso

una exagerada mueca de pasmo que solo le pareció graciosa a él.

—Mírate —dijo riendo—. Demasiado pequeñita. Dime, ¿es verdad que mataste un hombre?

Aguanta. Estela se lo dijo mentalmente. Se lo ordenó. Se lo gritó. Aguanta y, si no sales de aquí condenada a muerte, como Roi, puede que salgas con algo útil. Aguanta y no saques la pistola y no le pegues un tiro en las pelotas a este cerdo.

—David Wang se presentó aquí una noche, después de la matanza de Polvoranca. ¿Para qué vino?

Cal Szabo abandonó su expresión cómica. Asintió, satisfecho de que Estela hubiese aguantado el tirón, de que no hubiese retrocedido ni un milímetro ante sus burlas. Le volvió a hablar más amistoso, sin dejar de asentir, como si le concediese cierto crédito.

—Wang entendió lo que pasó en Cañada Real. Pilló mensaje. Yo no maté chinitos. Solo buena paliza. Si hubiese querido, los habría matado. Pero solo era un aviso. Un mensaje: yo no quería guerra, pero estaba muy enfadado. Y él lo entendió y vino a verme.

—¿Para qué?

—Propuso paz —dijo Szabo con tono de satisfacción, dejando claro que se enorgullecía de aquello como de un triunfo—. Propuso que no más muertos y no más palizas. Él estaba dispuesto a dar dinero. Mucho. A las familias de los cinco muertos. A mí. Mejores pagos por los transportes que le hago. Una oferta buena. Ya te dije: Wang es débil ahora. No puede permitirse una guerra entre su Red y los míos. Así que vino, hizo oferta muy buena y yo acepté.

—Entonces, ¿en qué estábamos equivocados nosotros, como me dijo Roi Conde en su último mensaje?

Szabo dudó. Pasaba con rapidez de mostrarse cómodo hablando con ella a parecer preguntarse por qué estaba allí perdiendo el tiempo. Estela se daba cuenta, y por eso le hablaba con tono apremiante. Sabía que el tiempo de aquel encuentro corría en una acelerada cuenta atrás.

Szabo tardó en decidirse. Pero al fin lo dijo:

—David Wang aseguró que él no estaba detrás de matanza de Polvoranca.

Estela sintió que la música reverberaba en el interior de su cuerpo. Sintió que el oxígeno empezaba a reducirse en el cuartucho y que la temperatura comenzaba a subir. Notó que las rodillas le fallaban y trató de disimularlo cambiando el apoyo de un pie a otro.

Aquello era algo. A eso se refería el mensaje de Conde. Aquello podía ser algo que lo cambiase todo.

—¿Y tú le crees? —le preguntó a Szabo, tratando de disimular su excitación.

Una vez más, los brazos del rumano se extendieron.

—¿Por qué no creer? Hizo buena oferta. No necesitaba decir eso. Yo ya había aceptado dinero y paz. Las familias de los cinco muertos iban a estar bien. Hay viudas, hay niños. Yo también iba a estar bien. Son tiempos duros. El dinero es bienvenido y a Wang le sobra dinero. Habíamos cerrado acuerdo. No hacía falta mentirme. Ya he dicho que él ahora es débil: estaba dispuesto a pagar por paz sin tener que ver con las muertes.

—Entonces, ¿quién los mató?

—Ya hemos hablado suficiente, ¿sí?

Estela supo que su tiempo llegaba al final.

—¿Quién los mató? —insistió.

Szabo miró a la puerta. Ella vio que de la frente del rumano brotaban algunas gotas de sudor. Quería irse ya.

—Tú piensa, policía —dijo—. Piensa y contesta: ¿eso sigue siendo importante? Roi Conde ha muerto. Wang y yo volvemos a ser amigos. Familias de los muertos felices con dinero. ¿Importa quién los mató? No te busques problemas, policía. Mírate: tú eres pequeña y ellos son muy grandes.

—No voy a dejarlo.

—Es un error. Tú y yo no somos amigos. Hemos hablado suficiente. Yo soy hombre de negocios, policía. Y tú no eres buena inversión.

Szabo señaló a la cama.

—¿Te apetece una copa y un descanso?

—No creo que lograses estar a la altura, Szabo.

—Mi chica no se queja.

—No confíes en esa chica.

Él soltó una carcajada. Fue a la puerta, la abrió y el sonido atronador de la música entró en la habitación como si se tratase de una avalancha que la puerta hubiese estado conteniendo.

Szabo iba a salir cuando Estela, aún sin moverse, le dijo:

—Tengo una última pregunta.

—De acuerdo —dijo él, la mano aferrando el pomo de la puerta abierta—. La casa invita a esa.

—¿Fue Roi Conde quien incendió las naves de Cobo Calleja?

Esa vez, la carcajada de Cal Szabo fue aún más larga y ruidosa que la anterior. Cuando al fin la contuvo, guiñó un ojo a Estela y le dijo:

—Roi Conde era un maldito loco. Muy loco si quería. Y muy divertido. Nos hemos divertido muchas veces juntos. Dejemos algunas cosas en un bonito misterio, ¿sí?

Szabo salió de la habitación y a Estela no le quedó más remedio que caminar tras él por los dos estrechos pasillos que la llevaron de vuelta a aquel infierno psicodélico.

Estela dio un volantazo sin mirar por los retrovisores. El Nissan cruzó tres carriles de la M-30 para tomar la salida que llevaba a su casa. Por suerte, a esas horas el tráfico era escaso y no había ningún coche detrás.

Tenía ganas de llegar. Un día eterno. Le parecía que habían pasado meses desde que había estado en el crematorio esa misma mañana. Era como si su cuerpo hubiese recorrido un ciclo completo. El agotamiento extremo, los nervios encendidos, hasta el tremendo dolor, eran menos intensos en ese instante que hacía unas horas, como si todo tuviese un tiempo de duración que ya hubiese sobrepasado. De pronto, estaba bien. Era extraño e inexplicable, pero estaba bien.

Todo había cambiado.

El avispero se ha vuelto loco, amigo, le dijo mentalmente a Roi. El cansancio hizo que esperase una respuesta como si lo hubiese dicho en voz alta y él aún estuviese a su lado, aferrado a la manilla de encima de la puerta, aterrado por su forma de conducir. Estela llegó incluso a echar un rápido vistazo al asiento del copiloto para comprobar que estaba vacío. Y recordó. Roi Conde ya no estaba allí, ya no estaba en ninguna parte.

Ahora, tenía un contacto entre los Petardos Internos, la exmujer de un traficante muerto que se veía con David

Wang era su aliada y cabía la posibilidad de que este no fuese el responsable de las muertes de Polvoranca.

Como resultado de un día de trabajo, no estaba nada mal.

La vida continuaba. A una velocidad inesperada.

Tuvo suerte. Encontró un hueco para aparcar en la acera de su casa. Dejó el coche y caminó sin prisa por la calle, respirando con fuerza. La música atronadora de la discoteca aún resonaba en su cabeza, pero el aire fresco parecía ejercer de bálsamo y acallar aquel estruendo.

Entró en el portal y fue hasta el ascensor.

Una voz surgió del hueco de la escalera.

—No son horas de volver a casa, inspectora.

Estela dio un grito.

El Bicho surgió de entre las sombras. Con el flequillo aún levantado, la sonrisita sardónica intacta y la mirada siempre saltarina.

—¿Qué haces aquí? —le preguntó ella, que en un acto reflejo se había llevado la mano a la pistolera de la cintura.

—Esperarte, por supuesto.

—Pero ¿cuánto tiempo has estado?

El Bicho restó importancia a la pregunta con un ademán.

—Soy un hombre paciente.

Le tendió un sobre de papel de estraza que llevaba en la mano.

—Quería darte personalmente este regalo —dijo—. En memoria de Roi Conde.

Estela lo cogió.

—Has sido rápido —dijo—. Gracias.

El Bicho le mostró sus dientes iguales y diminutos.

—Una de las cosas que hacemos mis compadres y yo es acumular información de todo tipo. Nunca sabes cuándo será útil. —Señaló el sobre que acababa de entregarle—. Tengo compañeros que me matarían si supiesen que te he dado esto.

—Voy a tener que empezar a pensar que eres un buen tipo.

—No lo hagas. No lo soy. Hoy toca ayudarte. Otro día podría tocar joderte. Así funciona esto.

—Si alguna vez puedo hacer algo por ti...

El Bicho puso una burlona mueca de sorpresa al oír aquello.

—Empiezas a cambiar, inspectora.

—Me estoy echando a perder.

—¿Quién sabe? Puede que te estés convirtiendo en una buena policía.

Se despidieron con su primera sonrisa compartida.

Estela subió a su piso. Inés no estaba. La noche anterior, cuando se enteró de lo ocurrido a Conde, le había pedido a su madre que recogiese a la niña y se la llevase a su casa. Abuela y nieta estaban encantadas de pasar la noche juntas y ella se alegró de estar sola. Solo le habría faltado añadir a todos los sentimientos del día el habitual complejo de mala madre por llegar tan tarde.

Se sentó a la mesa de la cocina y rasgó el sobre. Metió los dedos para extraer el contenido.

Una docena de documentos. Cinco de ellos eran fotografías. Había también transcripciones de conversaciones telefónicas, facturas y la copia de una ficha policial.

Lo repasó todo varias veces.

Un día extraño, desde luego. Un día doloroso, sorprendente, demasiado largo. Y fructífero.

Podía joder a David Wang, incluso aunque fuese verdad eso de que él no había ordenado los asesinatos de Polvoranca.

Aquella noche, sentada en la cocina, con todos aquellos documentos esparcidos sobre la mesa, fue la vez, en toda su vida, en que estuvo más cerca de echarse a llorar.

La casa era como una versión moderna y ampliada de su ajado chalé familiar de La Moraleja, pensó Virginia. Viéndola, el lujo en que había creído vivir quedaba reducido a una discreta comodidad.

David Wang salió a recibirla cuando las cámaras de seguridad detectaron que el taxi en que llegaba se había detenido frente al portón. La saludó diciéndole lo mucho que se alegraba de que por fin hubiese aceptado conocer su casa. Le indicó por dónde ir. No se ofreció a enseñarle toda la vivienda. Cruzaron un recibidor de tamaño desmesurado y un salón en el que una familia con un par de hijos habría podido vivir con holgura. La escasez de muebles y la ausencia casi absoluta de objetos de decoración daban una sensación de mayor amplitud. El mobiliario era en extremo funcional, una combinación de telas blancas sin matices ni excepciones en sillas y sofás, con librerías y mesas de un verde cercano al negro. En las paredes, cuadros abstractos. Esa manía mía que ya conoces, le dijo al darse cuenta de que Virginia los miraba: patrocinar a artistas chinos con estilos rompedores. Los dos rieron, convertido aquello en su chiste privado.

La pared del fondo del salón era toda ella una cristalera. Salieron por allí para cruzar una pradera con una piscina que dejaba la de la casa de Virginia reducida a poco más que una charca. Al otro lado de la parcela había una edificación de menor tamaño, una cabaña de madera.

David Wang la invitó a entrar. Tenía dos habitaciones y un aseo. La primera era una estancia acogedora, nada que ver con la frialdad del salón de la vivienda principal. Paredes de madera sin pintar, un sofá de aspecto mullido, un sillón de lectura con orejeras, una librería también de madera con los estantes repletos de libros en desorden, un par de apliques de luz suave y, en el centro, sobre una alfombra de lana, una mesa redonda ya preparada con dos cubiertos.

David le pidió que, antes de sentarse, pasasen a la otra habitación de la cabaña. Mi lugar preferido del mundo, le dijo.

Era su taller. En una mesa blanca que se alargaba de lado a lado de una de las paredes se sucedían, con una inmaculada pulcritud y en perfecto orden, cinceles, gubias, limas, martillos, brocas, picos, cabezales y fresas de acero, un par de máquinas de corte y pulido, un sinfín de herramientas clasificadas por función y tamaño y encajadas en sus respectivos soportes. En el centro de la estancia, sobre una peana giratoria, se alzaba la obra en la que estaba trabajando, lo suficientemente avanzada ya como para poder identificarse. Era un hombre con una vestimenta de aspecto medieval. Una figura de casi medio metro de altura. De jade, por supuesto. A Virginia le recordó a los famosos guerreros de terracota, pero no lo mencionó por temor a meter la pata y quedar como una ignorante.

En todas las paredes había armarios y estantes en los que se mostraban numerosas piezas. Hombres, mujeres, animales y figuras abstractas de diferentes tamaños, todos ellos de color esmeralda. Virginia recorrió los estantes contemplando cada obra. En su inexperta opinión, acreditaban la pericia del tallador.

David no le explicó que aquella cabaña era su réplica moderna de la del maestro que, durante el par de semanas más felices de su vida, le había enseñado los rudimentos del tallado del jade en un *hutong* de Beijing.

—Es un tesoro —dijo Virginia, con aprecio sincero.

—Me halaga que te guste —respondió él, inclinando la cabeza con modestia y orgullo—. Muy poca gente ha estado aquí. Tallo la piedra para mi propio placer y solo me gusta compartir mi obra con quien considero que tendrá la sensibilidad adecuada para disfrutarla.

—Entonces soy yo quien debe sentirse halagada.

Regresaron a la primera estancia. David Wang, con sus cuidadas maneras, apartó una de las sillas para que Virginia se sentara. Después, se sentó él y pulsó un timbre que había junto a los cubiertos. Una doncella uniformada, de rasgos filipinos, apareció al poco. Les preguntó qué deseaban de aperitivo. Ella pidió vino blanco y él se encargó de indicarle a la doncella cuál debía traer de la bodega.

La cena tuvo una puesta en escena perfecta, con la doncella yendo y viniendo al ritmo adecuado, una sucesión de vinos exquisitos y un menú de cocina occidental, con verduras salteadas y lubina al horno.

Me entran ganas de olvidarme de para qué estoy aquí, pensó Virginia. Pero solo bromeaba. Ella y Estela habían planeado aquella cita la tarde que pasaron juntas, sentadas en el césped, compartiendo un vino que solía encantarle y que en ese momento le parecía un tintorro cabezón comparado con el que le había servido David Wang durante la cena.

Antes de acudir, había llamado por teléfono a Alberto. ¿Me aceptarás aún si vuelvo?, le preguntó. Imposible, vieja, le contestó él, tardaste tanto que me casé, tuve siete pibitos y ya no queda sitio para vos en el departamento.

Esa vez no iba a huir. Estaba allí. En aquella cabaña.

Con David Wang al otro lado de la mesa. Y no tenía sentido, pero, de pronto, ayudar a una inspectora de policía que acababa de conocer, colaborar para atrapar a Wang, toda esa tontada del yang y de convertirse en tigresa, menuda locura, se había convertido en la principal razón por la que había regresado a Madrid. Y todo lo demás —la herencia inesperada y la vuelta a la vieja casa familiar a la que se juró que no volvería jamás y los retazos de conversaciones con Dardo que resonaban en su cabeza— parecían poco más que incordios intrascendentes.

Siempre he sido una inconsciente, se había repetido una y otra vez desde que aceptara la invitación de David Wang a cenar en su casa, pero en ese pensamiento había más comprensión y hasta complicidad consigo misma que reproche.

David vació la segunda botella de tinto rellenando una vez más las copas. La doncella acababa de llevarse la fuente con lo poco que quedaba de la sabrosa lubina y de su lecho de patatas guisadas. Wang le dijo que ya se encargaría él de avisarla cuando estuviesen listos para el postre.

Una vez solos de nuevo, miró a Virginia desde el otro lado de la mesa. Mantuvo la mirada, pensativo, sin decir nada, durante el tiempo suficiente como para que ella bajase la suya, incómoda por aquel largo instante de intimidad sin palabras.

—¿Dejamos de actuar?

—¿A qué te refieres?

David Wang ladeó la cabeza.

—Virginia, soy un hombre maduro. Creo que puedo presumir de una cierta experiencia. Y de ser un buen observador. Y hasta de tener una razonable inteligencia.

Ella esperó.

Él lo dijo con tranquilidad:

—Tú no tienes ningún interés sentimental en mí.

Virginia mantuvo el tipo. No alteró el gesto y le contestó con igual calma.

—Soy una mujer sola en Madrid a la que le agrada la compañía de un hombre interesante. ¿No es eso suficiente?

—No me ofendas tratándome como si fuese un ingenuo, por favor. Dime, ¿qué buscas?

Él fue paciente. Le dio tiempo para que mejorase su primera respuesta.

Virginia confió en que no advirtiera la vena que le comenzó a palpitar en relieve en el lado derecho del cuello. Le pasaba siempre que se ponía nerviosa.

—Ya te dije que sabía quién eras —dijo—. Y, más allá de los rumores y las maledicencias, lo que me ha interesado de ti es que eres un hombre que sabe hacer dinero.

Ahora fue Virginia la que esperó. Cruzó mentalmente los dedos. O funcionaba eso o tocaba salir corriendo, pensó.

—¿Eso es lo que te interesa de mí? —le preguntó él, con sorpresa pero sin desconfianza—. ¿Mi dinero?

—No me interesa tu dinero. Me interesa el mío.

Funcionó.

David Wang cogió la servilleta del regazo y se la pasó por los labios con suavidad, más para ganar tiempo y asumir aquel giro que porque lo necesitase.

Virginia lo aprovechó para hablar. Había venido a Madrid con un fin. Era hija de un constructor ya fallecido (lo cual era cierto). Mi padre me dejó su fortuna (lo cual era mentira). Dinero negro. El mundo de la construcción, ya se sabe. Aquello llevaba parado demasiados años. Tocaba darle salida. Desde luego, no quería llevar el dinero a Argentina. Un desastre de economía, tanto la oficial como la sumergida. Mejor mantenerlo aquí. Pero legalizado. Necesitaba blanquearlo y desconocía cómo hacerlo.

David Wang la escuchó, aún sorprendido.

—¿De vedad nos hemos estado viendo porque quieres hacer negocios conmigo? —le preguntó.

—Nos conocimos por casualidad en aquella galería. Pero luego leí sobre ti en internet y decidí conocerte mejor para saber si podías interesarme.

Él la observaba. Espera algo, pensó Virginia. Un temblor en el labio. Una gota de sudor. Un parpadeo excesivo. Una puta vena palpitando, maldita sea. Está mirándome para buscar una señal de que le miento.

Tocaba arriesgar antes de que el labio, el sudor, el parpadeo o esa dichosa vena lo mandasen todo a la mierda.

—Sesenta millones —dijo.

Fue David Wang el que se delató. Sus ojos arqueados se rasgaron un poco de más durante un microsegundo. Un gesto reflejo. Suficiente.

Virginia dejó de sentir la vena. Estaba lográndolo.

—Necesito invertir —dijo—. Necesito encontrar un canal a través del cual hacer aflorar ese dinero. Tal vez después pueda disponer de una parte en Argentina.

—Es una pequeña fortuna.

—Es una gran fortuna.

—¿Y por qué ibas a confiar en mí como socio? Ya has visto lo que se dice. Que soy un traficante de marihuana, que soy un explotador de trabajadores ilegales y supongo que alguna perla más.

—Necesito a alguien que no me haga preguntas y yo tampoco las haré. Cuando indagué sobre ti, estuve segura de que había tenido un golpe de suerte al conocerte.

David Wang volvió a observarla sin prisa. Pero esa vez Virginia aguantó con más aplomo. Él había tragado. Estaba segura. Un sexto sentido. Era como cuando sabes que el tipo que está delante de ti se te quiere tirar. El sexto sentido también servía para detectar aquello: había despertado su avaricia.

—Vaya... —David Wang soltó una inesperada carcajada—. Y yo soy tan idiota que pensaba que te estaba enamorando.

Ella no se apresuró. Le preguntó:

—Entonces, ¿puedes ayudarme?

Wang le dijo que sí. Podía. Por supuesto, una parte del dinero se quedaría en el camino durante el proceso de blanqueo, como era habitual. Ella dijo que lo sabía. Y él pondría en riesgo sus propios canales para hacerlo y eso debía, en justicia, reportarle algún beneficio. Ella dijo que por supuesto. Y debía pensar cuál sería la mejor opción. Ella le preguntó cuál sería el camino, si quería decírselo y, si no, lo dicho: sin preguntas. Él no concretó. Solo soltó algunas frases inconexas. Habló de compras de arte. No necesariamente autores chinos, bromeó. Él podía ayudarla y la galería de la pareja de ella en Buenos Aires sería el canal para trasladar las compras a Argentina. También mencionó como otra posibilidad que participase, a través de sus empresas, en sus inversiones en el extranjero. Negocios a los que hago llegar dinero generado en España, dijo. Es seguro. Y es lo más rentable. África. El Congo. Solo pensaba en voz alta. Se contuvo. No entró en detalles. Déjalo en mis manos, concluyó.

—¿Cuándo vuelves a Argentina? —le preguntó.

—Pronto. Por eso querría cerrar un acuerdo contigo cuanto antes.

—¿Vas a fiarte de mí?

—Si aceptas, acordaremos algunas garantías, claro. Pero, en todo caso, eres mi mejor opción.

Por tercera vez, David Wang guardó silencio y la observó. Simulaba pensar. Ella sabía que la examinaba. Seguía buscando algo. Parecía querer desconfiar, pensaba Virginia, que en cada uno de aquellos escrutinios se sentía más segura, pero no encuentra un motivo para ello. Era posible. ¿Por qué no? Un encuentro fortuito. Una mujer con dinero. Un hombre que sabe mover el dinero. Cosas del destino.

—Toda una sorpresa, Virginia —dijo al fin—. No adiviné que eras una chica mala.

—No soy una chica mala. Solo soy una chica rica.

David asintió. Se da por satisfecho, pensó ella.

—¿Puedes esperar un momento?

Virginia sintió un ramalazo de inquietud sin saber precisar por qué.

David Wang se levantó, rodeó la mesa, al pasar a su lado se llevó el índice a los labios pidiéndole silencio y entró, a sus espaldas, en el taller.

Ella esperó. Quieta. Sin siquiera volverse.

La vena empezó a latir de nuevo.

Oyó que regresaba del taller, detrás de ella.

Repasó mentalmente las herramientas que había visto, todas ellas convertidas de pronto en su cabeza en armas letales.

Las manos de David Wang se posaron con delicadeza en sus hombros.

La vena se aceleró. La espalda se puso rígida.

Las manos de él no presionaban. Solo se apoyaban en sus hombros.

Ella trató de identificar en qué consistía el riesgo de aquel contacto. Sabía que implicaba algún tipo de peligro, pero no estaba segura de cuál.

David Wang se inclinó, sin separar las manos de ella.

Le dio un único y lento beso en el cuello.

A Virginia le atravesó un escalofrío. Seguía sin saber qué estaba pasando. Pero aquel beso le hizo sentir miedo y excitación, curiosidad e indefensión.

Tal vez.

Lo pensó. Tal vez si él la hubiese besado una segunda

vez. Dudó. Podría haber ocurrido. Podría haber sido algo independiente de lo planeado. Un paréntesis, una noche, una jodida locura. Tal vez. Lo llegó a pensar, aunque solo fuese un desvarío, no sabía si un recurso para despistar al miedo o una tentación turbadora y transitoria. Y eso hizo que aumentase su temor ante lo que pudiese suceder a continuación.

Las manos de él se separaron de sus hombros. Sintió cómo se enderezaba tras el beso, aún a su espalda. Y después sintió el frío en el cuello.

Contuvo un grito.

Gritar no serviría de nada, pensó. La doncella no la oiría desde la casa principal.

El miedo empezó a transformarse en pánico.

Cuando uno va a morir, da tiempo a pensar muchas cosas. Y yo soy una idiota, se dijo. La misma idiota de siempre. Toda la vida jugando en el bando equivocado. Y ahora tocaba morir. Y se lo merecía. Por idiota.

Sintió aquel frío alrededor del cuello y se preguntó cuándo empezaría a dolerle y cuándo comenzaría a faltarle el aire y cuánto tardaría en morir y si sería antes asfixiada o desangrada y luego oyó a David Wang decir:

—Espero que te guste.

Se llevó la mano al cuello. Palpó la cadena que lo rodeaba. Daba un ligero frío al contacto con la piel. Tocó el colgante.

David Wang le ofreció un espejo de mano para que pudiese verlo.

Era un pequeño dragón de jade.

Con gran esfuerzo, Virginia logró contener un llanto repentino. Y, a continuación, tuvo que contener también una risa improcedente.

Soy una idiota, se repitió una vez más. No, no tocaba morir.

Al final de la velada, David Wang insistió en llevarla, pero ella se resistió, inflexible, así que a él no le quedó más remedio que pedirle un taxi.

Se despidieron fuera de la casa.

Acordaron volver a verse para seguir avanzando en lo hablado.

—Me encantará que vuelvas a venir a cenar —dijo él, siempre caballeroso.

Ella contestó que sería un placer, aunque estaba segura de que jamás volvería a aquella casa.

Ahí estaba otra vez. La antigua vivienda de una sola planta en el barrio de Fuencarral. La puerta, fácil de forzar. Sabía que su compañero estaría dentro. Sabía, porque así se lo había dicho, que tenía la intención de entrar él solo en la casa. Volvía a parecerle una temeridad, y por eso decidió ir. Y llegó tarde. Entraba de nuevo en la casa y el silencio no auguraba nada bueno. Avanzaba por el pasillo. Llevaba la pistola en la mano. Caminaba con cautela. Un sonido al fin: alguien respiraba fuerte. El terrorista o su víctima. Caminaba hacia esa respiración. Sabía lo que vendría después. Otra vez.

Porque Estela sabía que estaba soñando.

El sueño era siempre el mismo. Era sueño y era también recuerdo. Porque siempre se repetía lo de entonces. Una y otra vez. Sabía de antemano lo que se avecinaba. Pero saberlo no evitaba el miedo. Entraría en el salón. El terrorista estaría apuntando a su compañero, caído en el suelo. El terrorista estaría de espaldas a ella, al compañero apenas lo vería porque se lo tapaba el cuerpo del otro. El terrorista se daría la vuelta al oírla entrar en la habitación.

Estela supo incluso la novedad que habría esa vez. Porque estaba dormida y despierta al mismo tiempo. Soñaba, pero era consciente de que estaba soñando. Aunque no podía controlar el sueño, solo verlo discurrir. Era como ver una película. Era consciente de que lo que veía no era real.

Sabía que, cuando el terrorista se volviese, dejaría a la vista el rostro de su compañero. Y, claro, estaba segura: esa noche —era inevitable lo previsible—, el rostro que estaría mirándola, esperando a que actuase, implorándoselo en silencio, por esa lógica propia de los sueños, sería el rostro de Roi Conde.

Estela soñaba y sabía que soñaba y sentía que su respiración se agitaba, que comenzaba a jadear en el sueño y en la realidad.

El terrorista se volvió hacia ella. Y ella supo lo que iba a hacer. Él iba a dejar de apuntar al compañero para apuntarla a ella. Y ella haría lo que hacía siempre. Aferraría la pistola con las dos manos, su cuerpo se colocaría en la posición aprendida en las prácticas de tiro, contendría la respiración y dispararía.

Dos tiros. Dos blancos.

Matar o morir.

Pero esa vez no ocurrió lo que esperaba. El simbolismo del sueño se fue a la mierda. El subconsciente se reía de ella. Y entonces descubrió que no era cierto que estuviese despierta. Soñaba que estaba despierta a la vez que soñaba. Un lío. En todo caso, lo previsible se jodió.

Porque el compañero caído en el suelo siguió siendo su compañero. Pero, en cambio, el terrorista, al que acababa de abatir de dos disparos, tenía la cara de Roi Conde.

Se despertó con brusquedad, boqueando en busca de oxígeno.

Trató de coger aire por la boca, pero el aire no entró. No había aire en la habitación. Comenzó a ahogarse.

Iba a morir ahogada. Intentó salir de esa cama y de ese dormitorio sin oxígeno, pero su cuerpo se negó a moverse.

Botó por segunda vez sobre el colchón y, en esa ocasión, se despertó de verdad.

Inspiró y espiró. Primero por la boca. Luego, cuando la ansiedad bajó un poco, pasó a la nariz. Sentía una dolorosa opresión en el pecho. Notaba las tripas retorcidas.

Fue a la cocina. Cogió de la nevera una botella de agua fría y bebió con tal ansia que el agua se desbordó de la boca y le cayó por barbilla y pecho.

Se apoyó en la encimera con las dos manos. Bajó la cabeza. Se mantuvo así hasta que la respiración regresó a un ritmo cercano a la normalidad.

Después tuvo que salir disparada hacia el cuarto de baño. Llegó a tiempo de no vomitar en el pasillo.

Pasó las siguientes cuarenta y ocho horas sin salir de casa. Inés se quedó con la abuela. Estela se dedicó a vaciar tetrabriks de zumo de tomate, comer lechuga con latas de atún, hacer algunas llamadas, escanear y sacar copias de documentos con su impresora casera y pensar. Necesitaba recuperar fuerzas y ordenar la mente. La muerte de Roi Conde la había sumido en una debilidad física, como si la tristeza le consumiese la energía. Los últimos sucesos habían desbaratado sus ideas preconcebidas, dejando su cabeza en ruinas. Pero era extraño, porque al mismo tiempo reconstruía todos sus planteamientos con una agudizada lucidez. No tenía ninguna duda del rumbo que quería tomar.

Al atardecer del segundo día de encierro se quitó al fin la camiseta y el pantalón de pijama que había llevado todo ese tiempo, se dio una ducha, se recogió el pelo en una coleta, cogió un sobre y se fue a la oficina.

Los compañeros con los que se cruzó hasta llegar a su planta la miraron con expresión de compasión y condolencia. Que se muera tu compañero en un caso es parecido a enviudar, se dijo. Hubo incluso quien se decidió a decirle alguna palabra rápida, a desearle ánimo o suerte, o a susurrar un «lo siento»; poco más, porque ella no dio pie a extenderse si alguno lo pretendía.

No llegó a sentarse en su puesto. Vio que Ramos estaba en el despacho y fue hasta allí. Golpeó la puerta dos veces con suavidad y entró cuando este dijo que adelante. El comisario estaba sentado tras su escritorio, leía algo en la pantalla del portátil, pero levantó la vista al entrar Estela. Le dedicó la misma mirada compasiva que todos los demás.

—¿Cómo estás?

—Te puedes imaginar...

—Hay momentos en que uno duda de si todo esto merece la pena.

Ella se sentó en una de las dos sillas que había frente a la mesa y dejó el sobre en las rodillas.

Ninguno de los dos pareció saber cómo arrancar la conversación. Habían pasado juntos la interminable noche del Anatómico. Apenas habían hablado entonces. No tenía demasiado sentido, más de dos días después, recurrir a las frases de rigor que antes no se dijeron.

Ramos bajó la tapa del portátil y juntó las manos sobre la mesa.

Se decidió a ser el primero en hablar.

—Tengo una buena noticia para ti —dijo—. Estás fuera.

—¿Cómo dices?

—Polvoranca —le aclaró él, como si fuese necesario—. Ya no tienes que seguir con ello después de lo que ha pasado.

—¿Me apartas del caso porque Roi Conde ha muerto?

—No es algo como para que sigas tú sola con ello, ¿no te parece?

Ella lo miró con incredulidad ante la noticia. Él la miró con la misma incredulidad ante su reacción.

—Me habías pedido varias veces que te sacara de esta historia.

—¿Me va a sustituir alguien? ¿O simplemente se cierra la investigación?

—Supongo que seguirá abierta. Pero no existe ninguna prueba de que la matanza tuviese alguna relación con el tráfico de drogas, así que Estupefacientes se puede quedar al margen. Lo llevarán los de la UDEV. Ya lo he hablado con ellos. Y así te quedas fuera, como querías.

—Sabemos cómo es esto. La investigación seguirá oficialmente abierta, pero en realidad nadie la continuará.

Estela habló con rabia contenida. El comisario le replicó con cautela.

—La alarma social ha desaparecido —dijo—. Ya pasaron las protestas en las calles, los artículos en la prensa y el ruido en las redes sociales.

—Pues enhorabuena por todo ello. Porque, claro, saber quién los mató nunca ha sido lo prioritario.

Ramos suspiró y respondió con su voz y actitud más paternal.

—No es eso, Estela. Simplemente, el caso se mantendrá abierto, pero tú ya no lo llevas. Eso es todo. Y es mejor así. Te recuerdo que los de arriba no estaban demasiado contentos con las quejas que habían recibido sobre cómo lo estabais llevando Roi Conde y tú.

Ella se echó hacia atrás en la silla. También suspiró, pero en su caso para tratar de expulsar el enfado de su interior. Luego, más serena, dijo:

—No pienso quedarme al margen.

La expresión de incredulidad de Ramos regresó en una versión aumentada.

—¿Perdona?

—Sabes tan bien como yo que la muerte de Roi Conde no ha sido un accidente.

Curioso, pensó Estela al ver que el comisario no reaccionaba. Daba igual con quién hablase de eso: Cal Szabo, el Bicho o Ramos. A Roi Conde se le había despachado sin poner en duda que la cagó en una curva y, a la vez, a nadie se le movía un músculo cuando se decía que lo habían asesinado. Resultaba pasmoso descubrir la enorme distancia que podía llegar a existir entre una cómoda verdad oficial y lo que todos pensaban que había sucedido en realidad.

El comisario se mordió el nudillo del dedo índice y le preguntó:

—¿Tienes alguna prueba de eso?

—No me jodas, jefe —se rio ella—. No me vengas con formalismos. No es tu estilo. Los dos sabemos que es así, ¿verdad?

—No hay ninguna prueba, Estela. La autopsia...

—La autopsia de un cuerpo calcinado. La investigación de un coche calcinado. Venga, no me jodas, ¿vale?

Se llevaban bien. De hecho, se calificarían el uno al otro como amigos más allá de la relación laboral. Pero ella no solía hablar ni en esos términos ni con ese tono a Ramos.

El comisario optó por no hacérselo notar. Sabía que no estaba de ánimo para recordar jerarquías, así que prefirió seguir hablándole con esforzada paciencia.

—Fue un terrible accidente, Estela. Mi consejo es que no te obsesiones con eso.

—¿Obsesionarme? —Soltó una carcajada sarcástica—. Aún tengo mucho que aprender si quiero hacer carrera, por lo que veo. Me encanta la facilidad que tenéis los jefes para cerrar los casos. Ejecutan a cinco rumanos, das una rueda de prensa contando la milonga esa de que es un ajuste de cuentas entre mafias que no operan de manera permanente en nuestro país y asunto liquidado. Matan a un policía, decides que ha sido un terrible accidente y asunto liquidado también.

—No te pases, Estela.

Ella se inclinó hacia adelante. Ramos esperó a que se decidiese a lanzar lo que estaba seguro de que sería su siguiente golpe.

—¿Contrataste tú a los Petardos Internos?

—¿De qué cojones me hablas, Estela?

Al comisario se le escapaba la paciencia por los poros. Ella lo percibió, pero le dio igual.

—¿Les pediste que viniesen a vernos a Conde y a mí para decirnos, muy amigablemente, que la versión del ajuste de cuentas sería bienvenida como cierre del caso?

—Estela...

—¿Les pediste tú que, en mi caso, reforzaran mi interés en ese cierre siguiéndome un fin de semana mientras estaba con mi hija?

Eladio Ramos apoyó las manos en la mesa, como si se preparase para saltar por encima de ella para abalanzarse sobre Estela. Era un hombre de piel morena, pero, en ese instante, su rostro adquirió un repentino fulgor rojizo.

—Estela, ¿me estás interrogando?

—Solo estamos charlando, jefe.

Ramos cogió aire. Lo retuvo en su interior. Eso lo hizo enrojecer un poco más, pero lo ayudó a contener la ira y tratar de recomponer, si no su tonillo paternal, al menos una cierta apariencia de tranquilidad.

—Es curioso que menciones a esos Petardos Internos —dijo, cordial, como si de verdad estuviesen solo charlando—. Siempre he dudado de si existen o si son solo un cuento de fantasmas que corre de comisaría en comisaría. Hace muchos años que se habla de ellos. Y no sé si lo sabes, pero Roi Conde aparece en las historias que se cuentan.

A Ramos le gustó ver que la cara de Estela mostraba curiosidad. Al menos obtenía así un momento de alivio frente a los envites de ella, debió de pensar.

—Roi Conde fue siempre un policía con métodos propios. Siempre se ha rumoreado que él fue uno de los creadores de esa especie de mafia policial con ese nombre tan ridículo. Cuentan que la dejó cuando, tiempo después, descubrió que sus propios compañeros entre esos petardos lo estaban investigando por algún asunto poco limpio. Un tipo lleno de luces y sombras, Roi Conde.

Estela no dijo nada. No dijo que tal vez aquello explicaba algunas cosas. Un pasado común. El Bicho y Roi, compartiendo métodos. Guardianes del sistema, hay que joderse, pensó. Tal vez por eso, en honor a aquel pasado, el Bicho la había esperado en el portal para entregarle el sobre que ahora tenía en las rodillas. Códigos.

—De verdad, Estela, permíteme que insista: no te obsesiones. No empieces a ver lo que no hay. La investigación de la matanza de Polvoranca seguirá abierta en Homicidios. Y, si aparece alguna prueba o indicio que lo justifique, por supuesto que se investigará la muerte de Roi Conde. Pero, en todo caso, nada de eso entra dentro de las competencias de Estupefacientes. Es normal que no sigas llevando el asunto.

Ella respondió lanzándole el sobre en la mesa.

El comisario lo cogió, lo abrió, sacó las fotocopias que contenía y las fue mirando, sin que su expresión cambiase, una a una.

Estela habló sin esperar a que las hubiese visto todas.

—Iván Castro. Inspector. En la actualidad, subdirector en la Comisaría General de Extranjería. Hasta hace seis meses, destinado a la comisaría del aeropuerto de Barajas. Trabaja para David Wang.

El comisario dejó de pasar papeles de una mano a otra. Se detuvo en uno. Era la copia de una fotografía del inspector Castro, intuyó Estela viéndola al trasluz.

—Ahí tienes una fotografía de Castro hablando en la

calle con Shewei, el lugarteniente de David Wang. Hay más fotos. Y también puedes ver copias de informes favorables a permisos de exportación y a controles de aduanas y la autorización de expedientes de concesión de un gran número de pasaportes españoles a nombre de ciudadanos chinos a pesar de faltar el papeleo necesario. Todo ello firmado por el inspector Castro y todo ello relacionado con empresas o trabajadores de Wang.

Ramos volvió a pasarse los documentos de una mano a la otra sin detenerse a mirar cada uno más de un par de segundos, mientras Estela seguía hablando.

—Hay también dos transcripciones de conversaciones telefónicas grabadas. En una de ellas, Castro le habla a alguien del crimen de Polvoranca. Dice que está preocupado, que como se tire mucho de ese hilo pueden joderlo vivo, que ojalá el asunto quede cerrado cuanto antes. Y el que habla con él le dice que está de acuerdo, que tranquilo, que todo irá bien porque nadie quiere que la cosa se salga de madre.

Ramos asintió. Ante la visión de los documentos y ante las palabras de Estela.

—Interesante —musitó.

Ella siguió hablando.

—En la otra conversación, insiste en pedir ayuda a la misma persona. De lo que hablan se deduce que el interlocutor de Iván Castro tiene más rango y, por tanto, más poder e influencia que él.

—¿Cómo has conseguido estos documentos?

Estela ignoró la pregunta.

—Hay uno especialmente curioso. La copia de una factura, de importe más que considerable, del resort Asia Gardens. Se envió para su pago a una de las empresas de David Wang. Pero he hecho algunas indagaciones y, al parecer, la factura corresponde a la estancia en el resort de

Iván Castro y su mujer. Vacaciones pagadas. Todo un detalle por parte del señor Wang con el inspector Castro. Pero ahí no termina la cosa. Las fechas de esa estancia coinciden con los días en que tú estuviste con tu mujer en ese mismo resort el año pasado. Lo recordé porque volviste encantado y estuviste varios días hablando sin parar de lo bien que lo habíais pasado. Tú eres la persona con quien habla Castro por teléfono.

Ramos sonrió.

—Sabes perfectamente que Iván Castro y yo somos íntimos amigos desde que estábamos en la Academia.

—Claro que lo sé, jefe. Siempre me cuentas que os estáis iniciando juntos en la práctica del golf y lo mucho que te jode que progrese más deprisa que tú.

—Bajo mi apariencia de hombre adorable, tengo mal perder.

—La factura cubre la estancia de cuatro personas. David Wang os pagó las vacaciones a las dos parejas.

—Te recomiendo que alguna vez vayas a conocer el Asia Gardens, Estela.

Ramos apoyó los codos en los reposabrazos del sillón y se llevó una mano a la boca para morderse el nudillo.

Ella esperó.

El comisario volvió a sonreír, con la elegancia del buen perdedor que decía no ser.

—Lo del hotel fue un error estúpido por mi parte. Iván no me contó quién lo pagaba todo hasta que volvimos —dijo—. En cuanto a lo demás, ¿qué puedo decirte? Yo no estoy pringado con Wang. Iván Castro es mi mejor amigo. No voy a decir que me parezca bien lo que hace. Siempre he preferido no saberlo. Pero es mi amigo, Estela, y me pidió ayuda y yo tengo ese anticuado concepto de la amistad.

Ramos dejó de mordisquearse el nudillo para frotarse los ojos con las manos.

—Iván es un idiota. Un idiota, un buen marido, un buen padre y un buen amigo. Comete demasiados errores, le pierden las ganas de darle una buena vida a los suyos y, cuando me pidió que controlase las consecuencias de lo ocurrido en Polvoranca, le dije que lo haría. No era complicado, en realidad. Los de arriba querían que el caso se cerrara cuanto antes y eso también le vendría bien a mi amigo, así que sí, lo admito, me encargué de convencer a todos para que comprasen lo más rápido posible la versión del ajuste de cuentas sin nombre y apellidos.

En la voz del comisario había más resignación que arrepentimiento.

En la voz de Estela no hubo ninguna inflexión cuando le dijo:

—Puedes seguir ayudando a tu amigo.

Ramos la miró con curiosidad.

—Habla con él —le dijo Estela—. Yo no voy a por Iván Castro y, como es lógico, él no va a autoinculparse. Solo dile que reúna las pruebas necesarias para que la Fiscalía pueda demostrar en un juicio que Wang paga sobornos y compra a funcionarios públicos. Si lo sabe montar, seguro que otros como él caerán, pero no tendría por qué saberse que él está pringado. Ese es su problema, no el mío. Iván Castro me importa una mierda. Lo que quiero es coger a Wang. Y si Castro aporta las pruebas adecuadas, la Operación Mulán podrá llegar por fin a los tribunales. Ya no se trata de acusar a Wang de delitos fiscales, con los que podría librarse de ir a la cárcel llegando a un acuerdo económico con Hacienda. Ahora es algo mejor: falsificación de documentos públicos, cohecho, corrupción... Delitos de suficiente envergadura como para detenerlo y mantenerlo en prisión preventiva hasta que se le juzgue. Así no podría irse del país, como parece que está planeando.

El comisario escuchó con atención. Cuando Estela concluyó, le hizo una sola pregunta:

—¿Permitirías entonces que Iván Castro no se viese implicado?

—Me encantaría ver a ese inspector corrupto de mierda en una celda. Aunque solo sea porque estoy segura de que, si no fuiste tú, fue él quien nos envió a los putos petardos a presionarnos. Pero aquí no se trata de que yo me quede a gusto. Si me sirve en bandeja a Wang, me olvidaré de tu amigo.

—Estás cambiando —dijo Ramos, buscando rebajar tensión—. Solías ser más inflexible, Estela.

Ella no pareció escucharlo.

—Mi propuesta tiene una condición: Castro pedirá la segunda actividad. No merece seguir siendo policía en activo. Tendrá que prejubilarse e irse.

Hizo una pausa. Tragó saliva. Añadió:

—Y tú también.

La expresión conciliadora del comisario Ramos se desvaneció.

—Sabes que no soy un policía corrupto, Estela. Hay dos características que me definen. Soy un hombre pragmático. Y también soy leal con los míos. Con el asunto de Polvoranca han entrado en juego ambas cosas. Ese crimen solo podía joder la reputación de la Policía. Lo mejor era cerrarlo cuanto antes. Y si eso, además, servía para evitar que un buen amigo tuviese problemas, no dudé. Pragmatismo y lealtad, Estela. No creo que sean unos pecados tan graves.

—Y por pragmatismo y lealtad te moviste para que nos lo encargaran a Roi y a mí. Porque confiabas en que los dos solos no fuésemos capaces de sacar a la luz toda la mierda que hay detrás de ese crimen. Daríamos tumbos unos días, luego tú comparecías, poniendo voz solemne para presumir de lo mucho que se había esforzado la Policía para resolver el múltiple asesinato con un equipo conjunto de la UDEV y la UDYCO, y para contar cómo se había llegado a la conclusión de ese abstracto ajuste de cuentas que satisfacía a todos.

Estela negó con la cabeza, con pesar.

—Roi Conde y yo solo teníamos que ser los tontos útiles. Un par de policías que no serían capaces de resolver un caso que les venía grande. Un par de policías que quedarían como unos ineptos, ¿no? Tan ineptos que uno de ellos ha acabado estrellándose con el coche y matándose.

—He sentido mucho la muerte de Roi Conde, Estela —le dijo el comisario, pero ella lo ignoró.

—Habla con tu amigo. Estoy segura de que es un tipo espabilado y sabrá montar las pruebas contra Wang salvando su propio culo. Y, si no, ya te encargarás tú, en otro generoso acto de lealtad, de ayudarlo. Y, cuando lo tenga todo listo, te diré a qué fiscal de la Audiencia Nacional debe entregárselas. Después, los dos solicitaréis el paso a la segunda actividad.

El rostro de Ramos se había ido ensombreciendo según le hablaba. Se había acabado la paciencia y el paternalismo y la contención.

—¿Ahora eres tú la que da las órdenes, Estela?

—Elige: eso o que os denuncie a tu amigo y a ti.

—Tú y yo también somos amigos. Y también he sido leal a ti. Te mostré todo mi afecto durante la baja, te apoyé cuando regresaste, estuve ahí todo el tiempo que estuviste jodida. No soy una mala persona, Estela. Tampoco soy un policía corrupto. Y considero que tengo derecho a pedirte que ahora seas tú quien se comporte con lealtad conmigo.

—Te aseguro que lo estoy haciendo, jefe. Sabes que me estoy saltando todo aquello en lo que creo. Si no, no te estaría haciendo una oferta tan buena para ti y para tu amigo.

Estela se puso en pie.

—Por cierto —dijo—, supongo que te lo imaginas, pero prefiero dejarlo claro: una copia de todos los documentos y una declaración firmada por mí contando todo lo que hemos hablado están preparadas para salir a la luz si me pasa algo.

Ramos se puso también en pie, en su caso de un salto.

—Por Dios, Estela, pero ¿qué locura es esta? —le espetó—. Joder, ¡que soy yo, que somos amigos! ¿De verdad puedes pensar que te haría o permitiría que alguien te hiciese daño?

—Solo sé que Roi Conde está muerto y que aún no sé quién lo ha matado.

Antes de que se marchase del despacho, el comisario le hizo una última pregunta:

—Hay algo a lo que no me has contestado —dijo—. Tú que eres tan respetuosa con los procedimientos y la legalidad, ¿cómo te has hecho con todos estos documentos?

Y Estela, por fin, volvió a sonreír.

—Me los ha enviado Roi Conde desde el más allá. En eso tienes razón, era un poli con métodos propios.

La vida continúa. Lo pensó una vez más, como un mantra que dolía y consolaba a la vez, al entrar en el bar. Todo seguía igual, como hacía unas noches, seguro que también como hacía toda una vida. El *blues* de tristeza machacona sonando, las paredes cubiertas con planchas de chapa descolorida que en su día tal vez dieran el pego de auténtica madera, la *jukebox* rota al fondo, los solitarios de barra y las parejas de mesa, el estante repleto de botellas medio llenas o medio vacías, según el espíritu de quien las contemplase, y la camarera de cuerpo orondo, labios recubiertos de grueso carmín y cardado excesivo.

Estela se sentó en uno de los taburetes de la barra. Un tipo de los que parecían vivir en una esquina le echó un desganado vistazo y no pareció despertarle el menor interés. La camarera se acercó. Le pidió una cerveza y ella le dijo:

—Hoy no.

Se volvió al estante, eligió una botella de tequila —para ella medio llena, para Estela medio vacía—, sacó dos vasitos de debajo de la barra y los llenó hasta el borde.

—He sabido lo de Roi Conde —le dijo a Estela.

La sorprendió y le gustó que la recordase de su única visita.

A la camarera se le humedecieron los ojos hasta mojar la gruesa raya con la que se los había perfilado.

—Nos conocíamos desde hacía tantos años que ya ni recuerdo. Éramos dos náufragos de los muchos que hay en este barrio.

Cogió el vaso, lo alzó y le preguntó a Estela:

—Dime, ¿te acostaste con él?

Ella negó con la cabeza.

—Una pena —dijo la camarera—. Yo sí.

Las dos brindaron por eso y vaciaron sus vasos de un solo trago.

Londres, 2020

Todo fue bien durante un tiempo.

Dardo demostró desde el primer momento que era el mejor intermediario posible entre Káiser y sus mercenarios y David Wang y Nuevo Sol. Dardo y Káiser eran viejos conocidos. Dardo, socio del legendario Al Nadir, llevaba ya un tiempo siendo la persona que proveía de armas a Káiser y a las bandas paramilitares que este tenía bajo su control. Solo tuvo que añadir a las entregas de armamento los pagos que David Wang le hacía llegar al sudafricano por sus servicios de protección.

Wang no tenía ningún contacto con Káiser y evitaba viajar al continente africano, pero seguía dirigiendo la explotación de las minas de Katanga. Él tomaba las decisiones para que la extracción de cobalto del suelo congoleño mantuviese un ritmo regular y para que el oro azul recorriese el largo trecho continental hasta llegar al puerto de Durban, hiciese la travesía marítima hacia los puertos chinos de Shanghái y Shenzhen y se vendiese allí, una parte en el mercado negro y otra en el legal. También se ocupaba de que, a lo largo del proceso, el circuito de blanqueo funcionase sin problemas.

Comparado con esas responsabilidades, el papel de Dardo en aquel complejo y rentable negocio no pasaba de ser el de un cartero, aunque fuese pagado a precio de oro.

A Wang le gustaba tener eso presente.

Nunca se sintió cómodo con Dardo. Nunca llegaron a avanzar en su relación más allá de breves encuentros para hacerle las entregas de los pagos a Káiser. David no podía evitar la incómoda sospecha de que, en su fuero interno, Dardo lo despreciaba, aunque nunca le dio la menor prueba de que fuese así. Tenían muchas cosas en común. Los dos habían ido creciendo paso a paso desde muy abajo hasta convertirse en los jefes de dos de las redes más importantes de tráfico de droga de Europa. Pero Wang traficaba con una droga tan vulgar como la maría mientras que Dardo dominaba el mercado de la elitista coca. Ambos habían querido diversificar su actividad. David traía a Europa remesas de chinos apiñados en bodegas de barcos o traseras de camiones. Dardo controlaba el tráfico de armas en las costas mediterráneas. De Dardo se decía que había sido amigo de Pablo Escobar y su socio actual era el argelino Al Nadir, considerado el traficante de armas más poderoso del mundo. Wang, en cambio, solo se relacionaba con M., un mando medio de una tríada en apariencia secundaria respecto a la todopoderosa 14K, y para poco más que recibir instrucciones de él. Dardo era un tipo simpático, rebosante de carisma, una de esas personas que entran en una habitación y de inmediato la llenan con su presencia. Wang era un hombre de pocas palabras, altivo y cauteloso en el trato, y nunca desarrollaba amistades a partir de sus relaciones de trabajo.

David Wang no podía evitar ver a Dardo como la encarnación de muchas de las cosas que él podría haber sido y no sabía ser, y eso hizo que siempre lo tratase con una recelosa distancia.

Cuando se paraba a pensarlo, le parecía ridículo. Envidiar a aquel tipo. O peor aún: tener complejo de inferioridad. Imposible. Durante aquellos años, David Wang había prosperado hasta convertir su fortuna anterior en algo despreciable en comparación con la que estaba amasando ahora. Compró la parcela en la urbanización La Florida y edificó en ella la vivienda y la cabaña a su gusto. Adquirió hábitos de hombre rico: chófer, vuelos en aviones privados, *suites* en hoteles de lujo, comidas y cenas siempre en reservados, doncellas, guardaespaldas, mujeres deslumbrantes que, con tarifas desorbitadas, satisfacían sus esporádicos deseos, y una legión de abogados, contables y asesores fiscales cuidando de sus intereses. Podía permitírselo todo. Podría permitirse más. Si miraba al cielo, no encontraba ninguna estrella que aún no hubiese atrapado.

Pero, si le hubieran preguntado, David no habría sabido decir si era o no un hombre feliz. Nunca había medido la vida en términos de mayor o menor felicidad. Por supuesto, había momentos puntuales de felicidad evidente. Cuando se encerraba en la cabaña, prohibía a sus empleados que lo molestasen si él no los llamaba y se pasaba horas —alguna vez, hasta dos o tres días— trabajando la piedra. El resto del tiempo, la vida para él no consistía en ser feliz, sino en alcanzar objetivos. Y él nunca había dejado de alcanzar ninguno.

Nunca había vuelto a sentir el desarraigo. Nunca se había permitido echar de menos a nadie del pasado.

Le gustaban los dragones. Era uno de ellos. Personificaban la riqueza y el poder. Un dragón no sentía complejos ni envidia de nadie.

Todo era perfecto.

Pero dejó de serlo cuando ese tipo que nunca le había llegado a gustar, que le hacía replantearse sus éxitos, Gabriel Melgar, alias Dardo, desapareció.

Todo ese mundo perfecto empezó a hundirse por culpa de una maleta. Un emporio minero y un imperio de tráfico de personas y de maría.

Un enorme entramado cuyos beneficios eran tales que costaba cuantificarlos.

Construido a lo largo de décadas.

Y bastó algo en apariencia tan intrascendente como la pérdida de una maleta para que comenzase a desmoronarse.

El Wat Buddhapadipa se alza desde 1975 en Wimbledon, a poco más de diez kilómetros del centro de Londres. Es un hermoso templo budista tailandés con frondosos jardines y varios estanques. Su edificación principal es un cuidado salón de ordenación de paredes blancas y techumbre ornamentada de colores dorado y rojo. Es un entorno idílico al que cualquiera, budista o no, puede acudir para meditar o para distanciarse del ruido, la velocidad y las exigencias del mundo exterior.

David Wang se bajó de un taxi frente a la entrada del templo. Llegaba del aeropuerto de Luton. Había despegado en *jet* privado antes del amanecer y ya se acercaba el mediodía. Era una soleada mañana inglesa. El verdor de la vegetación y el dorado y rojo del tejado del salón refulgían con aquella luz tan impropia del país.

Entró en el salón de ordenación. Un monje con la habitual túnica naranja lo saludó con una inclinación de cabeza y las manos unidas a la altura del pecho. David dedicó un rato a contemplar los tres budas —negro, dorado y esmeralda— que convivían, cada uno instalado en un repujado altar, en el interior del edificio, y los murales que cubrían las paredes con escenas del Dharma y de la vida de Buda. A pesar de la abigarrada decoración y el exceso de colorido, la estancia transmitía una relajante sensación de paz. Entraban ganas de dejarse llevar, de dejarse envolver por esa belleza rebosante de luz y de silencio, y olvidarse de todas las esclavitudes terrenales. Pero David Wang no tenía tiempo para eso.

No sabía qué demonios hacía allí.

M. lo había llamado. Tenía que ir a Londres. Debía estar a media mañana en ese templo. Y allí se encontraría con alguien.

Eso fue todo lo que le dijo.

Mientras bajaba las escaleras exteriores del salón, Wang se preguntó si aquel encuentro sería consigo mismo, si M. habría decidido que era un buen momento para que explorase su espiritualidad. Pensar eso le hizo reír.

Se detuvo junto a uno de los dragones dorados que custodiaban la entrada al salón. Miró a su alrededor. Había pocos visitantes en ese momento. Una pareja con aspecto de *hippies* ya talludos, un tipo solitario con aire despistado, tres adolescentes que cuchicheaban y reían bajito, otro monje de túnica naranja y cabeza rapada. Nadie con pinta de estar esperándolo.

Enfiló el estrecho camino que penetraba en los frondosos jardines. M. solo le había dicho que se encontraría con alguien en el templo y, para los budistas, el concepto «templo» lo abarca todo, no solo el edificio principal, sino también los jardines y los estanques.

En su interior, ya no se reía. No tenía sentido estar allí. A veces —y este era, sin duda, uno de esos momentos— estaba harto de que M. y sus misteriosos jefes lo tratasen como a un simple empleado. Empezaba a estar cansado de aquella regla no escrita de no hacer preguntas que le transmitió el señor Chen hacía ya casi una década.

Según caminaba, su mal humor iba en aumento. Les he hecho ricos a todos, se decía. Las redes de tráfico de personas y contrabando. Las minas de cobalto. Nada habría funcionado igual sin él. Que les jodan. A veces no estaría de más que le mostrasen un poco de respeto. Por ejemplo, no citándole a reuniones en destinos variados del planeta sin darle la menor información previa.

Caminaba despacio porque no sabía ni adónde iba ni si se esperaba que fuese en esa dirección.

Al borde de uno de los estanques, detrás de las ramas y flores que invadían el camino, David vio a un hombre sentado en un banco de madera. No se movía. Tal vez meditaba. O quizá solo dormitaba. Era un hombre menudo, algo entrado en kilos. Un monje de estilo contemporáneo. Con gafas, pelo cano en vez de calva y traje y corbata oscuros en lugar de túnica.

El hombre se volvió a mirarlo cuando se acercó.

—¿Qué haces tú aquí? —le preguntó David.

El hombre lo miró con la misma expresión bonachona que ya tenía de crío y que los años no habían logrado cambiar.

—Creo que ha llegado el momento de que hablemos, querido primo —contestó Zimo Wu.

—Entonces, ¿tú eres el líder de Nuevo Sol?

Zimo Wu alzaba la barbilla, buscando que el cálido sol le acariciase la cara. Las flores que los rodeaban se reflejaban en los cristales de sus gafas. Estaba a gusto. Y David, sentado a su lado en el banco, esperaba.

—Nuevo Sol es una peculiar corporación empresarial —le explicó Zimo—. No hay una única persona al frente. Las decisiones las toma un Consejo que se reúne aquí, en la City de Londres. Todos sus miembros son empresarios chinos que viven en diferentes partes del mundo. Y yo soy uno de ellos.

Wang dudaba. No estaba seguro de qué actitud deseaba adoptar. No sabía si alegrarse, enfadarse, protestar, marcharse, mostrarse cercano o mantenerse distante. No solía dudar. No era fácil sorprenderlo, no reaccionaba de improviso, no se desconcertaba. Pero aquel momento le estaba superando. Dudaba y dudar siempre lo había irritado.

Zimo, en cambio, tan solo sonreía con placidez, cerrando los ojos para que el sol no lo deslumbrara.

—Déjame que te cuente una historia —dijo, comprensivo, consciente del aturdimiento de su primo.

Le habló de Chao Yang, el taiwanés cuya red les trajo a España, el hombre que cambió la vida de David obligándolo a dejar Barcelona y a su hija e instalarse en Madrid. Los primos estuvieron separados durante cuatro años. Zimo no perdió el tiempo: concluyó sus estudios, conoció a su querida esposa Min y le propuso de inmediato matrimonio. Fue a ver a Chao Yang, que era el dueño del bazar en que él trabajaba como dependiente, y le presentó un plan para reorganizar sus negocios y obtener de ellos mayores beneficios, igual que en su día David le había presentado sus ideas para hacer dinero con el tráfico de marihuana. Chao Yang se quedó impresionado. Dos años después, Zimo se había convertido en su mano derecha y confiaba ciegamente en él para que dirigiese sus finanzas. Confiaba tanto en él que lo envió a Madrid para que pusiese orden en la gestión profesional del creciente negocio de la maría que David había montado con su dinero.

Zimo Wu se instaló en Madrid e hizo más que eso. Creó un sistema de préstamos a compatriotas que querían iniciar algún negocio. Lo construyó a partir del tradicional concepto chino del *guānxi,* la confianza sobre la que se asienta una red de contactos cuyos miembros prefieren recibir capital de un compatriota antes que de una entidad financiera. Utilizó para ello el dinero de Chao Yang sin que este lo supiera, hasta que los beneficios que obtuvo le permitieron servirse de su propio capital. Ese fue el despegue. A los pocos años de llegar a Madrid, cuando el destino de los dos primos ya se había separado, Zimo Wu tenía las oficinas de su consultora financiera en la penúltima planta de la Torre Picasso e invertía el dinero de sus muchos clientes y el suyo propio por medio mundo.

—¿Por qué me dejaste? —le preguntó David—. Siempre lo habíamos hecho todo juntos y, de pronto, decidiste abandonarme.

Zimo no titubeó. Parecía tener clara la respuesta:

—Tú eres un soldado, yo soy un mercader.

David Wang logró expulsar de las carreteras a su principal rival dejando un camión lleno de inmigrantes chinos muertos por el camino. No dudó en mezclar en la medicación diaria de Chao Yang unas pastillas que estaba seguro de que el viejo tomaría sin distinguirlas y que le harían explotar el corazón.

—Yo no era la persona adecuada para seguirte por ese camino, primo.

Zimo le habló también de China. A diferencia de David, había regresado a su país en muchas ocasiones. Visitaba a sus padres y a sus tíos, los padres de David. Y en esos viajes también había conocido a gente importante. Políticos. Empresarios. Personas influyentes. Le hablaron del plan secreto para desarrollar una red de inmigración ilegal al servicio del Gobierno. Le hablaron también de lo interesante que sería crear una alianza empresarial que les permitiese desarrollar negocios tanto dentro como fuera de la ley y bajo el amparo de la tríada más poderosa del mundo, la 14K. Le interesó la idea. Le presentaron a la gente que estaba dándole forma. Se sumó. Aportó sus ideas y experiencia. Nació la tríada Xin Tàiyáng, Nuevo Sol, y él fue uno de los siete miembros de su Consejo.

—¿Fuiste tú quien me abrió el camino para llegar hasta el Ministerio de Seguridad del Estado y M.?

Zimo Wu se tomó unos segundos, como si necesitase elegir entre varias opciones para responderle.

—Lo hiciste tú. De una manera natural, salvando todas las dificultades. Digamos que yo solo fui el inductor de la idea, el que logró que esa posibilidad llegase a tus oídos a través de personas interpuestas y que te sonase interesante.

—Las minas —dijo David—. También fuiste tú quien me eligió para que M. me propusiese el proyecto.

Zimo calló. David meneó la cabeza con desaliento.

—Has estado manipulándome durante todos estos años.

—No te ha ido mal, ¿no te parece? Sé que eres orgulloso, primo. Pero no dudes de que todos tus éxitos son el fruto de tu talento. Yo me he limitado a tender algunos puentes para que los cruzases.

—¿Por qué no me has dicho hasta ahora que estabas tú detrás?

Zimo extendió las manos, dando a entender que la respuesta era obvia.

—Porque no era necesario. La manera más segura de que alcanzaras tus metas era que recorrieras el camino a tu manera. Yo solo habría sido una molesta injerencia.

—Pero te has beneficiado de ello.

—Los dos nos hemos beneficiado de ello, querido primo.

Zimo le habló entonces de Min y los chicos con una mezcla de ternura y orgullo. El mayor estudiaba en Harvard (lo repitió dos veces: Harvard, nada menos que Harvard, ¿te lo puedes creer?, llenándosele la boca). La chica estaba allí, en Londres. Le había salido artista. Pintora. De los otros dos, uno iba para arquitecto y el otro, más divertido y loco que el resto, decía que quería ser piloto de Fórmula 1 y capaz era de lograrlo.

—Amo a mi familia —le dijo—. Por ellos lo he hecho todo.

David no prestó atención al repaso familiar. Lo dejó hablar mientras se esforzaba en asimilar aquella locura. ¿Su vida no era suya? ¿Zimo la había ido diseñando en la sombra? Su primo. Costaba creerlo. El gordito Zimo. El chico tímido y asustadizo con el que se subió a la parte trasera de un carricoche una noche en Qingtian. Yo iré donde tú vayas, solía decirle. Tú has ido a donde he querido que fueras, le estaba diciendo ahora, más de treinta años después de aquella noche.

No había alcanzado ninguna estrella. Porque las estrellas eran propiedad de otro. Eran de Zimo, el primito tímido y empollón. Solo le había permitido que jugase con ellas.

—Me alegra que volvamos a estar juntos —concluyó Zimo Wu—. Te he echado de menos.

—¿Por qué estamos aquí? —le preguntó David.

Zimo suspiró y extendió los brazos.

—Es un lugar precioso. El lugar perfecto para una conversación tranquila. Los tailandeses saben hacer estas cosas mejor que nosotros, ¿no te parece?

—No me refiero a este templo. ¿Por qué estamos en Londres y no en Madrid? ¿Por qué has decidido que era el momento adecuado para reaparecer en mi vida?

Zimo se volvió a mirarlo. Su rostro se cubrió con una sombra de decepción. Como si en aquel instante se diese cuenta de que David no estaba tan encantado con el reencuentro como había esperado. Pero no dijo nada. Prefirió centrarse en el motivo de la cita.

Dardo había desaparecido. Se había desvanecido sin dejar rastro.

Zimo Wu y el resto de los miembros del consejo de Nuevo Sol habían movido todos los hilos hasta que consiguieron averiguar qué estaba pasando.

La DEA, la agencia antidroga americana, llevaba años detrás de Dardo. Y el FBI. Y la CIA. Todos tenían motivos de sobra para ir tras él. Y, al parecer, al fin lo habían podido agarrar por las pelotas. Podían encerrarlo una buena temporada. Le habían ofrecido el trato habitual: si les servía en bandeja un pez aún más gordo que él, quizá pudiesen llegar a un acuerdo. Dardo se había instalado en una casa en el sur de Portugal para evitar que las autoridades españolas se sumasen a la fiesta, y desde allí negociaba su futuro con un equipo formado por miembros de todas esas agencias yanquis. Según habían podido averiguar, había ofrecido a los americanos un pez suculento: el tal Al Nadir.

Esa historia no tenía nada que ver con ellos. Pero había dos problemas, le dijo Zimo a David.

El primero era que siempre existiría el riesgo de que Dardo decidiera adornar su oferta a los americanos. Podía incluir en el paquete a Nuevo Sol y contarles un bonito relato sobre sus diferentes actividades ilegales. La guinda perfecta. Así, su destino en el programa de protección de testigos o lo que fuese que le dieran a cambio podía subir de categoría.

El segundo problema era una maleta.

Sesenta millones de dólares.

Era el pago más reciente que David Wang le había entregado a Dardo para que, a su vez, su gente se lo hiciese llegar a Káiser. Con ese dinero, Káiser no solo se embolsaba una considerable cantidad. También compraba la voluntad de los codiciosos señores de la guerra que acataban sus órdenes y la de los funcionarios y políticos que protegían su impunidad, además de retornar una parte a Dardo como pago por las armas que este le proporcionaba. Sin ese dinero, todo el entramado de protección de los cargamentos saltaría por los aires y la única alternativa sería un violento caos.

Ahora, Dardo había desaparecido y nadie sabía dónde estaba esa maleta con sesenta millones de dólares en bonos al portador de bancos de diferentes paraísos fiscales, que era como exigía Káiser los pagos. Y el Consejo de Nuevo Sol estaba enfadado. Muy enfadado.

—Sin duda, es una contrariedad —dijo David—. Pero Nuevo Sol gana veinte veces más que eso al año solo con las minas del Congo.

—Ninguna empresa sobrevive si no se preocupa por sesenta millones de dólares desaparecidos —respondió Zimo—. Pero, entiéndelo, no se trata tanto de la cantidad como de lo que supone esta situación. Hay que tener en cuenta la mentalidad oriental. La búsqueda de la perfección. La rigidez que impide perdonar los errores. Una organización como Nuevo Sol no puede funcionar si va dejando cabos sueltos.

El Consejo estaba reunido en Londres para debatir la situación. Por eso estaba Zimo allí y por eso había decidido verse con David. Porque el Consejo consideraba que el responsable de la desaparición de la maleta era el hombre que se la había entregado a Dardo.

La situación era grave. Tanto como para que, por primera vez después de todos esos años, Zimo Wu hubiese preferido tratarlo personalmente con David y no a través de M.

—Ya sabes cómo son estas cosas —dijo Zimo—. Los miembros del Consejo son impacientes, inflexibles y drásticos. Lo que antes les parecía un gran acierto, como era utilizar a Dardo como nuestro intermediario con Káiser, de pronto se considera una decisión estratégica temeraria e imprudente. Tú eras el que la ejecutaba, así que ahora se te culpa de la desaparición de los sesenta millones. Y no se espera algo tan simple como reponer la cantidad perdida. Lo que se debate es si el sistema de pago era una chapuza sin las garantías suficientes y si la pérdida de la maleta se puede deber a tu imprevisión. Toda tu relación con Nuevo Sol está ahora mismo en entredicho.

David lo escuchó en silencio y tampoco dijo nada después. No trató ni de justificarse (la decisión de aliarse con Dardo no había sido suya, le había venido dada) ni de defenderse (¿qué culpa tenía él de que a Dardo lo hubiese arrinconado el aparato de seguridad de Estados Unidos al completo y una puta maleta se hubiese extraviado por el camino?). No protestó al verse convertido en cabeza de turco porque sabía que no serviría de nada.

Tampoco compartió con Zimo la información que tenía.

No iba a confiar en alguien que había estado dirigiendo y vigilando sus pasos durante años sin dar la cara. Aquel hombrecito de voz templada y maneras lentas ya no era su primo.

Por eso no le contó lo que sabía sobre la maleta. No le contó que, antes de irse a Portugal, Dardo lo había llamado. Le había dicho que debía desaparecer durante un tiempo. Nunca habían sido amigos y a David lo sorprendió y admiró aquel último gesto de lealtad con él. Dardo le dijo que ciertos asuntos personales se habían precipitado, que se iba, pero que no se preocupara por los sesenta millones: la maleta estaba en un lugar seguro, nadie podría dar con ella, él se ocuparía de hacérsela llegar en cuanto las cosas se calmaran. Le dio su palabra, le pidió que confiara en él, que le diese un poco de tiempo. Era mejor estarse quieto por el momento. Había demasiados ojos observando cada uno de sus movimientos.

David Wang no le contó nada de eso a Zimo. Aquella información podría serle útil más adelante, ya decidiría cómo manejarla. No quiso ofrecérsela a su primo sin haber pensado con más calma los pasos que debía dar. O quizá no se la guardó por eso. Tal vez el único motivo para callarse fue el orgullo herido. Porque necesitaba tener algo que fuese solo suyo.

Zimo Wu le había hablado a David de dos problemas durante su encuentro en Londres.

Diez días después, volvió a hablar con él, esta vez por teléfono.

—¿Conoces el Algarve? —le preguntó.

David le dijo que no sabía ni qué significaba esa palabra.

—El sur de Portugal —le aclaró su primo—. Me dicen que es una preciosidad. Te lo digo por si no sabes dónde pasar tus próximas vacaciones.

—¿Me llamas para decirme eso?

—Pensé que te podía interesar.

—Yo nunca me tomo vacaciones.

Zimo hizo una pausa y luego dijo:

—Káiser acaba de estar allí. Ha vuelto muy contento.

No hablaron más.

David Wang se enteró por sus propias fuentes unos días después. Dardo también había desaparecido de la casa donde estaba en Portugal. Aunque nunca se encontró su cuerpo, desde el primer momento fue evidente que había sido asesinado.

Zimo le había mentido, pensó David cuando lo supo: hacía mucho que ya no era solo un mercader.

El primero de los problemas había quedado solucionado. Aún quedaba pendiente el segundo. Y ese le tocaba a él. Tras lo ocurrido en el Algarve, sería mucho más difícil dar con la maleta.

Empezaron a ocurrir cosas. Sin prisas. Una tras otra, con tiempo entre ellas, como si fuesen acontecimientos sin relación. Pero David Wang no era tan ingenuo. No se trataba de una mala racha ni de que la fortuna le hubiese dado la espalda. A él no se le podía quitar de en medio así como así. Los beneficios de algunos de los negocios de Nuevo Sol dependían demasiado de él como para que no actuasen con una cierta prudencia y sin tomar decisiones bruscas. Por eso habían optado por eliminarlo poco a poco.

Una periodista influyente, una tal Daniela Lozano, llevó a los medios la misteriosa desaparición de Dardo. Durante un breve periodo, en la prensa se pusieron de moda las historias sobre las redes de crimen organizado que se suponía que actuaban en España. Se construían relatos con una cierta épica, cercana a la mitificación, sobre presuntos jefes de clanes criminales, todos presentados como remedos domésticos de Vito Corleone. Se escribió sobre Dardo. Pero también se escribió sobre David Wang. El último emperador de Cobo Calleja, lo llamaban. El hombre que había hecho una fortuna abasteciendo a los bazares chinos. Y algo más. Había mil rumores. Drogas, explotación de trabajadores, contrabando de mercancías. A falta de pruebas, el interés mediático sobre David pasó deprisa. Pero su reputación quedó para siempre en entredicho en el mundo paralelo y sin olvido de internet.

David supo que aquella atención sobre él no era casual, que eso solo era el principio.

Por aquella época, algunos de los policías que mantenía bien pagados le informaron de que la Fiscalía Anticorrupción de la Audiencia Nacional había iniciado una investigación sobre sus actividades financieras a la que habían bautizado como Operación Mulán. El nombre le pareció gracioso. Aquello le hizo empezar a barajar la idea de dejar España. No le daría pena. No sentía el menor apego al país, ni mucho menos a los españoles, a los que consideraba blandos, sumisos y perezosos.

Un año después de la desaparición de Dardo, varios de los camiones de la Red de Wang que transportaban maría fueron interceptados en diferentes carreteras europeas. Ocurrió lo mismo con transportes de inmigrantes ilegales provenientes de China. Era imposible creer que una mera casualidad hiciera coincidir en el tiempo operaciones independientes de diversas Policías europeas. Alguien quería hacer daño a los negocios de David Wang. Y lo consiguió. La Red de Wang se resintió.

Dos años después, durante una cena en un selecto restaurante del Barrio Latino de París, M. informó a David de que la red de inmigración de la que se servía el Gobierno chino debía desmantelarse. Europa ya no era un destino tan atractivo y cada vez eran menos los ciudadanos chinos que deseaban o, al menos, aceptaban sin resistencia abandonar el país. Buena señal. China progresaba. Tocaba un cambio de políticas. Lo mejor era enterrar para siempre aquel asunto de la inmigración a la vez ilegal y planificada.

Tres años después de la desaparición de Dardo y de la maleta, David Wang y Zimo Wu compartían mesa en el comedor privado de las oficinas de este en la Torre Picasso.

Durante ese tiempo, Zimo y David habían mantenido escaso contacto. Al principio, tras el reencuentro de Londres, Zimo había tratado de restablecer la cercanía perdida. Lo había invitado varias veces a comer en su casa y

David siempre lo había rechazado con vagos pretextos. Las pocas ocasiones en que hablaban por teléfono, Zimo le repetía que a Min le encantaría verlo y David lo escuchaba sin reaccionar. Acotaba las conversaciones a los asuntos de negocios. Su primo acabó aceptando que no deseaba más.

Cuando empezaron a sucederse los contratiempos, no los contrastó con Zimo. No le preguntó siquiera si estaba detrás de ellos o si eran imposiciones de los otros miembros del Consejo. No le dijo que sabía que aquella era una lenta pero decidida manera de acabar con él. Tampoco usó la ironía, aunque a veces le apetecía, para agradecerle que en su caso hubiesen elegido esa muerte lenta en lugar de una rápida visita de Káiser.

Durante aquella comida, Zimo le expuso sus nuevos planes.

El negocio de las minas iba a cambiar.

—¿Recuerdas cuando reorganizamos las naves con el sistema de cooperativas? —le dijo, con entusiasmo—. Voy a hacer algo parecido con las minas del Congo.

Le contó que Nuevo Sol no pasaba por su mejor momento. La antigua unidad entre los miembros del Consejo se había roto y ahora todo eran discrepancias sobre los nuevos caminos que debían tomar. Las organizaciones que no evolucionan se acaban anquilosando, le dijo Zimo. Nuevo Sol necesitaba un cambio. Redefinirse. Refundarse. La estructura directiva del Consejo ya no funcionaba. Y él tenía un plan para cambiarla. Iba a ponerse al frente en solitario. Sería un *primus inter pares*, le dijo. Y el primer paso para lograrlo implicaba a la red minera del Congo.

Nuevo Sol participaba en varias sociedades mineras similares a la que había creado David para explotar el cobalto en Katanga. En el Congo se extraía de todo, no solo cobalto. Cada vez aumentaba más la rentabilidad de la explotación del oro y de las llamadas Tres Tes (estaño, tantalio y wolframio o, en inglés, *tin, tantalum* y *tungsten*), pero también la de los diamantes y el cobre, por más que el coltán y el cobalto siguieran siendo prioritarios. Nuevo Sol había invertido en minas en Katanga, en el norte y en el sur de Kivu, en Walikale, en Rutshuru y en Bisembe. En realidad, por todo el país. Siempre la misma fórmula: cada explotación dependía de una empresa independiente, parte de cuyo capital pertenecía a Nuevo Sol y otra parte a un socio como él, que la dirigía.

—Voy a adquirir todas esas empresas y a hacerme con el control único y directo de todas las minas —le anunció Zimo Wu.

Había llegado a un acuerdo con el actual Gobierno del Congo. Le financiaría proyectos a su elección. De hecho, se convertiría en el segundo mayor patrocinador de proyectos del Gobierno congoleño tras el mismísimo Gobierno de China. A cambio, se le facilitaría la reunificación y la gestión de todas aquellas minas bajo una única sociedad. Zimo daría entrada en ella, con participaciones menores, a los miembros del Consejo de Nuevo Sol a cambio de que lo aceptasen como máxima cabeza de la organización.

David no dijo nada. Solo esperó a que llegase lo que sabía que vendría a continuación.

Zimo quería comprarle su parte en la empresa que explotaba las minas de cobalto de Katanga.

—Me expulsas del negocio —le dijo David.

Zimo Wu miró a un lado. Contempló el cielo y los tejados de Madrid que podían verse a través de la cristalera del comedor. Meneó la cabeza, desalentado por el tono de él.

—Recibirás un pago muy generoso —le aseguró—. Podrás dedicarte a lo que desees.

—Sigues queriendo dirigir mi vida.

—El Consejo lleva años debatiendo si cortar toda relación contigo. Soy el único que te ha defendido siempre. Hace mucho que perdieron la confianza en ti.

—Por una maleta.

—Porque las cosas cambian.

—Al menos esta vez actúas de frente.

—Así son las cosas ahora. Pero tal vez volvamos a colaborar en el futuro.

—Tú y yo nunca hemos colaborado.

David Wang no se terminó la comida.

Salió a la calle y avisó al chófer de que iba a caminar un rato.

¿Qué esperaba su primo? ¿Que cogiese el dinero que le ofrecía por la empresa y pasase el resto de sus días haciendo vida de jubilado? Sí, claro. Podía dedicarse a otras cosas, como le había dicho. Podía poner un puesto de figuritas de jade en alguna playa de Canarias o algo así.

Ya no estaba dispuesto a volver a ser solo un vulgar traficante de maría.

Hervía de furia.

El Consejo le había dado la espalda. Esa estupidez que Zimo disfrutaba repitiendo con esa solemnidad con que ahora le gustaba hablar a su primo tímido y gordito: han perdido la confianza. Llevaban tres años desmontándole paso a paso todo lo que había logrado. Gota a gota. Una jodida tortura china. Así son las cosas ahora. ¿Quiénes se creían que eran Zimo Wu y sus misteriosos amiguitos de esa organización de mierda?

Una maleta. Todo había empezado por ahí. Habían decidido condenarlo por algo de lo que no tenía la culpa. Costaba creerlo.

Alguien, no él, tal vez Zimo, había decidido en su día que ese tipo, Dardo, era el socio perfecto para ocuparse de pagar a Káiser. Y circunstancias que nada tenían que ver con ellos habían provocado la desaparición de una maleta. Y él tenía que pagar por aquello. Porque así lo había decidido alguien. Porque así le convenía a alguien. Porque así alguien evadía su responsabilidad.

Porque así son las cosas ahora. Una excelente razón.

David Wang estuvo un buen rato caminando. Y eso no aplacó su ira. Y cuando se detuvo y miró a su alrededor no tenía ni idea de dónde estaba. Cayó en la cuenta de que apenas conocía la ciudad en la que llevaba viviendo más de veinticinco años.

Leyó el cartel de la calle, llamó a su chófer y le dijo que fuese a recogerlo. Después telefoneó a Shewei y le dijo que quería verlo en su casa en una hora.

Así son las cosas ahora, se repitió. Y su ánimo se empezó a templar.

Aquilino Sánchez no era, en sentido estricto, abogado de Dardo. O, al menos, no uno de los habituales ni, desde luego, el que llevaba sus asuntos más importantes. Solo era un picapleitos con pretensiones, con más astucia que prestigio, al que aquel recurría de vez en cuando para que solucionase cuestiones judiciales menores porque siempre venía bien diversificar. Pero era perfecto para lo que David Wang pretendía.

Sus propios abogados le dieron la idea. Habían pasado tres años. Dardo había desaparecido. Tiempo suficiente para que se pudiese instar su declaración de fallecimiento. No tenía familia. Por lo que averiguó Wang, todo su patrimonio y sus negocios habían quedado flotando en un limbo legal. Alguien, un abogado que pudiese acreditar haber ejercido en su día su representación legal, podía ocuparse. Y, técnicamente, Aquilino Sánchez cumplía los requisitos.

Shewei se presentó en su despacho. Al principio, al abogado le pareció divertido que apareciese preguntando por él un chino vestido con un traje que le pegaría más a un mafioso de Chicago de los años veinte y con la cara de un villano de película de kung-fu. Luego, le pareció la oportunidad de su vida.

Le dijo lo que pretendían de él. Una maleta. Era extraño, pero el abogado no hizo preguntas. El jefe de aquel chino quería que accediese al patrimonio de Dardo y lo removiese con el único fin de encontrar una maleta. Y le pagarían una pasta impresionante si lo lograba.

Obtuvo una copia del testamento en el Registro de Últimas Voluntades. Había una heredera. Su exmujer. Indagó. Una tía buena que, al parecer, lo había abandonado hacía unos veinte años. Genial. Ella lo llevaría hasta la ansiada maleta.

David Wang no pararía hasta dar con ella. Igual que los miembros del Consejo se habían tomado su tiempo para ir jodiéndole, él tampoco tendría prisa. La encontraría. Aunque solo fuese por orgullo. Para darles una lección. Y, ya de paso, los sesenta millones no le vendrían mal en aquel momento en que todos sus principales negocios se torcían.

Wang podía ser más débil que antes. Pero no estaba muerto.

Y Aquilino Sánchez empezó a fantasear con un chalé en Jávea, un coche nuevo y una nueva perspectiva de su vida sexual en un coqueto pisito de la calle Doctor Fleming.

El templo de Buddhapadipa no había cambiado en nada desde que estuvo allí la última vez. Hasta las flores del camino que atravesaba los estanques parecían las mismas de tres años atrás.

Esa vez David no entró antes en la sala de ordenación. Fue directo a los jardines. Se cruzó con una pareja de *hippies* maduros, un tipo con aire intelectual, unas adolescentes y un monje. O tal vez no. Quizá solo lo imaginó inducido por la sensación de *déjà vu* que lo envolvía.

M. lo esperaba en el mismo banco en que se sentaron Zimo y él. David había elegido dónde encontrarse. M. lo había llamado y le había dicho, sin detalles, como siempre, que debían verse. Y Wang le respondió que esa vez decidiría él dónde.

Así son las cosas ahora, le dijo.

Y lo atrajo la sutil ironía de que el encuentro se produjese en aquel mismo sitio.

La mañana no era soleada en esta ocasión. El cielo amenazaba lluvia. Mejor no alargarse.

—¿Ha sido usted? —le preguntó M.

David sabía a qué se refería, por supuesto.

Una semana antes, un grupo de hombres blancos armados habían asaltado uno de los prostíbulos más reputados de Ciudad del Cabo. Tenían claro a quién buscaban. Irrumpieron en una habitación donde un tipo pelirrojo, con un puro negruzco en una esquina de la boca y un vaso hasta arriba de whisky en la mano, disfrutaba sentado en un sillón, en una terraza con vistas al mar, de las habilidades de una prostituta que estaba arrodillada entre sus piernas. Cuando vio entrar a los hombres, fusiles en mano, solo dijo:

—Mierda. Se acabó.

A la mujer la dejaron marchar.

—Ahora el señor Wu va a tener serios problemas —le

dijo M. a David, sin esperar respuesta—. Sin Káiser, las bandas empezarán a guerrear entre sí y ninguna respetará los cargamentos. Las pérdidas pueden ser enormes. Y eso complicará el proyecto de reorganización que ha puesto en marcha el señor Wu.

Por un momento, Wang estuvo tentado de preguntarle a M. qué opinaba de todo eso. Era extraño, pensó. Después de tantos años, no sabía nada de él. No sabía si era leal a Zimo o a los otros miembros del Consejo, no sabía si tenía familia o si le gustaba el *sushi* o un buen chuletón, o si prefería el frío o el calor, o si alguna vez le apetecía sustituir el ostentoso Rolex por un elegante Patek Philippe. Pensó que tal vez, ahora que todo estaba cambiando, era un buen momento para que se conociesen un poco.

Pero no le dijo nada de eso. Solo le preguntó para qué quería verlo.

Los miembros del Consejo estaban inquietos. Ese plan del señor Wu de unificar bajo su mando todo el conglomerado de empresas mineras no había sido debatido ni consensuado por ellos. Ni siquiera se habían enterado a través de Zimo Wu, sino por soplos de terceros.

Alguien les había hecho llegar la información.

Alguien. David Wang contuvo la tentación de alardear al oír aquello.

Ahora debían decidir cómo reaccionar.

—Los últimos años no han sido fáciles —dijo M.—. La relación entre el Consejo y usted ha sufrido. Pero algunos aún recuerdan el buen trabajo que hizo durante años. Hay quien cree que podría ser un buen momento para que se iniciase una nueva etapa con usted. Partir de cero. Hasta se ha mencionado la posibilidad de incorporarlo como miembro al Consejo.

M. le traía una propuesta.

—En realidad, los demás miembros del Consejo desean que el señor Wu abandone Nuevo Sol. Se sienten traicionados por él. Digamos que ha pasado de ser un socio a ser una amenaza para sus intereses y quieren atajar de raíz los riesgos que ello implica antes de que sea demasiado tarde.

David miró a M. Estaba sentado muy recto en el banco, sin que su espalda tocase el respaldo, tal vez para mantener su traje de color crudo sin una mancha ni una arruga.

—¿El Consejo me está proponiendo rehabilitarme a cambio de que mate a Zimo Wu?

No preguntas. No peticiones. No dudas.

La afable voz del señor Chen, el gris director del departamento del Ministerio de Seguridad del Estado, resonó una vez más en un rincón muy lejano de su cabeza.

Levantó la mirada y contempló aquel cielo tan inglés. Tal vez, detrás de las oscuras nubes hinchadas de agua, hubiese aparecido alguna estrella.

David Wang recordó las palabras de su primo.

Soy un soldado y tú, un mercader, se dijo.

Pero no era cierto.

Hacía mucho que el gordito y tímido Zimo había dejado de ser un mercader para convertirse en un soldado.

Y hacía mucho que él había dejado de ser un soldado. Se había convertido en un dragón.

Cayeron las primeras gotas de lluvia. Unos goterones fríos y gruesos. Había que irse.

Le dijo a M.:

—Dígales que lo haré.

VII

Guillermo empujó hacia atrás la silla hasta que quedó apoyada en equilibrio sobre las dos patas traseras. Eso le permitió estirar el cuerpo. Se frotó los ojos, dejó escapar un bostezo y abrió otro poco más el nudo de la corbata, a pesar de que hacía horas que ya se lo había aflojado para desabrocharse el botón más alto de la camisa. Él, siempre formal, no solía hacer nada de eso si estaba con gente. Pero era la una y media de la madrugada, llevaban en aquella sala de reuniones de la Audiencia Nacional desde las diez de la mañana y acumulaban demasiadas jornadas semejantes como para andarse con miramientos.

—Señoras y señores —dijo exagerando el tono—, creo que es el momento perfecto para que hagamos un breve receso.

Todas las personas sentadas en torno a la gran mesa central se mostraron de acuerdo. Había dos miembros de la Guardia Civil, otros dos del Cuerpo Nacional de Policía, una colega fiscal, una representante de la Oficina de Blanqueo de Capitales y otro de la Agencia Tributaria. En la mesa se amontonaban papeles, vasos de plástico de la máquina de café y media docena de latas vacías de Coca Zero. En diferentes lugares de la sala había dos pizarras llenas de flechas, cifras y garabatos, un gran corcho sobre un atril con papeles clavados y varios cargadores de móvil enchufados a la pared. Una de las ventanas estaba entornada porque hacía más de una hora habían pactado convertirse en delincuentes, saltarse la ley y permitir que dos de sus miembros fumaran un cigarrillo sin tener que bajar a la calle.

Más en serio, Guillermo añadió:

—Solo puedo agradecerles su trabajo. Soy consciente de que su compromiso y dedicación no tienen nada que ver con el sueldo. A partir de ahora, si les parece, podríamos regresar a los horarios razonables y a esa vida que dicen que existe fuera de esta sala.

Todos se mostraron de acuerdo, aunque sospechaban que no sería así. A la mañana siguiente o como muy tarde en un par de días, aquel puntilloso e incansable fiscal volvería a llamarlos y, con esa cortesía que hacía tan difícil negarle nada, volvería a rogarles que se vieran para dar otro empujón a la Operación Mulán. Y todos dirían que sí, no solo por su sentido del deber sino sobre todo porque, después de tres años formando parte de aquel grupo de trabajo extraoficial, al fin vislumbraban la posibilidad de un final feliz para una investigación que durante tanto tiempo había permanecido en dique seco.

Los miembros del grupo se fueron a casa. Guillermo pasó por su despacho para coger el chaquetón y salió a la calle. Daba gusto sentir el aire fresco. Bajó caminando hacia la plaza de Colón. Iba a tomar un taxi, pero antes se detuvo y llamó a Estela.

Ella contestó al instante, sin rastro de sueño en la voz.

—Siento las horas —dijo Guillermo—, pero me pediste que te llamase en cuanto pudiese decirte algo en firme, fuese cuando fuese.

—Llevo días esperando esta llamada.

Le hizo gracia pensar que Estela nunca le había dicho algo así y con tanta pasión.

—Lo tenemos —anunció.

No entró en detalles. No hacía falta.

A veces, ante un puzle que parece imposible, colocar una única pieza genera una reacción de hallazgos en cadena. Aquella jodida Operación Mulán había sido un callejón sin salida. Y de pronto, a velocidad de vértigo, indagando en el Registro Mercantil, en el Ministerio de Trabajo, en la Comisaría General de Extranjería, en la Seguridad Social, en la Agencia Tributaria, en Puertos del Estado, en el Servicio de Vigilancia Aduanera, poniendo patas arriba a media Administración con docenas de llamadas, *mails* pidiendo información y visitas en persona de los subordinados de los diferentes miembros del grupo, una vez que sabían adónde dirigir cada disparo, la Operación Mulán se había transformado en un rompecabezas en el que las piezas empezaban a adquirir sentido.

Estela estaba detrás de todo lo que había desencadenado ese vuelco en la operación. El punto de partida había sido el documento que le pasó a Guillermo cuando se vieron en la cafetería. Algunos de los interrogantes y las sugerencias de investigación que planteaba ella eran ya conocidos por el grupo de trabajo que dirigía el fiscal, pero otros abrieron nuevas vías que explorar. Y esos caminos novedosos se despejaron más aún con la escueta pero indispensable pista que aportó Virginia. Una sola palabra: Congo. Un hilo diminuto. Pero tirabas de él y caía un espeso telón. La red de blanqueo de Wang pasaba por el país africano. El dinero que obtenía de la maría y los inmigrantes entraba en el circuito legal a través de sus inversiones en minas congoleñas. Lo detectaron a través de facturas de fletes que emitían un par de armadores. Aumentaban el número e inflaban el coste de contenedores y rutas contratadas para traer mercancías para bazares desde diversos puertos orientales a los de Barcelona y Valencia por las empresas pantalla de Wang. Encubrían así rutas desde Sudáfrica a China financiadas con dinero negro que las facturas falseadas permitían blanquear. Eso fue solo el principio. Identificaron más agujeros contables y fiscales, más operaciones fraudulentas y más vías de lavado del dinero. Y después llegó la información sobre asuntos de aduanas y extranjería que le pasó a Guillermo una fuente anónima. Lo recibido era más que suficiente para solicitar al juez la imputación de Wang por unos cuantos delitos sustanciosos. Por más que interrogó a Estela sobre la identidad de esa misteriosa fuente, la inspectora le aseguró no tener ni idea de quién podía ser. Guillermo, por supuesto, no la creyó.

—Lo tenemos, Estela, lo tenemos —repetía el fiscal con entusiasmo—. Has hecho un gran trabajo.

Al otro lado del teléfono, se hizo el silencio.

—¿Estás llorando por la emoción? —bromeó él.

Oyó que ella se reía.

—Yo nunca lloro, Guillermo. A veces, hasta dudo de que tenga emociones.

Él la acompañó en la risa.

—Tenemos que quedar para celebrarlo —dijo Estela.

—Iremos viendo —contestó él.

Cortó la llamada y subió al único taxi que había en la parada. Apoyó la cabeza en el respaldo.

—Lo tenemos —susurró.

Y cerró, agotado, los ojos.

Estela se apoyó en el marco de la puerta y contempló a Inés mientras dormía. Hasta el dormitorio llegaba la luz de la cocina desde el otro lado del pasillo. Apenas podía distinguir la cabeza de la niña entre la penumbra. Solo llegaba a ver el pelo que asomaba entre las sábanas y la almohada.

Esto es lo único que necesito, se dijo. Ver dormir a Inés. Daba igual que a veces la cansase, la hiciera enfadar, la preocupase e incluso la aburriese. Pensó que ya iba siendo hora de que aprendiera que nada de eso tenía que ver con el amor de madre y así dejaría de torturarse por memeces.

Aquel sencillo pensamiento la sorprendió. Ella no era de arrebatos sentimentales, ni mucho menos de exaltaciones maternales.

Sentía esa melancolía que a veces asalta al final de un viaje, una mudanza o unas vacaciones. Los nervios de los últimos días se habían desvanecido tras la llamada de Guillermo y los sustituía la inesperada sensación de que se acercaba el final de un tiempo que, de una u otra manera, tendría algo de definitivo en su vida. Por eso había sentido el impulso de ir a ver a Inés tras la llamada de Guillermo, porque verla dormir había sido siempre el mejor bálsamo para enfrentarse a esos sentimientos irracionales que aparecían y se hacían gigantes durante las noches de insomnio hasta que se disolvían sin dejar rastro al llegar el amanecer.

Después de la rápida sucesión de acontecimientos que siguieron a la muerte de Roi Conde, Estela se veía atrapada en un parón que la ahogaba en la impaciencia. Poco podía hacer. Era el turno de Guillermo y del equipo que llevaba la Operación Mulán. Le había pedido al fiscal que la incorporase al grupo, pero él había rechazado la idea. Estela había sido apartada del caso de Polvoranca, así que era mejor no provocar un conflicto competencial, argumentó. Le prometió que la mantendría informada de todo, pero le pidió que permaneciese al margen.

Llevaba días esperando que Guillermo le hiciese una llamada como la de aquella noche.

Lo tenemos, Estela, lo tenemos.

Y los nervios de esos días se marcharon y su sitio lo ocupó esa contradictoria sensación de agradable tristeza.

Lo tenemos.

Lo tenemos, Roi, le tenemos.

Aquellos días Estela había regresado a las rutinas de oficina. Ocupaba su sitio frente al ordenador y procuraba quitarse de en medio las nuevas tareas que le llegaban para volver a repasar documentos releídos hasta sabérselos de memoria y visitar páginas de internet en las que había estado innumerables veces, por si se había saltado algo que pudiera ser de utilidad, cualquier cosa, por pequeña que fuera.

El comisario Ramos pasaba a su lado cuando entraba o salía del despacho, pero no le dirigía la palabra, ni siquiera para saludarla o despedirse. Solo le habló una vez. Se detuvo junto a su mesa y le dijo con tono impersonal:

—El inspector Iván Castro ha pedido hoy oficialmente su pase a la segunda actividad.

La noche anterior, Guillermo había llamado a Estela y

le había contado que una fuente anónima había contactado con él para decirle que deseaba pasarle información relacionada con la Operación Mulán.

Ella no le dijo nada al comisario. Este solo añadió:

—No dudes de que cumpliré con el resto de lo acordado.

No hablaron más.

Lo tenemos.

Le comían las ganas. Quería hacer más, ayudar a Guillermo y su grupo de alguna manera, pero no se le ocurría cómo. Necesitaba asegurarse de que David Wang no se les escabullía.

Llegó a coger el Nissan e ir a la urbanización La Florida. Vio atardecer varias veces mientras vigilaba la casa de Wang. Pero ninguna de esas tardes lo vio salir. Ya no tenía asignado ningún caso relacionado con David Wang. Si la identificaban allí, se metería en problemas. Se obligó a dejar de ir. Aún respetaba algunas normas y procedimientos.

Lo tenemos.

Le gustaba repetírselo en su cabeza. Le gustaba cómo sonaba.

Contundente. Definitivo.

Dejó de contemplar a Inés. Fue a la cocina y bebió de la botella de agua de la nevera. Después fue al salón y, a oscuras, se asomó por la ventana. Fuera, el barrio dormía en una quietud total.

Cuando empezó el amanecer, estaba sentada en el sofá del salón. Descalza, con un pantalón de pijama y una camiseta. Hacía rato que se había quedado fría, pero no se decidía a levantarse para ir a por calzado o a por algo de abrigo. Se abrazaba las piernas, encogida. Pensaba. Luchaba por concretar ideas y decisiones.

Lo tenemos.

Pero no.

David Wang salió de la cabaña y, a pesar de que a aquellas horas aún no brillaba con intensidad, el sol lo deslumbró. Había estado tan embebido en el taller que ni siquiera se había dado cuenta de que había amanecido.

Iba descalzo y vestía la camiseta de tirantes y los pantalones cortos que solo se ponía para trabajar el jade. Había descubierto una veta, poco más que una línea, corta y estrecha, más clara que el resto de la piedra en la parte trasera de la cota de malla del guerrero que estaba tallando. Algo imperceptible para alguien que no entendiera. Él tampoco era capaz de apreciar a simple vista su profundidad, por lo que había tenido que utilizar un monóculo de aumento. Pero no estaba dispuesto a que aquella pieza tan ambiciosa quedase con un defecto. Se había pasado toda la noche lijando y puliendo hasta igualar el tono de toda la piedra. Se sentía satisfecho.

Pero debía ocuparse de otros asuntos.

La doncella filipina se asomó en cuanto vio que había salido de la cabaña. David le pidió que le sirviese el desayuno fuera, en el cenador. Luego fue a su dormitorio, se dio una ducha rápida y regresó vestido con un batín de seda marrón y unas zapatillas de piel del mismo color. Se sentó bajo la pérgola y la mujer apareció de inmediato para servirle. No necesitaba que le dijese lo que quería.

Té, zumo de pomelo y una tortilla francesa de dos huevos poco cuajada. Desayunaba lo mismo todos los días.

El timbre de la puerta principal sonó a las ocho y media en punto. Escrupulosa puntualidad, como siempre exigía David Wang. La doncella reapareció seguida por uno de sus abogados. David no sabía su nombre, ni falta que le hacía. Todos le parecían iguales: traje oscuro impecable, gemelos de diseño, corbata con nudo grueso, barbita cuidada y pelo repeinado.

Wang lo invitó a sentarse, pero no le ofreció nada para tomar. Habló lo justo. ¿Traía los papeles?, le preguntó sin apenas mirarlo siquiera. El abogado llevaba consigo una elegante cartera de piel. Sacó de ella una carpetilla decorada con el nombre y el logo de su bufete en la cubierta y se la tendió a David. Este cogió una pequeña pluma del bolsillo del pecho de la bata y dijo:

—Acabemos con esto cuanto antes.

Firmó los tres documentos que había en la carpeta.

Ya estaba. Después de todos aquellos años. Así de sencillo.

Renunciaba a su participación en la sociedad minera que creó en su día siguiendo las instrucciones de M. Acordaba traspasársela a Zimo Wu. Y, con eso, quedaba fuera.

El abogado recogió los documentos firmados y los devolvió a la cartera. Wang lo despidió con un gesto, sin mirarlo siquiera.

De nuevo solo, se levantó. Caminó hasta el borde de la piscina con la taza de té en la mano y contempló su propio reflejo, apenas tembloroso, en el agua.

Permaneció así varios minutos, hasta que la doncella regresó y rompió la quietud y el silencio.

—¿Desea algo más, señor?

¿Qué más puedo desear?, pensó David Wang.

No dijo nada. Solo negó con la cabeza y, con un ademán, le indicó que se retirase.

Tenía más asuntos que atender.

Lo siguiente sería llamar a la empresa que le había recomendado uno de sus galeristas. Le había dicho que eran los mejores transportistas de obras de arte. Quería hablar con ellos en persona. Necesitaba asegurarse de que sus piezas de jade no correrían ningún riesgo durante el traslado. Nunca habían salido del taller. Y ahora se irían muy lejos y para no volver.

David miró a su alrededor. El jardín, la casa, la cabaña. No echaré de menos nada de esto, pensó. No sabía echar de menos.

La rabia brotó sin previo aviso. Levantó el brazo y, con todas sus fuerzas, estrelló la taza de té contra la piedra que bordeaba la piscina.

Una vez más, la doncella acudió presurosa y solícita al oír el ruido de la loza haciéndose pedazos.

—¿Ocurre algo, señor?

David Wang contestó con voz pausada:

—Un accidente. Solo ha sido un pequeño accidente.

Se fue del jardín. Tenía que vestirse.

Le quedaban muchas cosas por hacer.

Se sintió de maravilla al decírselo. Llegó, saludó a la decrépita secretaria, entró en el despacho, le estrechó la manaza, ocupó uno de los confidentes frente al aparatoso escritorio, sostuvo la mirada al señor del retrato, se la sostuvo después a Aquilino Sánchez y se lo dijo, sin dar al anuncio ninguna entonación:

—No voy a seguir teniéndolo como abogado.

Los ojos de órbitas saltonas y párpados de varias capas de Aquilino Sánchez apenas mostraron emoción. A esas alturas, cada uno era consciente de que no le gustaba al otro, así que no les pareció necesario a ninguno de los dos hacer el paripé y fingir sorpresa, disgusto o decepción.

La visita —a Virginia la alegraba el mero hecho de pensar que aquella sería la última vez que estaría en ese polvoriento despacho— fue breve. Ella le dijo que, en el tiempo que llevaba en Madrid, se había podido hacer una composición de lugar sobre a qué deseaba destinar la herencia. Él le dijo que, como conclusión de su trabajo, le presentaría un informe con un listado de los activos localizados que formaban la masa hereditaria y de las gestiones que había realizado hasta entonces o que estaban en marcha para convertirlo todo en liquidez, como ella le había pedido.

—Páseme la minuta por sus servicios —pidió ella.

—No dude que lo haré —respondió él.

Aquilino Sánchez no le dijo que iba a recibir más dinero por haber logrado dar con la maleta que por los honorarios que iba a cobrarle. Tampoco se dio el gusto de decirle lo que pensaba de ella. Optó por ser profesional. No merecía la pena otra cosa. Se libraba de esa estirada, recibiría una pasta y fin del asunto. La herencia de ese narcotraficante desaparecido y lo que hiciera con ella la viuda que ni siquiera era la viuda le importaban una mierda. La Lola, Vane y el Lexus formaban la santísima trinidad de su felicidad.

Virginia no le estrechó la mano en la despedida. La alivió salir a la calle y respiró con fuerza para expulsar de su interior el polvo de aquel despacho que, ya fuese real o imaginario, le atoraba igual los pulmones.

Hacía tiempo que no se sentía tan bien. Lo he conseguido, pensó. Por el camino más enrevesado e inesperado. Recordó a la mujer llorosa, rabiosa y asustada que había llegado a Madrid hacía solo unas semanas y se vio ahora. No cabía duda. He vencido. He derrotado a los fantasmas, a los miedos, a los recuerdos. Y, desde luego, vencer sentaba mucho mejor que huir.

Llamó por teléfono a Estela.

—¿Puedo invitarte a cenar?

—Solo si pagamos a medias.

—Soy una rica heredera. Déjame dilapidar mi fortuna como me dé la gana.

Se habían vuelto a ver después de la cena de Virginia en casa de David Wang. Le había contado a Estela la cita con el mayor detalle posible, por si le mencionaba algo a lo que ella no le hubiese dado importancia. Lo principal: estaba claro que Wang acariciaba, como mínimo, la idea de largarse. Lo más útil: aquella mención hecha de pasada, tal vez sin ser consciente. El Congo. Esta información tiene un valor que no puedes ni imaginar, le había dicho Estela con entusiasmo.

Le había contado también el susto final por culpa de la maldita cadena con la figurita del dragón. Acabaron llorando de risa.

La inspectora le agradeció su ayuda. Virginia le dijo que no se creyera tan convincente para reclutar colaboradoras, que solo lo había hecho para probarse a sí misma que era capaz de hacerlo.

Aquel día celebraron con ostras y cava que Aquilino Sánchez salía de la vida de Virginia para siempre.

Cuando ya habían bebido de más, Virginia le habló de la maleta. Tengo sesenta millones de dólares en un altillo de mi casa, le dijo. Sonaba tan loco que también eso las hizo partirse de risa.

Primero bebieron lo suficiente como para reírse de todo. Después bebieron lo suficiente como para entrar en confesiones.

Virginia le habló de Dardo. Le dijo que nunca había sabido cómo dejar de quererlo.

Para su propia sorpresa, Estela no le correspondió hablándole de su exmarido. Le habló de Guillermo. Le dijo que nunca había sabido cómo quererlo.

Unos tipos se les acercaron. Les propusieron ir con ellos a tomar una copa. Estaban de demasiado buen humor como para molestarse. Los rechazaron y después brindaron por ellos, los hombres valientes que aún eran capaces de intentarlo con desconocidas y de aceptar una negativa sin ponerse pelmazos. También brindaron por ellas, dos mujeres despampanantes que aún atraían moscones sin mover un músculo, según las definió Virginia.

Estela le habló de Roi Conde. Ella le preguntó si pensaba que David Wang estaba detrás de su muerte. La inspectora fue sincera: ya no estaba segura de nada.

El recuerdo de Conde las llevó de las risas a una impertinente melancolía.

Virginia le dijo que por fin había sacado el billete de vuelta a Buenos Aires. Le dijo que Wang le había enviado un par de mensajes pidiéndole que volviesen a verse y que ella le había contestado que necesitaba unos días para organizar las cosas antes de seguir hablando de negocios. En realidad, por supuesto, no pensaba verlo más.

Le contó también que, de una vez por todas, pondría a la venta la casa de La Moraleja. Y que estaba dándole vueltas a la idea de pedirle a Alberto que se casase con ella porque empezaba a comprender al fin que, sin saberlo, lo quería.

—Esta vez no estoy huyendo —dijo—. Esta vez me marcho para volver a vivir.

Salieron del restaurante en busca de un par de taxis con andares más que inseguros. Antes de separarse, Virginia le preguntó:

—Entonces, ¿hemos ganado?

Estela no contestó.

Puta.

Creyó que solo lo había pensado, que no lo había dicho en voz alta.

Vane le contestó sin dejar de moverse adelante y atrás encima de él.

—Puedes llamarme como quieras, si eso te excita.

Aquilino Sánchez no le hizo caso. No estaba pensando en ella. Tumbado boca arriba en la cama, con los ojos cerrados, con Vane sentada encima de él, apoyada con las manos en su oronda panza, ocupándose de todo, en quien pensaba Aquilino Sánchez era en Virginia.

Agarró con sus manazas el culo de Vane y la instó a que se moviese más deprisa.

Vane aceleró los movimientos. Era una mujer de cuerpo estrecho y pellejudo. Vistos juntos en la cama, ella tan poca cosa y él tan desbordado, era tal el contraste de dimensiones que costaba creer que perteneciesen a una misma especie. Ella se movía con soltura profesional, él permanecía quieto. Hasta que acabó con un único rugido que podía valer igual como expresión de placer o de enfado.

Abrió los ojos y, al ver a Vane, tuvo un momento de decepción. Había llegado a creer que era a Virginia a la que se estaba tirando. Por eso había resultado más rápido y más placentero de lo habitual.

—Tengo que irme —dijo, instándole con la mano en la cintura a que se hiciera a un lado.

Aquilino Sánchez bajó con movimientos torpes de la cama y arrastró su corpachón hasta el baño.

—Pronto tendré una sorpresa para ti que te gustará —dijo levantando la voz para hacerse oír por encima del sonoro chorro.

—Eres siempre tan generoso conmigo... —contestó ella mientras se ponía el sujetador y las bragas, con el tono ronroneante que sabía que a él le gustaba.

—Vienen buenos tiempos —le aseguró él al volver al dormitorio.

—Contigo siempre lo son —respondió ella, a la vez que miraba con disimulo el reloj. Se le estaba haciendo un poco tarde. El siguiente cliente estaba a punto de llegar.

El abogado era lento para vestirse. Vane lo ayudó con los botones, solícita, para ver si así acababa antes y se iba de una vez. Él le dio su dinero. Luego, se pasó la mano varias veces por el pelo desordenado, creyendo que eso bastaba para parecer peinado, y se despidió con ese mismo gruñido que servía igual para un hola, un adiós, un orgasmo o una amenaza.

Anochecía. Tenía el coche aparcado en una calle arbolada frente al hotel de tres estrellas a las afueras de Navalcarnero donde se veían. Pronto cambiaría ese nido de amor por el pisito soñado en Doctor Fleming. Fue hasta su viejo Ford Granada, que también cambiaría pronto por el deslumbrante Lexus.

Iba a abrir la puerta del coche cuando una voz sonó a su espalda.

—Tronco, ¿tienes algo?

Se volvió. Eran dos. Ambos tenían un rostro de mejillas hundidas y mirada sin vida, un cuerpo consumido que a duras penas mantenían vertical y las manos de dedos reducidos a huesos de los yonquis veteranos.

—No me deis la lata, ¿vale? —contestó Aquilino Sánchez, que se giró de nuevo para abrir la puerta del coche.

Sacaron las navajas a la vez. Dos facas con hojas de grosor y longitud considerables.

—Joder, colega, estírate un poco, ¿no?

Aquilino Sánchez bufó al ver las navajas, entre la resignación y el enfado. Un incordio. Quería llegar a casa a tiempo de cenar con la Lola, que era de cena temprana y se ponía de un humor de perros si lo tenía que esperar. Los yonquis no lo impresionaban. Había sido abogado del turno de oficio cuando empezaba, y estaba acostumbrado a lidiar con lo que consideraba despojos humanos.

—Llego tarde —les dijo—. Venga, os doy veinte pavos y me voy, ¿vale?

—Nos das lo que lleves, tronco.

—No abuses, chaval.

—¿Ves la navaja?

—¿Sabes cuánto te puede caer si me pinchas?

Se sacó la cartera del bolsillo y echó un vistazo a su interior. No solía llevar demasiado metálico. Pero recordó que había pasado por el cajero antes de acudir al encuentro con Vane. Mala suerte. Dentro había trescientos cincuenta euros. Demasiado para aquellos colgados.

—Cuarenta y os largáis de una vez, ¿vale?

—Eres un cutre.

—Cincuenta y a la mierda.

El que no había hablado aún miró a su colega.

—No aguanto a este putero —dijo con impaciencia—. Venga, hagamos lo que nos han dicho.

Fue el primero en clavarle la navaja. Se la hundió hasta el puño en el vientre. El otro le siguió. La carne de la tripa de Aquilino Sánchez era más blanda de lo esperable. No costaba hundir la hoja. Pero, a pesar de la longitud, no pasaba de la gruesa capa de grasa. Hasta que una de las puñaladas entró por el esternón.

Aquilino Sánchez apoyó la espalda contra el coche. Se miró la panza agujereada. Los yonquis recogieron la cartera, que se le había caído al suelo. Sacaron los trescientos cincuenta euros y, tal y como les había dicho que hicieran el hombre que les había dado mil euros por aquello, la volvieron a tirar.

Aquello solo sería un vulgar atraco que había terminado mal.

Aquilino Sánchez abrió la boca cuanto era capaz. Intentaba en vano respirar. Se agarraba las tripas perforadas. Levantó la mirada.

Vio cómo los dos yonquis se alejaban corriendo. Vio un coche al otro lado de la calle. Un tipo, sentado tras el volante, lo miraba. La muerte juega conmigo, pensó con una inesperada lucidez. La inminencia del final producía visiones. Aquel hombre era el chino de rostro abotargado y mejillas picoteadas que había aparecido en su despacho para encargarle la búsqueda de la maleta a cambio de una pequeña fortuna.

Lo último que hizo Aquilino Sánchez mientras se desangraba fue comprender que lo que veía no era una visión, que lo habían engañado y que nunca tendría un Lexus en el garaje, un piso en Doctor Fleming ni un chalé en Jávea.

Murió enfadado.

Estela atravesó el arco de entrada de la Torre Picasso. Fue al mostrador que había a un lado y se identificó con la placa ante una de las recepcionistas que lo atendían. La mujer hizo una breve llamada y le entregó una tarjeta que le permitiría pasar los controles de seguridad. Cruzó el vestíbulo, echó un vistazo al mural de Pablo Palazuelo que cubría toda una pared y entró, junto a media docena de personas, en uno de los dieciocho ascensores del rascacielos.

Sintió que su estómago subía y bajaba con la tenue percepción de la velocidad con la que el ascensor recorría más de cuarenta plantas.

No estaba nerviosa.

No tenía dudas.

Entró en las oficinas de la consultora. Una secretaria, elegante y atractiva, la esperaba tras la puerta principal. La saludó y la informó, con una impostada empatía, de que el señor Wu no se encontraba allí en ese momento.

—Puedo esperar —respondió ella.

La secretaria le dijo que no tenían confirmación por parte del señor Wu de si pasaría esa mañana por el despacho. Estela trató en vano de igualar su encanto en el tono al decir:

—Hágale saber que está aquí la inspectora Domínguez. Le aseguro que vendrá.

Aquello desconcertó a la secretaria, como si no estuviese programada para reaccionar ante esa situación inédita. Titubeó. Solo se le ocurrió pedirle que pasase a una sala de espera.

A los pocos minutos, la atildada señorita entró en la sala y le dijo, más desconcertada aún que antes, que el señor Wu la atendería en cuanto llegase.

Estuvo en aquella sala una hora. Era un espacio luminoso, con cristaleras del suelo al techo. Las vistas eran sobrecogedoras. El estadio Bernabéu, la avenida de la Castellana de extremo a extremo, las cuatro torres de Chamartín que habían dejado pequeña a la Torre Picasso, los tejados bajos y apelotonados de barrios más lejanos y las montañas al fondo. Un universo completo, abarcable de un vistazo. Era imposible estar allí arriba y no sentirse superior, privilegiado. Las miserias, las tristezas, las desgracias y las derrotas ocurrían allí abajo, a aquellos diminutos seres que apenas se distinguían caminando por las aceras o desplazándose en vehículos minúsculos. Abajo estaban los mortales. Los dioses siempre han vivido por encima de la planta cuarenta.

Zimo Wu la saludó con su mejor expresión de hombre bueno, le rogó que le disculpase la tardanza y le aseguró que había ido lo antes posible en cuanto le dijeron que estaba esperándolo.

Recorrieron un pasillo con despachos de paredes de cristal a los lados en los que se veía a hombres y mujeres absortos ante sus ordenadores.

El despacho de Zimo Wu era más sencillo de lo que cabría imaginar, con una zona de escritorio y otra de sofás, todo ello con muebles de estructura de metal y asientos y respaldos de cuero negro. De las paredes colgaban grandes fotografías en blanco y negro de paisajes agrestes.

—Como puede imaginar, no suelo mantener encuentros improvisados como este. Pero debo decirle que tengo las mejores referencias de usted, inspectora —dijo Zimo Wu al tiempo que le ofrecía tomar asiento en un sofá que permitía disfrutar del ventanal. Él se sentó al lado, en un sillón—. Buenos amigos me aseguran que incluso podría tener un gran futuro en el Cuerpo Nacional de Policía, si sabe dar los pasos correctos.

La secretaria entró y dejó una bandeja con una jarra de agua y dos vasos en la mesita de centro y antes de salir le dirigió una mirada a Estela en la que a esta le pareció que, bajo su protocolaria cortesía, le ofrecía un honroso empate: lograste verlo, pero una hora después. Estela inclinó la cabeza con un gesto amable, aceptando las tablas.

Zimo Wu volvió a hablar cuando se quedaron solos. Lo hacía despacio, como sus movimientos, como si antes de cada palabra o de cada gesto se tomase unos segundos para asegurarse de que iba a decir o a hacer lo correcto.

—Nuestro primer encuentro no se produjo en las mejores circunstancias —dijo—. Me alegra que tengamos la oportunidad de charlar sin ese invasivo compañero suyo. ¿Cómo se llamaba? Un hombre muy impertinente.

—Roi Conde. El inspector de policía que alguien, quizá usted, ordenó matar.

Las cejas de Zimo Wu se alzaron por encima de sus pequeñas gafas de cristales cuadrados.

—Esa no es la mejor manera de empezar esta conversación.

—Esta no es una visita de cortesía, señor Wu.

—No esperaba que lo fuese, inspectora Domínguez.

Zimo se inclinó en el sillón para coger la jarra y llenar de agua los dos vasos. Colocó uno frente a Estela y conservó el otro en la mano.

Ella lo observó mientras lo hacía. Un tipo tranquilo. Pulso inalterado. Aire de bonhomía en la cara. Un hombre que había peleado en demasiadas batallas como para perder la templanza con facilidad.

Se sintió tranquila. Seguía sin dudar. Aquellos días había dedicado muchas horas a pensar. Presentarse allí había sido una decisión improvisada y muy meditada a la vez, si es que era posible.

Zimo se mojó los labios con el agua.

—Y dígame, ¿a qué debo el honor de su visita?

—Busco respuestas.

—¿Y qué le ha hecho pensar que yo pueda estar dispuesto a dárselas?

—Usted es un hombre de negocios. Sabe cerrar acuerdos cuando merecen la pena.

—¿En qué consiste el acuerdo que me ofrece, inspectora?

Estela le respondió sin alterarse:

—Podría ir a por usted. No estoy segura de si lograría encerrarlo, pero, desde luego, le complicaría mucho la vida. Y su reputación no quedaría intacta, algo que un hombre de su nivel no se puede permitir.

—Y me ofrece dejarme en paz a cambio de que la ayude a obtener las respuestas que le faltan.

—Preferiría acabar con usted, pero en esta vida no se puede tener todo lo que se desea —ironizó ella.

Él asintió con lentitud.

—Es una oferta interesante.

—Hablemos —dijo Estela con determinación.

—¿Y cómo sé que esto no es una trampa? ¿Cómo sé que no lleva una grabadora o algún tipo de micro encima?

—No voy a permitirle que me cachee. Tendrá que confiar en mí.

Fijaron la mirada el uno en el otro.

—No la conozco de nada. No tengo ningún motivo para confiar en usted.

Estela respondió sin titubear:

—Su instinto de comerciante —dijo—. Sabe que el trato que le ofrezco es un buen negocio.

Zimo Wu se tomó un tiempo para decidirse.

—Hablemos —dijo al fin, adoptando una postura más relajada—. Ya veremos adónde nos lleva la conversación. Elija usted por dónde desea comenzar.

Ella no se lo pensó.

—La matanza de Polvoranca.

Zimo asintió, dando a entender que le parecía una buena elección para el arranque.

—Si ese chico tan torpe no hubiese permitido que viesen que era asiático... —se lamentó.

Estela se lo dijo sin ninguna variación en la voz, como si solo buscase una confirmación rutinaria:

—No fue David Wang quien la ordenó, ¿verdad? Fue usted.

Zimo Wu se mantuvo caviloso unos segundos, hasta que pareció encontrar las palabras deseadas.

—Un sencillo acto de legítima defensa.

Bebió otro breve sorbo, dejó el vaso en la mesa, cruzó las piernas y entrelazó las manos en el regazo.

—David los había contratado para matarme.

Estela logró, no sin esfuerzo, mantenerse impasible. Acababa de obtener la respuesta al crimen con el que había comenzado todo y que había creído condenado a quedar sin resolver. Pero no era el momento de mostrar emociones. Intuyó que, si no perdía la calma ante aquel hombre, aún habría más.

—Cuando Roi Conde y yo lo vimos en la entrada del casino, nos dijo que usted y su primo llevaban años distanciados.

—Y, en realidad no mentía. O, al menos, no demasiado —dijo él, casi como una excusa—. Mi primo es un hombre impulsivo. Su apariencia engaña. El tópico no se cumple aquí. No responde a ese estereotipo del oriental frío y reflexivo. Bajo su aparente serenidad, se ha escondido siempre un hombre en lucha permanente con sus impulsos más primarios. Por eso en su día me distancié de él. David es un hombre brillante, decidido y valiente. Pero es también peligroso. Siempre ha vivido al borde del abismo, y yo, en cambio, no soy hombre que valga para riesgos temerarios y aventuras inciertas. Me temo que yo sí que respondo al tópico. A su lado comprendí que tendría que aceptar decisiones que no compartiría y, sobre todo, que en cualquier momento podría arrastrarme en su caída. Así que, efectivamente, tomé la dolorosa decisión de poner distancia entre nosotros.

—Pero en realidad nunca se distanció del todo.

Zimo Wu asintió con un gesto apreciativo.

—Digamos que establecí una distancia protectora. No podía permitirme caer con él. Tenía una familia de la que cuidar. Tenía otra forma de ver la vida y de hacer las cosas. Pero debo darle la razón: nunca le abandoné por completo. Tampoco quería que él cayese. Quiero a mi primo, inspectora. Le deseaba lo mejor y he hecho todo lo posible para que lo tenga.

—¿Cómo supo que quería matarlo?

—Ese mismo grupo de rumanos había hecho un trabajo para él. Un asesinato en un prostíbulo sudafricano. Yo era su siguiente objetivo. Es más, como dato curioso le diré que, en el momento de su muerte, estaban repartiéndose el dinero que habían recibido como anticipo por matarme.

—¿Por qué querría matarlo su primo?

—Para ser exactos, eran ciertos socios míos los que

querían liquidarme. Le ofrecieron a David que se encargara de ello.

—¿Y por qué aceptó semejante encargo?

—Las personas siempre nos equivocamos cuando nos dejamos dominar por las pulsiones. —Zimo extendió las manos con un gesto benevolente—. Rabia, frustración, impotencia, envidia. Póngale el nombre que quiera al motivo, inspectora.

Zimo Wu no esperó a que ella siguiese lanzándole preguntas sin pausa para entrar en detalles. Se recreó en el relato. Pareció incluso disfrutar con la narración.

Le habló de cierta corporación empresarial de la que formaba parte (ni la definió como tríada ni le puso nombre). Él tenía una estrategia propia. Y requería dejar a su primo fuera de cierto lucrativo negocio en el que Wang estaba asociado con dicha corporación.

—Las explotaciones mineras del Congo —dijo Estela.

Zimo Wu inclinó la cabeza en un gesto de aprecio ante sus conocimientos.

A pesar de que recibiría una gran cantidad de dinero por su participación, David había encajado mal la petición de que abandonara, le dijo, y eso desencadenó todo lo que vino después.

David decidió complicarle la vida, castigándolo por haberlo excluido del negocio. Reclutó al quinteto de rumanos para asesinar al responsable de la seguridad de las explotaciones mineras de la corporación, un deleznable sudafricano llamado Káiser, según lo describió Wu. La muerte de Káiser desencadenó lo que David pretendía: asaltos, robos, guerras internas. Meses de caos. Los socios se inquietaron. El dinero peligraba.

—Al mismo tiempo, mis socios tuvieron conocimiento de mis planes y digamos que no estuvieron precisamente contentos. No son gente que se ande con sutilezas: acordaron que la mejor contrapropuesta a mi estrategia de negocios era matarme.

La paradoja fue que la crisis abierta por David Wang al matar a Káiser acabó jugando a favor de Zimo Wu.

—Como podrá suponer, no fue agradable descubrir que el ejecutor de las intenciones de mis socios iba a ser mi primo. Eso me ha tenido bastante ocupado en los últimos tiempos. Por un lado, tenía que protegerme e impedir que esos rumanos lograran su objetivo. Por otro, he tenido que convencer a mis queridos socios de que, dadas mis estrechas relaciones con el Gobierno del Congo, lo más inteligente no era matarme, sino dejar que me encargase de arreglar los problemas generados por la muerte de Káiser, que podían costarles millones de dólares.

En el mundo de los negocios no debe darse nada por irreversible, le dijo a Estela. Todo es dinero. Zimo Wu había movido sus contactos —o, mejor dicho, les había pagado lo necesario— para recomponer la seguridad en los yacimientos y en los transportes. Y les había hecho una nueva oferta a sus socios de Nuevo Sol. Un ajuste en la estrategia. Más participación para ellos. Tal y como esperaba, había funcionado. De pronto, ya no querían matarlo. A partir de ese momento, no solo le aceptaban como máxima cabeza de la corporación: le pedían que lo fuese.

—Lo que podía haber sido mi final en todos los sentidos ha acabado convirtiéndose en un nuevo y esplendoroso comienzo —concluyó Zimo Wu con una risita—. Esa es la magia del mundo en el que me muevo, inspectora.

Estela cogió el vaso y bebió sin prisa, para ganar tiempo. Necesitaba asimilar aquella inesperada avalancha de información. Necesitaba recomponer las piezas en su cabeza.

El relato la superaba.

Había ido allí cuando comprendió que Zimo Wu era el hombre que estaba detrás de la ejecución de los rumanos en Polvoranca.

Ahora, todo lo que había estudiado, todo lo que le había aportado a Guillermo para cerrar la Operación Mulán, no solo quedaba completado, sino que se enriquecía con aquel entramado de alianzas y traiciones cambiantes.

—Pero, en todo caso, su primo había planeado matarlo —dijo, buscando más ordenar su cabeza que seguir avanzando—. Me resulta incomprensible que usted no se haya vengado de alguna manera.

—Negocios antes que placer.

—¿Qué quiere decir?

—Que la venganza puede ser un placer. Pero no suele ser un buen negocio.

Mirando a Zimo Wu, Estela podía percibir cuánto estaba disfrutando con aquello. La vanidad. La droga más adictiva. Si Virginia estuviese aquí me habría dicho algo así, pensó. Zimo Wu también era adicto a ella. En el fondo, lo único que estaba haciendo era intentar impresionarla con una exhibición de su astucia y sus éxitos.

—David me ha ofrecido sesenta millones de dólares a cambio de que me olvide de vengarme.

—¿Wang va a pagarle a cambio de que no lo mate?

—Un precio razonable, ¿no le parece? —Zimo soltó una risita de placer—. Cuando supo que había abortado su plan para asesinarme, se apresuró a hacerme una oferta. Me pidió un mes de tregua. En treinta días, me daría sesenta millones de dólares. También me cedería la parte de su empresa minera que tanto se había resistido antes a venderme. Por último, se iría de España. A cambio, yo me olvidaría de que una vez quiso matarme. Echaré de menos a mi primo, pero me parece un trato justo.

Sirvió agua de nuevo.

—No soy un hombre rencoroso, inspectora —dijo—. David siempre se deja llevar por sus impulsos, ya lo ve. Yo, en cambio, prefiero meditar mis decisiones. Y la verdad, a pesar de todo, lo último que desearía es matar a mi querido primo. Prefiero perdonar y olvidar.

Estela trataba de no dejar que se trasluciera su creciente inquietud.

No había que ser muy lista. Sesenta millones de dólares. Oír aquello había hecho saltar de inmediato una alarma en su interior. Ni la cifra ni la moneda coincidían por casualidad. Era la misma cantidad que había en bonos en la maleta que Virginia le había contado que guardaba en un altillo de su casa.

Intentaba atar cabos a una velocidad imposible. Aquella maleta había pertenecido al exmarido muerto de Virginia. Pero ahora iba a servirle a David Wang para comprarle su propia vida a Zimo Wu. Conectar una cosa con otra, por más que su cerebro se revolucionase intentándolo, le resultaba imposible.

Trató de seguir calmada en apariencia mientras su cabeza iba a mil por hora.

—La relación con su primo está llena de matices. Admito que no logro entenderla del todo.

Zimo Wu se mostró complacido al oír aquello.

—Los orientales somos gente compleja. El resumen de nuestra relación es que he cuidado de él durante todos estos años sin que él lo supiera.

Hizo una pausa. Frente a toda su elocuencia anterior, en aquel instante pareció dudar de si debía continuar o no.

—Se lo debía —dijo al fin—. He estado en deuda con mi primo desde que éramos muy jóvenes.

Estela se apresuró a preguntarle, temerosa de que, en cualquier momento, decidiese recular y cerrarse.

—¿Por qué se lo debía?

Zimo desdeñó sus propias palabras con un movimiento de la mano.

—Solo es una vieja historia.

—Me encantaría escucharla.

Él volvió a tomarse su tiempo. Aquella fue la pausa más larga.

Se inclinó hacia adelante, cogió el vaso de agua y no bebió, solo miró en su interior.

Tardó. Y al fin pareció transigir consigo mismo.

Cuando habló, lo hizo aún más despacio de lo que solía. Su voz sonó débil, desprovista de ese afán de lucir su triunfo que la había animado hasta ese momento.

—Nuestra vida cambió cuando éramos unos críos. La hermana menor de David, la pequeña Xinyan, murió de forma trágica. Mi primo decidió que el hombre que abusó de ella y la mató fue un tal Lao Feng, un tipejo despreciable. Una vez más, a David lo perdieron sus impulsos. El dolor lo cegó. Sin tener pruebas de que Lao Feng fuese el culpable, lo asesinó. Yo estaba con él cuando lo hizo. Por eso tuvimos que huir del país.

—¿Y ese hombre no lo había hecho?

Zimo Wu miró a Estela. Sus ojos apenas visibles tras las gafas se entornaron.

Se levantó. Se metió las manos en los bolsillos y dio unos pasos hasta el ventanal.

—No soy un hombre perfecto, inspectora. Y lo era mucho menos durante mi juventud. Parecía un chico apocado, anodino, de escasa personalidad. Pero tenía mis deseos, mis pasiones y mis propios impulsos primarios. Cometí un error. Un terrible e imperdonable error. Y me asusté. Temí que Xinyan contase lo que le había hecho. Habría sido una gran vergüenza para mí y para mi familia.

Estela tuvo que esforzarse para no mostrar ni asombro ni asco.

—Violó y asesinó a la hermana de David Wang.

Sin darse la vuelta, Zimo dijo:

—No hay mayor castigo que tener que cargar en secreto con la culpa de un crimen durante toda una vida.

Ella se miró las manos. Le habían empezado a temblar. Las unió con fuerza para que no se notase.

Zimo Wu dejó de mirar por la ventana, se volvió y regresó a su sillón. Por un instante pareció un hombre mucho más viejo que el que se había levantado segundos antes.

Cerró los ojos, bebió agua y esperó hasta estar seguro de que había recobrado la serenidad necesaria para continuar.

—Siempre me he sentido en deuda con David. Siempre he pensado que tenía la obligación de cuidar de él, aunque prefiriese hacerlo desde una protectora distancia. Cuando dejamos China, también me ocupé de sus padres. Él nunca ha sabido lo que quedó detrás. Las cosas no fueron fáciles para sus padres y los míos después de nuestra marcha. Habíamos asesinado a un miembro del Partido. Se les procesó, se los acusó de habernos ayudado a escapar. Se libraron de la cárcel porque no se pudo probar, pero perdieron sus trabajos y sus viviendas. Durante el resto de su vida, a pesar del dinero que les enviábamos David y yo, tuvieron que vivir ocultos en una discreta casa en el barrio más humilde de Wenzhou. David nunca supo nada de eso. Me ocupé de ellos sin contarle nada. Formaba parte de mi deuda con él.

Cogió aire. Suspiró para contener las emociones. Recuperó la expresión tranquila.

—Por eso no se ha vengado por el hecho de que él hubiese organizado su asesinato —concluyó Estela.

Zimo Wu asintió.

—Dejarlo con vida será el pago final de mi deuda.

—Y, de paso, recibirá por ello esos sesenta millones de dólares.

Ella se esforzaba por mantener una cierta asepsia en el tono.

—¿Por qué? —le preguntó.

—¿Disculpe?

—¿Por qué me está contando todo esto? Me ha confesado ser el autor de la violación y el asesinato de una niña y de la matanza de los cinco rumanos de Polvoranca. ¿Por qué?

—Hemos hecho un trato —respondió él con naturalidad—. A veces basta hablar de algo para obtener un cierto alivio, para encontrar un poco de paz con uno mismo. Son demasiados años de silencio y este me ha parecido un buen momento para romperlo. Y usted me gusta. Siempre he admirado a las personas que hacen bien su trabajo. Como puede imaginar, he seguido todos sus pasos en esta investigación. Y, ya ve, ha llegado usted muy lejos. Si está ahora mismo aquí significa que ha sabido recorrer el camino necesario para llegar al sitio correcto. Ha hecho un trabajo excelente. Se merece saber la verdad.

Zimo Wu le dedicó una sonrisa asertiva.

—No es una mujer que se deje llevar por sus impulsos. Usted es como yo. Es capaz de matar, pero solo si es necesario.

—¿Quién decidió matar a Roi Conde?

Zimo hizo un gesto de desencanto, como si lo decepcionase que la conversación girase de pronto en una dirección que carecía de interés para él.

—Roi Conde era una amenaza —dijo, con la desgana con la que se trata un asunto menor—. Él no era tan inteligente como usted. Era un hombre lleno de rencores y sin contención. A él sí que lo dominaban las pulsiones.

No iba a llegar a ninguna parte con su investigación y se habría acabado tomando la justicia por su mano. Eso lo convertía en un peligro imprevisible. El incendio de las naves de Cobo Calleja demostró que había que pararle los pies antes de que fuese más allá.

—¿Y si él no hubiese sido el autor del incendio?

—Da igual. Tarde o temprano, habría hecho cualquier otra estupidez.

—Así que era mejor matarlo como medida preventiva.

—No tengo nada ver con la muerte de Roi Conde —dijo Zimo, con más tono de protesta que de exculpación—. No soy tan insensato como para matar a un policía.

—No pretenda venderme que realmente fue un accidente de coche.

—No pretenda usted atribuirme lo que no me corresponde. Ese asunto deberá tratarlo con David Wang.

Estela no fue capaz de contener más su rabia.

—Los dos merecen pudrirse en la cárcel.

—No perdamos las formas, inspectora.

—Usted y su primo no son diferentes. Son monstruos.

Zimo no dio ninguna muestra de que aquello lo ofendiese. Volvió a ponerse en pie. Pero esa vez no fue a asomarse por la cristalera. Se quedó al otro lado de la mesa, frente a Estela.

—Creo que ya tiene suficientes respuestas —dijo con el mismo tono amable que había mantenido durante toda la conversación—. Y debo recordarle que, por mucho que pueda tentarle incumplir lo que hemos acordado, no podrá probar nada de lo que hemos hablado. Si no tuviese esa certeza, puede imaginar que no habría hablado tan claro con usted.

Su mirada se agrandó con un brillo triunfal. Era un hombre acostumbrado a ganar. Podía pecar, como todos, de vanidad, pensó Estela, pero su verdadera adicción era la victoria. Y en ese momento le quedó claro que quería disfrutar de lo que consideraba un triunfo más.

Un monstruo, se repitió mentalmente Estela. Un jodido psicópata.

—Seamos razonables —dijo él—. Hoy, en este momento, con esta conversación, se termina todo. Puede que se sienta decepcionada por no poder acabar conmigo. Pero no se equivoque: ha llevado a cabo una gran investigación y ha demostrado tener una admirable capacidad deductiva. Se merecía las respuestas que ha venido a buscar, aunque los dos sabemos que no le servirán de nada, más allá de satisfacer su curiosidad. Aun así, se apuntará un gran éxito policial, inspectora. Sé que la Operación Mulán está lista para ser presentada al juez y es en gran parte gracias a usted. Habrá acabado con la Red de Wang. La condecorarán, la ascenderán. Y yo seguiré con mis negocios. Que no le pierda la ambición, inspectora. Disfrute de lo que ha conseguido, aunque no sea todo lo que desearía, y olvídese de mí.

—¿Y ya está?

Zimo asintió.

—Y ya está. No dejemos que a ninguno de los dos nos torturen las culpas, las frustraciones o los rencores.

—Me cuesta dejar las cosas a medias.

—Le añadiría a nuestro trato un generoso soborno, pero sospecho que en eso es como su colega fallecido y cometería el error de rechazarlo.

Ambos sonrieron. Él, con condescendencia. Ella, con desprecio.

—Créame, inspectora. Cíñase a lo que hemos acordado. No vaya a por mí como ha hecho con David. Fracasará, se lo aseguro. Y acabaría obligándome a destruirla.

—¿Me está amenazando?

—¡En absoluto! No ha comprendido aún cuánto la respeto. Solo deseo que esto acabe y que los dos nos quedemos satisfechos. Y estoy dispuesto a ir más allá, a ofrecerle para ello algo que tal vez la satisfaga y la convenza de que hace bien al no seguir adelante contra mí.

Zimo Wu regresó al sillón. Su ánimo parecía recompuesto por completo tras las emociones anteriores. Esta vez no adoptó una postura relajada. Apoyó los brazos en las piernas. Entraba en un terreno en el que se sentía a gusto. Negociar para vencer.

Su expresión bondadosa regresó.

—A estas alturas, estoy seguro de que usted ya ha atado cabos. Ya ha comprendido que esos sesenta millones de dólares son los que están en una maleta en posesión de su amiga, la exmujer de Dardo.

Estela no lo negó ni lo confirmó con palabras ni con expresión alguna.

—Durante estos últimos años, esa maleta nos ha dado unos quebraderos de cabeza que ni se imagina. De alguna manera, marcó el cambio de nuestro papel, el de mi primo y el mío, en esa organización empresarial de la que le he hablado. Así de absurdos son a veces los negocios, ya ve. Una estúpida maleta. Y, ahora, curiosamente, años después de su desaparición, es esa misma maleta lo que David me ofrece a cambio de seguir vivo.

Zimo meneó la cabeza, como si le costase creer lo caprichoso que puede ser el destino.

—He puesto a gente a seguir a David desde que descubrí que pretendía matarme. Sabía que llevaba algún tiempo detrás de esa maleta a través de un antiguo abogado de Dardo. Me enteré de que entró en contacto con esa mujer, Virginia. Y empecé a vigilar la casa de ella también. Según se precipitaban los acontecimientos, debía asegurarme de que mi primo cumplía su palabra de hacerse con ese dinero y entregármelo. Así que seguí los pasos que iba dando David con ella y también me enteré de que usted y esa mujer entablaban una bonita amistad. Y de esa forma he sabido que los sesenta millones están en esa casa de La Moraleja. Por supuesto, podría haberme hecho con ellos por mis propios medios. Pero he preferido que fuese David quien se ocupase de ello. Lo menos que puede hacer es correr él con los riesgos a cambio de seguir vivo, ¿no cree?

Zimo esperó alguna reacción por parte de Estela.

Ella lo observó. Sin expresión. Sin mostrar emociones. Le dijo:

—Miente.

Zimo Wu no pudo evitar una expresión de sorpresa al oír eso.

—¿No le parece que he sido más que sincero durante esta conversación?

Jodido psicópata, volvió a pensar ella. En cada una de sus palabras había una manipulación disfrazada de confidencia. Le había hecho confesiones en apariencia innecesarias, incluso temerarias para él. Pero Estela comprendió que todo lo decía con un único fin. Buscaba enredarla en una maraña de verdades y mentiras inseparables, seducirla y confundirla hasta llevarla al lugar que a él le interesaba. Pero ahora comprendía su juego y no iba a permitir que la llevase ahí, fuese donde fuese.

—No va a dejar vivo a David Wang. Se empeña en repetirme que no quiere venganza, pero miente. En cuanto le haya entregado los sesenta millones, lo matará. Lo único que está haciendo es lo mismo que ha hecho siempre con él: lo utiliza, lo tiene trabajando para usted. Es lo que lleva haciendo toda la vida, desde que le permitió matar a un hombre inocente por el crimen que había cometido usted.

—Ya le he dicho que siempre me he sentido en deuda con él y que ese sentimiento incluye perdonarle que pretendiera matarme.

—Un hombre como usted es incapaz de perdonar algo así. Lo matará. Lo único que pasa es que no tiene prisa por hacerlo. Ha estado dispuesto a esperar para que le consiga esos sesenta millones antes de acabar con él, eso es todo.

—¿Ve cómo es usted una mujer de una inteligencia superior? Ha bastado esta conversación para que me conozca a la perfección.

Zimo Wu se reajustó las gafas sobre la nariz y la miró durante unos segundos en silencio antes de decirle:

—Yo no voy a matar a David. Lo va a matar usted.

Al oír aquello, Estela supo al instante que algo iba mal.

Le surgieron los nervios y las dudas que no había tenido hasta entonces.

Se le ocurrió que, tal vez, aquella visita a Zimo Wu no había sido idea suya. Que, de alguna manera, él la había planeado. Que también la había manipulado y utilizado, igual que había hecho durante años con su primo. Luego, se dio cuenta de que eso solo era una idea estúpida e imposible.

Pero también supo que él iba a ganar y que ella iba a perder.

Zimo Wu dijo:

—En este momento, David se dirige a la casa de su amiga. Se hará con los sesenta millones y, conociéndolo, no dude de que la matará si es necesario. Usted puede impedirlo. Lo que le estoy ofreciendo es que salve a esa mujer. Considérelo un añadido al acuerdo que me ha ofrecido. Vaya a esa casa, acabe con David Wang y entrégueme la maleta. Su amiga vivirá, David habrá pagado por sus crímenes y yo tendré mi dinero. Ya le he dicho que hoy acababa todo esto. Es una bonita forma de cerrar este fructífero encuentro entre usted y yo.

Estela permaneció inmóvil. Incapaz de moverse. Incapaz de pensar.

Zimo Wu esperó. Pero, al ver que ella no reaccionaba, cambió a un tono más suave y le dijo:

—Si prefiere esperar aquí, ¿le parece que pida un té?

La inspectora recobró la consciencia de dónde estaba y de lo que ocurría, como si despertase de un breve y repentino desmayo.

No esperó. Ni siquiera dijo una palabra de despedida.

Corrió.

Zimo se quedó solo en el despacho. Contempló las fotos de las paredes. Siempre le relajaba. Eran parajes de su tierra, paisajes de su añorada provincia de Zhejiang. Luego volvió a acercarse a la cristalera y miró abajo, observó el mundo a sus pies.

Asintió con expresión satisfecha.

Cuando su secretaria le había dicho que la inspectora Estela Domínguez estaba esperándolo en sus oficinas, había llamado de inmediato a David.

—Tú tiempo se ha acabado —le dijo—. Ha surgido un imprevisto. Acude a esa casa y recupera ahora mismo esa maleta si quieres seguir vivo.

No sabía para qué quería verlo la inspectora, pero aquello sería, en todo caso, su as en la manga.

Ahora, Estela iba de camino para solucionarlo todo para él. Solo tenía que esperar.

Había jugado bien.

Llamó a su secretaria y le pidió que le sirviera un té.

El timbre sonó, breve, una sola vez. Virginia estaba en el salón, inmersa en la navegación por internet con el portátil, dedicada al análisis diario de posibles destinatarios de la herencia. Fue a abrir. Aunque no los esperaba, dio por hecho que sería alguno de los miembros del matrimonio que cuidaba de la casa, que se acercaría por algún asunto pendiente. Por allí no solía aparecer nadie más sin previo aviso.

Pero no lo era. Tras la puerta estaba David Wang.

—Espero que no sea mal momento.

Virginia, agarrada aún al pomo de la puerta, se quedó paralizada, con un intento fallido de expresión de alegría espontánea a medio concluir atascado en la cara. Hacía días que no sabía nada de él, desde que le dijo que necesitaba tiempo para ordenar sus asuntos antes de seguir hablando. Él no había insistido. Y nunca antes se había presentado por sorpresa en su casa.

—¿No vas a invitarme a pasar?

Reaccionó al fin. Le dijo que faltaría más, que menuda sorpresa, que se alegraba de verlo, que precisamente andaba pensando en llamarlo. Se hizo a un lado y él atravesó el recibidor y entró hasta el salón. Echó un vistazo a su alrededor y la felicitó por la bonita casa. Ella lo siguió, le dio las gracias y no se le ocurrió qué más decir o cómo comportarse.

Peligro.

No era una premonición ni una intuición.

Aquella aparición de David Wang irradiaba peligro de un modo tan impreciso como intenso.

—He venido a despedirme —dijo él.

Ella se esforzó por sonar natural.

—No era necesario. Aún faltan unos días para que me vaya a Buenos Aires. Y no pensaba irme sin vernos antes, por supuesto.

—Soy yo el que se va, Virginia.

—¿Por fin te has decidido?

—Ha llegado el momento de iniciar una nueva etapa. Algunas cosas no han ido como debían en los últimos tiempos. A este dragón le vendrá bien levantar el vuelo.

Ambos permanecían de pie en medio del salón. David se mostraba relajado. Su actitud no se correspondía con el aura de amenaza que Virginia percibía. Solo parecía una visita esperando que su anfitrión le indique dónde puede sentarse.

—He pensado que, antes de irme, deberíamos tener una conversación sobre ese asunto que ha quedado pendiente entre nosotros. La herencia de tu padre con la que no sabes qué hacer.

—Me encantará escuchar tus propuestas —dijo ella, y se maldijo porque su propia voz le sonó balbuceante.

—Solo quería dejarte una cosa clara al respecto —dijo él—. Quiero que sepas que me parece una historia bastante sólida. Es más: en otras circunstancias, podría habérmela creído. Tenía lógica y la planteaste con un enorme aplomo. Deseaba felicitarte por ello. Lástima que no tuvieses ninguna posibilidad de que me la tragase.

Virginia evitó la mirada de él. Desvió los ojos hacia el jardín. La puerta corredera de cristal estaba abierta. Se le pasó por la cabeza la idea de echar a correr y salir por allí.

Volvió a mirar a Wang y, aunque su expresión no había cambiado, estuvo segura de que le había leído el pensamiento.

—Antes de que intentes huir, ¿me permites que te cuente yo otra versión de cómo comenzó nuestra profunda y sincera amistad?

Se le acercó. Ella rogó para que no se notase que su cuerpo reaccionaba poniéndose rígido.

—Necesito algo de ti. Por eso puse a un abogado a trabajar, conseguí que vinieras a Madrid, que encontrases lo que llevo años buscando sin éxito y, por supuesto, me acerqué a ti. Sé que tu pareja es galerista, así que me ocupé de que te invitasen a la exposición y confié en que irías. Y allí fingí un encuentro casual para iniciar una relación contigo.

Se acercó un poco más.

—Como ves, esta versión se parece bastante a la que tú me contaste, con la diferencia de que la aparente casualidad de nuestro encuentro no fue tal y, sobre todo, de que esta es verdad.

Ella dejó de dudar. No sabía aún adónde iría a parar aquello. Solo supo que no había más caminos que ir de frente hacia donde fuese que le llevase.

Ya no huía. Por eso estaba allí. Por eso se había metido en todo aquello. Porque ya no quería huir más. Tampoco ahora iba a huir.

—¿Qué quieres de mí?

David puso una mueca de contrariedad ante aquellas prisas. Siguió hablando sin alterar el ritmo.

—Nunca te he llegado a decir que conocí a tu exmarido. Un gran hombre, sin duda. Comprendo que te enamoraras de él. Hasta entiendo, al comparar, que yo no tuviese ninguna oportunidad contigo.

Virginia no mostró ninguna reacción al saber aquello. Solo levantó con determinación el rostro hacia él.

—Acabemos con esto —le dijo.

—Quiero la maleta.

—¿Qué maleta?

—No, Virginia, no intentes tratarme otra vez como si fuese idiota.

Lanzó el puño con tal velocidad que ella ni siquiera lo vio venir. Le golpeó en el pómulo izquierdo. Un impacto contundente, seco, un martillazo que la cegó y la hizo caer de espaldas.

—Esto no es un robo, Virginia. He venido a recoger lo que me pertenece.

Ella trató de incorporarse, aturdida aún. Se apoyó en una mano, pero no logró mantener el equilibrio. Se tambaleó y se quedó en el suelo a medio sentar.

David Wang fue hasta ella y la agarró con una mano por el pelo.

—Ahorrémonos tiempo y dolor —dijo, echándole la cabeza hacia atrás con un violento tirón—. Si me dices dónde está la maleta, tú me ahorrarás tiempo y yo te ahorraré dolor.

Le dio una bofetada. Volvió a tirarle del pelo para mantener la cara levantada. Se agachó y acercó la boca a su oído y le dijo:

—Por cierto, tampoco te he dicho que en realidad no habrías tenido ninguna oportunidad conmigo. No me atraen las mujeres blancas.

Se enderezó y le dio otra bofetada, sujetándola del pelo para que no se derrumbase.

Virginia se quebró en un llanto incontenible.

Diez kilómetros. Le pareció un mundo de distancia.

Corrió hasta el aparcamiento subterráneo de los túneles de Azca en el que había dejado el Nissan. Llamó a Virginia al móvil varias veces sin detenerse, pero no contestó. Llevó su estilo de conducción al extremo. Recorrió sin apenas tocar el freno los diez kilómetros, a través de la Castellana primero y de la carretera de Burgos después, que la separaban de La Moraleja. Varios semáforos saltados en cadena, adelantamientos sin importar si eran por el carril izquierdo o por el derecho, el límite de velocidad pulverizado. No tenía sirena policial para su coche, pero condujo como si la llevase puesta a todo trapo.

No pensaba en nada de lo hablado con Zimo Wu. Ya pondría orden en su cabeza cuando pudiese. Ya llegaría el momento del análisis y de las decisiones. Después. Ahora tenía un único objetivo: no iba a permitir que Virginia acabase como Roi Conde.

Entró en las calles más estrechas de La Moraleja. Adelantó sin visibilidad a un camión de riego que avanzaba a velocidad mortecina. Se le fue el coche en una rotonda y dio un aparatoso bote cuando una de las ruedas traseras chocó con un adoquín del reborde de la acera. Esquivó a un par de ciclistas que le desearon un rápido viaje a lo más profundo del infierno.

Detuvo el coche veinte metros antes de llegar a la entrada de la casa. Sacó su pistola reglamentaria HK de la guantera y se la encajó en la cintura. Accedió a la parcela encaramándose a la valla que la rodeaba con esa agilidad que solo da la sobredosis de adrenalina. Rodeó el chalé por el jardín. Se detuvo en una esquina. Hubo suerte. Pudo ver desde allí que la puerta acristalada estaba abierta.

Se sacó la pistola del cinto.

Dobló la esquina y entró en la casa, manteniendo en alto la mano con el arma.

Y, a partir de ese instante, dejó de respirar.

A Virginia le dolía cada pálpito de la cara. El pómulo y el ojo izquierdo ya se habían coloreado e hinchado. Cada bombeo de sangre parecía una pequeña explosión en el interior de su cabeza.

David Wang la obligó a subirse en una silla para bajar la maleta del altillo. Ella obedeció sin resistirse.

Regresaron al salón con la maleta. Wang empujó a Virginia, que trastabilló y cayó de rodillas al suelo.

—Dejaré que elijas cómo prefieres morir —dijo—. Por los viejos tiempos.

Ella lo miró con el único ojo que conservaba abierto.

Para sorpresa de David, Virginia se echó a reír.

—Has perdido, ¿verdad? —dijo.

Él la miró sin entender.

—Te vas —dijo ella—. Tienes que huir. No sé de qué o de quién ni me importa. Solo sé que has perdido, hijo de puta.

Él frunció la boca en un gesto de desprecio.

—Me marcho. Y tu maleta vendrá conmigo. Una nueva vida en otro país con sesenta millones de dólares como punto de partida. Me parece una bonita forma de perder.

Le pateó el costado. Virginia encogió el cuerpo, se agarró las piernas, tosió y jadeó y volvió a reír.

—Puedes pegarme cuanto quieras. Pero eso no cambiará tu destino —dijo sin mirarlo, encogida en el suelo.

David fue a patearla de nuevo.

La inesperada voz a su espalda le hizo detenerse.

—¡Policía!

Se volvió.

Hay un hombre de pie, de espaldas a ella. Hay otro caído en el suelo detrás de él. El que está de pie se vuelve al oírla. Se miran. Ella le apunta con el arma, los brazos extendidos y ligeramente flexionados, las piernas separadas.

Sabe bien lo que está ocurriendo. Es el sueño. Es el pasado. Otra vez.

Mata o muere.

Estela no respira.

Lo has hecho antes, se recuerda. Y, después, lo has repetido en un millón de sueños. Puedes hacerlo una vez más.

El hombre da un paso hacia ella. Hay algo diferente. No la sorprende. En el sueño repetido hay a veces algún detalle que cambia. Esta vez, la diferencia es que el hombre no va armado.

—No va a dispararme, inspectora —le dice.

Estela no respira. Y no es porque se haya olvidado de que se debe respirar para seguir viva. Es que se ha olvidado de cómo se hace.

Siente el mareo por la falta de oxígeno.

El hombre da dos pasos más. Los separan un par de metros.

Inspira y espira, se ordena.

¿Cómo demonios se inspira y se espira?

La asfixia le hizo comprender que aquello no era un sueño. Pero ni siquiera de ese modo logró recordar cómo se respiraba.

Desvió la mirada apenas unos centímetros de él. Pudo ver a Virginia detrás, en el suelo. Vio su ojo cerrado por la hinchazón de los párpados, la cara amoratada con vetas de diferentes colores tiñendo ya su piel, la mirada tuerta fija en ella. Supo lo que le decía aquel rostro golpeado y esa mirada herida.

Mátalo.

Sintió, con la misma fuerza que si lo intentara aplastar, el tacto del dedo en el gatillo. Deseaba hacerlo. Deseaba matarlo. Otra vez.

Pero no podía. El dedo no le obedecía.

Por su cabeza pasaron, vertiginosas, imágenes de aquellos interrogatorios. Los conceptos de mierda. Uso proporcionado de la fuerza. Prueba pericial de su salud mental. Todo regresó en un instante eterno: las interminables noches de insomnio y las aburridas sesiones de terapia. La culpa, la duda e Inés dormida en la cama. Inspira y espira, que solo con eso todo se supera. Los rostros de aquellos hombres que debían decidir si felicitarla o condenarla, que la miraban con la duda de si era una policía heroica o una puta tarada aficionada a matar.

Que os jodan. Matar o morir. Un segundo para elegir. Han pasado cuatro años y aún no habéis comprendido que a esa mierda se reduce todo.

—Mataste a Roi Conde —le dijo a David Wang, para así revivirlo, para obtener con ello fuerza y determinación.

Él no apartaba la mirada de ella. Ella no apartaba el dedo del gatillo.

—Shewei se enfadó. No es bueno enfadar a Shewei.

—Te voy a matar por eso.

—No. No lo vas a hacer.

—Dame una razón para que no lo haga.

—Si fueses capaz de matarme, ya lo habrías hecho.

Wang dio un paso más hacia ella.

Era fácil. Ni siquiera iba armado. Solo tenía que disparar una vez. A esa distancia, el blanco era seguro hasta si lo hacía con los ojos cerrados.

Lo intentó con todas sus fuerzas, y su cuerpo —cada músculo, cada miembro, cada célula— se resistió.

Otra vez no.

David Wang se lanzó a por ella. Las manos de él buscaron su cuello.

El sonido del disparo rebotó en las paredes, reverberó en cristales y muebles hasta alcanzar la sonoridad de una explosión.

David cayó sobre Estela. Su envite hizo que esta perdiera el equilibrio. Fueron a parar al suelo juntos, él sobre ella.

Estela empujó y pataleó hasta quitárselo de encima. Buscó la pistola por el suelo. La tocó. Estaba fría. No había sido disparada.

Levantó la mirada.

Virginia seguía en el suelo, a medio incorporar. Aún mantenía en alto y apuntando al frente la pequeña Glock de nueve milímetros que acababa de disparar.

—Cuando vives entre criminales, te acostumbras a tener siempre un arma al alcance de la mano.

En una mesita esquinera, junto a ella, había una caja de madera tallada abierta.

Estela volvió la mirada al cuerpo de David Wang, que yacía boca abajo. Vio el agujero en la espalda por el que aún brotaba la sangre que empezaba a cubrir el parqué a su alrededor.

Por fin, respiró.

Madrid, 2024

Fue Cal Szabo quien seleccionó a los cinco hombres cuando David Wang le dijo para qué los necesitaba.

Todo salió a la perfección en Ciudad del Cabo. Por eso, cuando Wang aceptó encargarse de Zimo Wu apenas unos meses después, volvió a reunir al mismo equipo. Igual que en el caso de Káiser, no quería que lo hicieran chinos. Había demasiado en juego y no iba a correr el riesgo de que alguien los viera y que eso le acabase delatando. Ese fue el motivo por el que no contó con Shewei para la operación de Ciudad del Cabo, como había hecho a lo largo de los años con necesidades semejantes.

Tampoco quería a asiáticos para ocuparse de Zimo Wu. En este caso, le pidió a Shewei que colaborase con los cinco rumanos en los preparativos, pero le dejó claro que en la ejecución solo debían intervenir ellos, ningún chino. Había que reducir los riesgos al mínimo.

La habitación trasera de la nave de Polvoranca, propiedad de Szabo, fue el centro de reunión del grupo. Una mujer rumana, demasiado mayor para seguir haciendo la calle por los alrededores del polígono, se ocupaba de atender sus necesidades. Fue ella la que identificó como asiático a uno de los chicos que llevaron a cabo la matanza en la nave.

Cuando Wang acudió en persona a ver a Cal Szabo en la discoteca Olympo tras la paliza recibida por sus tres correos en la Cañada Real, este lo acusó de querer eliminar a cualquiera que pudiera vincularlo con el crimen de Sudáfrica, incluso le preguntó a gritos si debía preocuparse, si él sería el siguiente.

David Wang le aseguró que él no estaba detrás de aquella matanza y se ofreció a ayudar a las familias de los muertos y a pagar también al propio Szabo a cambio de paz.

Necesitaba ganar tiempo. No sabía quién había matado a los cinco rumanos. Le pidió a Shewei que lo averiguara, pero este le aseguró que no lograba dar con los asesinos.

Hasta que Zimo Wu llamó a David, le dijo que se sentía decepcionado, que nunca le habría creído capaz de organizar su asesinato y le puso las condiciones si quería seguir vivo.

Cuando Wang llamó por teléfono a M. para sondear en qué posición le dejaba aquel fiasco ante los miembros del Consejo de Nuevo Sol, este no le contestó ni le devolvió la llamada.

David Wang comprendió que Nuevo Sol lo abandonaba a su suerte.

Aceleró los planes que ya tenía en marcha para dejar España. No se llamaba a engaño. O, al menos, no del todo. El fracaso en el intento de matar a su primo lo dejaba en una situación demasiado comprometida. No podía vencer él solo a Zimo Wu, al Consejo de Nuevo Sol y a la todopoderosa tríada 14K que los respaldaba. Ahora no se trataba tanto de escapar o de esconderse como de replegarse un tiempo. Así quería verlo, demasiado orgulloso como para aceptar que estaba derrotado. En lugar de eso, prefería pensar en su marcha como un movimiento estratégico. Abandonaría las naves de producción. Se haría con la maleta que llevaba años persiguiendo (por supuesto, no tenía la menor intención de entregársela a su primo). Solo se llevaría consigo sus piezas de jade y los sesenta millones de dólares en bonos al portador.

Volvería a empezar en otro sitio. No le preocupaba. Los dragones llevan la fortuna y la prosperidad allá donde van.

Y, en el futuro, concluiría los asuntos que dejaba pendientes con Zimo.

Nunca supo cómo averiguó este que los cinco rumanos estaban planeando su asesinato en la nave de Polvoranca.

David Wang murió en la casa de La Moraleja sin saber quién lo había traicionado.

—Vienen nuevos tiempos, viejo amigo. Nos vamos haciendo mayores, y quizá ha llegado el momento de empezar a vivir con más tranquilidad.

La doncella filipina salió al jardín y dejó sobre la mesa del cenador la bandeja con la jarrita del té y un par de tazas. Zimo Wu le agradeció su atención y le dijo que podía retirarse, que ya se encargaba él de servirlo.

—¿Qué planes tienes ahora? —preguntó mientras vertía el líquido en las tazas.

Shewei respondió, azorado:

—Espero que me permita seguir trabajando para usted, señor Wu.

Zimo asintió, complacido.

—Eres un hombre leal, Shewei. Siempre lo has sido. Has cumplido con tu misión a la perfección durante todos estos años.

—Solo he procurado cumplir sus órdenes lo mejor posible.

Zimo cogió la taza, bebió y saboreó el té. Su mirada se paseó por el amplio jardín. Nunca había estado en la casa de La Florida de su primo. Nunca lo había invitado. La vida tenía giros curiosos. Ahora, al ser el único heredero legal de David Wang, pasaría a ser su propietario.

Nostálgico, Zimo se entretuvo en recorrer viejos recuerdos.

Los primeros años en Barcelona. La nave en la que dormían con otra docena de recién llegados. David y él pasando las tardes de domingo en un banco del parque vigilando a una panda de chinos porretas. Luego, su primo saliendo del hospital, con un riñón menos y ciego de rabia. Shewei ocupándose de matar a aquel marroquí, Farid Alami. La decisión de Chao Yang: David se iría a Madrid y llevaría el negocio de la maría desde allí, con prohibición de volver a Barcelona. Fue entonces cuando Zimo Wu habló con Shewei, el obediente empleado de Chao Yang que había llegado a Barcelona en el mismo autobús que los dos primos y que por entonces se ocupaba de la llegada de inmigrantes. Con el visto bueno de Chao Yang, Zimo le encargó a Shewei una misión: se iría a Madrid a trabajar para David y, a la vez, para vigilarlo. Lo mantendría informado de cada paso que diera. Shewei obedeció. Él era cola de serpiente, siempre en segundo plano, siempre obediente si el pago era bueno. Y aquel encargo acabaría prolongándose durante décadas.

Repasó todo aquello con añoranza.

—A menudo me dejo llevar por los recuerdos del pasado. Señal de que me hago viejo.

Shewei miró a su jefe por encima de la taza de té. Pensó que tenía razón. Siempre había parecido mayor de lo que era y, ahora, en la frontera de los sesenta, también parecía estar envejeciendo.

—David te tenía un gran aprecio —dijo Zimo Wu con la vista perdida en el jardín, sin duda a gusto con el té, la charla, el escenario y la compañía de Shewei—. Llegó a confiar en ti.

—Como usted me lo pidió: ser leal a él siempre que eso no lo perjudicara a usted.

Zimo asintió. Le gustaba aquello. La firmeza del soldado. Das una orden y se cumple durante años. Lo fascinaba el mundo de los soldados. Un mundo sencillo: mando y obediencia. Menos sinuoso e impredecible que el suyo, el mundo de los mercaderes. Por eso le gustaba Shewei. Porque era el soldado perfecto.

—Nunca olvidaré que, si no me hubieras alertado de lo que planeaba David, yo estaría muerto.

—Pero no pude evitar lo que ocurrió en Sudáfrica —se lamentó Shewei—. No lo supe de antemano.

—Olvida eso. Al final me benefició.

—En cuanto a la maleta...

—No hay prisa, Shewei —lo interrumpió Zimo, que estaba claro que tenía ganas de recordar, pero no de entrar a tratar problemas pendientes—. Esa policía pagará por no habérmela traído. Ya nos ocuparemos de eso. Ha resultado ser tan estúpida como su compañero. Una decepción.

La doncella regresó e interrumpió la charla para anunciar que los mozos habían llegado. Zimo no supo de qué le hablaba. Shewei se estaba encargando de desmontar la casa, como este le había pedido, así que se lo explicó:

—Vienen a vaciar la cabaña. Se llevan las piezas de jade que tallaba el señor Wang.

—¿Y qué has dicho que hagan con ellas? —le peguntó Zimo.

—Por el momento, guardarlas en alguna de las naves que se salvaron del fuego en Cobo Calleja.

Zimo Wu lo pensó durante unos segundos.

—Eso solo servirá para que cojan polvo —dijo—. Que las destruyan. Supongo que se podrá encontrar alguna utilidad a la piedra.

—Como usted diga, señor Wu.

Shewei le indicó a la doncella que los mozos podían pasar para iniciar la recogida. Su llegada rompió el ambiente de absoluta paz en el jardín. Zimo Wu se levantó y paseó por este y Shewei lo siguió.

—¿Te gusta esta casa? —le preguntó Zimo.

—Es bonita.

—He pensado que podía ser un buen regalo para demostrarte mi agradecimiento por todos los años de servicio y por haberme salvado la vida.

—Es usted muy generoso, señor Wu. Pero soy feliz viviendo donde vivo. El lujo no me interesa.

Zimo no insistió. Conocía lo suficiente a Shewei para saber que no le haría cambiar de opinión.

—Entonces, tal vez para alguno de mis chicos... —musitó, pensativo.

Los mozos entraban con carretillas en la cabaña. Zimo le dijo a Shewei que podían irse ya, que le había gustado conocer esa casa, y le pidió que siguiese ocupándose de las gestiones necesarias para que no quedase huella del primo muerto en ella, incluido el despido de la doncella y del resto de los empleados.

—Por cierto —dijo cuando ya salían de la casa—, he pensado en enviar las cenizas de David a Qingtian. Para que reposen junto a sus padres. ¿No crees que a él le habría gustado?

—¿Puedo contestarle con sinceridad, señor?

—Por supuesto.

—Le habría importado una mierda.

El juez autorizó la ejecución de la Operación Mulán, aunque su principal objetivo, David Wang, hubiese muerto. Se irrumpió en las sedes de las empresas en las que se sospechaba que se habían cometido delitos fiscales y de blanqueo de capitales. Desorientados y temerosos por la caída de su máximo jefe, abogados, contables, secretarias y demás empleados se apresuraron a colaborar. De inmediato, aparecieron vías por las que penetrar en la Red de Wang más allá de los asuntos fiscales. Los negocios ilegales que se escondían detrás de las empresas tapaderas empezaron a quedar al descubierto con sorprendente rapidez y facilidad tras tantos años siendo impenetrables.

Al mismo tiempo, se llevaron a cabo detenciones llamativas. Hubo de todo: guardias civiles y policías, políticos locales, funcionarios de Aduanas y empleados de Puertos, directivos de empresas de transporte marítimo y de paquetería internacional y marchantes de arte. Un considerable y variopinto listado que a su vez aportaba información para seguir identificando a más eslabones de aquella cadena.

El cruce de información permitió desmantelar una veintena de naves de producción de cannabis en Asturias, Cataluña, Soria y Segovia. Lo más llamativo fue descubrir que algunas llevaban más de veinte años funcionando sin haber sido descubiertas. Se detuvo a más de medio centenar de personas entre jardineros, maestros y propietarios. Y, de nuevo, ese golpe abrió la puerta al siguiente.

Los inmigrantes ilegales que trabajaban en las naves aportaron pistas que permitieron montar un segundo gran operativo, en este caso contra las redes de trata de personas. Se entró en un mismo día en varios prostíbulos de carretera, en los que se liberó a mujeres cautivas y explotadas como esclavas. Gracias a ese hilo se logró desmantelar una red de tráfico de mujeres asiáticas que no solo cubría clubs de mala muerte de carreteras españolas, sino que llegaba hasta Italia, Austria y la República Checa.

Al destapar toda esa actividad, fue más sencillo para los investigadores completar el mapa de los circuitos de blanqueo de capital de la Red de Wang que iban desde exportaciones e importaciones de mercancías para bazares chinos a negocios a gran escala de las explotaciones mineras del Congo. Cada paso que se daba señalaba un nuevo camino por el que seguir desenmarañando el complejo entramado criminal de la red.

No a todos los investigados se les pudo probar su relación delictiva con David Wang. El considerado líder de la mafia rumana en España, Cal Szabo, fue detenido y llevado a declarar, sospechoso de ser la persona que proveía a la Red de Wang de camiones y conductores para transportar la marihuana hasta sus múltiples destinos de venta en Europa. Como no se pudo demostrar su implicación, hubo que dejarlo libre. El único indicio indiscutible que lo relacionaba con la Red de Wang era la nave de su propiedad en el polígono Polvoranca, donde habían asesinado a los cinco rumanos; un crimen atribuido, aunque nunca probado, a David Wang. No fue suficiente para acusar a Szabo de nada.

También se tomó declaración, aunque sin detenerlo, a uno de los empresarios chinos más poderosos de España, Zimo Wu. En su caso, era obvio que había tenido relación empresarial con Wang. Sin embargo, su ejército de abogados logró argumentar con solidez que esos vínculos empresariales no suponían que el señor Wu participase de ninguna manera en el blanqueo de capitales que llevaba a cabo la Red. Zimo Wu había levantado un muro legal de protección imposible de derribar.

La trepidante sucesión de acontecimientos entusiasmó a la prensa. Durante un par de semanas, la Operación Mulán mantuvo enganchados a medios y público. Se construían apasionantes relatos que entrecruzaban jefes mafiosos, asesinatos sin resolver, explotación de mujeres, tráfico de drogas y corrupción. Se hicieron reportajes tratando de explicar qué era la tríada 14K y sus intrincadas ramificaciones, y se resucitó la figura de David Wang con múltiples variantes, desde pintarlo como un simple comerciante avispado metido en trapicheos de medio pelo a presentarlo como el todopoderoso jefe de algo parecido a una gran logia formada por multimillonarios chinos que dominaban el comercio universal.

Los operativos en naves, almacenes, puticlubs y oficinas fueron actuaciones coordinadas entre la UCO de la Guardia Civil y la UDYCO del Cuerpo Nacional de Policía. En el CNP, el responsable de dirigir las actuaciones de la Operación Mulán fue el comisario Eladio Ramos. También fue él quien se encargó de dar varias ruedas de prensa informando de la marcha de la mediática operación.

A los pocos días de darse por cerrada la Operación Mulán, el comisario Ramos sorprendió a todos al anunciar que pasaba a la segunda actividad. Fueron inútiles los ruegos tanto de superiores como de subordinados para que siguiese. A su fiesta de despedida acudió la plana mayor del Cuerpo Nacional de Policía y, como momento cumbre, se le comunicó la concesión de una condecoración al Mérito Policial por la ejemplar coordinación que había realizado durante la Operación Mulán. Algunos echaron en falta aquel día a una de sus pupilas favoritas, la inspectora Estela Domínguez.

Un mes después de iniciarse la ejecución de la Operación Mulán, solo quedaban abiertas líneas de investigación menos inmediatas que se seguirían desarrollando en el futuro. Otras historias sustituyeron a esta en el interés de la prensa y los ciudadanos.

David Wang fue pronto olvidado.

En un mes, no quedó apenas rastro del imperio criminal que había ido levantando, paso a paso, a lo largo de toda su vida.

VIII

Lo esperó sentada en la plaza Villa de París, en el jardín que separa las sedes del Tribunal Supremo y la Audiencia Nacional. En bancos cercanos dormía arrebujado un sintecho con su mochila repleta de pertenencias a los pies y otra pareja de mendigos desayunaba un par de manzanas. Varios dueños de perros paseaban a sus mascotas. No era el lugar que Estela hubiese escogido para volver a verse, pero Guillermo le había dicho que no tenía demasiado tiempo.

Apareció con su puntualidad habitual. Ella le ofreció uno de los dos cafés en vaso de cartón que traía. Estaba segura de que él se presentaría a la hora exacta acordada y que el café no se le llegaría a enfriar.

Guillermo se sentó a su lado, le agradeció el detalle, dio un sorbo y lo saboreó con cara de satisfacción.

—¿Cómo estás? —le preguntó a Estela.

—Ya sabes —contestó ella con un ademán de desinterés—. Convertida en sospechosa de ser una asesina en serie.

—He indagado, he tocado a algún contacto y me dicen que la investigación va bien, que pronto podría quedar cerrada.

—Preferiría no hablar de ello. Lo que tenga que ser, será. No es algo que me quite el sueño.

Ambos bebieron despacio, como si necesitasen ganar

tiempo para buscar alguna alternativa de la que hablar. Fue Estela la primera en hacerlo.

—¿Qué se siente al ser el hombre del momento?

—Sabes que la operación salió tan bien gracias a ti. Y te aseguro que he informado de ello para que lo tengan en cuenta tanto en el juzgado como en el expediente de Asuntos Internos.

Otra pausa, también más dubitativa que incómoda. Esa vez la rompió Guillermo.

—Además, no sería justo que pagases por ello —dijo—. No fuiste tú la que disparó a David Wang.

Ella mantuvo el tipo. No se inmutó.

—¿De dónde sacas eso?

—Te conozco. Recuerdo cómo estabas la otra vez y veo cómo estás ahora. Considéralo intuición.

—Eres un hombre observador y perspicaz —dijo ella con un toque de ironía.

Estela bebió de su vaso. Un perro pequeño, canijo y de pasos saltarines se les acercó. Le olisqueó a Guillermo sus zapatos sin mácula y se alejó con rapidez.

—¿Por qué contaste que lo hiciste tú?

Estela se resignó a aceptar aquella conversación. Le había pedido que se viesen. No podía imponer también de qué podían hablar.

—Una policía tiene más oportunidades de salir bien parada de algo así que un ciudadano cualquiera. Virginia me ayudó en la investigación y me salvó la vida. No se merecía pasar por lo que se le podía venir encima.

Guillermo asintió, comprensivo.

—El problema es cuando esa policía mata por segunda vez —dijo—. Y, en este caso, de un disparo por la espalda y con un arma que no es la reglamentaria.

—Veo que estás siguiendo el caso.

—Quiero ayudarte.

—Tengo un relato coherente. —Estela se obligó a hablar, aunque era evidente que no le apetecía entrar en ello—. Wang había golpeado a Virginia. Luego peleó conmigo. Las armas cayeron al suelo. Él cogió la mía. Iba a disparar a Virginia. Yo cogí la suya. Solo podía salvarla disparando. Dejamos en las armas las huellas necesarias para confirmarlo.

—Debería denunciarte por lo que me estás contando.

—Tú has querido hablar de ello.

Callaron. La conversación fluía a intervalos, con una mezcla de cautela y cercanía. Lograron un silencio plácido, confortable.

—No me has dicho aún cómo estás.

—Porque no lo sé, Guillermo. Estoy bien. Estoy jodida.

—Deberías sentirte orgullosa.

—Roi Conde está muerto. Zimo Wu está en la calle. Y, en cuanto a mí, solo sé que ya no soy la misma persona que antes de que esta historia empezara. No encuentro motivos para sentirme orgullosa.

Guardaron silencio una vez más, ambos pensativos. Observaron a la pareja que, tras comerse las manzanas, compartían una única botella de agua, alternándose para beber. Guillermo dijo que de verdad lo sentía, pero tenía un compromiso ineludible y no le quedaba más remedio que irse.

Estela le preguntó:

—¿Te gusta el *sushi*?

—No demasiado.

—A Inés le encanta. Tal vez deberías darle una oportunidad. ¿Te apetecería venir a comerlo con nosotras el sábado?

Guillermo la miró con sorpresa.

—¿Y ese cambio?

—Ya sabes el dicho: la vida es una mierda y además es

demasiado corta. Comamos *sushi* juntos antes de que sea demasiado tarde.

Él cambió a una mueca de rendición.

—De acuerdo.

Ella fingió una mueca de victoria.

—Dijiste que, si te ibas, yo no vendría a buscarte. Te equivocabas.

Virginia se bajó del taxi y entró en el jardín de su casa. Volvía del médico, de que le revisaran la evolución de las lesiones. Antes, había estado con su nuevo abogado, un tipo joven y con ganas que le había recomendado Estela siguiendo el consejo de Guillermo.

La vida volvía a encarrilarse. El médico le había asegurado que, una vez bajara la hinchazón y desaparecieran las franjas de diferentes colores que le atravesaban mejilla, pómulo y párpados, no le quedarían secuelas. Y el abogado le había parecido competente y profesional. Entendió al instante sus deseos y le explicó con claridad y precisión cómo podía plasmarlos en términos jurídicos. Al final, Virginia había decidido crear una fundación en vez de donar el dinero a diferentes instituciones. Se ocuparía de dirigirla y financiaría proyectos concretos. El importe de la herencia le permitiría desarrollar una considerable actividad filantrópica. El legado de Dardo, todo aquel dinero de origen sucio por más que ahora fuera legal, iba a merecer la pena y a ayudar a mucha gente.

Todo en orden, pensó. O en camino de estarlo. Los daños externos curarían. De las heridas internas empezaría a ocuparse en unos días, cuando por fin regresase a Buenos Aires. En cuanto dejase perfilada la constitución de la fundación y, sobre todo, cuando dejase de serle útil a Estela.

Virginia había declarado ya tres veces ante el juez y ante diferentes agentes de Asuntos Internos. Siempre las mismas preguntas, siempre las mismas respuestas. Habían visitado la casa, habían reconstruido lo ocurrido, habían sacado docenas de fotografías. Se habían llevado las armas para que las analizaran los de Criminología. Poco quedaba ya por hacer, salvo esperar una resolución.

Había discutido a menudo con Estela sobre todo aquello. Desde el primer instante, Estela tuvo claro qué hacer. Construyó de inmediato la versión que darían. Agresiones, pelea, cuerpos caídos, pistolas por el suelo, etcétera. A Virginia le costaba aceptarlo. Obedeció a regañadientes. Volverás a Buenos Aires y seguirás con tu vida sin mirar atrás, le decía Estela, tajante, cada vez que ella protestaba porque aquello no le parecía justo, porque Estela no tenía por qué comerse semejante marrón.

Los agentes de Asuntos Internos ya le habían autorizado el regreso a Argentina. Aquel viaje a Madrid que iba a durar cuarenta y ocho horas llegaba a su fin. Tras varias semanas que parecían una vida entera. Todo era diferente ahora. El abogado que la trajo a Madrid, el espeso Aquilino Sánchez, había muerto en un atraco de yonquis que Estela le aseguró que era —hacer el chiste le resultó demasiado tentador como para evitarlo— un cuento chino. Iba a convertirse en directora de una fundación que gestionaría la herencia del marido al que había abandonado hacía más de veinte años. Y había matado a un hombre. Como cambios, no estaba mal. Ahora, tocaba al fin volver a casa, al apartamento de Puerto Madero, a Alberto, a sanar y a reconstruir.

Entró en la vivienda. Había un cambio más. El silencio. Había un silencio diferente en la casa.

Las voces del pasado habían dejado de hablar.

—Adiós —dijo en un susurro.

Le sonó el móvil. Dio un brinco del susto. ¿Los fantasmas contestaban por teléfono? Sacó el aparato del bolso. Era Estela.

—¿Cómo estás? —le preguntó Virginia.

—Te juro que, si alguien me vuelve a preguntar cómo estoy, le meto un tiro.

—No te veo en la mejor situación para seguir matando a gente.

—¿Cómo estás tú?

—Llena de moratones en la cara y en el alma.

Estaba en medio del salón. En el mismo sitio en que había quedado tendido el cuerpo de David Wang después de que ella le disparase.

Mejor no pensar en ello.

—¿Tienes algo que hacer? —le preguntó a Estela.

—Estoy suspendida de empleo y sueldo hasta que acabe la investigación. Inés está en el colegio. No sabía que un día puede estar tan lleno de horas muertas.

—Yo tengo vino y jardín.

—Te recuerdo la que hemos liado con los planes que hicimos la vez anterior que estuvimos bebiendo vino en tu jardín.

Ella se echó a reír.

—Vente. Seguro que se nos ocurre algo otra vez.

Quedaron en verse.

Virginia miró a su alrededor. Odiaba y quería a esa casa a partes iguales. Estaba demasiado plagada de recuerdos. Lo mejor de la infancia, las turbulencias de la adolescencia, el día en que se largó para irse con Dardo, la decepción paterna, el disgusto materno...

A sus pies estaba la mancha oscura que había dejado la sangre de David Wang en la madera. No se iba del todo por más que se frotase.

Había puesto la casa en venta.
Respiró hondo.
Siguieron sin sonar las voces en su cabeza.
Disfrutó del silencio.

Nunca hables con extraños.

Conocía la norma. Su madre se la había repetido tantas veces que le venía a la cabeza de manera refleja. Por eso tuvo muy claro, desde que se le acercó, que no le dirigiría la palabra a aquel hombre.

Fue en la tienda de chuches que estaba al lado del colegio. Solo tenía permiso para ir los viernes, al salir de clase. Inés era demasiado pequeña como para que su madre la dejase ir sola a ninguna parte. Si le permitía aquella visita semanal a la tienda era porque iba en compañía de sus amigas y rodeada de muchos otros compañeros. Para Inés, aquel era su momento de libertad. Le gustaba sentirse mayor, hacer algo, aunque solo fuese ir a comprar la merienda, sin la obligada presencia de su madre.

La tienda era pequeña, un colmado con dos pasillos de estantes cortos y estrechos y un mostrador al fondo atendido por la dueña, ante el que formaban cola los chavales una vez que habían decidido su compra.

El hombre se le acercó cuando Inés acababa de abrirse camino entre sus compañeros por el pasillo central. Todos los viernes elegía lo mismo. Un Tigretón. Su madre le había descubierto aquel bizcochito que le encantaba y que, al parecer, ya existía cuando esta era niña y había sido también su favorito. Iba a cogerlo del estante y el hombre apareció a su lado. Vestía traje, camisa y corbata negros. Era chino y sus mejillas daban miedo. Inés y sus amigas ya sabían lo que era el acné. Chicas y chicos de los cursos superiores lo padecían. Sabían que la cara podía quedar llena de cicatrices si uno se explotaba esos asquerosos granos. Les daba miedo pensar que, si no tenían cuidado, la piel se les quedaría marcada para siempre. Lo primero que pensó Inés al verlo fue que aquel hombre tenía las mejillas como si se hubiese explotado docenas de granos.

El hombre se inclinó hacia ella. Le habló con tono amable.

—Hola, Inés.

No contestó. Nunca hables con extraños. La norma resonó de inmediato en su cabeza. Los chicos que estaban en el pasillo observaban al chino con curiosidad.

—¿Estás bien?

Inés permaneció callada.

—No te asustes —dijo él con voz tranquilizadora—. Soy amigo de tu mamá. Estela Domínguez, policía, ¿a que sí?

Inés seguía mirándolo sin decir nada. Los otros chicos y chicas parecían, como ella, hipnotizados por la visión de aquel pintoresco desconocido.

El hombre se inclinó un poco más hacia ella. Desde detrás del mostrador, la dueña advirtió que algo ocurría en el pasillo central. Se estaba formando un pequeño atasco. No acertaba a ver el motivo. Conocía a los chicos, sabía que a veces se demoraban en hacer su elección y a esa hora, con tantos pululando por allí, se formaban siempre pequeñas aglomeraciones. Solía reclamarles que se diesen prisa y los chavales obedecían con lentitud, poco impresionados por sus habituales regañinas. Decidió salir de detrás del mostrador e ir a azuzarlos.

El hombre seguía hablando a Inés, ajeno a los que los observaban.

—Quiero que le des un recado a tu mamá de mi parte.

Inés pensó que era raro que aquel hombre hablase un español tan perfecto. Creía que los chinos hablaban con un acento peculiar, gracioso, como si la voz les tintinease.

—Dile que queremos la maleta. Solo eso. ¿Lo recordarás?

La niña permaneció inexpresiva.

La dueña de la tienda asomó por el pasillo. Vio al hombre que le estaba hablando a Inés. Lo había visto entrar en la tienda y, con la llegada en tropel de los chavales, se había olvidado de que aún estaba allí.

—¿Pasa algo? —le preguntó, suspicaz.

El hombre sonrió a la dueña. Luego miró de nuevo a Inés y le dijo:

—Recuérdalo. La maleta. Dile que, si no nos la da pronto, volveré a verte.

Se abrió paso entre los chicos y llegó junto a la dueña.

—Disculpe —dijo—. Solo le preguntaba a la niña si aquí venden bolas de chicle de fresa.

La dueña frunció la boca en un gesto de desconfianza.

—La próxima vez me lo pregunta a mí, no a los niños —gruñó.

El hombre asintió y caminó sin prisa hasta la salida, bajo la mirada de la dueña y los chicos. Cuando se fue, la mujer se volvió a Inés y le preguntó si iba todo bien. Por fin, la niña recuperó la movilidad necesaria para asentir.

La dueña le cobró los dos euros y medio del Tigretón y no dejó de mirarla mientras se iba de la tienda acompañada de sus amigas. Pareció decidir que no había nada que temer y regresó tras el mostrador.

Inés caminó con sus compañeras de vuelta al colegio en silencio. Su madre la esperaba frente a la entrada. Desde hacía días, parecía que tenía más tiempo libre, porque iba casi a diario a recogerla. Estela sabía que a Inés le gustaba ir sola a la tienda a por la merienda especial del viernes, así que se quedaba en el coche a esperar su regreso.

Notó algo extraño al instante. Inés caminaba despacio, sujetaba el pastelito en la mano sin abrir el envoltorio, con la mirada perdida. Estela se bajó del Nissan y fue a su encuentro.

Inés tardó en fijar en ella la mirada. No dijo nada.

La madre abrazó a su hija. Se asustó. La niña temblaba. Todo su cuerpo parecía estremecerse. Y, aunque la abrazó con todas sus fuerzas, no logró que dejase de hacerlo.

Virginia salió del edificio y cruzó la calle en dirección al Nissan. Estela se había quedado esperándola en el coche, sentada al volante.

Antes de subir, se volvió y echó un último vistazo a aquella anodina fachada sin identificación. Allí dentro quedaban el señor Rossini y sus guardias anónimos. Y la maleta, que había regresado a su hogar de los últimos años.

Estela se mostraba pensativa, con las manos entrelazadas sobre el volante.

—¿Todo bien? —le preguntó Virginia.

La inspectora la miró y tardó en responderle, como si le costara entender lo que le había dicho.

—Aún no.

Virginia asintió.

Estela pareció espabilar. Encendió el motor y arrancó con brusquedad.

Un coche hizo sonar la bocina cuando atravesó sin mirar un cruce en el que no tenía preferencia. No dio muestra de haber oído la protesta.

Regresaron de Tres Cantos a Madrid en silencio. No hacía falta dar más vueltas a las decisiones tomadas. Habían estado de acuerdo desde el principio: no le darían la maleta a Zimo Wu. David Wang estaba muerto. Y no tenían manera de agarrar por las pelotas a su maldito primo. Pero, al menos, no le entregarían el dinero. Era la única pequeña victoria que podían tener frente a él. Estela opinaba que Wu se daría por satisfecho con el final de Wang, que no buscaría más líos a pesar de quedarse sin la pasta. Virginia creyó que tenía razón. Luego ocurrió lo de Inés en el colegio.

Virginia no rompió el silencio en todo el camino de vuelta. Estela tampoco habló. Conducía con su estilo habitual, cambiando de carril de forma brusca sin importarle a quién obligaba a frenar o a hacerse a un lado. Ensimismada en sus pensamientos.

Harta de la jodida sensación permanente de ser una mala madre.

La discoteca comenzaba a animarse a partir de las dos. Hasta esa hora, apenas había un puñado de clientes, grupos dispersos que se pasaban un rato al terminar la cena, algún borrachuzo desorientado y parejas tempraneras sin ganas de bailar. La pista permanecía vacía, los focos de luces estroboscópicas recorrían con sus ráfagas mesas y sillas aún sin ocupar, el DJ echaba el rato pinchando un reguetón suave y los camareros atendían con parsimonia la escasa demanda de copas.

El Bicho había llegado alrededor de la una. Pidió un *gin-tonic* e hizo tiempo contemplando el adormecido ambiente de la sala. Le preguntó a un camarero si Szabo estaba por allí. Le contestó, receloso, que no sabía de quién le hablaba. Con el segundo *gin-tonic,* le preguntó a otro. Este, apenas más locuaz, le dijo que el jefe solía pasarse todas las noches, pero no a la misma hora.

Cuando se acabó la segunda copa, salió a respirar aire fresco, a desembotarse el cerebro tras tanta música de ritmo reiterativo y tantas luces mareantes, y a esperar a Szabo en la parte trasera de la discoteca Olympo.

Llegó veinte minutos después. Se bajó de un coche acompañado por dos gorilas, más altos y mucho más corpulentos que él, dos colosos fondones.

El Bicho le salió al encuentro.

—Me alegro de verte, Szabo —dijo, animoso—. Empezaba a temerme que no vinieses esta noche.

Szabo miró a aquel hombrecillo de rostro estrecho y rasgos afilados que chupaba un vapeador. Le recordó a un animal, pero no supo concretar si era a una grulla, una pequeña avestruz o una ridícula zarigüeya.

—¿Nos conocemos? ¿Quién cojones eres?

—Un amigo.

—No tengo amigos enanos.

—Entonces seré el primero.

—Lárgate.

Szabo se dispuso a seguir su camino. Los mastodontes se le adelantaron para interponerse entre el Bicho y él.

—Dime el precio —le dijo el Bicho a Szabo, hablando por el pequeño espacio que quedaba entre los dos gorilas.

Szabo se detuvo. Los guardaespaldas se volvieron para aumentar el espacio libre entre sus corpachones y que, a través de él, pudiesen hablar.

—¿Qué precio? —gruñó Szabo, con más impaciencia que interés—. ¿De qué hablas?

—Del precio que me costaría que me invitases a tomar una copa en tu despacho.

—¿Eres maricón haciendo calle? —rio Szabo—. ¿Quieres entrar en oficina a chupármela?

Los gorilas volvieron a juntarse.

—Vete a discoteca —dijo Szabo con expresión de asco—. Puede que encuentres a otro enano con una polla que te quepa en la boca, ¿sí?

Szabo se rio de su propio comentario. Los mastodontes secundaron sus carcajadas. El Bicho se mantuvo impasible.

—Manda a la discoteca a estos dos pedazos de carne —dijo señalándolos—, y tú y yo vamos a hablar de negocios en tu despacho.

—Eres un enano con ganas de que te den mano de hostias, ¿sí?

—Yo te hago una propuesta, tú pones el precio.

—No me interesa. O te largas o te largan ellos.

Szabo reanudó el paso hacia la entrada trasera de la discoteca. Los gorilas avanzaron hacia el Bicho.

El Bicho hizo un gesto de resignación. Le habló a la espalda de Szabo.

—La inspectora Estela Domínguez me había dicho que eras un tío listo, que sabes detectar una buena oportunidad cuando se te presenta. Pero ya veo que se equivocaba.

El Bicho se volvió, se llevó el vapeador a la boca y caminó sin prisa. Ninguno vio la satisfacción en su rostro —que no recordaba a una grulla, úna pequeña avestruz ni una ridícula zarigüeya, sino a una garza— cuando oyó la voz de Cal Szabo a su espalda:

—Espera.

Como cada mañana, Min salió con él hasta la acera frente a su casa. Repetían a diario el mismo ritual. Ella le ajustaba el nudo de la corbata, le pasaba las manos por las solapas de la chaqueta sacudiendo un polvo imaginario y después agachaba la barbilla. Zimo Wu le daba un beso en la frente y ella le decía en mandarín «Jīntiān zuò gè hǎorén». Sé un buen hombre hoy.

A pesar de llevar tres décadas en España, Min nunca había aprendido a hablar en castellano. Jamás sintió la necesidad. Había sido una esposa servicial y una madre abnegada para sus cuatro hijos, con una vida consagrada a las tareas domésticas, siempre en casa, asistida por criadas traídas de China por su marido, que se ocupaban de cualquier gestión con el mundo exterior. Nunca había tenido relación con el entorno laboral de Zimo ni interés por desarrollar vida social más allá de tomar el té una vez a la semana en reuniones caseras con otras esposas chinas de vida semejante a la suya. Min era una mujer buena que disfrutaba de las pequeñas cosas, como despedir cada mañana a su marido cuando se iba a trabajar.

Zimo Wu subió al asiento trasero de su Audi A8. Delante iban el conductor y un guardaespaldas. Concluyó la ceremonia de despedida diaria, como siempre, diciéndole adiós a su mujer con la mano desde detrás de la ventanilla.

Una vez que el coche arrancó, su tierna expresión marital se desdibujó y su semblante se cubrió de preocupación. Tenía un día complicado por delante. Demasiadas decisiones pendientes. Por un lado, cuestiones ordinarias de la consultora financiera. Por otro, asuntos de Nuevo Sol. Cada vez era más difícil poner de acuerdo a los miembros del Consejo, que ya presidía en solitario. Las nuevas peleas tenían que ver con unas inversiones petroleras en los Emiratos y con la creciente participación de la tríada en las redes de extracción y venta de diamantes de Sierra Leona.

Algunos días, Zimo se sentía cansado. Era rico de sobra. Llevaba una vida austera. No le hacía falta más. Tal vez era el momento de que Min y él empezasen a disfrutar de la vida juntos. A veces fantaseaba con dejarlo todo y regresar. Una casa al pie de las montañas de Zhejiang. Un huerto, unas vacas, un paseo por el campo.

Sabía que era solo eso, una fantasía. Duraba unos minutos y se desvanecía. Pero bastaba con pensar que era posible, aunque nunca lo fuese a hacer. Luego comenzaba la jornada, las decisiones pendientes hacían cola y no quedaba tiempo para dedicarlo a esos sueños tontos.

Esa mañana, en lo primero que pensó fue en Shewei y en la inspectora Estela Domínguez. Como hizo con David Wang tras descubrir sus planes para asesinarlo, tampoco ahora había querido tomar una decisión precipitada cuando vio que la inspectora no cumplía con su parte del trato y no le entregaba la maleta a cambio de haberle dado la oportunidad de salvar a su amiga. Además, había pensado que sería mejor dejar pasar algún tiempo de la muerte de su primo y que se calmasen las aguas antes de actuar. Pero empezaba a impacientarse. No le gustaba dejar asuntos pendientes.

Sacó el móvil del bolsillo interior de la chaqueta para

llamar a Shewei. Le pediría que fuese a verlo a la Torre Picasso y zanjarían el asunto. Le diría que adelante. Lo de la hija había sido idea de Shewei. Una buena idea. Una madre hace lo que sea por una hija. No sería agradable, por supuesto, pero no quedaba más remedio. Todo era mejor que dejar un trato sin cumplir. Y más aún si ese incumplimiento lo privaba de sesenta millones de dólares.

Recordó que Shewei estaba fuera del país. Cerraba flecos pendientes de las redes de tráfico de inmigrantes que había supervisado durante años para David Wang y que iban a dejar de operar. Decidió no llamarlo hasta que regresara.

El coche se detuvo en un semáforo de la calle José Abascal que era imposible pasar en verde, fuera cual fuese la intensidad del tráfico.

Zimo Wu iba con los ojos cerrados. Se obligó a dejar de dar vueltas a los asuntos pendientes hasta que llegase a la oficina. Pensó en los chicos. Quería ir a Boston, a visitar al mayor y conocer la Universidad de Harvard. Quería ir con Min, pero a su mujer la aterraba volar. Se negaba a viajar. Se conformaba con ver a los hijos que estaban fuera cuando volvían de visita a la casa familiar. Zimo daba vueltas a posibles argumentos con los que convencerla para que hiciesen ese viaje.

Un limpiacristales golpeó con los nudillos la ventanilla del copiloto. Mostró al guardaespaldas el cubo y el limpiaparabrisas que llevaba. Con ademán imperioso, el guardaespaldas le indicó que los dejara en paz, pero el hombre insistió con grandes aspavientos.

Era un hombre de aspecto agitanado. Hablaba y gesticulaba muy deprisa, pero no se le llegaba a entender con el cristal de la ventanilla subido. No hablaba en español. Tal vez fuese rumano.

Otro limpiacristales se acercó por detrás. Ni el guardaespaldas ni el conductor, pendientes del primero, lo vieron venir.

El segundo limpiacristales se detuvo junto a la ventanilla trasera. Sacó del cubo la pistola, una aparatosa Desert Eagle 50 con silenciador. Disparó cinco veces. Las dos primeras balas hicieron añicos el cristal de la ventanilla, las tres siguientes se incrustaron en el pecho de Zimo Wu.

Los dos limpiacristales echaron a correr. El conductor y el guardaespaldas se quedaron paralizados, sin saber qué hacer después de volverse y ver a su jefe muerto en el asiento de atrás.

Guillermo siguió las recomendaciones que le hacía Inés para elegir, y tuvo que reconocer que el *sushi* le gustaba más de lo que esperaba. La niña se partió de risa cuando se le fue la mano con el *wasabi* y durante unos minutos solo pudo toser sin control mientras de los ojos le chorreaban lágrimas. Estela y Virginia se burlaron de él.

A Estela la deslumbró la facilidad con que Guillermo logró conectar con Inés. El fiscal supo hacerle las preguntas adecuadas y en el tono correcto para que la niña se soltase a hablar. Al dirigirse a ella, supo evitar la actitud condescendiente con que los adultos suelen tratar a los menores desconocidos. Hablaron de asignaturas favoritas, de deportes preferidos, de series de moda e incluso de Aitana y Taylor Swift, y Guillermo se desenvolvió con sorprendente soltura.

—Una joya —le dijo Virginia a Estela en un aparte—. No deberías dejar escapar a alguien que sabe tratar así a tu hija.

—Pues esa no es su mayor virtud —respondió esta con sobreactuada picardía.

Por imposición de Inés, los cuatro tomaron helado de violeta de postre. La niña había aceptado a regañadientes el plan de ir a comer con unos adultos desconocidos, pero ahora se mostraba en su salsa.

Tras el helado, los mayores pidieron un café e Inés le cogió el móvil a su madre para llamar a una amiga con la que había quedado en verse esa tarde.

Cuando la niña se levantó de la mesa para hablar, los tres pudieron mantener una conversación de adultos por vez primera.

Guillermo dijo que se alegraba de las buenas noticias. Ya sabía que había concluido la investigación. Diligencias archivadas, caso cerrado. Un alivio. No hizo más comentarios, consciente de lo poco que le gustaba a Estela hablar de ello y de lo mucho que podía incomodar a Virginia si entraba en pormenores.

Estela confirmó que la habían llamado esa misma mañana para que fuese a la oficina a que le notificasen en persona el cierre de la investigación. La había recibido el nuevo jefe, un comisario joven.

No les contó el encuentro que había tenido al llegar.

El comisario Ramos y ella se toparon frente a los ascensores, ella saliendo de uno, él esperándolo.

Estela titubeó, sin saber qué actitud adoptar. Pero él se lo puso fácil. La saludó con la misma cordialidad con que lo había hecho a diario durante años.

—Vengo de tomar un café con vuestro nuevo comisario. Ya sabes: a los viejos nos encanta dar consejos a los jóvenes que estos ni nos piden ni necesitan.

El encuentro la pilló tan de improviso que no supo cómo reaccionar.

Ramos habló con naturalidad, como si solo fuese otro día más en la oficina.

—Me llamaron a declarar los de Asuntos Internos —le dijo a Estela—. Querían mi opinión sobre ti. Por supuesto, les dije que eres una policía excepcional.

Al oírlo, ella solo acertó a asentir.

—Te lo agradezco.

El excomisario le restó importancia con un ademán.

—Esa estúpida obsesión mía con la lealtad, ya sabes...

Llegó un ascensor. Las puertas se abrieron y salieron dos personas que los esquivaron para dirigirse a la zona de oficinas. Ramos aprovechó para entrar en él. Retuvo el cierre de la puerta tapando el sensor con la mano.

—Todos tenemos pecados, Estela —dijo con ese tono paternal que ella conocía tan bien—. Solo te deseo que aprendas a vivir con los tuyos.

Apartó la mano. La puerta comenzó a cerrarse.

Ella no dijo nada. Se miraron hasta que las hojas se cerraron, dejando a uno a cada lado.

En el restaurante, Guillermo les preguntó:

—¿Queréis que hablemos de la muerte de Zimo Wu?

Fue Estela la que respondió:

—No vamos a echarle de menos.

Guillermo se burló un poco diciéndole que se había vuelto una mujer dura, y ella le aseguró que no se podía imaginar hasta qué punto.

Inés regresó a la mesa tras acabar la llamada. Estela insistió en pagar la cuenta y salieron a la calle.

En la acera de enfrente había un tipo con cuerpo de niño enclenque, cara afilada, una chaqueta que le iba demasiado grande y un vapeador en la boca, apoyado en una farola.

Estela fue la única que se fijó en él.

El Bicho se llevó un par de dedos a la frente en señal de saludo. Ella le respondió con un leve asentimiento.

Luego, cada uno caminó en direcciones opuestas.

Shewei echó un vistazo a su alrededor. La sala del *dojo* estaba vacía. Su hogar. Siempre se había sentido más en casa en aquella sala que en el modesto apartamento en que vivía, en el piso de arriba. Los chicos que entrenaban en el *dojo* eran su familia. Los mejores se convertían en sus soldados. Y le gustaba pensar que, de entre ellos, acabaría surgiendo algún día uno que sería su sucesor.

Estaba solo. No quedaba nadie.

Y no pensaba en los chicos. Ellos ya se habían ido, era tarde. Volverían al día siguiente. Era la ausencia de Chao Yang, de Zimo Wu y de David Wang lo que le hacía sentirse vacío. Los hombres para los que había trabajado a lo largo de los años, con esa rígida concepción suya de la lealtad y la obediencia. Los *shetou.* Había sido, con cada uno a su manera, el *shewei* de todos ellos. La cola de la serpiente. Recibir órdenes, ejecutarlas, ejercer el poder que esas órdenes le otorgaban y obtener la merecida recompensa por ello. En eso había consistido su vida y ni deseaba ni necesitaba nada más.

Todas las cabezas de serpiente habían desaparecido. Y él era solo una cola sin cabeza, destinada a agitarse, a retorcerse, a brincar sin sentido.

Recorrió de nuevo con la mirada la estancia vacía. Un par de bombillas encendidas la mantenían en penumbra. Cerró los ojos.

Le bastó hacer un pequeño quiebro con la cintura para que la silla se volcase bajo sus pies. Quedó colgando. El nudo de la cuerda que rodeaba su cuello se cerró.

Su cuerpo se agitó, se retorció, brincó sin sentido. Solo era una cola sin cabeza.

Acercó el Nissan a la acera. Detuvo el motor y echó un vistazo a los viajeros que entraban y salían de la Terminal 2 del aeropuerto de Barajas.

—Entonces, ¿cuándo te veré otra vez?

Virginia se ajustó las gafas de sol de grandes cristales redondos con las que ocultaba el ojo herido.

—Vendré a menudo a partir de ahora. Quiero llevar muy directamente los asuntos de la fundación. Además, en cuanto venda la casa, volveré para comprar un apartamento en el centro.

Ya se habían dicho lo mismo más de una vez durante los últimos días, pero repetirlo en ese momento, como una especie de resumen final, aliviaba la pena por la despedida.

—¿Y tú? —preguntó Virginia—. ¿Qué planes tienes? ¿Cuándo vuelves al trabajo?

—Me levantarán la suspensión en breve. He pedido cambio de destino y deben decidir adónde me envían. Ya sabes: quiero algo tranquilo que me deje tiempo para dedicárselo a Inés.

—Y a Guillermo.

—Iremos viendo.

Ambas asintieron con complicidad.

—Lo primero que haré cuando vuelva será librarme de una vez por todas de la maleta —dijo Virginia.

—Hablaré con Guillermo para que nos oriente sobre la mejor manera de proceder —dijo Estela, como había dicho cada vez que habían hablado de ello.

Ambas sabían que se aferraban a cosas ya habladas para retrasar el momento de la separación definitiva. Les costaba aflojar el vínculo que todo lo compartido había creado entre ellas.

Virginia también repitió algo ya reiterado:

—Si no puedo dedicarlos a proyectos de la fundación, te aseguro que tiraré esos sesenta millones a la basura.

—Te recuerdo que ya no son sesenta millones. Hubo que hacer algunos pagos...

Estela dijo aquello con una sonrisa llena de sobrentendidos.

—Un gasto que merecía la pena —dijo Virginia.

Luego regresó a una pregunta también repetida:

—Hemos hecho lo correcto, ¿verdad?

La inspectora se lo pensó unos segundos antes de contestar:

—¿Lo correcto? ¿Quién decide qué es lo correcto? Tú vuelves a casa más libre de lo que eras antes. Yo seguiré intentando ser la mejor madre posible. Szabo ha cumplido el encargo y ha cobrado una generosa suma por ello, y el Bicho se ha llevado su parte. Y, sobre todo, Zimo Wu ha pagado por sus crímenes y hemos evitado que siga cometiendo más.

Sonrió. Y fue una sonrisa de final sin cabos sueltos.

—Un dinero invertido en un buen fin —concluyó Virginia, a medio camino entre la ironía y la satisfacción.

—Hacer un mundo mejor —dijo Estela, a media voz.

Virginia no la entendió. Le preguntó qué había dicho. Estela le dijo que nada, una tontería, una bobada que solía repetir con un viejo amigo.

Contemplaron en silencio a los viajeros que se detenían en la acera, frente a las puertas correderas de la terminal, a fumar el primer o el último cigarrillo de su viaje, y a los que se abrazaban en un reencuentro o una despedida y a los que solo se paraban indecisos ante qué dirección tomar dentro o fuera del edificio. Aquel era un lugar en el que todas las personas parecían a un paso de elegir un nuevo camino que podía cambiar para siempre sus vidas.

Bajaron del coche y sacaron el equipaje del maletero.

Se dieron un abrazo.

—¿Y ahora? —preguntó Virginia—. ¿Ahora hemos ganado?

Y Estela le contestó:

—Todo está bien.

Estela la miró hasta que entró en la terminal.

Luego, se quedó sola, detenida en la acera. Otra persona más que debía decidir qué dirección tomar para continuar con su vida.

Subió al coche y, antes de arrancar, a pesar de la mañana y la luz y el lugar, a su cabeza regresó la sucesión de visiones que se apelotonaban en sus noches sin dormir. El sonido del disparo con el que mató al terrorista, la risa áspera de Roi Conde, las dudas sobre lo que era justo y lo que no, el Bicho hablándole de guardianes del sistema, documentos superponiéndose en una pantalla de ordenador, Kuang Li sonriéndole con regueros de babas resecas en las mejillas, lo que debía hacerse y lo que no, el rostro de Virginia mirándola con un solo ojo tumefacto, la boca de Guillermo en su piel, Shewei y Szabo espiándola desde una esquina de su dormitorio, el vino rojo como la sangre llenando las copas con que Virginia y ella brindaron tras decidirlo, David Wang poniéndose en pie con un agujero abierto en la espalda, Inés y los otros niños que entraban en el colegio, la venganza y el pecado y el perdón y los disparos. Siempre, de fondo, el sonido de los disparos.

Los fantasmas se fueron tan rápido como llegaron. Ya tendrían oportunidad de regresar durante la noche.

Arrancó. Varios coches le pitaron y los conductores la maldijeron en el camino de vuelta a la ciudad.

Todo está bien, se repitió. Todo está bien.

NOTA DEL AUTOR

Una de las partes que más disfruto en el proceso de escritura es, sin duda, la documentación. Cada una de mis novelas ha sido también, para mí, un camino de aprendizaje.

En este caso, me ha resultado especialmente apasionante asomarme a la riqueza de la cultura china. Es imposible reproducir aquí la infinidad de estudios, reportajes y artículos sobre dragones, gastronomía, geografía, costumbres, ritos funerarios, tallado del jade y tantos otros elementos del inabarcable universo cultural chino que he utilizado. A veces, era tan interesante aprender de todo ello que se me olvidaba seguir con la escritura de la novela.

Pero, en todo caso, para quien desee profundizar en cualquiera de esos aspectos, dejo aquí la referencia de algunas fuentes que pueden servir como punto de partida. Dos estudios excelentes sobre la inmigración china en España: *La emigración de Qintiang a España. Reflexiones desde una perspectiva de género,* de la profesora Gladys Nieto (disponible en www.fundepa.org) y *La inmigración china en Cataluña,* del profesor Joaquín Beltrán (disponible en ResearchGate). Sobre el Congo y el drama de la explotación de trabajadores en sus minas, es muy pedagógico el estudio *El conflicto en el Congo,* un trabajo colectivo publicado por la Universidad de La Rioja en Dialnet. La serie documental de ARTE *Tríadas: la expansión de la mafia china* fue también una herramienta de aprendizaje destacada. Y si alguien quiere saber más del peculiar concepto del *güanxi*, a partir del cual construye Zimo Wu su fortuna, es muy recomendable el estudio de Patricia Ordóñez de Pablos *La importancia del* güanxi, renqing *y* xinyong *en las relaciones empresariales en China: implicaciones para las empresas españolas* (ICE, 2004).

Para hablar con propiedad de los artistas de la exposición en que se conocen Virginia y David Wang me basé en una crónica de Alejandro García Arce publicada en la web de arte *Crea Cuervos* el 9 de febrero de 2022. De mi propia cosecha, añadí a Cai Guo Qiang, en recuerdo de aquel día de 2017 en que tuve el privilegio de ser invitado a ver cómo creaba una obra de arte a partir de una de sus explosiones de pólvora en el Museo del Prado.

El dragón negro es la cuarta novela que publico con la editorial Planeta y con el permanente respaldo de un maravilloso equipo editorial al que ya va siendo hora que agradezca públicamente su inquebrantable fe y su confianza en mí, a menudo su paciencia y siempre su excelente trato. Belén López y Raquel Gisbert son dos editoras que me hacen sentir un autor afortunado y privilegiado. Leo Felipe Campos, un tipo de pinga, que diría él, es el editor que más me sufre y su talento editorial y literario ha mejorado todas mis novelas. Y las inigualables Lauras —Laura Franch y Laura Verdura— me han tratado siempre como no merecía, dedicando toda su energía y su experiencia a que mis novelas lleguen al mayor número de lectores. Gracias, de corazón. Convertís en algo menos solitario esta complicada pasión de contar historias.

En los últimos tiempos he tenido la oportunidad de conocer más a fondo el mundo del libro. He podido descubrir y comprender la cantidad de profesionales que hacen posible que esta novela haya llegado a tus manos, querido lector. A la mayoría, ni los autores ni los lectores les ponemos nombre o cara, pero os aseguro que, sin ellos, ni unos ni otros existiríamos. Libreros, distribuidores, correctores, maquetadores, diseñadores gráficos, impresores, responsables de *marketing*, comerciales, toda una legión de mujeres y hombres que forman eso que se llama «la cadena del libro» y que hacen posible que esa historia, que alguien imaginó a solas en casa y que tecleó en un ordenador (o que primero escribió a mano, en mi caso), hoy, convertida al fin en libro, pertenezca al lector. A todos, anónimos pero imprescindibles, mi agradecimiento por un trabajo que me consta que, en numerosos casos, es tan vocacional como escribir.

Y, por supuesto, gracias también a ti, al lector. En singular. Porque para mí no existen los lectores, como un concepto plural y abstracto. Existe el lector. Existes tú, que has elegido entre miles de opciones esta novela y que, si estás aún aquí, leyendo esta nota de agradecimiento que ya hace rato que es demasiado larga, entiendo que será porque la historia que cuentan estas páginas ha cumplido con su objetivo de entretenerte. Si es así, te agradezco que hayamos compartido este tiempo de lectura y te pido un último favor: recomienda este libro (de palabra, con reseña, en redes o en tertulias, como más te guste, pero corre la voz). Todos los escritores queremos que nuestras novelas lleguen a cuantos más lectores mejor y te aseguro que, para ello, nada hay tan eficaz como que unos recomienden a otros las lecturas que han disfrutado. Y, eso sí, siempre, pero especialmente en este caso, te ruego que no hagas *spoilers*. A estas alturas sabes bien que hay en esta novela unas cuantas sorpresas y giros que espero que no vieses venir y que te pido que me ayudes a que sorprendan también a otros lectores.

Nos vemos pronto. Puede que en alguna feria, presentación o firma o en cualquier otra situación, quién sabe. Pero lo que es seguro es que, si te apetece, volveremos a encontrarnos en las páginas de otros libros.